polar
VERLAG

DARK PLACES

Jake Hinkson

Die Tochter des Predigers

Aus dem Amerikanischen von Jürgen Bürger
Herausgegeben von Jürgen Ruckh

Polar Verlag

Originaltitel: Find Him

Deutsche Erstausgabe, 1. Auflage 2025
Aus dem Amerikanischen von Jürgen Bürger
Mit einem Nachwort von Peter Henning © 2025

Unsere Produkte wurden im Rahmen der Verordnung zur allgemeinen Produktsicherheit (General Product Safety Regulation) einer Risikobewertung unterzogen und erfüllen gemäß Artikel 5 der GPSR die Anforderungen an sichere Produkte.

Bei Fragen zur Produktsicherheit wenden Sie sich bitte an: kontakt@polar-verlag.de
Hersteller: Polar Verlag e.K, Rippoldsauer Str. 2, DE-70372 Stuttgart, www.polar-verlag.de

Lektorat: Eva Weigl
Korrektorat: Andreas März
Umschlaggestaltung: Britta Kuhlmann
Coverfoto: © Sono Creative /Adobe Stock
Autorenfoto: © Michelle Graves 2015
Satz/Layout: Martina Stolzmann
Gesetzt aus Adobe Garamond PostScript, InDesign

Druck und Bindung: Nørhaven, Agerlandsvej 3,
DK 8800 Viborg, info@norhaven.com
Printed in Denmark 2025

MIX
Papier | Fördert gute Waldnutzung
FSC® C104608

ISBN: 978-3-910918-32-0

Für meine Mutter
Susan Paschal Hinkson

Schon die Kinder erkennt man
an ihren Taten

Sprüche 20, 11

Prolog

Als jemand an die Tür von Zimmer 15 klopft, wacht das Mädchen als Erste auf. Immer noch angeschlagen reibt sie in der Dunkelheit ihre verschlafenen Augen, und einen Moment lang kann sie sich nicht erinnern, wo sie ist. Ein Splitter rotes Neonlicht durchbohrt den Vorhang des Motelzimmers, das einzige Licht im Raum. Ein weiteres Anklopfen, lauter als zuvor, lässt sie zusammenzucken. Das Feuerzeug und die verschmurgelte Getränkeflasche rollen von der Tagesdecke und fallen auf den Boden. Ein beißender Gestank hängt in der Luft, wie von einer brennenden Plastiktüte, der anhaltende Geruch von Meth.

Sie flucht und greift nach dem Jungen neben ihr auf dem Bett.

Erneutes Klopfen.

Die Stimme eines Mannes. »Rezeption. Ich muss mit euch beiden reden.« Die Tür befindet sich so dicht neben dem Bett, man könnte meinen, der Mann stünde bereits im Raum.

Das Mädchen rüttelt den Jungen wach.

»Der Typ von der Rezeption steht vor der Tür«, flüstert sie.

»Was?«, fragt der Junge mit halb geschlossenen Augen.

»Der Typ von der …«

Sie wird vom Klopfen harter Knöchel auf die große Fensterscheibe des Zimmers unterbrochen. Der Hall erweckt den Eindruck, als schwanke die ganze Wand.

Das Mädchen steht taumelig auf, stolpert beinahe über den Koffer auf dem Boden und linst durch den gesprungenen Türspion. Der Mann davor steht etwas zur Seite gedreht, sein Gesicht ist im matten roten Schein nur undeutlich zu erkennen.

Als könne er sehen, dass sie ihn durch den Spion anstarrt, klopft er fester gegen die Scheibe.

»Re. Zep. Tion. Zwingt mich nicht, meinen Schlüssel zu benutzen.«

»Du antwortest besser, bevor er noch richtig angepisst ist«, sagt sie zu dem Jungen.

Der Junge steigt vom Bett, er trägt ein weißes T-Shirt und schwarze Boxershorts. Reibt sich übers Gesicht und knipst das Licht im Bad an, damit er sich besser orientieren kann. Dann kommt er herübergeschwankt und blickt durch den Türspion. Als er dieselbe Halbsilhouette sieht wie zuvor das Mädchen, öffnet er langsam die Tür, ohne die Kette abzunehmen.

Er will gerade etwas sagen, als ein Bolzenschneider sich um die gespannte kleine Kette legt und sie durchtrennt. Es klingt wie ein Fingerschnipsen.

Zwei Männer drängen in den Raum, lassen die Tür zum Parkplatz hinter sich offen. Der jüngere der zwei Männer schwingt mit beiden Händen den schweren Bolzenschneider und erwischt den Jungen im Gesicht. Das Knacken von Knochen unter dem Stahl ist so laut, dass man es hört. Der Junge fällt über einen Stuhl und stürzt auf den Boden. Als das Mädchen zu schreien beginnt, packt der ältere Mann sie an der Kehle und stößt sie aufs Bett, setzt sich auf ihre Brust, hebt eine Machete über seinen Kopf und erstickt ihren Schrei zu einem Husten.

»Sei still«, sagt er zu ihr.

Hinter ihnen schlägt der jüngere Mann mit dem Bolzenschneider auf den Jungen ein, bis der sich blutverschmiert in der Ecke zusammenkrümmt und die Hände schützend über den Kopf hebt.

Der ältere Mann zieht das Mädchen mit der Hand fest um ihren Hals von der Matratze und lässt sie zwischen Fenster und Bett zu Boden fallen. Die Tür des Zimmers steht immer noch einen Spaltbreit offen, taucht sie in das rote Neonlicht des »Zimmer frei«-Schildes des Motels.

»Bring ihn ins Bad«, sagt der ältere Mann über seine Schulter.

Der Jüngere wischt sich mit dem Unterarm den Schweiß aus dem Gesicht. »Ins Bad?«

»Ja«, sagt der ältere Mann. Als er die beklommene Reaktion des anderen registriert, dreht er sich um, deutet mit dem Kopf zum Bad, sagt: »Mach schon. Ist okay. Bring ihn da rein und sorg dafür, dass er still ist.«

Der jüngere Mann zieht den Jungen auf die Füße und schiebt ihn auf den orangen Schein aus dem Bad zu.

Der ältere Mann steht über dem Mädchen auf dem Boden.

Sie starrt zu ihm auf, hat Angst, versucht jedoch, ruhig zu bleiben. Atmet durch. »Tut mir leid, Eli.«

»Was genau?«, fragt Eli. Mit der breiten, schwarzen Klinge der Machete klopft er seitlich gegen ihren Kopf. »Hm? Was genau tut dir leid?«

Sie öffnet den Mund, um ihn anzuflehen, doch als sie im schwachen Neonschein zu seinem Gesicht aufschaut, verändert sich ihre Miene. Sie starrt jetzt nicht mehr mit bebenden Lippen. Sie funkelt ihn wütend an.

Sie schluckt und schleudert ihm einen trotzigen Schwall Worte entgegen. »Mir tut leid, dass ich dich je getroffen habe.«

Eli schließt die Augen. Seufzt. Nickt über die Bestätigung eines alten Gedankens, einer alten Vermutung.

Er geht neben ihr in die Hocke, hält die Machete quer über seinem Oberschenkel. Mit einem Blick in ihre verzweifelten Augen sagt er zu ihr: »Mädchen, mein wahres Ich hast du ja noch gar nicht kennengelernt.«

Sie versucht, etwas zu sagen, aber ihre Zähne klappern zu heftig aufeinander. Sie beißt sie fest zusammen.

Er reißt sie an ihrem dünnen, nackten Arm hoch. »Wenn du so unbedingt mit ihm zusammen sein willst«, brüllt er sie an, »dann geh jetzt rüber zu ihm.« Er stößt sie Richtung Bad.

Der jüngere Mann schiebt sie hinein, wischt sich dann wieder Schweiß aus dem Gesicht und fragt: »Was jetzt?«

Eli kehrt zur Zimmertür zurück. Er lässt den Blick über den Parkplatz des Motels wandern, der im Licht des Mondes und der Neonreklame vor ihm liegt, und nachdem er mit der Stille und Ruhe zufrieden ist, die er dort vorfindet, schließt und verriegelt er die Tür zu Zimmer 15.

»Fangen wir mit dem Jungen an«, sagt er.

Kapitel 1

Lily Stevens marschiert aus dem kalten Septemberregen in das Polizeirevier und geht zu dem Mann, der hinter dem Empfang sitzt. Er trägt eine schwarze Uniform, und das grelle Deckenlicht verleiht seinem militärisch kurzen Haarschnitt einen schimmernden Glanz, aber er ist noch jung, vielleicht gerade mal Anfang zwanzig.

Lily wischt ihr triefnasses Gesicht ab und sagt: »Ich möchte mit dem Sheriff sprechen.«

Auf dem Weg von der Bushaltestelle hierher wurde sie von einem unerwarteten Wolkenbruch überrascht, und nun beginnen sich ihre bis zu den Hüften reichenden Zöpfe zu lösen. Würde die Kirchenlehre ihr das Tragen von Make-up erlauben, wäre ihr Gesicht jetzt verschmiert und eher unansehnlich; so aber ist ihre Haut glatt und rosa. Unter ihrem Mantel spannt sich die Umstandsbluse über ihren rundlichen Bauch.

»Wir haben hier keinen Sheriff«, antwortet der junge Beamte. »Haben einen Chief.«

Sie verlagert ihr Gewicht von einem durchnässten Sneaker auf den anderen, der feuchte Saum ihres Jeansrocks klatscht gegen ihre Knöchel. »Okay, in Ordnung, darf ich dann bitte mit dem Chief sprechen?«

Lily beobachtet ihn, wie er sie mustert. Inzwischen ist sie das gewohnt. Wie schnell jemand ihr zu langes Haar und ihren zu langen Rock erfasst, das völlige Fehlen von Make-up oder Schmuck, ihre nicht durchstochenen Ohren. Und dann natürlich ihr dicker Bauch und ihr nackter Ringfinger.

Er sagt: »Darf ich fragen, worüber Sie mit dem Chief sprechen wollen?«

Ein grauhaariger Mann erscheint in der Tür am anderen Ende

des Raums. Er trägt ein frisches, weißes Hemd zu einer dunklen Hose; an seinem Gürtel klemmt neben einem Pistolenholster eine Dienstmarke. Seine beiden Hände umschließen einen dampfenden Kaffeebecher.

»Mein Verlobter ist verschwunden.«

Der junge Beamte sagt: »Für einen verschwundenen Freund brauchen Sie den Chief nicht. Darüber können Sie auch mit mir reden.«

»Verlobter.«

»Was?«

»Sie sagten ›Freund‹. Er ist mein Verlobter.«

»Ah, verstanden.«

Der grauhaarige Mann in der Tür bläst Dampf von seinem Kaffee und trinkt einen Schluck.

Lily spricht ihn an. »Entschuldigen Sie, Sir, sind Sie der Chief?«

Der junge Beamte beugt sich vor. »Hey, Mädchen, Sie können hier nicht einfach …«

»Schon okay, Jason«, sagt der grauhaarige Mann. »Miss, möchten Sie mich bitte nach hinten begleiten?«

Lily wirft dem jungen Polizisten einen kurzen Blick zu – *'ne tolle Hilfe warst du* – und folgt dem Chief einen hellen Gang mit nackten, weißen Wänden und poliertem Betonboden hinunter.

Er führt sie zu einer geöffneten Bürotür. »Bitte, nehmen Sie doch Platz. Kann ich Ihnen ein Handtuch geben oder irgendwas anderes anbieten?«

»Nein, vielen Dank«, antwortet Lily und streift ihren Mantel ab. »So nass bin ich nicht. Der Regen hat mich draußen nur überrascht.« Sie nimmt auf einem der schwarz gepolsterten Gästestühle vor dem Schreibtisch Platz, auf dem sich lediglich ein Computer und ein Telefon befinden. »Also, weswegen ich hergekommen bin …«

»Warten Sie bitte einen Moment, bevor Sie loslegen«, sagt er, ohne sich selbst zu setzen. »Sie sind Lily Stevens, richtig?«

Lily starrt ihn an. Die Augen unter ihren feuchten Wimpern sind eisengrau. »Ja. Kennen Sie mich?«

»Es gehört zu meinem Job, zu wissen, wer die Leute in Conway sind, Lily. Ich kenne natürlich nicht jeden in der Stadt, aber die meisten schon. Ihr Daddy ist Prediger, stimmt's? David Stevens. Und ihr seid Pfingstkirchler, habt diese kleine Kirche draußen an der Azalea.«

»Jawohl, Sir. Das ist richtig.«

»Wie alt sind Sie? Siebzehn?«

»Gerade achtzehn geworden.«

»Verstehe. Wissen Ihre Momma und Ihr Daddy, dass Sie hier sind?«

»Nein.«

»Gibt es dafür einen Grund?«

»Wie meinen Sie das?«

»Ich meine, wenn ich mit jemandem Ihres Alters ohne Begleitung eines Elternteils oder Vormunds spreche, dann ist normalerweise zu Hause etwas vorgefallen. Gibt es etwas, das Sie mir gern sagen möchten?«

Lily richtet sich gerade auf. »Nein. So was ist es nicht. Es geht hier nicht um meine Eltern.«

»Also gut.« Er betrachtet seinen Kaffee. »Entschuldigen Sie mich einen Moment. Muss mal kurz nachschenken.«

Als er das Büro verlässt, atmet Lily tief aus und reibt ihren Bauch. Sie erlaubt es sich, nach vorn zu sinken, und lässt ihre Schultern in dem Versuch kreisen, die verspannten Muskeln in der Mitte ihres Rückens etwas zu lockern. Als jedoch der Chief wieder hereinkommt, setzt sie sich erneut so gerade hin wie in einer Kirchenbank.

Er nimmt hinter dem Schreibtisch Platz. »Also dann. Schießen Sie los.«

»Sie wissen, wer ich bin. Kennen Sie auch Peter Cutchin?«

»Klar, ich kenne Peter. Arbeitet im Corinthian. Seine Momma Cynthia arbeitet unten in dem Blumengeschäft.«

»Er ist verschwunden«, sagt Lily.

»Seit wann?«

»Seit über einer Woche.«

»Er ist seit über einer Woche verschwunden, und warum erfahre ich das erst jetzt?«

»Die Leute glauben nicht, dass er verschwunden ist.«

»Wo soll er denn nach Ansicht der Leute sein?«

»Jeder denkt, er sei einfach abgehauen.«

Der Chief kratzt sich am Ohr. »Ich verstehe.« Er zeigt auf ihren Bauch. »Peter ist der Daddy?«

»Natürlich.«

»Und korrigieren Sie mich, wenn ich danebenliege, aber solltet ihr nicht letzte Woche heiraten?«

»Ja, so war's geplant.«

»Und er ist nicht aufgetaucht …«

»Ich weiß, wie das aussieht«, sagt sie, »aber so ist es nicht.«

»Hm-hm. Was sagt Peters Momma?«

»Sie sagt, er ist abgehauen, weil er mich nicht mehr sehen will.«

Der Chief lächelt betreten. »Aber Sie wollen nicht glauben, dass es so ist.«

»Es ist nicht so! Aber das spielt für sie keine Rolle. Sie hat sowieso nie gewollt, dass wir beide heiraten.«

»Wie kommt's?«

»Sie gibt mir die Schuld, deshalb. Zuerst hat sie ein ziemliches Theater gemacht von wegen ›woher wissen wir denn, dass es Peters Baby ist?‹ Als wäre ich eine … als würde ich mich nur herumtreiben. Das führte dann zu einem mordsmäßigen Streit. Nachdem sich das endlich beruhigt hatte, hat sie ein großes Geschiss darum gemacht, wo Peter und ich nach unserer Hochzeit leben würden. Wir wollten bei meinen Eltern bleiben, damit meine Mutter mir helfen kann, wenn das Baby kommt, aber das kam für Cynthia überhaupt nicht infrage. Sie sagte, ich brauche ›eine härtere Hand‹, als meine Mutter mir geben könnte. Was natürlich zum nächsten mordsmäßigen Streit führte. Nicht nur in unseren Familien, sondern auch in unserer Kirche. Klatsch und Tratsch, Leute ergriffen Partei, alles in allem ein ziemlicher Schlamassel. Ohne diese ganzen Streitereien und verletzten Gefühle hätten wir schon vor zwei Monaten heiraten können.«

»Und jetzt?«

»Jetzt ist er weg, und sie gibt natürlich wieder mir die Schuld. Aber irgendwas stimmt da nicht. Peter würde sich niemals einfach so aus dem Staub machen, ohne irgendwem was zu sagen.«

»Vielleicht ja doch. Soll schon vorgekommen sein.« Der Chief beugt sich vor. »Verzeihen Sie meine Direktheit, Lily, so was ist schon ziemlich oft vorgekommen. Ein Junge schwängert ein Mädchen und verdrückt sich, bevor sie ihm einen Ring an den Finger stecken kann – diese Geschichte ist so alt wie die Zeit. Und Peter, Sie sehen mir meine Offenheit nach, nun, er ist kein schlechter Junge. Aber er war schon immer ein wenig ziellos.«

»Das stimmt für früher«, sagt Lily. »Aber wir werden heiraten und unser Kind in der Kirche großziehen. Das ist alles andere als ziellos.«

»Nur … dass er jetzt weg ist«, sagt der Chief.

Lily starrt auf ihre bloßen Hände herab.

»Du verstehst, was ich damit sagen will?«, sagt der Chief.

»Ja«, erwidert sie, hebt den Blick und sieht ihn direkt an, »aber er hat ja nicht mal seiner Mutter gesagt, wohin er geht. Seiner eigenen Momma nicht. Die zwei stehen sich sehr nahe. Er würde niemals gehen, ohne ihr zu sagen, wohin.«

»Auch das ist schon vorgekommen«, sagt der Chief. »Natürlich gibt es noch die andere Möglichkeit, dass sie es weiß und es Ihnen nur nicht sagen will. Und wieder, auch das wäre nicht das erste Mal.«

»Sie könnten sie doch fragen«, schlägt Lily vor. »Mit mir wird sie wohl kaum reden, aber wenn Sie sie fragen würden …«

Der Chief hätte beinahe etwas gesagt, bremst sich aber im letzten Moment. Er beugt sich vor und berührt sein Telefon. »Also, eigentlich … Sie arbeitet doch nur ein Stück die Straße rauf, oder?«

»Jawohl, Sir.«

Er nimmt das Telefon in die Hand und dreht sich zu dem Computer auf seinem Schreibtisch. Mit einer Hand gibt er eine kurze Google-Suche nach der Telefonnummer des Ye Olde Thyme Flower Shoppe ein. Als er sie hat, ruft er den Laden an.

»Sandy! Jeff Reid am Apparat. Wie geht's dir heute Morgen? Gut … freut mich zu hören. Sag mal, arbeitet Cynthia Cutchin heute Morgen? Gut. Könnte ich sie bitte mal kurz sprechen? Und, Sandy, kann sein, dass ich sie bitten werde, auf einen Sprung rüber ins Revier zu kommen. Wäre dir wirklich sehr verbunden, wenn du sie ein Sekündchen entbehren könntest.«

Warum sollte das nicht länger als ein Sekündchen dauern?, fragt sich Lily.

Der Chief sagt: »Hi, Cynthia. Jeff Reid hier. Wie geht's Ihnen heute Morgen? Oh, mir geht's gut, vielen Dank. Hören Sie. Ich frage mich, ob Sie wohl kurz aufs Revier kommen könnten. Es ist keine große Sache, aber es gibt da etwas, worüber ich gern mit Ihnen sprechen würde … ja, Ma'am … nein, ich halte es für besser, wenn wir damit warten, bis Sie hier sind. Ich verspreche Ihnen, es gibt keinen Grund zur Beunruhigung. Ich muss Ihnen nur ein paar Fragen stellen. Wird nur eine Minute dauern … also schön. Wir sehen uns dann gleich, danke.«

Er legt auf. »Na gut. Sie wird gleich hier sein.«

Ohne ihre Brust berühren zu müssen, spürt Lily ihren Herzschlag. Schwester Cynthia kommt.

»Wann haben Sie Peter zum letzten Mal gesehen?«, fragt der Chief.

»Letzten Freitag, nach der Schule.«

»Haben Sie sich gestritten?«

»Nein, eigentlich nicht.«

»Was soll denn ›eigentlich nicht‹ heißen?«

»Wir haben uns nicht gestritten, aber er war sehr ruhig. Ich habe versucht, ihn dazu zu bringen, dass er mir erzählt, was ihn beschäftigt, aber er wollte nicht reden. Und als ich ihm sagte, er solle mit reinkommen und mit meiner Familie plaudern, wollte er nicht.«

»War das ungewöhnlich?«

Sie rutscht auf ihrem Stuhl herum. »Nun, in letzter Zeit war alles ziemlich angespannt. Sie wissen schon, wegen der Probleme mit seiner Mutter und allem. Aber als er mich absetzte, wollte er nicht mal auf einen Sprung mit rein und meiner Mom Hallo sagen. Ich hab gesagt, das würde blöd aussehen.«

»Was hat er darauf geantwortet?«

»Nichts. Hat einfach gar nichts mehr gesagt.«

»Was hat er gemacht, nachdem er Sie abgesetzt hat?«

»Er ist weiter zur Arbeit. Ich habe am nächsten Morgen bei ihm zu Hause angerufen.«

»Nicht sein Handy?«

»Er besitzt kein Handy. Schwester Cynthia hält nichts davon.«

»Wirklich?«

»Ja.«

»Steht in der Bibel irgendwas gegen Handys?«

»Nein. Die meisten Erwachsenen in unserer Kirche haben eines. Aber Schwester Cynthia hat ihre eigene Auslegung der Heiligen Schrift. Für sie sind Handys quasi das Tor zur Sünde.«

»Schwer, was dagegen zu sagen«, sagt der Chief.

»Sie ist … streng. Strenger noch als die meisten Pfingstkirchler. Sie ist sehr eigen.«

»Aber Peter ist neunzehn, richtig? Macht er immer das, was sie ihm sagt?«

»Na ja, nein, nicht immer. Wie Sie schon sagten, er hat sich ein bisschen herumgetrieben, als er von der Highschool kam, aber er wohnt noch bei ihr, und es ist ihr Haus und es sind ihre Regeln. Das ist ein weiterer Grund, warum ich fand, dass wir bei meinen Eltern wohnen sollten.«

»Besitzen Sie ein Handy?«

»Nein, bei uns haben nur meine Eltern Handys.«

»Aber Sie und Peter, ihr habt beide einen Festnetzanschluss?«

»Ja.«

»Okay. Dann haben Sie also am Samstagmorgen bei ihm angerufen …«

»Und es ist niemand rangegangen. Was schon komisch war. Ich wusste, dass Schwester Cynthia nicht in der Stadt war. Sie war mit anderen Frauen aus unserer Gemeinde letzte Woche auf einer großen Ladies-Revival-Versammlung in St. Paul. Aber es war schon komisch, dass Peter nicht ranging, denn ich hab ziemlich früh angerufen. Ich hab's den ganzen Tag weiter versucht, und dann kam Schwester Cynthia schließlich abends nach Hause und ist ans Telefon gegangen. Sie sagte, in seinem Bett hätte er nicht geschlafen, und sein Auto und sein Koffer seien weg.«

»Hat er ihr eine Nachricht oder irgendwas hinterlassen?«

»Sie würde mir nie irgendwas sagen. Abgesehen von der Tatsache, dass er weg ist und alles nur meine Schuld wär.«

Der Chief kratzt sich wieder am Ohr. »Verstehe«, sagt er. »Tja, dann wollen wir doch mal hören, was sie zu sagen hat, wenn sie hier ist, okay?«

Er nimmt seinen Kaffee, bemerkt, dass der inzwischen kalt geworden ist, und stellt die Tasse zurück auf den Schreibtisch. Dann dreht er sich wieder zu seinem Computer und beginnt, Spam-Nachrichten aus seinem E-Mail-Postfach zu löschen. Ohne sie anzusehen, fragt er: »Wie geht's Ihren Eltern?«

»Denen geht's gut«, lügt sie.

»Hm-hm. In der Kirche wieder alles besser?«

»Ja«, lügt sie.

»Ich weiß nicht viel über die Pfingstkirchler«, sagt er und klickt mit der Maus herum. »Die Frauen in Ihrer Kirche dürfen weder Hosen noch Make-up tragen, richtig? Und ihr schneidet euch nicht die Haare?«

»Genau.«

Er nickt, als hätte sie etwas Interessantes gesagt. »Ich hab hier einen Officer, der ist Mitglied der Assembly of God. Das ist doch auch eine Glaubensgemeinschaft der Pfingstbewegung, glaube ich. Aber seine Frau trägt Hosen …«

»Die sind anders als wir. Die sind *Mainstream*, irgendwie voll etabliert. Wir sind Oneness Pentecostals. Apostolisch.«

»Und das bedeutet was genau?«

Sie sieht zur Tür. Sie verabscheut die Vorstellung, dass Schwester Cynthia hereinkommt, während sie unbeholfen versucht, einem Außenstehenden ihre Kirche zu erklären. »Wir … wir versuchen einfach genau das zu tun, was die ursprünglichen Apostel in der Bibel getan haben.«

Er dreht sich zu ihr, sieht sie an.

Sie erkennt, dass er damit nichts anfangen kann. »Wir sind einfach strenggläubig«, sagt sie, nur um etwas zu sagen.

Tatsächlich sind Kleidung und Frisuren nur Äußerlichkeiten. Die Dinge, durch die sich die Oneness Kirche von anderen christlichen Vereinigungen unterscheiden, gehen tiefer, sind theologisch komplexer. Diese Unterschiede sind weder für ihre Kirche noch für Lily Nebensächlichkeiten. Und wenn ihr danach wäre, ihm die theologischen Implikationen der einheitskirchlichen Doktrin zu erläutern, könnte sie dies durchaus. Aber dies ist nicht der richtige Zeitpunkt. Im Moment gibt es Wichtigeres, worum sie sich kümmern muss.

»Werden Sie Peter suchen?«, fragt sie.

»Warten wir doch erst mal ab, was seine Momma zu sagen hat.« Der Chief klickt weiter mit seiner Maus herum und starrt auf den

Bildschirm. In der gleichen beiläufigen Art wie zuvor sagt er: »Habe Ihren Daddy nie beim Predigen erlebt, aber nach allem, was ich so höre, geht es ziemlich wild zu in euren Gottesdiensten. Viel Herumgehüpfe, Gerede in fremden Zungen und das alles.«

Sie weiß nicht, was sie darauf antworten soll – und weiß im Grunde eigentlich nie, wie sie reagieren soll, wenn Außenstehende so tun, als wäre ein echter Gottesdienst eine Zirkusnummer.

Sie sucht immer noch nach einer Antwort, als der junge Beamte hereinkommt und Schwester Cynthia mitbringt.

Unter besten Umständen war Schwester Cynthia eine blasse Frau, in dieser grellen Beleuchtung war sie jedoch so weiß wie eine Wand. Ihr Haar, braun in jungen Jahren, war schon lange in Farblosigkeit übergegangen und balancierte nun hoch auf ihrem Kopf, an Ort und Stelle gehalten mit Haarnadeln und Haarspray. Ihr teigig weißes Gesicht verfärbt sich rot, als sie Lily sieht.

Der Chief wendet sich ihr zu. »Alles in Ordnung, Cynthia. Nehmen Sie doch bitte Platz.«

Direkt neben Lily steht ein Stuhl. Cynthia setzt sich und legt ihre Handtasche auf dem Schoß ab. Selbst im Sitzen verdeckt ihr langer Jeansrock fast noch ihre Füße.

Sie sammelt offensichtlich ihre Kräfte und fragt: »Ist irgendetwas passiert?«

Mit väterlicher Miene versichert ihr der Chief: »Nein, nein. Lily hier versucht nur, ihren Peter zu finden, und wir haben uns gefragt, ob Sie vielleicht wissen, wo er ist.«

Schwester Cynthia sackt nach vorn und sie umklammert ihre Handtasche, als wäre sie ein Rettungsring. »Oh Gott! Sie haben mir Angst gemacht. Ich dachte schon, Sie würden mir mitteilen, ihm wäre etwas zugestoßen.« Sie reibt ihr Gesicht und wischt eine Träne aus dem Augenwinkel. »Das hätten Sie nicht mit mir machen dürfen, Jeff. Ich hätte einen Herzinfarkt bekommen können.«

Der Chief entschuldigt sich nicht für seine Gedankenlosigkeit, aber er nickt, um ihr zu zeigen, dass er ihre Beunruhigung versteht. »Ich bin sicher, es gibt kein Grund zur Besorgnis, Cynthia. Wir sind heute Morgen nur hier, weil Lily ein wenig beunruhigt ist. Sie hat seit mehreren Tagen nicht mehr mit Peter gesprochen.«

Schwester Cynthia richtet sich wieder auf und löst den verkrampften Griff um die Handtasche. Sie atmet tief durch. Dann sagt sie: »Nun, er ist irgendwo unten in Little Rock, aber ich muss zu meiner Schande gestehen, dass ich nicht genau weiß, wo er ist. Er … besucht dort unten ein paar Leute.« Sie reibt wieder über ihr Gesicht. »Eine Mutter sollte die Freunde ihres Sohnes kennen, aber ich habe nie einen dieser Freunde aus Little Rock gesehen.«

»Also, Peter ist ja auch kein kleiner Junge mehr.«

»Nein …«

»Er wird Leute kennen, die Sie nicht kennen.«

»Gehe ich von aus.«

»Aber Sie haben schon eine Weile nichts mehr von ihm gehört? Ist das normal?«

»Früher nicht, nein.« Schwester Cynthia blickt auf ihre Hände und presst ihre kurzen, dicken Daumennägel zusammen. »Aber ich denke, man könnte sagen, die Bedeutung von ›normal‹ hat sich im Verlauf der letzten paar Monate geändert.« Sie nimmt ein kleines Päckchen Kleenex aus ihrer Handtasche und zieht ein einzelnes Tuch heraus. »Er ist davongelaufen, als ich wegen einer Konferenz nicht in der Stadt war. Hat seine Tasche gepackt und ist ohne auch nur ein Wort weggefahren.«

»Wenn er ohne ein Wort gefahren ist, woher wissen Sie dann, dass er in Little Rock ist?«, fragt der Chief.

»Nun, weil er sonst nirgends sein könnte. Die einzigen Leute, die er kennt und die nicht hier leben, sind die … Leute, die er dort unten kennt. Und er verbringt immer mehr Zeit dort unten.« Sie faltet das Papiertaschentuch in der Mitte zusammen. »Er wollte einfach weg von allem hier. Ich schäme mich, das zu sagen, aber irgendwie habe ich mit so was längst gerechnet.«

»Nun, so was ist in Situationen wie dieser durchaus schon passiert«, versichert ihr der Chief.

Schwester Cynthia hebt bestätigend die Augenbrauen, verzichtet aber demonstrativ darauf, sich zu weiteren Bemerkungen über Situationen wie dieser herabzulassen.

»Peter hat sein Zeug mitgenommen?«, fragt der Chief.

»Nur seinen Wagen, unseren kleinen Rollkoffer, ein paar Kleidungsstücke.«

»Okay.« Der Chief steht auf. »Cynthia, ich wäre Ihnen sehr dankbar, wenn Sie mir Bescheid geben, sollte er sich mit Ihnen in Verbindung setzen. Besser noch, bitten Sie ihn, mich anzurufen. Ich würde gern ein paar Worte mit ihm reden. Sie können ihm sagen, es wäre nichts Offizielles, nur ein Gespräch von Mann zu Mann. Es wird keine angenehme Unterhaltung werden, aber er soll mich auf jeden Fall anrufen.«

»Danke, Jeff. Der Junge kann eine solche Ansprache von einem Mann vertragen, und soweit es mich betrifft, je strenger, desto besser.«

»Also dann.«

»Ich muss zurück zur Arbeit. Wir machen gleich auf.«

»Natürlich«, sagt der Chief. »Danke, dass Sie gekommen sind, um uns zu helfen, diese Sache zu klären.«

»Das war's?«, fragt Lily ihn.

»Ich denke«, antwortet der Chief, wobei sich eine leichte Gereiztheit in seine Stimme schleicht, »wir haben jetzt für einen Morgen genug Zeit auf diese Angelegenheit verschwendet. Ein neunzehnjähriger Junge, der ein Mädchen geschwängert hat, dann seinen Koffer packt und wegfährt, gilt nicht als vermisst oder verschwunden. Er läuft einfach weg.«

Lily senkt den Kopf, kann weder mit dem Polizeibeamten noch

mit Peters Mutter Augenkontakt herstellen. »Ich will doch nur wissen, dass es ihm gut geht.«

Schwester Cynthia putzt sich die Nase und knüllt das Papiertuch zusammen. »Ich auch.« Sie holt tief Luft und fährt fort: »Lily, sieh mich bitte an, Liebes. Niemand liebt diesen Jungen mehr als ich. Niemand könnte es je. Und das hier ist für niemanden schwerer als für mich. So habe ich ihn nicht großgezogen. Das weißt du. Wenn sein Vater noch lebte, würde sich Peter nicht so verhalten. Ich mache mir selbst Vorwürfe, wie er sich entwickelt hat. Es fällt immer auf die Mutter zurück. Besonders wenn sie Witwe ist. Aber ich habe mein Bestes getan.« Sie wirft das Papiertaschentuch in den kleinen Plastikabfalleimer neben dem Schreibtisch des Chiefs. »Aber jetzt muss Peter die Dinge allein in Ordnung bringen, und er muss seine eigenen Entscheidungen treffen. Weder ich noch du können ihm das abnehmen. Wir können nur dafür beten. Ich kann dir versprechen, dass ich dafür sorgen werde, dass er dich anruft, sobald er sich bei mir meldet.«

Als sie aufsteht, ist Schwester Cynthias Gesicht so regungslos ruhig, dass der Chief die stille Wut in ihren Augen nicht bemerkt. Aber Lily sieht es, bekommt einen flüchtigen Blick auf den ihr bevorstehenden Zorn, und sie weiß, dass es Konsequenzen haben wird, ein Mitglied der Kirche heute hierhergeholt zu haben.

Während der Chief Schwester Cynthia hinausbegleitet, rührt Liiy sich nicht. Sie kann nicht glauben, dass dies alles wirklich passiert. Sie werden ihn nicht suchen. Sie denken, es ist allein ihre Schuld, dass er gegangen ist, und das war's dann.

Ihr Blick verschleiert sich, sie kann nicht mehr geradeaus denken vor Beschämung, Verlegenheit und Wut. Es fällt ihr schwer, überhaupt zu denken.

Bis auf eine Sache, ein Gedanke, den sie glasklar vor Augen hat. *Peter ist nicht einfach weggelaufen.*

Kapitel 2

Die mit Regentropfen überzogenen Türen des Reviers entlassen sie wieder in einen Tag, der grauer und kälter geworden ist als zuvor. Über ihr schlägt eine feuchte Flagge von Arkansas träge gegen den Fahnenmast. Als sie die Eingangsstufen in den Nieselregen hinaustritt, sieht sie auf der gegenüberliegenden Straßenseite ihren Vater aus dem Auto der Familie steigen und zuckt zusammen.

David Stevens trägt ein weißes Hemd und eine dunkelgraue Hose zu seinen guten schwarzen Schuhen. Seit sie ihre Schwangerschaft offenbart hat, hat er mehr oder weniger aufgehört zu essen und zehn Pfund von seiner ohnehin schmalen Statur verloren. Er trägt keinen Mantel, und er wirkt schwach und angegriffen im beißenden Wind.

Während die Regentropfen auf den Pfützen auf dem Beton um sie herumtanzen, kommt er herüber und gibt ihr die Schlüssel.

»Geh und warte auf mich«, sagt David.

»Jawohl, Sir.«

Er steigt die Stufen ins Revier hinauf, und sie geht zum Auto und setzt sich auf den Beifahrersitz. Obwohl sie weiß, dass er wütend ist, bringt sie es nicht über sich zu bereuen, hergekommen zu sein. Sie sieht zum Revier hinüber. Der Chief muss ihn angerufen haben. Natürlich. Als er sich kurz entschuldigte und für eine Minute den Raum verließ, muss er ihren Vater angerufen haben.

Sie zieht ihre Haare nach vorn. Sie sind zu nass und durcheinander, um ihre Finger durchgleiten zu lassen, also umklammert sie sie in ihren kalten Fäusten wie ein Seil.

Als David Stevens schließlich aus dem Revier zurückkehrt, holt sie tief Luft. Er öffnet die Tür und steigt ein, lässt den Motor aber nicht an.

Mit geschlossenen Augen fragt er: »Was in aller Welt hast du dir dabei gedacht?«

»Sie müssen Peter suchen.«

Er dreht sich zu ihr. »Kannst du das bestimmen?«

Sie senkt den Kopf. David war nie ein strenger Vater. Wenn er nicht gerade erfüllt vom Heiligen Geist predigt, ist er entspannt und zurückhaltend. Er besitzt die ruhige, nachdenkliche Ausstrahlung eines belesenen Mannes, eine ungewöhnliche Eigenschaft für einen Prediger, besonders für einen der Pfingstkirche. Sie weiß, dass er lieber in seinem Büro säße und an der Zeitschiene der Missionsreise von Paulus nach Rom im Jahr 61 arbeiten würde, als hier mit ihr zu streiten. Doch genau deshalb, weil er immer schonungsvoll ihr gegenüber gewesen ist, empfindet sie seinen ruhigen Tadel unangenehmer als eine Tracht Prügel. Sie fühlt sich, als hätte sie sein Vertrauen missbraucht.

Leise sagt er: »Lily, eines Tages musst du begreifen, dass die Wurzel aller Dickköpfigkeit der Hochmut ist. Das ist der Grund, warum du es nicht auf sich beruhen lässt. Hochmut. Du willst dich einfach nicht irren. Obwohl es jedem vollkommen klar ist, *dass* du dich irrst.«

Sie starrt auf ihre geballten Fäuste.

»Deine arme Momma …«, sagt er. »Weißt du eigentlich, wie sehr sie das mitnehmen wird?«

»Daddy …«

»Hör einfach auf. Bitte. Sag nichts. In letzter Zeit weiß ich gar nicht mehr, was als Nächstes aus deinem Mund kommen wird.«

Lily sackt in sich zusammen.

Sie halten vor einer Ampel. Auf der anderen Straßenseite steigen kleine Kinder vor der Feuerwehr aus einem Schulbus. Lily erinnert sich, wie sie in der Grundschule mit ihrer Klasse auf der Feuerwache waren. Das scheint schon vor einer Ewigkeit gewesen zu sein, aber sie begreift, dass es nur sieben oder acht Jahre her ist.

Ihr Vater scheint den Bus nicht zu bemerken, denn auch er ist mit seinen Gedanken in der Vergangenheit. »Du warst so schlau. Gute Noten. Ein wirklich kluger Kopf. Und jetzt …« Er hebt eine offene Handfläche, als wären all ihre Verheißungen gerade aus seiner Hand entschwunden.

Sie kommen am Campus der UCA vorbei, und sie beobachtet, wie zwei Mädchen mit Schirmen und Rucksäcken über den glitzernden grünen Rasen gehen.

David sagt zu ihr: »Schlimmer als in die Schwierigkeiten mit diesem Jungen zu geraten ist nur noch das, was du jetzt machst. Er ist weggelaufen, und du bist hier und sorgst dafür, dass nur ja jeder in der Stadt weiter darüber redet. Ist es das, was du wirklich willst?«

»Nein, Sir.«

»Chief Reid hat mich angerufen, damit ich dich abhole.«

»Dachte ich mir schon.«

»Das hat er nur aus reiner Höflichkeit mir gegenüber getan. Ist dir das bewusst?«

»Jawohl, Sir.«

»Was ist auf dem Polizeirevier passiert?«

»Sie haben Schwester Cynthia nach Peter gefragt.«

»Du hast sie dorthin zitieren lassen …«

»Sie ist gekommen, um zu reden. Nur ein paar Minuten.«

»Du weißt schon, dass das Konsequenzen haben wird, oder? In der Kirche? Wenn sie erst einmal jedem erzählt hat, dass sie deinetwegen aufs Polizeirevier kommen musste, was meinst du, wird dann passieren?«

Lily bewegt sich nicht, sagt nichts.

»Das hier«, sagt er, »das, was du heute hier getan hast, was meinst du, sagt das über mich?«

»Es sagt gar nichts über dich.«

»Alles, was du tust, sagt etwas über mich, Lily. Ich glaube es einfach nicht, dass ein so aufgeweckte Mädchen wie du das vergessen haben kann.«

Sie senkt wieder den Kopf.

»All die Teenagermädchen, die heutzutage schwanger herumlaufen«, sagt er, »und keinen Menschen interessiert es. Niemand zuckt auch nur mit der Wimper. Aber dich werden sie ansehen. Und weißt du auch, warum?«

»Weil ich deine Tochter bin.«

»Weil du meine Tochter bist, ganz richtig. Vielleicht ist das nicht fair, Lily, aber so ist es nun mal. Die Tochter des Predigers kann immer noch ein Skandal sein, selbst in der heutigen Zeit. Verstehst du das?«

»Jawohl, Sir.«

»Was hat Schwester Cynthia gesagt, nachdem man sie dorthin zitiert hat?«

»Dass Peter nach Little Rock gefahren ist.«

»Weiß das nicht jeder?«

»Ich jedenfalls nicht«, sagt sie.

David stöhnt. Nach einer Weile fährt er rechts ran, zieht den Schalthebel in Parkstellung und bedeckt seine Augen mit der Hand.

Er weint nicht, aber Lily spürt die Beschämung auf ihrer Haut wie eine Brandwunde. Ihr ganzer Körper schmerzt. Sie wendet sich von ihm ab und schaut aus dem Fenster.

• • •

Als sie nach Hause kommen, werden sie von ihrer Mutter an der Tür erwartet.

Ihr Vater sagt: »Sie ist zum Polizeirevier gegangen, um sie zu bitten, Peter zu finden.«

Das Gesicht ihrer Mutter wird aschfahl. »Nein, das hat sie nicht.«

»Doch, hat sie.«

Ihre Mutter sieht aus, als wäre sie geohrfeigt worden. »Die ganze Stadt, Lily … diese ganze Stadt wird reden.«

Lily kann bereits spüren, wie ihre Mutter die Beherrschung zu verlieren beginnt. Peggy Stevens kann die Beherrschung verlieren, besonders dann, wenn das Problem damit zu tun hat, andere Leute zu enttäuschen oder zu erzürnen. Diese Angst geht auf Peggys eigene Kindheit zurück, als ihr Vater, selbst ein Pfingstprediger, aus seinem Kirchenamt gedrängt wurde. Man hatte Lily nie erklärt, warum genau ihr Großvater seine Kirche verloren hatte. Wie so viele Vorgänge in der Welt war es als Geheimnis behandelt worden, das zu gegebener Zeit gelüftet werden soll. Was immer jedoch damals passiert war, Folge davon ist, dass die Erwartungen anderer Menschen für Peggy Stevens wie eine beständig brennende kleine Flamme sind, als könnte ihre Missbilligung jederzeit auflodern und ihr Haus niederbrennen.

Lily geht an ihr vorbei zur Couch und setzt sich. Während ihr einfühlsamerer Vater mit ihrer ängstlichen Mutter spricht, legt sie die Hände auf ihren Bauch und wartet darauf, gescholten zu werden.

Peggy fragt ihren Mann: »Was hat die Polizei gesagt?«

»Jeff Reid war ganz freundlich«, sagt David. »Sagte, er hätte mir die Verlegenheit gern erspart. Aber er sei nicht derjenige, um den man sich Sorgen machen muss. Sie wollte, dass sie Schwester Cynthia aufs Revier holen.«

Peggy hebt die Hand an den Mund und dreht sich zu ihrer Tochter um. »Ach, Lily …«

Lily nickt ihrer Mutter zu, fast als hätte sie Mitleid. Peggy weint nicht, starrt sie nur an, als würde sie versuchen, mit einer Tragödie klarzukommen. »Er taugt einfach nichts, Lily«, sagt sie. »Siehst du das denn nicht? Er taugt einfach nichts.«

»Ob er was taugt oder nicht, hat überhaupt nichts damit zu tun«, sagt sie.

»Was soll das denn heißen?«, fragt David.

»Er ist der Vater meines Kindes. Wieso bin ich die Einzige, die das interessiert? Ihr, Cynthia, die Polizei. Niemand interessiert sich dafür, dass der Vater meines Babys einfach so von jetzt auf gleich verschwunden ist. Ihm ist etwas zugestoßen.«

»Was soll ihm denn deiner Meinung nach zugestoßen sein? Zwei Tage, bevor er dich heiraten sollte, hat er seinen Koffer gepackt und die Stadt verlassen. Kommst du nicht von allein dahinter, was das bedeutet?«

»Ich weiß, was es nach Meinung aller anderen bedeutet. Ich bin nicht blind. Ich weiß, wie es aussieht. Und es ist nicht so, dass ich so total blind vor Liebe wäre zu denken, er könnte mich niemals verlassen. Ich war nur lange genug verknallt, um schwanger zu werden. Von dieser Krankheit bin ich kuriert. Aber ich weiß auch etwas, das sonst niemand zu begreifen scheint. Peter würde sein Baby nicht verlassen. Nach allem, was mit seinem eigenen Daddy passiert ist, würde er seinen Sohn niemals im Stich lassen. Das würde er nicht tun. Etwas stimmt da nicht.«

Außer sich dreht Peggy sich zu David um und hebt die Hände. *Würdest du sie bitte zur Vernunft bringen?*

»Was, wenn du dich irrst?«, fragt er seine Tochter. »Denk bitte nur mal für einen Moment an diese Möglichkeit. Was ist, wenn die einfachste Antwort die richtige Antwort ist? Was, wenn der Junge einfach nur kalte Füße bekommen hat und weggelaufen ist, so undenkbar es auch immer sein mag, was dann?«

Lily massiert ihren Bauch. »Dann müssen wir ihn finden, bevor das Baby kommt«, sagt sie. »Er hat mir etwas versprochen, und er hat seinem Sohn etwas versprochen. Vielleicht interessiert das sonst keinen Menschen, mich aber schon. Ich beabsichtige, dafür zu sorgen, dass er zu seinem Wort steht. Ich werde nicht einfach nur so hier herumsitzen und darauf warten, dass ich eine weitere unverheiratete, minderjährige Mutter werde.«

• • •

Später kümmert sich ihre Mutter um das Abendessen, während ihr Vater nach nebenan in die Kirche geht, wo er sich mit Bruder Josiah Williams trifft. Josiah überlegt, in das Apostolic Bible Institute nach St. Paul zu gehen, und er sucht deswegen den Rat des Predigers. Er muss Peggy versprechen, zum Abendessen zurück zu sein, aber Lily weiß, dass er wahrscheinlich bis zur Schlafenszeit in der Kirche bleiben wird.

Sie geht auf ihr Zimmer und schließt die Tür. Ihr Schlafzimmer sieht genauso aus wie schon seit langer Zeit, dennoch erscheint ihr in diesem Moment alles ein wenig seltsam, so als würde sie es einem Fremden zeigen. Ein Bett mit einer mintgrünen Tagesdecke. Ein Schreibtisch mit ihren Schulbüchern. Ein Toilettentisch mit ihren Kämmen, Spangen und Haarklammern. Sie weiß, dass viele Mädchen Schmuck und Make-up auf ihren Toilettentischen haben, und während sie ebenfalls weiß, dass sich viele ihrer Freundinnen aus der Kirche insgeheim wünschen, sie könnten Make-up und Ohrringe und solche prahlerischen Dinge tragen, hat sie sich immer gesagt, dass sie froh sein kann, sich nicht damit abgeben zu müssen. In dieser Hinsicht war sie der perfekte gottesfürchtige pfingstkirchliche Teenager. Sie hat sich nie dafür interessiert, was irgendwer von ihr dachte. Sie hat ihr langes Haar immer voller Stolz getragen, wie eine christliche Rüstung, wie um der Welt zu sagen: *Ich habe keine Angst vor dir. Ich habe keine Angst davor, anders zu sein.*

Sie nimmt ihr Haar nach vorn und bürstet es aus.

Ich mag dein Haar sehr, hatte er zu ihr gesagt. Es war überhaupt das Erste gewesen, was er ihr jemals gesagt hatte, das durchblicken ließ, dass er sie mochte. Sie kannten sich schon seit Jahren, aber eines Abends nach der Kirche hatte er sie zu lange angestarrt und gesagt: *Ich mag dein Haar sehr.*

Sie wirft die Bürste zurück auf den Tisch. Sie ist wütend. Wütend auf sich, weil sie sich von diesem bescheuerten Jungen den

Kopf hat verdrehen lassen. Wütend auf ihn, weil er zu schwach ist, seiner Mutter die Stirn zu bieten. Ohne Schwester Cynthias Uneinsichtigkeit hätten sie schon vor zwei Monaten heiraten können. Und jetzt ist auch noch der Polizeichef genauso stur und uneinsichtig wie alle anderen hier …

Sie weiß, dass sie eigentlich beten sollte, aber sie ist derzeit sogar ein bisschen sauer auf den Herrn, weil er so still bleibt. Sie will beten, mit dem Herrn sprechen und ihn um Hilfe bitten, Peter zu finden, aber sie kann es nicht. Es ist wie mit Daddy. Sie kann mit ihrem Vater nicht mehr richtig reden, und beten kann sie auch nicht.

Aber sie weiß, dass sie eigentlich sollte. Sie weiß, dass Jesus darauf wartet, von ihr zu hören. Sie kniet sich hin, legt die Ellbogen aufs Bett und verschränkt ganz fest die Hände.

Sie beginnt, »Bitte, Herr Jesu Christ«, doch dann klopft jemand an die Tür.

Sie schaut auf. »Wer ist da?«

»Ich«, antwortet ihr Bruder.

»Geh weg.«

»Lass mich rein. Ich muss mit dir reden.«

Sie erhebt sich, eine Hand auf ihrem Bauch, und öffnet die Tür.

Adam blickt über ihre Schulter, als wolle er sehen, ob noch jemand in ihrem Zimmer ist.

»Mit wem redest du?«

»Ich habe gebetet, Hohlkopf. Was willst du?«

»Warum motzt du mich so an?«, sagt er. »Ich hab nix gemacht.«

»Nichts. ›Ich habe nichts gemacht‹.«

»Egal. Kann ich reinkommen?«

»Warum?«

»Weil ich mit dir reden möchte.«

»Seit wann das denn?«

Ihr kleiner Bruder hatte schon seit Jahren nicht mehr um Erlaubnis gefragt, zum Reden in ihr Zimmer kommen zu dürfen. Er ist selbst für einen Fünfzehnjährigen klein und dünn, und sein schmales Gesicht wirkt auf eine finstere Art grüblerisch. Er hat ständig schlechte Laune, seit er in die Pubertät gekommen ist. Vorher waren sie Freunde gewesen, und er hatte immer zu ihr aufgesehen. Sie war diejenige in ihrer Familie gewesen, die ihm beigebracht hatte, seine Schuhe zu binden und zu pfeifen. Sie hatten immer zusammen gespielt, hatten sich in ihren Zimmern gebalgt. Als ihr Körper jedoch begann, sich zu entwickeln, schreckte er angeekelt zurück. Wenn er mal einen kurzen Blick auf ihren BH-Träger erhaschte, fühlte er sich gleich unbehaglich. Und als sich dann seine eigene Stimme veränderte, als sich sein eigener Körper zu entwickeln begann, schien er noch am gleichen Tag zu beschließen, dass man sich mit ihr nicht mehr ernsthaft unterhalten konnte. Rückblickend denkt sie, dass sie ihn deswegen seinerzeit vielleicht zu viel aufgezogen hat.

»Lass mich nur eine Sekunde rein«, sagt er. »Ich muss mit dir reden.«

Sie tritt zur Seite, und er betritt das Zimmer. Er trägt ein weißes Anzughemd und seine Hände stecken in den Taschen einer Kakihose. Jungs der Oneness-Pfingstler haben sowieso kein besonderes Händchen in Kleidungsfragen, aber Adam wird noch mehr als die meisten deswegen aufgezogen. Er fällt einfach überall auf, wirkt überall unbeholfen.

Er sieht sich kurz im Raum um, als käme er vom Gesundheitsamt. »Was machst du gerade?«

»Hab ich doch schon gesagt. Ich habe gebetet. Ich habe eine Unterhaltung mit Jesus unterbrochen, um mit dir zu reden. Bislang scheint das ein großer Fehler gewesen zu sein.«

Er nickt. »Du hast schon größere Fehler gemacht.«

»Warum verschwindest du nicht aus meinem Zimmer, bevor ich deinem großen Fehler von Gesicht eins verpasse?«

Er nickt wieder. »Okay, aber ich hab was gehört, von dem ich fand, dass ich es dir erzählen sollte.«

»Was?«

»Etwas über Peter.«

»Was? Was über Peter?«

»Ach, jetzt bist du interessiert.«

»Hör auf damit, Adam. Komm mir nicht blöd.«

»Ich erzähl keinen Scheiß.«

»Dann sag mir, wovon du redest.«

»Kennst du Chance Berryman?«

»Chance Berryman – nein, nicht richtig, warum?«

»Aber ein bisschen kennst du ihn schon?«

»Ich meine, ich war in der Neunten, als er schon in der Zwölften war. Wir kennen uns vom Sehen, aber wir haben nie mehr als höchstens mal ein, zwei Worte miteinander gewechselt. Er war immer ein Raufbold, also hab ich einen Bogen um ihn gemacht. Besonders, nachdem er Greg Hughes fast umgebracht hätte.«

Das war vor einigen Jahren gewesen. Eines Tages nach der Schule war Lily dem Rudel Schüler gefolgt, die zum Rand des Parkplatzes liefen. Als sie über die Schultern der Kids vor ihr linste, sah sie, wie Chance Berryman einen Jungen namens Greg Hughes zu Boden schlug. Ein paar Mädchen kreischten, als Chance auf Greg stieg und anfing, sein blutverschmiertes Gesicht auf den Asphalt zu schlagen. Der Sicherheitsdienst der Schule kam schließlich aus dem Gebäude gerannt und zog Chance fort, allerdings erst, nachdem er dem anderen Jungen auf Dauer ein Augenlicht genommen hatte. Chance flog von der Schule und verbrachte dafür einige Zeit im Jugendgefängnis. Lily hatte keine Kenntnis, was seitdem aus ihm geworden war.

»Er und Peter sind befreundet«, sagt Adam.

»Nein, sind sie nicht. Wo hast du das denn gehört?«

»Chance hat's mir gesagt.«

»Was? Wann?«

»Heute Nachmittag. Er war mit einem anderen Mann zusammen, einem älteren Typen. Chance hat so einen großen roten Ford Raptor. Die haben mich auf dem Heimweg gesehen, daraufhin neben mir gehalten und mich gefragt, ob ich dein Bruder wäre. Als ich Ja sagte, haben sie mich gefragt, ob ich Peter gesehen hätte.«

»Was hast du geantwortet?«

»Was glaubst du denn, was ich gesagt habe? Ich hab Nein gesagt.«

»Was wollten sie denn?«

»Sie wollten wissen, wo Peter ist. Chance sagte, er müsse mit ihm reden. Hat mir gesagt, ich soll Peter sagen, er soll ihn anrufen.«

»Und was dann?«

»Dann nichts. Sie sind weggefahren.«

Lily setzt sich auf ihr Bett.

»Das heißt nicht, dass sie befreundet sind«, sagte sie. »Es heißt nur, dass sie sich kennen. Viele Leute kennen sich. Vielleicht wollte Chance sich nur irgendwas von ihm ausleihen.«

Adam beobachtet sie mit einem leichten Lächeln auf seinen schmalen Lippen.

»Warum lächelst du?«, fragt sie.

»Tu ich nicht«, sagt er.

»Doch, tust du. Warum lächelst du? Findest du das alles witzig?«

»Irgendwie schon, ja.«

»Warum bist du so gehässig?«

»Ich bin nicht gehässig. Das wäre unchristlich. Ich denke nur gerade, dass man erntet, was man sät.«

»Du bist krank, Adam. Weißt du das? Du bist einfach ein gehässiger kleiner schräger Vogel.«

»Wenigstens bin ich kein Hurenbock.«

Lily fühlt sich, als hätte er ihr Wasser ins Gesicht geschüttet, aber bevor sie etwas sagen kann, dreht er sich um und geht, schlendert den Flur hinunter, um seine Mutter zu fragen, was es zum Abendbrot gibt. Sie starrt eine Weile die leere Tür an, weiß, dass sie wegen seiner Sticheleien und Beleidigungen sauer auf ihn sein sollte. Aber in diesem Moment ist ihr das alles ziemlich gleichgültig.

Im Moment will sie nur wissen, warum Chance Berryman mit Peter reden will.

Kapitel 3
Eine Woche zuvor

Freitagabend im Corinthian Inn.

Um zehn Uhr ist der Parkplatz halb leer. Nur das gelegentliche Rauschen eines vorbeifahrenden Sattelschleppers draußen auf der Interstate unterbricht die Stille.

Peter Cutchin streift ziellos durch die Flure des Hotels. Es ist wenig los heute. Der hintere Anbau ist leer. Im Hauptgebäude des Hotels mit seinen fünfzig verfügbaren Zimmern und Suiten sind keine zwei Dutzend Gästezimmer belegt. Peter bleibt stehen, um eine leere Tüte Reese's Pieces vom langweilig grauen Teppichboden aufzuheben und wirft sie in den Mülleimer. Das war's dann auch schon an Arbeit, die er bislang heute Abend getan hat.

Er geht an dem langen Glasfenster vorbei, durch das man auf den Pool-Bereich sehen kann, der um diese Uhrzeit allerdings geschlossen ist. Er sollte vor Beginn der Frühschicht das Wasser ablassen und wieder auffüllen, aber das hat Zeit. Das Corinthian Inn wurde in den 1980ern von einem ehrgeizigen Träumer erbaut, der hoffte, dass Conway, Arkansas, ein bevorzugtes Reiseziel werden würde. Heute jedoch kommen nur noch wenige Leute her, daher sind die meisten Gäste des Inns auf der Durchreise nach woanders, zum Beispiel rauf in die Ozarks oder runter nach Mississippi oder Texas. Als das Corinthian in den Besitz des gegenwärtigen Eigentümers wechselte, Mr. Baker, war der ursprüngliche Traum längst einer Reihe härterer Realitäten gewichen.

Peter geht nach vorn zur Rezeption, um mit dem einzigen anderen Mitarbeiter der Spätschicht zu reden. Auch wenn beide die Standarduniform des Corinthian tragen, weißes Anzughemd und blaue Hose mit schwarzen Schuhen, unterscheiden sie sich dennoch erheblich. Allan – groß, mittleres Alter, rundlich, glatzköpfig – steht inzwischen seit einer Stunde hinter der Rezeption und liest ein dickes Buch mit dem Titel *Modernismus – die Verlockung der Ketzerei.* Peter – kleiner, jünger, dünner, volles Haar – hat bereits drei Runden durch das ganze Hotel gedreht.

Peter lehnt sich lässig gegen die Wand und schaut Allan beim Lesen zu.

»Gutes Buch?«, fragt er.

»Ja.«

»Worum geht's?«

»Es geht darum, dass man Leute nicht beim Lesen stört. Ich leih's dir bei Gelegenheit.«

»Danke.«

»Kein Problem.«

Peter setzt sich. Nach einem Moment beginnt er auf dem Stuhl zu wippen.

»Hey«, sagt er, »kann ich dich mal was fragen?«

»Wenn's denn sein muss.«

»Häh?«

»Ich versuche gerade, diese Abhandlung über den Modernismus zu lesen, Peter …«

»Ich weiß, aber kann die Abhandlung über Modernismus nicht warten? Ich wollte dich was fragen. Wegen Lily.«

Allan legt ein Lesezeichen in sein Buch.

»Lily?«, fragt er.

»Ja.«

»Was ist mit ihr?«

»Findest du es richtig, wenn ich sie heirate?«

»Kriegst du kalte Füße?«

»Nein. Aber die Hochzeit ist schon in ein paar Tagen. Das beschäftigt einen dann schon, verstehst du?«

»Jede Wette.«

»Also, was meinst du? Mache ich das Richtige?«

»Jesus, Mann, woher zum Teufel soll ich das wissen?«

»Weil du ein Mann von Welt bist. Du bist schon rumgekommen, hast was erlebt. Du bist … wie alt? Fünfzig?«

»Fünfzig? Ich dreh dir gleich den Hals um. Hier und jetzt.«

»Hey, war nur Spaß.«

»Ich bin gut erhaltene zweiundvierzig, vielen Dank. Und man hat mir gesagt, ich sehe keinen Tag älter aus als fünfunddreißig.«

»Wer hat das gesagt?«

»Verschiedene Herren aus einer breiten Palette an Dating-Apps. Aber zurück zum Thema …«

»Du bist ungefähr so alt wie meine Mutter.«

»Ach, halt die Klappe. Liebst du Lily?«

»Ja, natürlich.«

»Willst du sie heiraten?«

»Das ist das Richtige. Es ist das Richtige für das Kind.«

»Tja, das ist ein Thema für sich. Du könntest dem Kind auch noch ein Vater sein, wenn du nicht mit Lily verheiratet bist.«

»Das sieht Lily aber ganz anders.«

»Vielleicht überlegt sie es sich noch mal.«

»Lily überlegt es sich nicht noch mal.«

»Sicher?«

»Ja. Mit ihr zu diskutieren ist genauso, wie mit dem Wetter zu diskutieren. Es hat einfach keinen Sinn.«

»Also, unter dem Strich steht doch: *Willst* du sie denn heiraten?«

Peter denkt darüber nach. Schließlich nickt er. »Ja«, sagt er. »Ja, ich will sie heiraten.«

»Na super, wo ist dann das Problem?«

»Alles ist das Problem. Mal davon abgesehen, wie sehr ich Lily liebe, ist praktisch alles ein Problem. Meine Mutter spricht nicht mal ihren Namen aus. Wir wollen in der Kirche heiraten, weißt du? Kein großer Gottesdienst. Im kleinen Kreis. Nur ich und Lily und ihre Familie und meine Mom. Du weißt schon. Eine nette kleine Feier im engsten Familienkreis, um die Wunden der letzten paar Monate zu heilen. Aber meine Mom verlässt einfach für zwei Übernachtungen die Stadt zu diesem pfingstkirchlichen Frauenkongress. Sie würde rechtzeitig zur Hochzeit zurück sein, falls sie das will, aber sie will sich nicht darauf festlegen lassen. Sie sagt nur immer wieder: ›Ich weiß nicht. Ich muss dazu erst mal beten.‹ Es ist fürchterlich. Lily und ihre Mutter sind stinksauer.«

»Ziehst du die Hochzeit auch durch, wenn deine Mutter nicht dabei ist?«

»Ich meine, ich möchte nicht heiraten, wenn sie nicht dabei ist, aber wie's aussieht, werde ich wohl müssen. Natürlich werden mich Lilys Eltern hassen, ganz egal was ich mache. Besonders Schwester Peggy. Die ist ohnehin schon sauer auf mich, und wenn man einmal auf ihrer persönlichen schwarzen Liste steht, ist das so in Stein gemeißelt wie die Zehn Gebote. Sie wird mir das nie verzeihen, falls meine Mom Lily beleidigt, indem sie nicht erscheint. Das werde ich mir für den Rest meines verfluchten Lebens anhören müssen.«

»Peggy Stevens?«

»Ja.«

»Peggy Stevens ist Lilys Mutter?«

»Ja. Warum? Kennst du sie?«

Allan schaut aus einem der großen Fenster im Foyer auf den fast leeren Parkplatz hinaus. »Wir haben uns nie kennengelernt. Aber ich hab sie schon mal gesehen. Hab nie eins und eins zusammengezählt, dass Lily ihre Tochter ist.« Er zupft an seinem Ohrläppchen; etwas, das er oft macht, wenn er nachdenkt. »Die Welt ist klein«, sagt er.

Peter streicht sich mit den Fingern durchs Haar und lässt das unkommentiert stehen. Er beugt sich vor und massiert sich den Nacken, lässt dabei den Kopf kreisen, als wolle er eine Verkrampfung lösen. »Ich habe so viele Fehler gemacht.«

»Wir machen alle Fehler.«

»Ja, vielleicht, aber ich habe übertrieben viele gemacht.«

»Hey«, sagt Allan in einem Versuch, die Stimmung etwas aufzulockern, »wenn wir keine Fehler gemacht hätten, würden wir nicht hier arbeiten.«

»Ja.« Peter schüttelt wieder den Kopf und steht auf. Er schiebt die Hände in seine Hosentaschen und brummt: »Dieses Drecksloch. Noch so ein großer Fehler.«

Das lässt Allan so stehen. Über das Corinthian und Mr. Baker herzuziehen gehört praktisch automatisch zu dem Job, aber in letzter Zeit neigt der normalerweise eher optimistische Peter immer häufiger zu finsteren Stimmungsschwankungen. Allan versucht, das diesmal nicht noch anzufeuern.

Das Telefon klingelt.

Allan geht ran.

»Corinthian Inn. Allan am Apparat. Womit kann ich Ihnen helfen?« Er hört schweigend eine Weile zu. Er schreibt etwas auf. Schließlich sagt er einfach: »Okay«, und legt den Hörer auf.

Peter fragt: »Mr. Baker?«

»Ja.«

»Chance und Eli kommen her?«

Allan hebt die Hände, als wolle er sagen: *Was willst du machen?*

Eine Zeit lang ist Peter still, starrt den Flur hinunter zum hinteren Anbau. »Hast du dich schon mal gefragt, ob es falsch ist, was wir hier tun?«, fragt er.

Allan wendet den Blick von dem jüngeren Mann ab hin zu den Glasschiebetüren des Corinthian, hinter denen Insekten unter der Lampe des leeren Portikus schwärmen.

»Ich versuche, nicht daran zu denken«, sagt er. »Mach einfach deine Arbeit. Belaste dich nicht mit Dingen, die dich nichts angehen.«

Der Junge erwidert nichts.

»Alles okay mit dir?«, fragt Allan.

Peter beugt sich vor und drückt die Handballen auf seine Augen. »Nein.«

»Machst du dir immer noch Gedanken wegen der Hochzeit?«

»Die Hochzeit. Das Baby.« Er reibt sein Gesicht. »Alles.«

»Wird schon«, sagt Allan.

»Da bin ich mir nicht so sicher. Die Leute sagen so was immer. ›Wird schon.‹ Aber so muss es nicht sein.«

»Nein, wahrscheinlich nicht.«

Peter starrt in den Raum. Mehr zu sich selbst als zu Allan sagt er: »Je mehr ich von der Welt sehe, desto mehr denke ich, dass meine Mutter recht hat. Sieht so aus, als würde alles stimmen, was sie mir je über die Welt erzählt hat.«

Allan, der einen starken Verdacht hegt, welche Position er im Weltbild von Peters Mutter einnimmt, sagt nur: »Ach ja?«

»Sie sagte, wir sind in Sünde geboren und bedürfen der Gnade.«

Allan zuckt mit den Achseln. »Tja, ich kenn mich nicht aus mit dem *in Sünde geboren*«, sagt er, »aber ein bisschen mehr Gnade könnte die Welt schon gebrauchen. Da muss ich ihr zustimmen.«

Er blickt zu Peter hinüber, aber der Junge starrt immer noch auf den Boden. Hört er ihn überhaupt? Allan versucht, etwas Positives beizutragen, aber der Junge scheint dafür nicht empfänglich.

Peter drückt sich vom Tisch ab. »Muss mal auf einen Sprung nach draußen, bisschen frische Luft schnappen. Bin gleich zurück, dann kannst du deine Pause machen.«

»Okay«, sagt Allan. Er möchte noch etwas hinzufügen wie: »Alles wird gut.« Aber er tut's nicht. Stattdessen sieht er zu, wie der Junge durch die Glasschiebetüren hinausgeht und dann im Eingangsportikus steht und zum Mond hinaufschaut.

Er nimmt sein Buch und schlägt es am Lesezeichen auf. Er hatte gerade über Gustave Caillebotte und den Impressionismus gelesen. Das Buch enthält eine Abbildung von Caillebottes bestem Gemälde, *Straße in Paris an einem regnerischen Tag*, das Allan einmal in einer Ausstellung im Art Institute of Chicago gesehen hat. Das war vor einigen Jahren während seiner Collegezeit gewesen. Für Allan vor einer gefühlten Ewigkeit. Er war damals etwa in Peters Alter gewesen.

Er denkt immer noch darüber nach, dass es eine viel intensivere, mächtigere Erfahrung ist, tatsächlich vor dem Bild zu stehen, als es eine Reproduktion in einem Buch je vermitteln könnte, und er beginnt sich zu fragen, ob er wohl je wieder nach Chicago zurückkehren, noch einmal in dieses gewaltige Museum gehen und dort dann als älterer, betrübterer Mann vor dem Gemälde stehen wird, als er aufschaut und sieht, wie Scheinwerfer auf den Parkplatz einbiegen und zum hinteren Anbau fahren. Wenig später folgt ein weiteres Scheinwerferpaar.

Er widmet sich wieder seinem Buch, aber wenig später schaut er erneut auf und registriert, dass Peter nicht mehr im Portikus steht. Inzwischen müsste der Junge auch eigentlich längst zurück sein.

Allan legt das Buch aus der Hand. Er schlendert zu den Glasschiebetüren, die Hände in den Hosentaschen. Er will hinausgehen, nachsehen, wo der Junge steckt, vielleicht auch einen flüchtigen Blick zum hinteren Nebengebäude riskieren. Als er in die kühle Nachtluft hinaustritt, hört er jedoch, wie auf dem Personalparkplatz auf der anderen Seite des Hotels ein Motor angelassen wird.

Peters Auto rast am Portikus vorbei. Der Wagen bremst an der Parkplatzausfahrt kaum ab, seine Reifen kreischen, als er über die Zufahrt schlittert und auf einen Graben zuschlingert. Im letzten Moment fängt sich der Wagen, schleudert eine Fontäne aus Staub und Kies auf und schwingt wieder auf die Straße zurück. Allan steht mit offenem Mund da und sieht Peters Heckleuchten in der Dunkelheit verschwinden.

Einen Moment lang hört er noch das Röhren des Motors in einiger Entfernung, aber dann verklingt auch das. Die Stille fühlt sich endgültig an. Allan glaubt nicht, dass er und Peter in absehbarer Zeit ihre Unterhaltung fortsetzen werden. Während er dort im Licht des Portikus steht und hinaus in die Dunkelheit starrt, ist da nichts mehr als das anonyme Rauschen vorbeifahrender Autos auf der Interstate, das Geräusch von Menschen unterwegs nach anderswo, wohin auch immer.

Kapitel 4
Sonntag

Ihre Familie ist bereits zur Kirche aufgebrochen, als Lily aus der Dusche kommt und sich anzieht. Sie föhnt ihr Haar, so gut es geht, aber es ist einfach zu dicht, und es ist völlig ausgeschlossen, es rechtzeitig trocken zu bekommen. Es tropft immer noch, als sie sich ihre Bibel schnappt und nach nebenan hastet.

Der Gottesdienst hat noch nicht begonnen, und als sie in der kühlen Morgenluft den Hof überquert, sind noch alle vor der Kirche. Pkws und Pick-ups, keiner davon sonderlich neu, füllen den Schotterparkplatz. Kinder rennen auf dem Rasen hintereinander her, während ihre Eltern auf den Eingangsstufen stehen bleiben, um die Gemeindemitglieder zu begrüßen. Die Männer tragen alte Anzüge mit abgewetzten Schuhen und halten ihre Bibeln in schwieligen Händen. Die Jungs haben kurzes, gegeltes Haar und sich die Hemden in ihre sauberen Jeans gesteckt. Die Frauen tragen alle lange Blumenkleider. Die älteren Frauen haben das Haar zu kunstvollen Beehive-Frisuren modelliert, während die jüngeren Frauen es offen tragen, vorn mit Haarspray fixierten Poufs, während es hinten bis zur Taille hinabfällt.

Ihre Gemeinde hat fast sechzig Mitglieder. Verglichen mit den großen Baptisten- oder Methodistengemeinden auf der anderen Seite der Stadt ist sechzig nicht sonderlich beeindruckend, aber wie David Stevens seiner Tochter sagt: Es ist leicht, die Kirchenbänke zu füllen, wenn man nichts weiter tut, als gefüllte Schmortöpfe und Jesus liebt Dich zu versprechen.

Prediger der Oneness-Pfingstkirchler haben eine ungleich schwerere Aufgabe. Zunächst müssen sie die Menschen überzeugen, Buße zu tun und sich zu Christus zu bekennen, um seinen

Heiligen Geist empfangen und sodann in Zungen sprechen zu können. Das allein ist schon schwer genug, aber die Oneness-Pfingstkirchler lehnen noch dazu die Trinität ab – das ist die Wesenseinheit Gottes in drei Personen, nämlich Vater, Sohn und Heiliger Geist. Die Oneness-Pfingstkirchler predigen stattdessen, dass Jesus Christus ein einzelnes göttliches Wesen ist, das zwar die symbolischen *Namen* des Vaters, des Sohnes und des Heiligen Geistes annimmt, aber dennoch für immer und ewig ein einziges Wesen bleibt. Wie David Stevens es seiner Tochter erklärte, als sie noch ein kleines Mädchen war: »Eins ist gleich eins. Eins ist nicht gleich drei. Ziemlich einfache Rechnung.« Wegen dieser Glaubenslehre werden die Oneness-Pfingstkirchler oft der Ketzerei bezichtigt. Und das schon, bevor man zu den Verboten kommt, dass Frauen ihre Haare nicht schneiden, keine Hosen tragen oder Make-up benutzen dürfen. Wenn man *all das* berücksichtigt, würde Lily argumentieren, erscheinen sechzig Gemeindemitglieder schon ziemlich wunderbar.

Das Gebäude selbst ist bescheiden. Ursprünglich wurde es als Baptistenkirche errichtet, und als es zu klein für die Baptisten wurde und man in ein größeres und netteres Gebäude umzog, verkaufte man es an die Pfingstkirchler. Der Altarraum hat eine Holzgewölbedecke und die Kirchenbänke bieten Platz für etwa einhundert Menschen. Hinten gibt es ein kleines Büro für den Pastor, drei Klassenräume für die Sonntagsschule und einen Speisesaal.

Als Lily hereinkommt, unterhält sich ihr Vater gerade mit einigen Männern. Adam steht neben ihm, beobachtet die Männer beim Reden und hört ihnen zu. Lily hatte es in seinem Alter ähnlich gemacht. Sie stand neben ihrer Mutter und hörte den Frauen zu, studierte sie, studierte die Art und Weise, wie sie sich im Verhältnis zu ihren Männern und gegenüber der Außenwelt verhielten, und ganz speziell, wie sie sich untereinander verhielten.

Lily geht an den Männern vorbei. Ihr Vater wirft ihr einen kurzen Blick zu, widmet sich dann wieder seiner Unterhaltung. Normalerweise kreisen die Gespräche der Männer vor der Kirche um harmlose Themen, man erzählt sich Geschichten und freundliche Witze, heute jedoch wirken alle ruhig und ernst. Bruder Stark hat die Arme verschränkt, und Bruder Drinkwater klopft mit der Bibel gegen sein Bein. Ihr Vater starrt jetzt auf den Boden.

Sie bemerkt, dass sich ihre Mutter in einer ähnlich ernsten Unterhaltung mit einigen Frauen befindet. Wie üblich bestreitet Schwester Drinkwater, groß und laut, den größten Teil des Gesprächs. Was immer sie sagt, wird von Schwester Stark mit Kopfnicken und geraunter Zustimmung begleitet. Peggy hält ihre Bibel vor der Brust, sagt nichts.

Lily schaut sich nach Schwester Cynthia um. Sie ist nirgends zu sehen.

Als es Zeit wird, dass alle hineingehen, erspäht Lily sie schließlich. Cynthia sitzt auf ihrem gewohnten Platz in der vierten Reihe von hinten, am Ende der Bank direkt am Gang. Sie trägt eine hoch aufgetürmte, perfekt geformte Frisur, ihre Kleidung ist sauber und gebügelt. Sie liest – oder tut doch zumindest so – in ihrer Bibel. Als die Leute hereinkommen, bleibt jeder kurz stehen, um sie zu begrüßen, und Cynthia schaut jedes Mal übertrieben betont von ihrer Bibel auf, um die Begrüßung zu erwidern. *Oh, guten Morgen, Schwester Drinkwater. Oh, guten Morgen, Schwester Stark.*

Lily schlüpft, so leise sie kann, in die hinterste Kirchenbank. Einige freundliche Seelen winken ihr zu, aber jeder Anwesende in der Kirche dreht sich früher oder später um, um sie *anzusehen*, um ihren gerundeten Bauch und ihre nassen Haare zur Kenntnis zu nehmen. Lily entgeht nicht, dass Schwester Cynthia sich nicht zu ihr umdreht.

Sie macht einen auf unschuldig, denkt Lily. *Als hätte sie nicht den ganzen Abend mit Brenda Drinkwater telefoniert. Etwas ist hier im Gange …*

Auf dem Weg zur Kanzel schaut David Stevens auf seine Bibel, als wäre er noch nicht sicher, wie er anfangen soll. Lily hat ihrem Vater immer sehr gern bei seinen Predigten zugehört. Er hat gepredigt, als sie zum ersten Mal den Heiligen Geist empfangen hat. Er war derjenige, der sie getauft hat, derjenige, der sie wieder und wieder zum Herrn geführt hat. Aber jetzt hat er den Blick gesenkt, seine Augen suchen nicht wirklich das Buch, sondern er starrt es irgendwie nur an.

Kirchenbänke knarren. Füße scharren. Die unruhig zappelnde Gemeinde wartet darauf, dass er spricht, aber viel länger wird sie nicht warten.

Der Prediger hebt den Kopf.

»Wir müssen heute Morgen über einige ernste Dinge sprechen«, teilt er der Gemeinde mit.

Niemand erwidert etwas. Das Knarren und Fußscharren hört auf. Die Stille des Raums beunruhigt Lily. Für eine Kirche, in der die Menschen normalerweise ihre Lobpreisungen Gottes hinausbrüllen, ist es fast bedrückend still. Der Gottesdienst ist sehr wichtig für Pfingstkirchler. Jesus aus den Bänken anzurufen, dem Prediger aufmunternd und zustimmend zuzubrüllen. Jetzt ist dieser heilige Ort so still wie ein Raum voller Baptisten.

David Stevens fährt fort. »Ich weiß, dass einige Leute mir gern etwas sagen würden, der Gemeinde etwas sagen würden. Ich möchte diese Leute jetzt einladen, aufzustehen und zu sprechen.«

Die Leute sehen sich um, wollen wissen, wer aufsteht. Aus der hinteren Bank kann Lily alle beobachten. Raymond Wise, der älteste Mann der Gemeinde, rückt sein Hörgerät zurecht. Josiah Williams, der zukünftige Besucher des Priesterseminars, sitzt neben seinen Eltern und senkt den Kopf, als würde er ein stummes Gebet sprechen. Dale Overstreet, eines der neuesten Mitglieder

der Gemeinde, legt seinen Arm um seine Frau Bethany, als würden sie sich gleich einen Film ansehen. Auf der anderen Seite der Kirche windet sich Denise Stark in der Bank neben ihrem Mann und ihren Töchtern. Eine ausdruckslose Frau mit dunklen Augen, die zu ihren Haaren passen. Schwester Stark spricht nie viel zu jemandem außerhalb ihrer Familie, aber bei den Lobpreisungen ist sie die lauteste Person in der Kirche. Sie schreit immer, ein erschrockenes und erschreckendes Kreischen, als ob jemand sie zu vergewaltigen versuche. Im Moment allerdings ist sie so still wie alle anderen. Als sie über die Schulter einen Blick zu Lily wirft, starrt Lily zurück, bis Schwester Stark ihren Blick abwendet.

Nur wenige Bänke vor Lily sitzt ganz allein Cynthia Cutchin, starr wie eine Statue.

Schließlich erhebt sich Brenda Drinkwater, um zu sprechen. Niemand ist überrascht. Schwester Drinkwater ist ein in jeder Hinsicht herausragendes Gemeindemitglied. Sie ist über eins achtzig groß und trägt ihr Haar in einer grau werdenden Beehive-Frisur, was sie weitere acht Zentimeter größer macht. Ihr Ehegatte ist ein von Haus aus ruhiger Mann; selbst bei den Lobpreisungen murmelt er meist nur seine Gebete und Lobpreisungen. Schwester Drinkwater hingegen ist eine Frau, die immer in einer Lautstärke spricht, als versuche sie, einen Staubsauger zu übertönen. Es liegt ihr sozusagen im Blut. Ihr Urgroßvater war Reverend O. M. Tyler, einer der Hauptinitiatoren der ersten Generalversammlung der Oneness-Pfingstkirchler im Jahr 1917. Mit Tyler verwandt zu sein kommt in einer Oneness-Gemeinde fast einem Ritterschlag gleich, aber Schwester Drinkwater hat aus der familiären Beziehung nicht viel Kapital geschlagen. Vor ungefähr zwanzig Jahren hatte sie Bruder Drinkwater überredet, ihr gesamtes Geld und Schweiß und Gebete in die Eröffnung eines Ladens zu stecken, der Fensterjalousien verkaufte. Es dauerte keine zwei Jahre, bis Fine Blinds pleiteging und sie Bankrott machten. Heute arbeitet Bruder

Drinkwater bei seinem Schwager, und die energische Schwester Drinkwater bleibt zu Hause und streicht Erwerbsunfähigkeitsgeld für eine nicht näher genannte alte Verletzung ein, die sie allerdings nicht daran hindert, alles zu tun außer arbeiten. Ihre Hauptbeschäftigung ist die Kirche.

Wie es der Zufall will, ist sie außerdem Schwester Cynthias beste Freundin.

»Nun, Bruder David«, verkündet Schwester Drinkwater mit ihrer kräftigen Stimme, »am besten kommen wir direkt zur Sache. Niemand möchte Ihnen oder Ihrer Familie in dieser schwierigen Zeit unnötigen Kummer bereiten, aber manche von uns beschleicht das Gefühl, als wäre diese Gemeinde eine Herde ohne Hirte.«

Von der raunenden Gemeinde erheben sich einige zustimmende *Amen.*

»Fahren Sie fort, Schwester Drinkwater«, sagt David. »Sagen Sie, was Sie sagen müssen.«

»Sie wissen, wie sehr wir alle Sie lieben, und wir alle lieben Ihre Familie, aber die Schrift sagt, dass wir uns von jeder Erscheinung des Bösen fernhalten sollen. Können Sie uns sagen, dass dies in Ihrem Haus auch gilt? Wenn die Welt auf Ihr Haus blickt, auf Ihr Haus als die Repräsentanten dieser Kirche blickt, was sieht sie dann?«

Jedes Mal, wenn Schwester Drinkwater *Ihr Haus* sagt, fühlt es sich für Lily an, als habe sie eine Ohrfeige bekommen.

Schwester Drinkwater redet weiter, sagt dem Prediger: »Sie wissen das besser als jeder von uns. Sie haben es uns selbst gepredigt. Wir müssen uns abseits der Welt halten. Wir müssen uns abseits der Welt halten, damit die Welt in uns den Abglanz des Herrn Jesus Christus sieht und nicht das Spiegelbild ihrer selbst.«

David sagt: »Falls Sie mich tadeln, Schwester, dann danke ich Ihnen für Ihren Tadel.«

Bruder Drinkwater zitiert zur Unterstützung seiner Frau aus der Schrift: »Besser offener Tadel als Liebe, die sich nicht zeigt.«

»Amen«, ruft jemand zur Bekräftigung.

»Völlig richtig«, sagt David Stevens ihnen. »›Besser offener Tadel als Liebe, die sich nicht zeigt.‹ Sprüche 27,5. Und ihr sollt alle wissen, dass ich diesen Tadel als einen Segen auffasse.«

Schwester Drinkwater fährt fort. »Es freut mich, das zu hören, Bruder David, aber ich fürchte, das wird nicht genügen. Manche in der Kirche denken, die Menschen sollten kommende Woche darüber abstimmen. Abstimmen, ob eine neue Leitung gesucht werden sollte.«

David räuspert sich. »Ich verstehe«, sagt er mit all der Feierlichkeit eines Märtyrers.

»Es ist nichts Persönliches, Bruder. Aber es muss getan werden. Verzeihen Sie mir, dass ich es so unverblümt ausdrücke, aber wir können uns nicht hinstellen und sagen, wir legen andere Maßstäbe an uns an als die restliche Welt, während unser Pastor einen unverheirateten, schwangeren Teenager in der letzten Bank sitzen hat.«

Zustimmendes Raunen, aber ein Gemeindemitglied hält diese letzte Feststellung für ein wenig überzogen und ruft laut: »›Richtet nicht, damit ihr nicht gerichtet werdet!‹, Brenda.«

Ein anderer fügt dem ein *Amen* hinzu.

Schwester Drinkwater dreht sich nicht zu einer Antwort an ihre Kritiker um, aber Bruder Drinkwater richtet sich neben seiner Frau auf. »Keiner hier kann richten«, sagt er mit ruhiger Stimme. »Wir wissen alle, dass allein unser Herr Jesus Christus zu richten vermag. Und niemand hier will Streit.« Er sieht den Prediger an. »Aber, Bruder David, viele von uns denken, es könnte das Beste sein, wenn Sie sich für eine Weile auf Ihre Familie konzentrieren. Es ist zu Ihrem eigenen Besten und zum Wohle der Kirche und auch zum Wohle Ihrer ganzen Familie.«

Mehr Leute sagen dazu *Amen*.

In der letzten Reihe steht Lily auf. Das in ihrem Schädel pochende Blut macht sie schwindlig. »Darf ich was sagen?«, ruft sie laut und stützt sich auf der Kirchenbank ab.

Die gesamte Gemeinde dreht sich um und sieht sie an.

Lily stellt sich kerzengerade hin, die Schultern gereckt. Sie sagt: »Ich möchte nur, dass Ihr alle wisst: Wir werden sofort heiraten, sobald Peter zurück ist.«

Leute wenden ihren Blick ab. Ihr Vater steht händeringend da. Ihre Mutter reibt sich die Augen. Bruder Drinkwater an der Seite seiner Frau senkt den Blick auf die Bibel in seinen Händen.

Schwester Drinkwater ist die Einzige, die Lily noch direkt in die Augen schaut. »Es sieht nicht so aus, als würde es dazu kommen, Lily. Das musst du doch selbst auch wissen. Gestern erst bist du auf dem Polizeirevier gewesen und hast eine landesweite Fahndung verlangt, um ihn zu finden und hierher zurückzubringen.«

»Ich habe keine landesweite Fahndung verlangt.«

»Tatsache bleibt«, schießt Schwester Drinkwater zurück, »du hast es geschafft, dass sie die arme Schwester Cynthia von der Arbeit weggeholt haben, was sie vor ihren Kollegen in Verlegenheit gebracht und noch mehr negative Aufmerksamkeit auf unsere Kirche gelenkt hat.« Sie dreht sich zu den Menschen in ihrer Nähe und fährt fort. »Ich meine, wie lange sollen wir das hier weitergehen lassen? Fakten sind Fakten, und es dauert nicht lange, bis eine Gemeinde für die Taten einer einzelnen Person bekannt wird.« Sie dreht sich zu Lilys Mutter um. »Ich weiß, dass du das aus persönlicher Erfahrung nachvollziehen kannst, Schwester Peggy.«

Peggy Stevens senkt den Kopf, als befände sie sich auf einer Beerdigung.

Lily macht ein finsteres Gesicht. *Was soll das denn jetzt heißen?* Einen ähnlich überraschten Ausdruck sieht sie auf dem Gesicht ihres Bruders.

Davids Gesicht oben auf der Kanzel wird rot und verrät zum

ersten Mal Zorn, als er nun antwortet. »Das reicht, Schwester Drinkwater.«

Schwester Drinkwater spürt, dass sie einen Schritt zu weit gegangen ist, und wechselt einen Blick mit ihrem Ehemann, fordert ihn still auf, an ihrer Stelle zu antworten.

Bruder Drinkwater holt tief Luft und sagt ganz ruhig: »Wenn Menschen sich ereifern, sagen sie schnell Dinge, die sie nicht so meinen.« Er schüttelt den Kopf und wendet sich an den Rest der Gemeinde. »Aber Tatsache bleibt, dass diese Gemeinde ein Problem hat, um das sie sich kümmern muss. Es geht nicht weg, nur weil wir es gern so hätten. Es mag ja sein, dass die Familie Stevens darauf wartet, dass Peter zurückkehrt und Lily heiratet, wir anderen aber müssen weitermachen. Wir müssen uns um die Belange der Gemeinde kümmern. Genau deswegen sind wir schließlich hier. Wir müssen uns um das Werk des Herrn kümmern. Und der erste Schritt besteht darin, dass wir eine Entscheidung treffen, ob wir eine neue Führung benötigen.«

Darauf folgt viel zustimmendes Nicken und *Amen*, und Lily spürt, wie die stille Zustimmung der übrigen Anwesenden immer stärker wird. Was auch immer die Gemeinde über Sünde und Vergebung denkt, alle Anwesenden sind sich einig, dass das persönliche Drama der Familie Stevens der Gemeinde bereits viel zu viel Zeit gekostet hat.

Während Lily und die Drinkwaters sich setzen, schließt David Stevens seine Bibel und wendet sich an seine Gemeinde. »Offensichtlich müssen wir diese Fragen bezüglich des Misstrauensvotums und einer neuen Führung zur Abstimmung stellen. Mit Rücksicht auf die heute hier nicht anwesenden Mitglieder unserer Gemeinde schlage ich vor, wir setzen einen gesonderten Termin an, damit jeder hier sein kann, der hier sein möchte. Wenn wir den kommenden Freitag ansetzen, müsste jeder ausreichend Zeit haben, darüber zu beten. Alle einverstanden?«

Wie aus einem Mund antwortet die Gemeinde mit *Amen*.

Nur Lily Stevens und Cynthia Cutchin allein in ihren jeweiligen Bankreihen sagen nichts.

• • •

Nachdem die Atmosphäre für einen Gottesdienst gründlich verdorben ist, entlässt David Stevens die Gemeinde frühzeitig. Menschen umarmen sich, schütteln traurig den Kopf, sagen, dass sie intensiv darüber beten werden. Die Erwachsenen achten darauf, der Familie Stevens die Hände zu schütteln, bevor sie gehen. Einige der Frauen weinen. Es ist alles so ärgerlich. Viele Leute umarmen Lily, um ihr zu zeigen, dass sie sie immer noch lieben, dass sie ihnen immer noch etwas bedeutet. Cynthia geht mit Schwester Drinkwater zur Tür, ohne Lily anzusprechen, aber ihr Mann bleibt kurz stehen, um sie zu umarmen. Sein Anzug sitzt knapp, sein schlanker Körper besteht nur aus Muskeln und Knochen.

»Gott segne dich, Liebes«, sagt Bruder Drinkwater feierlich. »Ich werde für dich beten.«

Sie lässt die Umarmung über sich ergehen, und erwidert dann: »Könnten Sie Ihrer Frau und ihrer Freundin etwas von mir ausrichten?«

»Was denn, Liebes?«

»Sagen Sie ihnen, wenn Peter und ich am Freitagabend verheiratet hereinkommen, werden wir uns auch wieder der Arbeit des Herrn widmen können.«

Ihre Worte machen Bruder Drinkwater offenbar dermaßen betroffen, dass er den Tränen nahe zu sein scheint. Er holt tief Luft, bevor er antwortet. »Vertraue einfach dem Herrn, Lily. Was immer geschieht, vertraue einfach dem Herrn.«

»Ich vertraue dem Herrn, dass Peter und ich am Freitagabend hier sein werden«, antwortet sie.

Er hat beinahe glasige Augen, als er ihr daraufhin mit seiner rauen Hand auf die Schulter klopft. Dann folgt er den Kopf schüttelnd seiner Frau nach draußen.

Kapitel 5

Am folgenden Tag beschließt Lily, nach der Schule in Cynthias Haus einzubrechen.

Den größten Teil des Tages verbringt sie mit gesenktem Kopf, ist stiller als üblich. Während sie ohne Blickkontakt mit ihren Schulkameraden oder Lehrern von Kurs zu Kurs eilt, beschäftigt sie eine einzige Sache, ein Problem, das sie lösen muss. Das Dumme ist nur, dass sie nicht sicher ist, wo sie mit der Lösung des Problems anfangen soll.

Als sie nach Hause kommt, stellt sie fest, dass Adam zu einem Freund gegangen ist und ihre Eltern im Begriff sind, das Haus zu verlassen.

»Schwester Powell ist wieder mit ihrer Hüfte im Krankenhaus«, informiert Peggy sie. »Anscheinend hat sich das neue Hüftgelenk gelockert, das man ihr letztes Jahr eingesetzt hat, und jetzt müssen sie da irgendwas nachjustieren.«

»Dann fahrt ihr jetzt dorthin, um mit ihr zu beten?«

»Nun, noch bin ich hier der Pastor«, antwortet ihr Vater und fügt mit einem kleinen, dunklen Lächeln hinzu: »Zumindest die nächsten fünf Tage. Muss meine Arbeit erledigen.«

»Okay«, sagt Lily, ist sich nicht sicher, ob sie das Lächeln erwidern soll.

»Brauchst du etwas?«, fragt ihre Mutter auf dem Weg aus dem Haus. »Wir werden nur ein paar Stunden fort sein.«

»Nein, alles gut«, sagt Lily. »Ich werde mich einfach etwas ausruhen.«

Als sie aber am Fenster steht und zuschaut, wie das Auto ihres Vaters die Straße hinunter verschwindet, denkt sie: *Mir bleiben nur noch ein paar Tage, um ihn zu finden.*

Aber sie hat bereits mit jedem gesprochen, der ihr einfällt. Sie hat bereits mit der Polizei geredet. Das war eine Sackgasse. Was jetzt?

Die Antwort schießt ihr so unerwartet in den Kopf, als hätte der Heilige Geist souffliert.

Fang ganz von vorne an.

Okay. Am Anfang beginnen. Aber wo ist das? Wo würde die Polizei anfangen? Sie würden höchstwahrscheinlich mit der Mutter reden, so viele Details wie möglich zusammentragen. Wahrscheinlich würden sie raus zum Haus fahren, um sich sein Zimmer anzusehen, herausfinden, was er mitgenommen und was er zurückgelassen hat.

Ihr fällt ein, dass sie nicht mehr in seinem Haus war, seit er verschwunden ist. Sie ist dort nicht wirklich willkommen. Sie hatte sich auf Cynthias Wort zu allem verlassen müssen.

Aber Cynthia ist jetzt wahrscheinlich auf der Arbeit.

Nachdem sie diesen Gedanken einmal hat, lässt er sie nicht mehr los. Sie kann im Grunde zu Cynthias Haus gehen, jetzt sofort, in diesem Augenblick. *Aber um was herauszufinden?* Sie weiß es nicht. Aber etwas anderes fällt ihr auch nicht ein. Vielleicht argwöhnt ein kleiner Teil in ihr, dass sie einfach reingeht und Peter auf seinem Bett sitzend vorfindet, wo er sich vor ihr versteckt.

Sie dreht sich um und geht auf ihr Zimmer. Sie schließt die Tür und zieht die unterste Schublade ihre Kommode auf. Sie nimmt einen Schlüssel heraus, der unter den ordentlich gefalteten Jeansröcken liegt.

Sie starrt das Duplikat des Hausschlüssels der Cutchins auf ihrer Handfläche an. Nachdem sie erfahren hatten, dass sie schwanger ist, hatte Peter ihn für sie machen lassen. Er befürchtete, dass ihre Eltern sie vor die Tür setzen würden, nachdem sie ihnen sagten, dass sie ein Baby bekam. Lily sagte ihm, so etwas würden ihre Eltern niemals tun, aber er bestand darauf, dass sie ihn sicherheitshalber einfach nahm. Da es ein Liebesbeweis war, ein Versuch, ihr zu zeigen, dass er sich um sie kümmern würde, nahm sie den Schlüssel an. Sie brachte es nichts übers Herz, ihn darauf hinzuweisen, dass es *seine* Mutter war, die wohl am ehesten überreagieren würde.

Sie schließt die Hand um den Schlüssel und nickt. »Ich muss«, sagt sie.

Draußen war es warm geworden, also entscheidet sie sich für einen Jeansrock über dünnen Strümpfen, dazu eine lindgrüne Umstandsbluse, die eigentlich noch ein bisschen zu groß ist. Sie streicht die Haare zurück und sichert sie mit einer Haarspange, zieht Tennisschuhe an und geht hinaus zum Auto ihrer Mutter.

Es herrscht kaum Verkehr, als sie zum Ye Olde Thyme Flower Shoppe hinüberfährt, abbremst und langsam vorbeifährt, um sich zu vergewissern, dass Schwester Cynthias Auto noch neben den Fahrzeugen der anderen Angestellten auf dem Parkplatz steht.

Tut es.

• • •

Lily verlässt auf der 65 die Stadt, bis sie zuerst an der großen Kirche der Assembly of God auf der Anhöhe vorbeikommt und dann kurz vor dem Pickles Gap Gun Shop auf eine unbefestigte Schotterstraße ohne Straßenschild abbiegt. An dieser Straße stehen mehrere alte Häuser, einige davon im Besitz von Gemeindemitgliedern. Der Kirchenälteste, Bruder Wise, wohnt oben auf dem Berg mit seiner Tochter, und die Drinkwaters wohnen direkt hinter dem Kamm. Unterhalb der Wises wohnen einige jüngere Familien, die Lily nicht kennt. Und umgeben von Bäumen am Fuß des Hügels befindet sich Schwester Cynthias Haus.

Peter hat sein ganzes Leben in diesem Haus verbracht. Sein Vater Danny Cutchin baute dieses Haus direkt nach der Heirat mit Cynthia, baute es zusammen mit seinem Bruder, die zwei ganz allein, hatten nur an einem Tag bei der Errichtung des Fachwerkrahmens Unterstützung durch die Männer der Gemeinde. Es ist ziemlich groß, hat hohe Fenster und vorn eine kleine Veranda, aber Cynthia hatte sich erforderliche Instandhaltungsarbeiten nicht leisten können, und nach zwei harten Wintern und einer scheußlichen Tornado-Saison dazwischen fehlen dem Haus Schindeln auf dem Dach und die Hausverkleidung hat eine zwei Meter große Lücke.

Kurze Zeit nachdem Danny und sein Bruder mit dem Haus fertig waren, kam Peter auf die Welt. Aber dann, ein Jahr später, wurde die Familie von Unglücken heimgesucht. Dannys Bruder starb bei einem Frontalzusammenstoß, als sein Truck auf der 65 bei einem Wintersturm aufschwamm. Im darauffolgenden Frühjahr erhielt der immer noch trauernde Danny Cutchin die Information, dass eine Schwellung unter seinem Kieferknochen ein Lymphom war. Es folgten jahrelange Chemotherapien, die die Familie finanziell ruinierten. Sein Haar fiel aus, rieselte von seinem Kopf wie Asche, und Operationen entstellten seinen Kiefer. Er starb, die Hand seines Sohnes haltend, als Peter gerade mal fünf war.

Nur einer der Nachbarn scheint zu Hause zu sein, Bruder Wise. Peter mochte Bruder Wise schon immer und mähte den Rasen des alten Mannes, setzte sich anschließend mit einem Mountain Dew auf seine Veranda und lauschte den Geschichten von Bruder Wise, wie er während des Zweiten Weltkriegs auf einem Schiff in den Philippinen war. Bruder Wise ist dreiundneunzig und lebt mit seiner Tochter zusammen, im Moment jedoch ist das Auto der Tochter nicht da, und Bruder Wise sitzt allein am Wohnzimmerfenster und schaut den Bäumen beim Wachsen zu. Er dreht sich nicht in Lilys Richtung, als sie aus ihrem Wagen steigt und zur Haustür von Schwester Cynthia hinaufläuft. Er starrt einfach nur in die Ferne, auf einen Punkt zwischen den Bäumen.

Lily nimmt den Schlüssel heraus, schließt die Tür auf und geht hinein. In der Eingangshalle bleibt sie stehen, drückt den Schlüssel in ihrer Handfläche, lauscht in die Stille des Hauses. Sie macht einen Schritt, und das Knarren des Bodens wirkt laut genug, um noch die Straße hinauf zu hören zu sein.

Die Straße hinauf. Wird Bruder Wise ihren Besuch Cynthia gegenüber erwähnen? Er ist halb blind und kann wahrscheinlich nicht weiter sehen als bis zu den Bäumen in seinem eigenen Garten. Dennoch …

Darüber kann sie sich jetzt keine Gedanken machen. Sie fängt sich und geht weiter.

Das Haus ist gut gepflegt, Schwester Cynthia glaubt fest an das Gebot, dass Reinlichkeit gleichbedeutend mit Gottesfurcht ist. Die Eingangsdiele riecht frisch gewischt. Das Wohnzimmer ist aufgeräumt, gestaubsaugt und staubfrei. *Sie hat sonst nichts zu tun,* denkt Lily. *Sie kommt von der Arbeit hierher und putzt das Haus.* Vielleicht telefoniert sie mit einer ihrer Cousinen in Texas oder Freundinnen aus der Kirche. Aber im ganzen Haus gibt es weder Fernseher noch Computer. Keine Handys, keine Tablets, keine Videospiele. Keine Bücher außer der Bibel. Im Wohnzimmer steht ein kleines Radio. Schwester Cynthia hatte früher immer einen Mittelwelle-Sender gehört, der einen Oneness-Prediger aus Texarkana übertrug, aber aus irgendeinem Grund hatte der Sender damit aufgehört, und nun hört Cynthia nur noch für den Wetterbericht Radio. Seit Peter fort ist, sitzt sie hier ganz allein in diesem makellosen Haus. Es ist, als fürchte sie sich davor, eine eigene Persönlichkeit zu haben, aus Angst, den Herrn zu beleidigen. Außer an den Herrn und Sagrotan glaubt sie nur an die Unantastbarkeit der Mutterschaft, aber sie ist bei diesem Thema genauso unflexibel wie bei den anderen.

Lily geht den Flur mit Familienfotos an den Wänden entlang und findet die Tür zu Peters Zimmer offen vor. Sein Bett ist gemacht, der Boden gestaubsaugt, die Regale abgestaubt. Das Herzstück an den Wänden ist ein gerahmtes Poster des 1984 Arkansas Razorback Championship Basketball-Teams, ein Familienerbstück, das einmal Peters Vater gehört hatte. Über seinem Bett hängen Football-Wimpel von seinem letzten Jahr auf der Highschool. In der Ecke ein Schreibtisch, leer bis auf eine Lampe, ein Glas mit Stiften und Peters Bibel.

Ihr wird ein wenig schwindlig, wie sie jetzt wieder in diesem Raum ist. Das Bett mit seiner jägergrünen Steppdecke und den weichen Kissen ist für sie voller tiefer, sinnlicher Erinnerungen, es ist der Ort, an dem sie vor fünf Monaten ihr Kind machten.

Lily schüttelt den Kopf und geht zur Kommode neben dem Bett, sie zieht die oberste Schublade auf, die voller in Paaren zusammengeballter Socken ist. Sie tastet darunter. Nichts. Sie geht die übrigen Schubladen mit Unterwäsche, Hemden, Jeans durch. Sie geht zu dem Schreibtisch hinüber und durchsucht dessen Schubladen. Die meisten sind vollgestopft mit Papieren, alten Tests und benoteten Hausaufgaben früherer Jahre, die nach dem Unterricht hier hineingestopft und dann vergessen wurden. In der untersten Schublade findet sie dann, wonach sie sucht.

Ihre Briefe an ihn, zusammengehalten von einem Gummiband. Sie klopft das Bündel Briefe an ihr Kinn, schließt die Augen und versucht zu entscheiden, was das bedeutet. *Er würde niemals ohne die hier gehen*, denkt sie. Sie sind nicht anzüglich, aber sie sind sehr intim, nichts, was er zurücklassen würde, damit seine Mutter es finden kann. Wenn er beabsichtigt hatte zu gehen, hätte er diese Briefe mitgenommen, richtig? Sie öffnet die Augen und starrt sie an, denkt, *oder vielleicht auch nicht. Vielleicht ist es ihm egal. Vielleicht ist er einfach weggelaufen, wie ja alle sagen.*

Das glaubt sie nicht, weiß aber nicht, was sie sonst denken soll. Sie grübelt immer noch über die Bedeutung der zurückgelassenen Briefe, als sie hört, wie die Haustür geöffnet wird.

Kapitel 6

Lily rührt sich nicht, atmet nicht.

Sie wartet auf Cynthias Stimme. Cynthia kennt den draußen parkenden Wagen, und sie muss wissen, dass es nicht Peggy Stevens ist, die sich hier in Peters Zimmer umsieht.

Aber Lily hört Cynthias Stimme nicht.

Stattdessen hört sie Schritte. Schwere Schritte. In Stiefeln. Mehr als ein Paar.

»Irgendwer zu Hause?«, fragt ein Mann.

Es ist nicht Peter. Die Stimme ist älter, rauer. Sie geht zum Fenster über Peters Schreibtisch hinüber und sieht einen blutroten, höhergelegten Ford Raptor mit schicken Felgen direkt neben dem Wagen ihrer Mutter in der Einfahrt parken.

Chance Berrymans Pick-up, da ist sie fast sicher.

Sie legt die Briefe zurück in die Schreibtischschublade und drückt sie leise zu.

»Hallo«, ruft sie.

Sie tritt in die Tür. Am Ende des mit Teppichboden ausgelegten Flurs steht ein Fremder. Er ist älter als ihr Vater, vielleicht Mitte fünfzig, mit zerfurchter Haut und zotteligen Haaren in der dunkelgrau-schwarzen Schattierung von Zigarettenasche. Er trägt ein schwarzes Westernhemd mit Druckknöpfen und schmutzige Bluejeans.

Hinter dem Mann steht Chance Berryman und schaut ihm über die Schulter.

Er hat zugenommen, seit sie ihn das letzte Mal gesehen hat, als er Greg Hughes' Gesicht auf den Asphalt des Highschool-Parkplatzes geknallt hatte. Chance hatte schon immer einen kräftigen Brustkorb und breite Schultern, jetzt aber spannt sich ein graues

Razorback-T-Shirt über seinem voluminösen Bauch. Als er sie sieht, rückt er eine Basecap der Dallas Cowboys auf seinem verschwitzten Haar zurecht und sagt verlegen: »Oh. Hey, Lily.«

Der ältere Mann dreht sich um und sieht Chance an. »Lily?«

»Ja, das ist seine kleine Freundin.«

»Was macht ihr hier, Chance?«, fragt sie.

Es ist der ältere Mann, der darauf antwortet. »Ach, wir waren gerade in der Gegend«, sagt er. »Dachten uns, wir schauen mal kurz vorbei und sehen nach Pete. Ist er zu Hause?«

»Eine Türklingel habt ihr noch nie gesehen?«

Die beiden Männer wirken völlig fehl am Platz in Cynthias sterilem, christlichem Zuhause. Mit einer schmutzigen Hand drückt der ältere Mann die Tür des Bads in der Diele auf und wirft einen Blick hinein.

»Manchmal werden Leute nervös, wenn sie es am helllichten Tag an der Haustür klingeln hören«, erklärt er. »Ist schon vorgekommen, dass schreckhafte Menschen ihre Gerätschaften zur Heimverteidigung auspacken, bevor man sich anständig ankündigen kann.«

Dabei muss Chance lächeln. »Gerätschaften zur Heimverteidigung«, wiederholt er kichernd. »Der ist gut, Eli.«

Eli nickt. »Außerdem war die Tür offen, also sind wir einfach reingekommen.«

Lily verzieht das Gesicht. Sie hat vergessen, die Tür hinter sich abzuschließen.

»Wie dem auch sei«, sagt Eli zu ihr, »wir wollten Pete nicht beunruhigen. Ist er hier?«

»Nein.«

»Weißt du, wo er ist?«

»Nein, das weiß ich tatsächlich nicht.«

Er geht auf sie zu. »Bist du sicher, dass er nicht da hinten bei dir ist?«

»Was? Nein!«

»Sicher?«

»Natürlich bin ich sicher.«

Sie muss ins Zimmer zurückweichen, als er in die Tür tritt. Als sie ihm Platz macht, folgt er ihr ins Zimmer. Chance hinter ihm füllt jetzt den Türrahmen aus. Lily stößt mit ihrer Wade gegen das Bett.

Weil sie Chance kennt, wenn auch nur flüchtig, spricht sie ihn an.

»Siehst du? Hab ich doch gesagt, dass er nicht hier ist.«

Er ignoriert sie, beobachtet den älteren Mann wie ein Hund, der auf Befehle seines Herrn wartet.

Eli schaut sich in dem kleinen, aufgeräumten Zimmer um, denkt nach.

»Er ist nicht hier«, sagt Lily zu ihm. »Ist schon eine ganze Weile nicht mehr hier gewesen. Also könnt ihr Leute jetzt einfach wieder gehen.«

Er steht so dicht bei ihr, dass sie den Schimmelgeruch seiner Kleidung riechen kann, als hätte sie zu lange feucht in der Waschmaschine gelegen. Als er nach der Jalousie über dem Schreibtisch greift, bemerkt sie seine Knöchel, hart wie Hickory-Holz, kann die kräftigen Adern sehen, die seine behaarten Arme hinaufsteigen und unter dem Ärmel seines Hemds verschwinden. Er schließt die Jalousie.

»Wo ist er?«, fragt Eli.

»Hab ich doch schon gesagt, ich weiß es nicht. Er ist verschwunden. Seit ungefähr einer Woche. Kein Mensch hat was von ihm gehört.«

»Was heißt das? Er ist abgehauen und hat dich sitzen lassen?«

»Sieht so aus. Zumindest für andere Leute.«

»Wie sieht's denn für dich aus?«

»Keine Ahnung.« Sie muss schlucken, bevor sie weiterspricht.

»Was weiß ich, vielleicht hat er ja versucht, vor euch beiden zu verschwinden.«

Eli holt tief Luft, als hätte er gerade enttäuschende Nachrichten gehört.

»Scheiße, was soll das denn heißen?«, fragt Chance.

»Nichts.«

»Hat er was über uns gesagt?«

»Nein.«

»Wenn du so was sagst, muss er doch irgendwas gesagt haben …«

»Nein, hat er nicht. Aber, ich meine, hier seid ihr und sucht ihn. Man muss ja kein Genie sein, um eins und eins zusammenzuzählen. Was soll ich denn denken?«

Der ältere Mann sagt: »Für dich wär's am besten, wenn du überhaupt nicht über uns nachdenkst, Schätzchen.«

Sie schmeckt Schweiß auf den Lippen, spürt ihn auf ihrer Brust und ihrem Bauch. Sie zieht die Umstandsbluse von ihrer Haut zurück. Sie will, dass sie von hier verschwinden, will sie draußen haben, wo andere Leute vielleicht sehen, was hier passiert, aber instinktiv glaubt Lily auch, dass die Quelle der Angst ihre Macht verliert, wenn man sie nicht anerkennt oder auf sie reagiert. Damit liegt sie falsch, aber es gibt ihr das Selbstvertrauen, ihren Mut zusammenzunehmen, die Arme zu verschränken und zu sagen: »Ich überlasse das Nichtnachdenken euch beiden.« Sie wendet sich an Chance und sagt entschieden: »Und jetzt solltet ihr besser gehen!«

Sie sieht immer noch Chance an, als Eli gegen sie kracht. Sie sieht die Überraschung auf dem Gesicht des jüngeren Mannes, bevor sie mitbekommt, dass Eli sich bewegt, aber da hat Eli sie bereits nach hinten aufs Bett geschleudert. Er steigt auf sie, ignoriert ihren Bauch und setzt sich auf ihre Hüften. Er packt ihr in die Haare, ballt die Faust und reißt ihren Kopf zurück. Als sie aufschreit, verpasst er ihr eine Ohrfeige. Es ist, als würde ein Ballon in ihrem Ohr platzen. Ihr Blick verschwimmt. Seine Finger drehen sich fester in ihr Haar, seine Knöchel schrammen über ihre Kopfhaut.

Er zieht ihr Gesicht dicht zu seinem.

»Pass auf, was du sagst, Fotze, wenn du mit mir redest.«

Er reißt ihren Kopf vor und zurück, fast als versuche er, ihr den Kopf abzureißen. Dann schlägt er sie erneut so hart, dass sie wieder einen klaren Blick bekommt.

»Hast du das kapiert?«

»Jawohl, Sir. Jawohl, Sir, verstehe.«

»Und jetzt sagst du mir, wohin dieser Drecksack abgehauen ist.«

»Ich schwöre, ich weiß es nicht, Sir.«

»Du hast keine Möglichkeit, dich mit ihm in Verbindung zu setzen? Lüg mich nicht an!«

Sie schüttelt den Kopf.

Er verdreht ihre Haare, bis sie schon befürchtet, er könnte sie ihr aus der Kopfhaut reißen. »Schüttel hier nicht den Kopf, Schlampe. Antworte!«

»Ich hab keine Ahnung. Bitte. Ich schwör's bei Gott. Keiner weiß, wo er ist.«

Er reißt noch einmal kurz an ihren Haaren, lässt sie dann los, als würde er sie von sich wegstoßen. Aber er bewegt sich nicht. Sitzt immer noch auf ihren Hüften, spricht jetzt deutlich ruhiger: »Wenn ich dahinterkomme, dass du mich anlügst, komme ich zurück. Und dann werde ich nicht mehr Peter suchen. Ich werde dich suchen.«

»Ich lüge Sie nicht an.«

Er fixiert sie eine ganze Weile, wobei sich sein Zigarettenatem auf ihrer Haut heiß anfühlt. Dann verändert sich seine Miene. Von einem zornig-finsteren Blick verziehen sich seine Lippen zu einem ledrigen Lächeln. Immer noch nur wenige Zentimeter von ihrem Gesicht entfernt, sagt er nun mit sanfterer Stimme: »Gut. Das ist gut. Und ich gehe jetzt mal davon aus, dass unser kleiner Besuch heute, du verstehst schon, unter uns bleibt, richtig?«

»Jawohl, Sir.«

»Gut.« Er tätschelt ihr glattes Gesicht, das nach der Ohrfeige immer noch gerötet ist. »Ich find's besser, wenn du nett und freundlich bist. Gibt mir die Chance, auch nett und freundlich zu sein.« Er tätschelt sie wieder.

Er steigt von ihr herunter, steht auf und sagt: »Okay, Chance, auf geht's.«

Chance steht mit großen Augen da, fast so, als wäre er ebenfalls geohrfeigt worden. Er tritt durch die Tür, als Eli bereits den Flur hinuntergeht. Als Lily sich auf dem Bett hochwuchtet, dreht er sich für einen Moment zu ihr um. Den direkten Blickkontakt vermeidend, nickt er, als hätte einer von ihnen etwas gesagt, dann eilt er Eli nach.

Als sie die Haustür ins Schloss fallen hört, steht Lily auf und geht zum Fenster hinüber. Die beiden Männer steigen in den Truck, Chance setzt zurück. Sie sieht ihnen nach, bis sie aus dem Blick verschwunden sind.

Ihr Gesicht, das bislang eher gefühllos war, beginnt zu kribbeln. Sie berührt ihre Wange nicht, und sie hebt auch nicht die Hand an die Schläfe, obwohl sie das erste dumpfe Pochen heraufziehender Kopfschmerzen spürt. Sie steht einfach nur in der Mitte von Peters Zimmer, die Arme schützend um das Baby in ihrem Bauch gelegt.

Schließlich erinnert sie sich, dass sie gehen muss. Ruhig streicht sie die Laken auf dem Bett glatt, beseitigt die Vertiefungen, die zwei Körper hinterlassen haben. Sie geht den Flur hinunter und weiter nach draußen, schließt die Tür hinter sich ab. Dann fährt sie nach Hause.

Als sie dort ankommt, geht sie, ohne mit jemandem ein Wort zu wechseln, auf ihr Zimmer. Sie setzt sich einfach eine Zeit lang auf ihr Bett, starrt in den Spiegel über ihrer Kommode und reibt ihr Gesicht.

Kapitel 7

Was könnten solche Leute von Peter wollen?

Sie betrachtet den roten Fleck auf ihrer Wange im Schlafzimmerspiegel. Sie streicht mit der Fingerspitze darüber. Ihr Gesicht schmerzt nicht, obwohl sie inzwischen eindeutig leichte Kopfschmerzen hat.

Peter hat Chance oder Eli nie erwähnt. Woher kennt er sie? Ganz offensichtlich ist er in eine ziemlich üble Sache geraten, nur in was? *Drogen?* Das scheint die naheliegende Antwort zu sein. Hat heutzutage nicht alles was mit Drogen zu tun? Aber er nimmt keine Drogen – oder zumindest nicht, soweit sie es weiß –, also, was ist es dann, hat er mit ihnen zu tun, um mit irgendwas Geld zu machen? Autos oder Elektronikzeugs oder Klamotten oder dergleichen interessieren ihn nicht, also war das Geld vielleicht für sie und das Baby. Doch dann ist irgendwas passiert, irgendwas ist zwischen ihnen schiefgelaufen, und jetzt ist Peter abgehauen.

Es ist eine grauenvolle Spekulation, und sie bekommt dabei nicht nur Angst um Peter, sondern auch um sich selbst und das Baby. Wenn er vor einem Mann wie Eli wegläuft, lässt sich unmöglich sagen, wie weit er gehen wird, um wegzukommen.

•••

Peggy ruft sie zum Abendbrot. Als sie ins Esszimmer kommt, fragt Peggy sofort: »Was ist mit deiner Wange passiert?«

»Was? Ach, nichts. Ich hab mich nur vorgebeugt, um Socken aus einer Schublade zu holen, und dabei bin ich mit dem Gesicht wie der letzte Idiot gegen die Kommode geknallt.«

»Sieht aus, als könnte es sich zu einem schönen Hämatom entwickeln. Wenigstens ist die Haut nicht aufgeplatzt. Tut's weh?«

»Ja.«

»Vielleicht solltest du es nach dem Essen mit Eis kühlen.«

»Okay«, sagt sie und fragt dann: »Wo ist Daddy?«

Peggy stellt eine Schale grüne Bohnen auf den Tisch neben die Reste der Ochsenbrust vom Sonntag. »Der arbeitet heute Abend«, sagt sie.

»Oh. Alles klar.«

An vier Abenden die Woche räumt er Eis in einem kleinen Schuppen auf der anderen Seite der Stadt. Seine Bezahlung von der Kirche, die von den unbeständigen Abgaben und Spenden an seine kleine Gemeinde abhängig ist, hat nie ausgereicht, um die Kosten der Familie zu decken. Da es nicht richtig aussähe, wenn seine Frau außerhalb des Hauses arbeitet, hat er einen Job bei einem Mann angenommen, der Getränke- und Imbissstände von Football-Vereinen und Tankstellen im ganzen Bundesstaat mit Eiswürfelbeuteln beliefert. Es gibt Gemeindemitglieder, die Bruder Stevens liebend gern einen Job in der Verwaltung oder im Verkauf anböten, aber er will keinen Job, bei dem er Kontakt mit der Öffentlichkeit hätte. Er meint, es wäre abträglich für seine Position als Prediger, wenn man ihn auch als einen Angestellten kennt, der Kunden begrüßt und Waren oder Dienstleistungen feilbietet.

Stattdessen fährt David Stevens an vier Abenden die Woche zu einem kleinen, unscheinbaren Gebäude im Wald. Dort zerkleinert eine große, laute Maschine gefrorenes Wasser zu Eisbrocken und füllt sie in Plastikbeutel von zehn und vierzig Pfund ab, die er sodann auf einen Metallkarren packt und schließlich in einem begehbaren Tiefkühlraum einlagert. Es ist eine Arbeit für einen Mann, und er ist allein dort. Die Maschine produziert Dutzende Beutel die Stunde, aber ein großer Teil der Arbeitszeit besteht darin, abzuwarten, bis das Wasser gefriert. Lily vermutet, dass die viele freie Zeit ihrem Vater durchaus gefällt. Während die

Maschine vor sich hin scheppert und arbeitet, sitzt er da, liest seine Bibel und hängt seinen Gedanken nach.

Lily stellt sich vor, wie er heute Abend dort ist. *Ist er lieber für sich allein?*

Peggy nimmt Platz. »Adam«, sagt sie, »sprichst du bitte das Tischgebet?«

»Ja, Momma.«

Sie beugen die Köpfe über ihre Teller und Adam spricht. Als er fertig ist, beginnen sie zu essen, und Peggy erkundigt sich nach seinem Tag. Er beginnt, von all den dummen Dingen zu erzählen, die dumme Kids in der Schule gesagt oder getan haben. Das macht er häufig, seiner Mutter von all den Drogies, Huren und Frevlern zu berichten, aus denen die gesamte Schülerschaft ihrer Schule zu bestehen scheint. Ihre Mutter spornt ihn dabei an. Der einzige echte Fehler ihrer Mutter, denkt Lily, besteht darin, sich als gieriges Publikum für den Secondhand-Tratsch von Teenagern anzubieten.

Lily sticht auf ihre Rinderbrust ein.

Während ein Teil von ihr Adams Schilderungen unterbrechen möchte, um Peggy zu erzählen, was in Cynthias Haus passiert ist, hütet sie sich, der Versuchung nachzugeben. In gewisser Weise schützt sie ihre Mutter. Lily ist immerhin selbst unerlaubt in Cynthias Haus eingedrungen. Es ist besser, wenn Peggy nichts davon weiß, damit sie ehrlich sagen kann, sie hätte davon nichts gewusst. Und wenn Peggy von Eli und Chance wüsste, würde das ihre ablehnende Haltung gegenüber Peter nur verstärken. Nein, entscheidet Lily, vorläufig ist es besser, wenn dieser Nachmittag, wie Eli es ausdrückte, einfach unter ihnen blieb.

»Mit dir alles in Ordnung, Lily?«

Sie schaut von ihrem Teller auf und erkennt, dass ihre Mutter sie besorgt ansieht.

»Mir geht's gut, ja.«

»Bist du sicher? Du isst nichts. Und du siehst beunruhigt aus.«

Lily zuckt mit den Achseln.

Ihre Mutter nickt. »Machst du dir Sorgen wegen der Abstimmung?«

»Klar«, antwortet Lily.

»Vertraue auf den Herrn«, sagt Peggy und sieht nun auch Adam an. »Das solltet ihr beide tun.«

Adam nickt, doch Lily sieht ihre Mutter jetzt aufmerksamer an als zuvor. Die Erwähnung der Abstimmung lässt sie wieder an die Katastrophe gestern in der Kirche denken. Sie sagt: »Darf ich dich was fragen, Momma?«

»Natürlich.«

»Ich weiß aber nicht, ob es dir gefallen wird.«

»Okay …«

»Was hat Schwester Drinkwater gemeint? Als sie sagte, dass du aus eigener Erfahrung weißt, wie das ist, wenn Leute über die Kirche urteilen?«

Adam lehnt sich auf seinem Stuhl zurück. »Das hab ich mich auch schon gefragt«, sagt er in einem seltenen Fall von geschwisterlicher Solidarität. »Das war komisch, als sie das sagte.«

Ihre Mutter legt die Gabel aus der Hand und senkt kurz den Kopf. Sie nickt stumm und lehnt sich dann auch zurück. »Es ist typisch für Brenda, mir das vor der versammelten Gemeinde um die Ohren zu schlagen.« Sie holt tief Luft. »Aber ich denke, darum geht es nicht.«

Ihre Kinder starren sie an und warten.

Sie holt wieder tief Luft. »Ihr wisst, dass mein Daddy ein Prediger war, bevor ich geboren wurde«, sagt sie. »Und ihr wisst auch, dass er seine Gemeinde verloren hat. Nun, er hat seine Gemeinde verloren, weil er eine Affäre hatte. Ich war erst ein paar Jahre alt, als das passierte, daher kann ich mich nicht wirklich daran erinnern. Ich kann mich nicht erinnern, dass er je ein Prediger war, dass er je eine Gemeinde hatte. Es war immer etwas, das verloren gegangen war. Etwas, das meiner Momma das Herz brach. Ich glaube, sie ist niemals darüber hinweggekommen.« Peggy nimmt ihr Glas Wasser, trinkt einen Schluck und stellt es dann wieder fort. »Sonst noch was? Weitere Fragen? Stellt sie besser jetzt, denn ich möchte diese Unterhaltung nicht noch einmal führen.«

»Wer war die Frau?«, fragt Lily.

Peggy streicht durch ihr Haar und verschränkt dann die Arme. »Sie war eine Frau, die man für die Buchführung der Gemeinde eingestellt hatte. Eine verheiratete Frau. Kein Mitglied der Gemeinde, aber eine gottesfürchtige Frau.«

»Kennst du ihren Namen?«, fragte Adam.

»Alice Woodson«, erwidert Peggy. Sie sagt es, als hasse sie die Frage, als wäre sie ihnen böse, weil sie es wissen wollten, wäre ihnen böse, weil sie sie zwangen, den Namen auszusprechen. »Sonst noch was?«

»Wie haben die Leute von der Affäre erfahren?«, fragt Lily.

»Alice Woodson wurde schwanger.«

Lily und Adam sahen sich über den Tisch hinweg an.

»Hat sie das Baby bekommen?«, fragt Adam seine Mutter.

»Ja. Einen Jungen.«

»Kennst du ihn?«, fragt Lily.

»Nun, wir haben uns nie auf einen Kaffee getroffen, falls du das meinst.«

»Aber du weißt, wer er ist?«

»Natürlich. Er lebt immer noch in der Stadt.«

Adam gestikuliert *jetzt komm schon* und fragt: »Und? Wer ist es?«

Peggy reckt die Schultern und starrt ihren Sohn an. »Sprich nicht in diesem Ton mit mir, Adam.«

Adam senkt den Kopf. »Jawohl, Ma'am.«

»Aber wer ist es, Momma?«, fragt Lily, hakt behutsamer nach als ihr Bruder.

Peggy Stevens antwortet fast tonlos. »Sein Name ist Allan.«

Lily zuckt zurück. »Woodson«, sagt sie, erkennt den Namen. »Allan Woodson. Der Allan Woodson, der im Corinthian arbeitet?«

Ihre Mutter nickt. »Ja.«

»Der Allan, der mit Peter arbeitet. Er ist mein Onkel?«

»Ich glaube nicht, dass ich über dieses Thema noch länger mit euch reden möchte.«

»Ist er nicht so eine Art Homosexueller?«, fragt Adam.

»Gibt es verschiedene Arten?«, fragt Lily.

Adam zuckt mit den Achseln.

»Ich sagte, ich möchte nicht weiter darüber reden«, sagt ihre Mutter.

Sie nimmt ihre Gabel in die Hand, blickt auf ihren Teller, legt dann die Gabel wieder hin. Sie erhebt sich vom Tisch mit den Worten »Entschuldigt mich« und verschwindet in ihr Zimmer.

Lily starrt ihren Bruder an. Er blinzelt immer noch, schüttelt den Kopf. Sie will gerade etwas sagen, als ihre Mutter wieder hereinkommt und sich an den Tisch setzt.

»Wir werden jetzt unser Abendbrot beenden«, verkündet Peggy. »Und dann habt ihr beide Hausaufgaben zu erledigen. Ich möchte, dass ihr eurem Vater gegenüber kein Wort darüber verliert.«

»Warum denn?«, fragt Adam.

»Keine Widerworte!«, fährt seine Mutter ihn an. »Dein Vater hat mehr als genug um die Ohren, er muss sich nicht auch noch mit diesem alten Kram abgeben. Wenn er nach Hause kommt, werde ich ihm sagen, dass wir darüber gesprochen haben. Es war eine beschämende Angelegenheit, die vor über vierzig Jahren geschehen ist. Es geht niemanden etwas an, außer die Leute, die persönlich betroffen waren, und die sind heute alle tot. Also geht es heute niemanden mehr etwas an, und es wird *sehr* viel Zeit vergehen, bevor ich Schwester Brenda vergeben kann, es vor der versammelten Gemeinde aufs Tapet gebracht zu haben. Sehr, sehr viel Zeit. Und jetzt esst!«

• • •

Nach dem Abendbrot wirft sich Lily auf ihr Bett, starrt unter die Decke und denkt über die Geheimnisse nach, die Erwachsene haben. Sie hat zunehmend den Eindruck, dass die Welt der Erwachsenen eine Welt des verborgenen Wissens ist. Und im Zentrum dieses Wissens scheint immer der Sex zu stehen.

In ihrer Familie und ihrer Kirche wird nie anders über Sex gesprochen, als dass er verboten ist, ein Geheimnis, das in der Erwachsenenwelt der Ehe enthüllt wird. Aber die Ehe selbst ist auch ein Mysterium, das größtenteils hinter geschlossenen Türen passiert. Vertrauliche Gespräche werden leise geführt, damit die Kinder nichts mitbekommen. Sex wird dermaßen verschwiegen behandelt, dass Lily keine Ahnung hat, ob ihre Eltern sich überhaupt noch berühren. Und obwohl ihr beigebracht wurde, dass die Bibel Licht auf diese Dinge werfen soll, geschieht dies kaum je. Angesichts Salomons tausend Frauen und der ewigen Jungfräulichkeit von Jesus war sie nie sicher, was sie eigentlich von Sex halten sollte.

Erwachsene und ihre Geheimnisse. Ihr Großvater hatte ganz offensichtlich seine eigenen. Lily hatte ihres, aber jetzt ist ihr Geheimnis so allgemein bekannt wie ihr geschwollener Bauch.

Erwachsene und ihre Geheimnisse …

Sie steht auf, geht den Flur hinunter und klopft leise an die Tür ihrer Mutter. »Momma?«

»Ja«, antwortet Peggy hinter der Tür.

»Ich muss kurz zu dem Laden, um das Seitenschläferkissen zu kaufen, das der Arzt mir empfohlen hat.«

»Okay«, sagt Peggy. »Möchtest du, dass ich mitkomme?«

»Nein, ich komme schon klar. Soll ich dir irgendwas mitbringen?«

»Nein, danke schön. Der Tank ist voll, und Geld für das Kissen ist in meiner Handtasche auf der Küchentheke.«

Als sie aus der Einfahrt zurücksetzt, ist Lily froh, eine Zeit lang nicht in der Nähe ihrer Familie zu sein. Und sie muss wirklich ein Kissen kaufen, um etwas gegen die Beschwerden in ihrer rechten Hüfte beim Einschlafen zu tun.

Doch bevor sie das besorgt, muss sie noch eine andere Sache erledigen.

Kapitel 8

Als Lily das Haus erreicht, liegt der Garten davor im Dunkeln, also fährt sie dicht heran. Sie will, dass Schwester Cynthia weiß, dass sie da ist, will sie nicht zu sehr überraschen, wenn sie an ihre Tür klopft.

Doch Lily ist kaum aus ihrem Wagen gestiegen, da steht Schwester Cynthia schon auf der Veranda, eine dunkle Silhouette vor dem Hintergrund des Lichts, das aus dem Hauseingang herausfällt.

»Ich muss mit Ihnen reden«, sagt Lily.

Schwester Cynthia starrt sie einen Augenblick aus der Dunkelheit an, dann greift sie hinter sich ins Haus und schaltet die Verandabeleuchtung ein.

Im Schein des elektrischen Lichts wirkt sie müde und traurig, trägt immer noch den weißen Rollkragenpulli und die hellgrüne Strickjacke wie heute auf der Arbeit. Wieder zu Hause trägt sie nun allerdings das Haar, das ihr fast bis zu den Knien reicht, offen.

»Also schön«, sagt sie. »Sag, was du zu sagen hast, und verschwinde wieder.«

Lily nickt. Anscheinend ahnt Cynthia nicht, dass an diesem Nachmittag Leute in ihrem Haus waren. Oder sie weiß zumindest nicht, dass Lily am Nachmittag in ihrem Haus war.

»Können wir reingehen?«, fragt sie.

»Ich möchte wirklich nicht, dass du mein Haus betrittst, Lily. Entschuldige bitte, dass ich so unfreundlich bin, aber es ist einfach zu viel von mir erwartet, dass ich dich zum Tee einlade.«

»Keine Sorge, Cynthia, ich erwarte nicht, dass Sie jetzt anfangen, mir gegenüber nett zu sein.«

»Du bist für ein so junges Mädchen schrecklich neunmalklug.«

»Und für einen so alten Menschen reden Sie eine Menge dummes Zeug.«

Cynthia verschränkt die Arme. »Bist du nur deswegen gekommen? Um mir gegenüber respektlos zu sein?«

»Nein.« Lily geht die Stufen der Veranda hinauf. »Hören Sie, ich weiß, dass Sie sauer auf mich sind …«

»Weswegen? Was denkst du, weswegen ich sauer auf dich sein könnte?«

»Sie werfen mir vor, dass Ihr Sohn wegen mir Probleme bekommen hat.«

»Hat sich mein Junge dir aufgedrängt?«

»Schwester Cynthia …«

»Oh, jetzt bin ich *Schwester* Cynthia.«

»Soll ich Sie lieber Schwester Cutchin nennen? Oder Mrs. Cutchin?«

Cynthia zuckt mit den Achseln. »Es ist mir gleichgültig, wie du mich nennst, Lily. Aber du hast meine Frage nicht beantwortet. Hat sich mein Sohn dir aufgedrängt?«

»Natürlich nicht.«

»Nein, natürlich nicht. Mein Junge drängt sich Mädchen nicht auf. Also, wessen Schuld ist es dann?«

»Sie tun ja gerade so, als hätte ich mich ihm aufgedrängt.«

»Er ist ein Mann. Na ja, eigentlich ist er noch ein Junge. Die machen alles, was Mädchen sie tun lassen. Hat deine Momma dir das nicht beigebracht?«

Lily umklammert das Holzgeländer der Veranda, als würde sie jemandem den Hals zudrücken. »Hören Sie jetzt auf damit, Cynthia. Sagen Sie kein Wort mehr gegen meine Mutter.«

Nickend, und bestätigt in einem alten Verdacht, sagt Cynthia: »Siehst du, was ich meine? Wir sind noch nicht so weit, miteinander zu reden. Ich weiß nicht, was du dir gedacht hast, mir sagen zu können, aber ich will es nicht hören. Soweit es mich betrifft, bist du das Schlechteste, was meinem Sohn je passiert ist. Mag ja sein, dass du dein Haar lang trägst und sonntags herumbrüllst, aber du hast Peters Leben zerstört. Ich werde viel beten und es werden viele Jahre vergehen müssen, bevor ich auch nur daran denken kann, dir das zu verzeihen.«

Lily will etwas antworten, sich verteidigen, aber Cynthia starrt sie mit einer solch tiefen und endgültigen Wut an, dass es beinahe friedlich wirkt, weniger wie ein Gefühl als vielmehr wie ein endgültiger Seinszustand. Diese Frau wird ihr niemals verzeihen. Besser, zur Sache zu kommen und dann von hier zu verschwinden.

Sie fragt: »Wissen Sie, wer Chance Berryman ist?«

»Was? Wer ist das?«

»Peter hat ihn nie erwähnt? Oder einen Kerl namens Eli?«

»Wovon redest du?«

»Hat er jemals wegen irgendetwas auf der Arbeit beunruhigt gewirkt oder …?«

»Peter hat mehr als genug Sorgen.«

Lily lässt das Geländer los. »Okay, Schwester Cynthia.« Vorsichtig auf ihre Schritte im Dunkeln achtend, kehrt sie zum Auto zurück, doch bevor sie einsteigt, sagt sie: »Ich bekomme sein Kind. Sie können mich hassen, falls Sie wirklich meinen, es wäre das Richtige, das für einen Christen angemessene. Aber ich bekomme sein Baby. Und für mich scheint das ein guter Grund zu sein, früher oder später zu versuchen, miteinander auszukommen.«

In Reaktion auf dieses Friedensangebot dreht Cynthia sich um, kehrt ins Haus zurück und schließt die Tür.

• • •

Wo könnte Peter jemanden wie Eli kennengelernt haben?

Sie biegt auf die 65 ein und fährt nach Hause, ohne das Radio einzuschalten, lässt das Licht entgegenkommender Scheinwerfer in der Stille über sich huschen.

Er musste Eli über jemand anderen kennengelernt haben. Kurz nach Peters Verschwinden hat sie all seine Freunde aufgesucht, um herauszufinden, ob irgendwer eine Idee hätte, wohin er verschwunden sein könnte. Das Problem war nur, Peter hatte nicht wirklich viele Freunde. Die meisten, mit denen er auf der Highschool befreundet war, hatte er irgendwie aus den Augen verloren oder sie waren aufs College gegangen. Nach Aussortieren seiner Freunde, der Leute in der Kirchengemeinde und seiner Mutter blieb eigentlich nur noch ein Ort, wohin sie gehen konnte.

Das Corinthian. Sie könnte morgen dorthin fahren und versuchen, mit einigen seiner Arbeitskollegen zu reden.

Oder sie könnte eine ganz bestimmte Person kontaktieren.

Kapitel 9

Am nächsten Morgen klopft Lily in einer ausgedehnten Wohnanlage namens The Fairways an die Wohnungstür von Allan Woodson. Während sie wartet, schaut sie über das Geländer des Balkons im ersten Stock zu einem Mann hinunter, der telefonierend um den leeren Gemeinschaftspool wandert und dabei das Gesicht ins kühle Sonnenlicht gehoben hat. Irgendwo erklingt fünfmal die Alarmanlage eines Autos, verstummt dann. Unten weint ein Baby. Lily klopft wieder an.

Es fühlt sich komisch an, jetzt hier zu sein. Es fühlt sich komisch an, nicht in der Schule zu sein. An diesem Morgen hat sie gelogen und ihren Eltern erzählt, sie fühle sich krank. Als sie auf dem Weg aus der Tür waren, um Schwester Platt, einem älteren, bettlägerigen Gemeindemitglied, Essen zu bringen, saß Lily noch auf der Couch. Sobald ihr Vater jedoch aus der Einfahrt zurückgesetzt hatte, zog sie sich an und schnappte sich die Autoschlüssel ihrer Mutter von der Küchentheke. Sie fand es nicht gut, wie leicht ihr in letzter Zeit das Lügen zu fallen schien.

Die Tür geht auf, und ein Mann steckt seinen Kopf heraus – groß, kahl und sie weit überragend.

»Ja?«

»Hi. Sind Sie Allan?«

Er mustert sie von oben bis unten und sagt: »Und du bist Lily.«

»Ja. Darf ich vielleicht einen Moment mit Ihnen sprechen?«

»Worüber?«

»Über Peter.«

»Peter …«

»Jawohl, Sir.«

»Bitte, nicht nötig, so förmlich zu sein. So alt bin ich noch nicht.«

Lily lächelt. »Okay. Können wir einen Moment reden? Wär wirklich wahnsinnig nett.«

Allan nickt. »Klar«, sagt er.

Die Tür öffnet sich weiter, und obwohl Peter ihr erzählt hatte, dass Allan groß und kräftig ist, erschrickt Lily vor den Dimensionen des Mannes, der jetzt in der Tür steht. Allan Woodson ist ein Koloss von einem Mann. Er trägt ein schwarzes T-Shirt, groß wie eine Plane, das kaum seinen gewaltigen Bauch bedeckt, der über den Gürtel seiner schlabberigen grauen Jeans hängt. Aber selbst wenn er dünn wäre, wäre Allan immer noch ein Riese. Mit dem Kopf berührt er fast den Türrahmen, und seine mächtigen Schultern gehen in enorme Arme und dicke Hände über, in denen Lilys Schädel leicht Platz hätte.

»Warum kommst du nicht rein, Schätzchen?«

Sie nickt und geht an ihm vorbei. Durch die Tür gelangt man direkt in ein kleines Wohnzimmer mit vier großen, überquellenden Bücherregalen, Lily hat noch nie zuvor in der Privatwohnung von irgendwem so viele Bücher gesehen. Sie erinnert sich, wie Peter einmal erzählt hatte, dass Allan immer ein Buch mit zur Arbeit bringt, damit er lesen kann, wenn nichts los ist. »Allan ist ein Mann mit Theorien«, sagte Peter. »Zu allem.«

Durch eine offen stehende Schlafzimmertür auf der anderen Seite des Raums sieht sie einen alten Mann in einem Rollstuhl vor einem Fernseher.

Der alte Mann ruft jetzt: »Al, wer ist das?«

»Niemand«, ruft Allan zurück. »Nur eine Freundin.«

»Tut mir leid, wenn ich störe«, sagt sie.

Allan runzelt die Stirn und schüttelt den Kopf, wie um zu sagen, gar kein Problem.

»*Wer* ist es?«, fragt der alte Mann.

Allan geht zum Schlafzimmer. »Ich hab dir doch gesagt, es ist niemand. Nur jemand, mit dem ich ein paar Minuten reden muss.«

»Wie kann sie denn gleichzeitig niemand und jemand sein?«

»Das ist ein ontologisches Mysterium, das wir später klären werden. Vielleicht könntest du aber für den Moment einfach fernsehen?«

»Du hast gesagt, du willst mir ein Sandwich machen.«

»Und das werde ich auch. Herr im Himmel. Immer mit der Ruhe!«

Allan schließt die Tür und verdreht die Augen. »Wir haben Glück, es läuft gerade *Fox & Friends.*«

Er geht zu einem der Bücherregale und knipst eine Stehleuchte an. Das Licht fällt in eine Ecke und beleuchtet den Raum, ohne ihm wirklich etwas von seinem Halbdunkel zu nehmen. Allan geht in die Küche und lässt sie sich einen Moment umsehen.

Lilys Blicke wandern über die Bücherregale. Sie sieht nichts, was sie schon gelesen hat, aber Allan scheint einen vielseitigen Geschmack zu haben. Sie erspäht dicke Science-Fiction-Romane, schmale Bändchen mit Gedichten und Theaterstücken und viele Bücher, von denen sie noch nie gehört hat. Da sind verschiedene Biografien von Schauspielern und Musikern, deren Namen sie kennt. Auf einem Bord zählt sie mindestens drei Biografien der Countrysängerin Reba McEntire. Abgesehen von seinen Bücherregalen ist Allans Einrichtung antik, aber billig mit Lampen, Beistelltischen und Stühlen unterschiedlicher Stilrichtungen aus verschiedenen Epochen. Die Wände sind mit sorgfältig platzierten Filmpostern, alter Werbung, Theaterplakaten und Fotos zugepflastert. Sie schaut sich alles an, als wäre sie in einem Museum. Ein Tourneeplakat einer Band namens Eurythmics, von der sie noch nie gehört hat, eine kurzhaarige Frau und ein langhaariger Mann. Dann ein Poster eines Films aus den Fünfzigerjahren mit dem Titel *Two-Gun Lady*, die Frau trägt Jeans, Cowboystiefel und sechsschüssige Revolver. Einige der gerahmten Fotos zeigen berühmte Menschen, die Lily vage erkennt, aber deren Namen ihr nicht einfallen, obwohl sie ein großes Hochglanzfoto von Reba McEntire erspäht, ganz offensichtlich aus den Neunzigern, mit der Widmung *Für Allan, herzlich Reba.*

Die übrigen gerahmten Fotos sehen irgendwie alt aus, Aufnahmen von Vorfahren aus der fernen Vergangenheit. Unter ihnen gibt es nur ein Familienfoto der Art, wie es für Kirchenzwecke gemacht wird. Allan und seine Eltern. Allan ist ein Teenager, erheblich dünner, aber doch schon pummelig, mit dünnen braunen Haaren. Sein Vater ist kräftig, imposant und gelangweilt.

Aber am längsten starrt Lily auf Allans Mutter – eine korpulente, geschminkte Frau mit goldenen Ohrringen in einem blauen Kirchenkleid. Auf dem Foto verzieht sie unbeholfen den Mund, als könnte sie sich nicht ganz zu einem Lächeln durchringen. *Diese Frau hatte eine Affäre mit Grandpa Tackett?*

Aus der Küche fragt Allan: »Hättest du gern irgendwas? Ich wollte meinem Vater gerade ein Sandwich mit Erdnussbutter und Jelly machen. Ich selbst nehm nur ein Glas Wasser.«

Sie geht zur Tür hinüber. »Nein, vielen Dank. Ich bin zufrieden.«

Allan lächelt und nickt. »Höflich.« Er stellt Brot, ein Glas grobe Erdnussbutter und ein Glas Brombeermarmelade auf die Arbeitsfläche und nimmt einen Teller von einem Trockengestell neben der Spüle.

Er macht das Sandwich, als die Schlafzimmertür aufgeht, der alte Mann herausgerollt kommt und vor Lily stoppt. Er ist ein kräftiger Mann, der mit dem Alter klein geworden ist. Seine Schultern sind schlapp, sein Kopf hängt tief, als würde er implodieren. Seine langen, verkümmerten Gliedmaßen umschlingen einen Rumpf so straff und rund wie eine Melone. Er späht unter den buschigen grauen Augenbrauen zu Lily hoch und sagt: »Herman Woodson. Mein Sohn ist zu unhöflich, uns einander vorzustellen, also muss ich das selbst tun. Und wer sind Sie?«

»Dad …«, sagt Allan.

»Ich bin Lily.«

»Lily? Lily wer?«

»Lily Stevens, Sir.«

Der alte Mann starrt sie an.

Lily sagt: »Freut mich, Sie kennenzulernen, Sir.«

»Deine Momma ist nicht zufällig Peggy Tackett, oder?«

»Ja, Sir. Tackett war ihr Mädchenname.«

Der alte Mann dreht sich zu seinem Sohn. Schroff sagt er: »Du weißt, wer ihre Momma ist?«

Allan taxiert Lily. »Ja, weiß ich«, sagt er. Er sieht wieder seinen Vater an. »Aber deswegen ist sie nicht hier. Sie ist wegen meiner Arbeit hier, drüben im Hotel.«

Der alte Mann starrt Lily wütend an, atmet dabei durch den Mund. Sie versucht, ihn freundlich anzulächeln, er blinzelt sie jedoch nur an, als würde er in die helle Sonne sehen. Sie senkt den Blick und streicht eine Falte der Umstandsbluse auf ihrem Bauch glatt.

Schließlich murmelt Allan irgendwas und nimmt das Sandwich und ein Glas Milch. »Komm, Dad, ich glaube, Doocy ist wieder drin …«

»War nett, Sie kennenzulernen, Sir«, sagt Lily zu dem alten Mann.

Er betrachtet sie noch einen weiteren Moment. Dann kehrt er ohne ein weiteres Wort zu seinem Zimmer zurück, gefolgt von seinem Sohn mit dem Mittagessen und einem klappbaren Tablett.

Lily schlendert ins Wohnzimmer und setzt eine besorgte Miene auf, als Allan aus dem Schlafzimmer zurückkommt und hinter sich die Tür schließt.

»Ich hoffe, ich hab ihn nicht verärgert«, sagt sie.

Auf dem Rückweg zur Küche zuckt Allan mit den Achseln. »Er

ist schon seit zweiundvierzig Jahren verärgert«, sagt er. Er schenkt sich ein Glas Wasser ein und ruft ihr zu: »Setz dich doch bitte.«

Als er wieder hereinkommt und ihr gegenüber Platz nimmt, sagt Lily: »Dann wissen Sie also, wer meine Mutter ist.«

»Sofern ich nicht total danebenliege, ist Peggy Stevens geborene Tackett deine Mutter, meine lange verloren geglaubte Halbschwester. Womit du dann meine Nichte wärst.«

»Ja«, sagt sie.

Er nickt und wartet, dass sie ihre nächsten Worte findet. Er betrachtet sie kühl distanziert, sodass Lily sich beurteilt fühlt. Es ist nicht feindselig, aber richtig freundlich ist es auch nicht.

»Ich bin aber eigentlich nicht wegen dieser Dinge hier«, sagt sie.

»Sag bloß!«

»Nein. Ich suche Peter.«

»Peter ist weg, Schätzchen.«

»Ich weiß. Deshalb suche ich ihn ja.«

»Keine gute Idee.«

»Wieso?«

»Man sollte nie irgendeinem Jungen hinterherrennen.«

»Ich renne nicht hinter ihm her. Ich versuche, ihn zu finden.«

Allan trinkt einen Schluck Wasser. »Hört sich für mich nicht wie eine echte Unterscheidung an.«

»Hat er mit Ihnen gesprochen, bevor er gegangen ist?«

»Nein«, sagt er. »Er ist eines Abends mitten in seiner Schicht vom Parkplatz gerast und nicht mehr zur Arbeit erschienen, wie er eigentlich sollte.«

»Finden Sie das nicht seltsam?«

Allan zuckt mit den Achseln. »Nicht mehr zur Arbeit zu kommen ist eine weitverbreitete Art der Kündigung. Hab ich selbst auch schon so gemacht.«

»Aber Sie beide waren doch befreundet. Warum sollte er gehen, ohne sich von Ihnen zu verabschieden?«

»Tja, weißt du, wir waren Kollegen auf der Arbeit, aber das heißt nicht, dass wir im echten Leben richtige *Freunde*-Freunde waren. Wir haben nicht zusammen abgehangen oder so. Es war schon ziemlich unhöflich, aber ist ja auch nicht so, als müsste er sich von mir verabschieden.«

»Hat er Ihnen nicht mal beim Umzug geholfen?«

»Ja, er hat mir geholfen, die Gesundheitsmatratze von meinem Dad hochzutragen. So vor drei Monaten.«

»Genau«, sagt Lily und nickt. »So hab ich Sie gefunden. Ich erinnere mich, Peter hat mir damals erzählt, dass Sie hier wohnen.«

»Okay, aber deshalb sind wir keine besten Kumpel oder so was. Warum kommst du zu mir? Ich weiß nicht, wo er ist.«

»Na ja, Sie und ich sind *verwandt*. Ich meine, irgendwie. Ich schätze, ich hab wohl gehofft, Sie würden mir helfen.«

Darüber muss Allan lachen und stellt sein Glas auf den Couchtisch. »Ich weiß nicht, was ich dazu sagen soll, Lily. Die Vorstellung, dass du zu mir kommst, weil wir verwandt sind, ist schon irgendwie ulkig. Deine Familie hat mich bislang nie als Verwandten behandelt ...«

»Ich hab doch gerade erst von Ihnen erfahren. Meine Mutter hat es mir erzählt.«

»Das beweist doch nur meinen Standpunkt. Deine Mutter tut so, als gäbe es mich nicht, aber jetzt, wo du Hilfe brauchst, bin ich auf einmal ein Verwandter?«

»Meine Mutter hat Ihnen doch gar nichts getan. Sie müssen nicht so sein.«

»Ich bin überhaupt nichts. Ich stelle nur Tatsachen fest. Und was Peter betrifft: Ich kann dir wirklich nicht helfen, weil ich nicht weiß, wohin er gegangen ist.«

»Haben Sie denn irgendeine Idee, *warum* er abgehauen ist?«

Allan hebt die Augenbrauen und wirft einen Blick auf Lilys runden Bauch.

»Ich hab schon«, sagt er, »eine vage Idee.«

Sie ignoriert das. »Sind Sie sicher, dass es nicht irgendwas mit Eli zu tun hat?«

Allan setzt sich auf. »Was hast du da gerade gesagt?«

»Eli. Kennen Sie ihn? Ich … ich bin ihm und Chance Berryman zufällig gestern begegnet.«

»Was meinst du mit zufällig begegnet?«

»Ich bin zu Peter nach Hause. Die waren dort und haben ihn gesucht.«

Jetzt bemerkt Allan auch die winzige Prellung auf Lilys Wange. »Was ist passiert?«

»Eli hat mich angegriffen, hat versucht, aus mir herauszubekommen, wo Peter ist.«

Allan schüttelt den Kopf. »Dieses Arschloch. Mit dir alles okay?«

»Ja, aber jetzt bin ich wirklich beunruhigt. Warum suchen die ihn?«

Allan runzelt die Stirn. »Ich bin nicht ganz sicher.«

»Also, wer sind die? Die arbeiten nicht hier, stimmt's? Woher kennen Sie die?«

Allan starrt sie an, schaut auf ihre Prellung. Er zupft eine Weile an seinem Ohrläppchen, denkt nach.

»Lily«, sagt er schließlich, »ich denke, vielleicht solltest du besser nach Hause gehen.«

»Was? Wieso? Was ist los?«

»Was los ist, ist, das hier hat nichts mit dir zu tun.«

»Dieser Mann hat mich geschlagen, weil er versucht hat, den Vater meines Kindes zu finden. Also geht es mich schon ein bisschen was an.«

Allan steht auf. »Ich verstehe das, und ich verstehe auch, warum du das so siehst, aber du solltest trotzdem besser gehen, okay? Ich kann dir nicht wirklich helfen.«

Lily steht auf. »Warum werfen Sie mich plötzlich raus? Was ist los?«

»Ich werfe dich nicht raus. Ich sage dir nur, dass ich dir nicht helfen kann.«

»Ich habe keine Angst vor diesen Kerlen. Ich habe keine Angst vor miesen Typen.«

»Das sind keine bösen Kids von der Schule, Lily«, sagt Allan und geht zur Wohnungstür. »Vergiss das alles. Ich weiß, das ist nicht, was du hören willst, aber ich verspreche dir, auf lange Sicht gesehen wird's einfacher für dich sein. Geh einfach nach Hause und bekomme dein Baby. Vielleicht wird Peter ja zurückkommen.«

Lily bleibt wie angewurzelt mitten im Raum stehen. »Was soll das denn heißen? ›*Vielleicht* wird er zurückkommen‹?«

Allan vermeidet es, sie anzusehen. Er öffnet die Tür. »Tut mir leid, Lily. Wirklich. Aber du musst jetzt gehen.«

Allans Vater, der die Tür hört, ruft jetzt: »Was ist da los, Allan?«

»Nichts«, ruft Allan zurück. »Lily geht gerade.«

Lily starrt ihn an, aber sie weiß nicht, was sie sonst tun soll. Sie geht an ihm vorbei und dreht sich um, will noch etwas sagen, aber die Tür fällt sanft hinter ihr ins Schloss, sobald ihre Schuhe den Balkon berühren.

Sie starrt die Tür an. Sie überlegt, ihr einen Tritt zu verpassen. Und entscheidet sich dagegen.

Stattdessen geht sie hinunter zum Wagen ihrer Mutter und fährt nach Hause.

Kapitel 10

Als ihre Eltern später an diesem Nachmittag nach Hause kommen, geht ihre Mutter direkt in ihr Zimmer und schließt hinter sich die Tür, während sich ihr Vater in die Kirche zurückzieht. Adam ist bei einem Freund. Stille, die Lily nicht registriert hatte, als sie allein zu Hause war, jetzt aber vom Haus Besitz ergriffen zu haben scheint. Die stille Gegenwart ihrer Mutter im Schlafzimmer – das kaum wahrnehmbare Knarren der Bodendielen und Bettfedern – verstärkt nur noch die Abwesenheit ihres Vaters. Die Leere des Hauses fühlt sich an wie ein dichter Nebel.

In ihrem eigenen Zimmer kreisen Lilys Gedanken. Sie kehren immer wieder zu den Männern in Peters Haus zurück. Wer ist Eli? Warum verhält sich ein so großer und kräftiger Kerl wie Allan ihm gegenüber so vorsichtig und misstrauisch? Und was hat Eli mit Peter zu schaffen?

Sie zieht Schuhe und Mantel an und geht nach nebenan, um mit ihrem Vater zu reden.

Der Eingang der Kirche ist unverschlossen. Durch lange, schmale Fenster fällt das sanfte Licht der Abenddämmerung auf die leeren Bänke im Altarraum. Als das Gebäude noch den Baptisten gehörte, hatten bunte Kirchenfenster verschiedene biblische Figuren gezeigt – Moses, Johannes der Täufer, ein langhaariger Jesus –, aber ihr Vater hielt weder etwas von solchen Ausschmückungen noch von der Art und Weise, wie Christus dargestellt wurde, also ließ er die bunten Glasscheiben entfernen und verkaufte die Stücke an einen ortsansässigen Künstler. Heute bestehen die Kirchenfenster aus durchsichtigen Scheiben, die Adam jeden Samstag putzen muss.

Lily geht den Gang hinunter, vorbei am Podium und öffnet die

Tür, die in die Klassenräume dahinter führt. »Daddy«, ruft sie, doch das Büro ist leer. Sie sucht den Flur hinunter nach ihm ab und findet ihn schließlich auf der Damentoilette, die Tür nur angelehnt, wo er mit einem Pömpel in der Hand über einer Toilettenschüssel steht.

»Hallo, meine Tochter«, sagt David Stevens.

»Was machst du da, Daddy?«, fragt sie.

»Ich schufte im Dienste des Herrn, mein Kind.«

»Was für eine herrliche Arbeit.«

»Ich weiß. Das ist die unvermeidliche Kehrseite von all dem Ruhm und Reichtum, den wir sonst genießen. Ich habe versucht, an der Predigt für Sonntag zu arbeiten, als mir plötzlich bewusst wurde, dass ich Freitagabend wahrscheinlich keinen Job mehr haben werde. Und da ist mir eingefallen, dass dieses Ding schon wieder kaputt ist.« Er wischt sich Schweiß aus dem Gesicht. »Da dachte ich mir, gehe ich doch einfach mal hierher und mache richtige Arbeit.«

Lily starrt ihn nur an. Er hatte schon immer einen bissigen Humor, aber sie hatte noch nie gehört, dass er ätzend war, besonders nicht, was seine Arbeit betraf. Wäre es jemand anderer gewesen, hätte sie gesagt, er würde wütend wirken.

Er wischt noch mal Schweiß von seiner Stirn. »Wolltest du irgendwas, Liebling?«

Sie zögert. Sie wollte mit ihm reden, ihm alles erzählen, was passiert war. Aber jetzt hat sie das Gefühl, sie sollte es besser nicht tun. »Nein«, sagt sie. »War nur irgendwie unruhig, schätze ich.«

»Fühlst du dich besser?«

»Was?«

»Dir ging's doch heute nicht gut?«

»Ach so. Ja. Ich fühle mich schon wieder viel besser.«

Er nickt. »Gut. Also denn, ich muss in mein Büro und Aztec Jim anrufen, mal hören, ob er mir seine Rohrreinigungsspirale ausleiht. Wenn ich das Ding nicht freibekomme, müssen wir vielleicht die Profis kommen lassen.«

Sie nickt nur. »Okay. Dann lasse ich dich mal in Ruhe.«

Sie geht einige Schritte den Flur hinunter, bleibt dann stehen und kehrt um. »Daddy, darf ich dir eine Frage stellen?«

»Natürlich.«

»Bist du beunruhigt?«

»Wegen der Abstimmung am Freitag?«

»Ja.«

Er richtet sich auf und wischt mehr Schweiß fort. »Der Herr hat uns gesagt, wir sollen ihm vertrauen. Mehr kann ich dazu nicht sagen.«

»Aber hast du Angst?«

»Nun, wir würden den Glauben nicht benötigen, wäre das Leben nichts als ein Schulterklopfen. Angst ist der Abgrund, Glaube ist die Brücke. So sehe ich das. Und wenn du mich jetzt entschuldigst«, sagt er und hebt den Pömpel. »Ich muss mich wieder um die Arbeit des Herrn kümmern.« Während er sich wieder der Toilette widmet, murmelt er vor sich hin: »Wenn ich dieses Ding repariert bekomme, vielleicht suche ich mir dann einen Job als Klempner. Dann müssen wir uns nicht mehr damit herumquälen, was irgendwer denkt.«

Lily starrt ihn einen Moment lang an, ist sich nicht sicher, was sie sagen soll.

Sie kehrt in den Altarraum zurück und setzt sich einem Impuls folgend in eine Bank. Wie immer, wenn sie für länger als ein paar Augenblicke zur Ruhe kommt, kehren die Sorgen um Peter zurück. Wenn sie sich vorstellt, dass ein Mann wie Eli nach ihm sucht …

Sie holt tief Luft in der stillen Kirche und versucht, sich zu beruhigen. Gott wird ihn beschützen. Sie hat schon viele Bewegungen des Heiligen Geistes in diesem Raum gesehen, und Peters

Erlösung war das Herrlichste, was sie je gesehen hat. Daran muss sie einfach glauben, wenn schon an sonst nichts. Es hat sie im Augenblick seiner Erlösung aneinandergebunden. Es war der Augenblick, in dem sie sich in ihn verliebte.

Wie alle Wunder war es eine Überraschung. Nach der Highschool hatte sich Peter von der Kirche entfernt. Er hatte es auf dem College versucht, aber nach einem Semester war er geflogen. Schwester Cynthia schien darüber glücklich zu sein, denn in ihren Augen sind Universitäten die Nester von Atheisten und Homosexuellen – und kostspielige Nester obendrein. Aber nach seinem Abgang von der Schule kehrte er nicht direkt zur Kirche zurück. Er begann, im Corinthian Inn zu arbeiten. Er blieb lange weg. Er begann, mehr Zeit in Little Rock zu verbringen, das für seine Mutter nur eine Stufe besser war als Sodom und Gomorrha. Er entschuldigte sich vom Kirchgang, behauptete, er müsse auch sonntags und mittwochs arbeiten. Wenn seine Mutter bei den Altarrufen betete, wusste jeder, wofür sie betete.

Dann passierte etwas völlig Unfassbares. Eines Sonntagabends kehrte er in die Kirche zurück, und Lily sah sofort das Bedürfnis nach dem Heiligen Geist in seinen Augen. Sein freundliches Lächeln konnte nicht überspielen, warum er dort war.

Die Menschen kommen aus sehr unterschiedlichen Gründen in eine Pfingstkirche. Gelegentlich verirren sich Neugierige dorthin, spirituelle Touristen, die gerade lange genug bleiben, um sich am Anblick von Fanatikern zu ergötzen, die im Kreis herumwirbeln und Jesus' Namen brüllen, dann verschwinden sie, ohne dass man je wieder von ihnen hört. Andere kommen aus Höflichkeit; sie kommen, weil jemand – ein Verwandter oder Freund – darum gebeten oder darauf gedrängt hat. Wieder andere kommen aus einem Bedürfnis heraus, wegen einer Last, die sie vor dem Altar abladen müssen. So war es bei Peter.

Er kam allein, ohne seine Mutter. Sie war an diesem Abend

krank zu Hause geblieben, und Peter war allein gekommen, eine merkwürdige Gestalt, die noch ihre Uniform vom Corinthian trug, ein weißes Hemd, das er in seine blaue Hose gestopft hatte. Er war größer als Lily, dennoch etwas klein für einen Typen, und seine Haare waren für die Verhältnisse ihrer Gemeinde etwas arg struppig. David begrüßte ihn herzlich, andere Gemeindemitglieder folgten seinem Beispiel, doch Lily hielt sich zurück. Sie kannten sich fast schon ihr ganzes Leben lang, aber weil er etwas älter war als sie, hatten sie sich als Kinder nicht füreinander interessiert.

An diesem Abend jedoch entging ihr nicht, dass offensichtlich Sorgen sein Gesicht verfinsterten. Er begrüßte Leute und schüttelte ihnen die Hand, erwiderte ihr Lächeln aber nicht. Er nahm Platz, und als der Gottesdienst begann, blieb er sitzen, selbst als die anderen aufstanden, um ihre Lobpreisungen zu rufen und eine Regung des Heiligen Geistes zu erbitten.

David Stevens predigte an jenem Abend sehr intensiv, direkt von Anfang an. Oftmals beginnt er den Gottesdienst zögerlich – tastet sich an die Stimmung der Gemeinde heran –, andere Male kann er sich nicht zurückhalten, bringt sie alle unter seine Kontrolle. An diesem Abend *führte* er sie zur Gottesverehrung. Sein eigenes Bedürfnis nach der Gegenwart des Herrn schien fast wie ein körperliches Verlangen. Das war nichts Theologisches oder Philosophisches. Dies war eher wie Hunger oder Lust. Während er die Menge zur Verehrung anspornte, brüllten die Menschen und klatschten und sangen. Füße stampften. Schwester Drinkwater wiegte sich und stöhnte. Schwester Stark schlug sich die Hände auf die Ohren und schrie und wirbelte im Kreis herum. Peter, der immer noch mit geschlossenen Augen dasaß, begann, hin und her zu schaukeln.

Lily war mit nahezu allen anderen vorne, klatschte und sang, als sie sah, wie er schließlich aufstand und sich zum Mittelgang in

Bewegung setzte. Vor dem Altar sank er dann auf die Knie. David legte eine Handfläche auf seine Stirn und betete. Die Männer der Gemeinde versammelten sich drumherum – Bruder Drinkwater, Bruder Stark, Aztec Jim und die anderen. Sie legten ihre dicken Arbeiterhände auf seine Schultern, auf seinen Rücken, auf seine Arme, und sie beteten für ihn. Die Frauen bildeten einen Kreis um die Männer. Lily schloss sich ihnen an, hob ihre Hände und ihre Stimme, betete, dass ihm der Segen zuteilwürde.

Peter zitterte. Er senkte den Kopf, um sein Gesicht zu verbergen. Seine Wangen wurden rot, und er hob die Hand an seine Augen, um die Tränen zurückzuhalten. Sein Mund öffnete sich, Speichel lief ihm übers Kinn. Dann warf er seinen Kopf zurück. Er rief den Namen von Jesus, und unverständliche Laute brachen aus ihm hervor, ein vulkanischer Ausstoß von Kummer, Angst und Traurigkeit. Es war, als würde der Heilige Geist das Herz des Jungen leeren, um Platz für sich selbst zu schaffen.

Als es vollbracht war und er zusammenbrach, öffnete Peter die Augen, und Lily sah ihn in einer Art geistigen Nacktheit, wie sie nur die vom Heiligen Geist Erfüllten kennen können. Sie gibt sich nicht mit Märchen ab und hält nichts von dem Unsinn, von dem in weltlichen Liebesliedern gesungen wird. Aber woran sie glaubt und worauf sie mehr als alles andere vertraut, ist der Augenblick des Heiligen Geistes. Und als Peter an diesem Abend die Augen aufschlug, verschwitzt und halb verrückt vor emotionaler Erschöpfung, da sah sie ihn ohne sein Ego und seine Abwehrkräfte, sah ihn in all seinen menschlichen Bedürfnissen und Wundern, und sie billigte den Mann, den sie sah.

Nach dem Gottesdienst hatte sich ihr Vater unter vier Augen in seinem Büro mit Peter getroffen, wo sie eine Weile miteinander sprachen und gemeinsam beteten. Lily hatte sich in der Kirche herumgedrückt in der Hoffnung, Peter noch einmal zu sehen, bevor er ging. Als er von hinten mit David zurückkam, lächelten beide. Peter sah so ruhig aus wie ein Mann, der an einem Frühlingsabend spazieren geht.

»Peter ist zu uns zurückgekehrt«, sagte David Stevens zu seiner Tochter.

»Das freut mich«, sagte sie zu Peter. Sie umarmte ihn.

»Danke.« Er lächelte und sah sie auf eine Art an, wie er es noch nie zuvor getan hatte. »Weißt du, Lily«, sagte er, »ich mag dein Haar sehr.«

Jetzt schüttelt sie den Kopf, um sich daran zu erinnern. *Ich mag dein Haar sehr.* Er sah ihr in die Augen und sagte ihr diese Worte, und sie ging nach Hause und dachte die ganze Nacht an ihn.

Als sie sich das nächste Mal in der Kirche sahen, gingen sie schnurstracks aufeinander zu und lachten über ihre Direktheit.

»Also, hallo«, sagte er.

»Also, selber hallo.«

Die Leute in der Gemeinde lächelten, als sie das sahen, über die offenkundige Anziehungskraft, dass zwei gute Kinder einander mochten. Jeder hatte dazu den gleichen Gedanken: Peter war ein netter Junge, der eine Richtung im Leben brauchte. Lily war ein Mädchen, das ihm den Weg weisen würde. Ihre Eltern waren erfreut darüber. »Sie wird dich herumkommandieren«, sagte David mit einem Lächeln zu Peter und schüttelte dabei den Kopf. »Der Herr stehe uns bei, und wie sie dich herumkommandieren wird.«

Cynthia war die Einzige, die nicht glücklich war. Sie war immer davon ausgegangen, dass sie der einzige Chef war, den Peter je benötigen würde, und sie machte ihm unmissverständlich klar, dass seine Verantwortung ihr gegenüber schwerer wog als sein Werben um Lily. Freundinnen kommen und gehen, aber ein Junge hat nur eine Mutter. Lily erkannte von Anfang an: Wenn sie mit Peter zusammen sein wollte, dann musste sie einen Weg finden, mit Cynthia zurechtzukommen. Sie sah diese Herausforderung auf sich zukommen, und sie fühlte sich ihr gewachsen.

Was sie dann überraschte, war die Anziehungskraft der Sünde. Sie hatte Sex immer aus der sicheren Distanz einer religiösen Beurteilung betrachtet. Der Körper und seine Funktionen waren weltlich. Aber Christus hatte seine Jünger auf die höhere Ebene spiritueller Ekstase gerufen, zu den Bewegungen des Heiligen Geistes. Als Peter sie jedoch das erste Mal küsste, spürte sie, wie ihr Körper lebendig wurde.

Zunächst war sie nicht beunruhigt. Sie vertraute immer noch ihrer Hingabe an den Herrn. Sie vertraute auch Peters Hingabe. Sie *entschieden* sich nie ausdrücklich dafür, Sex zu haben. Diese Entscheidung hätten sie niemals getroffen. Und doch war die Eskalation hin zum Sex so unaufhaltsam wie allmählich. Küsse, die intensiver wurden, Hände, die sich bewegten, das Gefühl, der Geschmack und der Duft von Haut. Schließlich begriff sie, dass sie die sexuellen Sünden anderer Menschen immer schnell verurteilt hatte, weil sie ihren eigenen Körper noch nie wirklich erlebt hatte. Weil sie vorehelichen Sex immer als gottlos angesehen hatte, war er für sie unbewusst auch stets unnatürlich gewesen. Es war ihr nie in den Sinn gekommen, dass sich die Versuchung so natürlich anfühlen würde, wie das Gesicht der Sonne zuzuwenden, so instinktiv wie zu essen. Sie versuchte es immer so einzurichten, dass sie und Peter nie lange genug allein waren, um der Versuchung eine Chance zu geben.

Doch dann ging sie eines Abends hinüber zu seinem Haus, um mit ihm und Cynthia zu Abend zu essen, und er hatte einen merkwürdigen Ausdruck auf dem Gesicht, als er ihr die Tür aufmachte. Seine Mutter müsse noch länger auf der Arbeit bleiben, um bei der Ladeninventur zu helfen, sagte er ihr. Und da wusste Lily, warum er so merkwürdig aussah. Er hatte Angst. Er wusste, was passieren würde.

Sie hätten an diesem Abend nicht dortbleiben dürfen, denkt sie. Sie hätten gehen sollen, rüber zu ihr, um den Abend mit ihren

Eltern zu verbringen. Aber das hatten sie nicht getan. Von dem Moment an, als er ihr sagte, dass sie an diesem Abend allein wären, konnte sie nicht mehr klar denken,

Sie massiert ihren Bauch, um das Baby zu beruhigen.

Aber ihr Verstand ist jetzt ganz klar.

Kapitel 11

Am nächsten Tag bleibt Lily zu Hause und geht nicht in die Schule, weil sie ihren monatlichen Arzttermin hat. Seit einiger Zeit zeigt ihr Blutbild, dass ihre Eisen- und Folsäurewerte zu niedrig sind. Neben der üblichen Untersuchung und dem Ultraschall will Dr. Eljerary ebenfalls wissen, wie sie mit den neuen pränatalen Vitaminen zurechtkommt, die er ihr verordnet hat. Bislang hatte sie Vitaminbonbons genommen, die ihr lieber waren, aber er hat sie auf »richtige Nahrungsergänzungsmittel« umgestellt, die angeblich besser vom Körper aufgenommen werden. Sie weiß nur, dass die Pillen riesig sind und nach nassem Hund riechen.

Normalerweise begleitet ihre Mutter sie zu diesen Terminen, an diesem Morgen jedoch fahren ihre Eltern ein älteres Paar aus der Kirche, Bruder und Schwester Satterwhite, zum AFib-Check-up ins Arkansas Heart Hospital unten in Little Rock. Manchmal hat Lily den Eindruck, dass die seelsorgerischen Tätigkeiten ihrer Eltern unter der Woche größtenteils aus Krankenhausfahrten bestehen.

Aber sie hat kein Problem damit, an diesem Tag allein zu sein. Nach ihrem eigenen Arzttermin plant sie einen weiteren Besuch.

• • •

Als sie an diesem Nachmittag das Corinthian Inn erreicht, fährt sie auf den Hotelgästen vorbehaltenen Parkplatz neben dem Eingang, steigt aus dem Wagen und geht durch die Glasschiebetüren.

Allan Woodson schaut von dem Computer an der Rezeption auf. Als er Lily über das riesige blaue C schreiten sieht, das den polierten weißen Boden der Lobby schmückt, lässt er den Kopf hängen.

»Ich möchte gern mit Mr. Baker sprechen«, sagt sie.

»Was meinst du damit?«

»Mr. Baker. Der Inhaber. Ich würde gern mit ihm sprechen.«

Sie deutet mit dem Kopf an Allan vorbei auf eine geschlossene Bürotür mit der Aufschrift MANAGEMENT.

»Ist das sein Büro?«

»Er ist im Moment nicht da. Warum willst du überhaupt mit ihm sprechen?«

»Ich möchte wissen, was er mir über Eli sagen kann.«

Allan lässt wieder den Kopf hängen. Bevor sie etwas sagen kann, hebt er einen Finger. Er nimmt das Tischtelefon neben sich ab, wählt eine Nummer und starrt Lily an, während sie auf eine Antwort wartet. Lily setzt an, etwas zu sagen, doch Allan schüttelt den Kopf.

»Hey, Dillard«, sagt Allan ins Telefon, »könntest du mich für ein paar Minuten hier an der Rezeption vertreten? … Komm schon, Mann … Mach's einfach. Versuch doch zur Abwechslung mal, kein Arschloch zu sein. Komm einfach und kümmere dich kurz um die Rezeption … Ja, so bald wie möglich. Vielen, vielen Dank.«

Er legt auf und zeigt einen mit Teppichboden ausgelegten Flur hinunter. »Da runter.«

»Was?«

»Geh und warte da unten auf mich. Am Pool.«

Lily folgt den Gang hinunter zu einer Fensterreihe, durch die man auf einen leeren, blauen Swimmingpool blickt. Das Hotel ist groß, aber es kommt in die Jahre. Es steht schon so lange hier, wie sie sich zurückerinnern kann, und der jahrelange Konkurrenzkampf mit einerseits Billigmotels und andererseits kapitalkräftigen Hotelketten hat deutliche Spuren hinterlassen. Das Haus benötigt neue Teppichböden, ein modernes Inventar, einen neuen Anstrich. Das Corinthian Inn wirkt ausgelaugt.

Sie lehnt sich gegen das kühle Glas und starrt den Flur hinauf. Sie kann den Rand der Rezeptionstheke sehen, nicht jedoch Allan. Wenig später erscheint ein kleiner Mann in der Lobby. Er trägt eine Variante der Corinthian-Uniform: Eine blaue Weste über einem weißen Hemd, dunkelblaue Hose und abgewetzte braune Schuhe. Er wirft einen kurzen Blick den Flur hinunter zu Lily und sagt etwas zu Allan, das Lily nicht hören kann.

Allan kommt hinter der Rezeption hervor. Obwohl er das gleiche Blau und Weiß trägt wie der kleine Mann, wirkt die Kleidung an ihm völlig anders. Die Uniform passt nicht wirklich. Angesichts seiner übergroßen Körpermaße fragt sich Lily, ob ihm überhaupt irgendwas richtig passt. Er winkt den kleinen Mann zur Theke, doch der rührt sich nicht. Seine Blicke folgen Allan den Gang hinunter zu Lily.

Als Allan sie erreicht, sagt Lily: »Dieser Mann beobachtet uns immer noch.«

Mit einem Schütteln seines großen Kopfes, aber ohne einen Blick zurück zu dem Mann, nimmt Allan Lilys Ellbogen und führt sie weiter den hellen Korridor hinunter. Als sie einen Querflur erreichen, zieht er Lily nach links. Mit einer an einem Lanyard befestigten Magnetkarte öffnet er die Tür eines Zimmers mit der Nummer 1004 und sagt Lily, sie solle hineingehen.

Allan greift nach einem Wandschalter, als sich die Tür hinter ihnen schließt. Der Raum ist hotelsauber, hat ein großes Fenster zum Parkplatz, einen hässlich braunen Teppichboden und zwei Einzelbetten mit stramm gespannten Laken.

»Okay«, sagt Allan, »was willst du?«

Bei dem Geruch von starken Reinigungsmitteln dreht sich Lily der Magen um, doch das ignoriert sie und sagt: »Ich möchte mit Mr. Baker sprechen.«

»Um ihn nach Eli zu fragen«, sagt Allan, als wäre schon allein die Vorstellung grotesk.

»Ja. Niemand sonst will mir etwas sagen. Mit wem könnte ich noch reden?«

Allan wischt sich Schweiß aus dem Gesicht. »Siehst du denn nicht, dass ich versuche, dir zu helfen?«

»Nicht richtig, nein. So wie ich das sehe, haben Sie überhaupt nichts getan, außer mir zu sagen, ich solle den Mund halten und nach Hause gehen. Warum wollen Sie nicht, dass ich mit Mr. Baker spreche?«

»Weil du nicht mit Mr. Baker sprechen willst.«

»Warum nicht?«

»Weil Mr. Baker unangenehm ist. Er ist ein unangenehmer Mann.«

»Tja, dann lassen Sie uns wieder rausgehen, und dann werde ich mit ihm reden und selbst herausfinden, wie unangenehm er ist.«

»Ich habe doch schon gesagt, dass er heute nicht da ist. Außerdem musst du wegen Peter nicht mit ihm reden. Er weiß nicht, wohin Peter gegangen ist.«

»Woher wissen Sie das?«

»Wenn er es wüsste, dann wüsste es auch Eli.«

Das verdutzt sie einen Moment. »Mr. Baker und Eli haben irgendwie miteinander zu tun? Ist es das, was Sie mir sagen wollen?«

»Ich will nicht …« Allan schüttelt den Kopf. »Geh nach Hause. Ich sage dir, geh nach Hause. Du möchtest nicht wirklich hier sein und Fragen über Eli stellen. Vertrau mir einfach.«

»Warum sollte ich Ihnen vertrauen?«

»Weil ich trotz allem in meinem Innersten ein anständiger Kerl bin.«

»Was?«

Wieder schüttelt Allan den Kopf. »Ich gebe dir den guten Rat, nicht mit Mr. Baker zu sprechen.«

»Dann sagen Sie mir, warum Peter weggegangen ist.«

»Ich weiß nicht, warum er gegangen ist, Lily.«

Sie starrt ihn an.

»Ich weiß es nicht.«

»Es ist offensichtlich, dass Sie etwas wissen, was Sie mir nicht sagen.«

Allan hebt einen Finger und geht zur Tür. Er sieht durch den Spion hinaus, verdreht dabei so weit er kann seinen Hals. Als er zufrieden ist, kehrt er zu Lily zurück.

»Ich denke, du solltest gehen«, sagt er. »Du solltest von hier verschwinden. Ich muss zurück zu meiner Arbeit.«

»Wissen Sie«, sagt Lily, »ich könnte ja auch einfach mit dem, was ich weiß, zum Polizeichef gehen. Zu Chief Reid. Ich war vor ein paar Tagen bei ihm. Ich könnte jetzt zu ihm gehen, und er würde dafür sorgen, dass Sie meine Fragen beantworten.«

»Ja, vielleicht würde er das, vielleicht aber auch nicht.«

»Was soll das denn heißen?«

Allan gräbt sein Mobiltelefon heraus, wirft einen Blick auf die Uhrzeit und seufzt. »Es soll heißen, ich muss jetzt los, Lily. Ich muss zurück zur Rezeption. Ich hab meine komplette Pause aufgebraucht, um hier mit dir quatschen zu können, und jetzt schulde ich diesem miesen Widerling was, mit dem ich heute arbeite. Du solltest jetzt einfach von hier verschwinden. Geh nach Hause und heul Rotz und Wasser, und dann solltest du diesen Jungen vergessen, bevor du noch ernsthaft in Schwierigkeiten gerätst.«

Er öffnet die Tür.

Lily folgt ihm zurück zur Rezeption, wo sie erwarten, den kleinen Mann hinter der Theke zu sehen, aber er ist nicht da. Das Telefon klingelt.

»Scheißkerl«, schimpft Allan.

Er geht durch eine Pendeltür auf der rechten Seite der Rezeptionstheke, greift nach dem Telefon und sagt dabei zu Lily: »Geh nach Hause und denk über das nach, was ich dir gesagt habe.« Dann spricht er mit einer Stimme ins Telefon, die professionelle

Ruhe und Kompetenz ausstrahlt. »Corinthian Inn. Allan am Apparat. Womit kann ich Ihnen helfen?«

Ein wenig verwirrt, als hätte sie sich verlaufen, stolpert Lily hinaus. Sie hat fast ihren Wagen erreicht, als sie hinter sich Schritte hört.

Der kleine Mann im Blau und Weiß des Corinthian. Er hat die gleiche Größe wie sie und ist zierlich wie ein Junge. Seine Augen sind groß, und auch wenn er kaum älter als dreißig sein kann, sind seine Haare fast bis zur Mitte seines Schädels zurückgewichen.

»Du bist Lily, stimmt's?«, fragt er.

»Ja«, antwortet sie.

Er blickt zurück zur Eingangstür. Als er sich wieder zu ihr umdreht, fragt er: »Du suchst Peter?«

»Ja«, sagt sie.

»Dachte ich mir. Jeder hier wusste von dir. Ich, Allan, alle anderen auch. Als er sich aus dem Staub gemacht hat, dachte ich, du würdest schon kapieren.«

»Was kapieren?«

»Dass er weitergezogen ist und sich einen Scheiß für dich interessiert, Mädchen.«

Sie macht einen Schritt auf ihn zu: »Was reden Sie da?«

Mit einer Stimme kaum mehr als ein Flüstern und mit großen blauen Augen, aus denen jetzt Tränen wie Wasserballons quellen, sagt der kleine Mann: »Hat mir mal erzählt, dass er keinen Bock mehr auf Sex mit dir hätte, Lily. Hat gesagt, du taugst nichts. Hat gesagt, er müsse nach Little Rock, um zu kriegen, was er braucht. Hat gesagt, du wärst ein viel zu braves Mädchen. Hat gesagt, da unten könnte er …«

Sie hört nichts mehr. Sie fummelt mit ihren Schlüsseln herum, steigt in den Wagen. Sie kann nichts mehr davon hören, nichts mehr von diesen Leuten sehen. Sie fährt mit kribbelnder Haut und scharlachrotem Gesicht weg. Auf halbem Weg nach Hause fährt sie rechts ran, bringt die Schaltung in Parkstellung und schreit.

Kapitel 12

Als Allan an diesem Abend die Arbeit verlässt, hält Chance Berryman ihn direkt vor den Glasschiebetüren auf.

»Eli will mit dir reden«, sagt Chance.

»Oh … hey«, sagt Allan. Er wirft einen Blick zurück ins Foyer, aber Dillard, der erst vor einem Augenblick an der Rezeption übernommen hat, hat sich praktischerweise ins Büro des Managers verzogen. Allan wendet sich wieder Chance zu. »Kein Mensch hat mir etwas davon gesagt, dass ihr heute Abend hier aufkreuzt.«

»Wir sind nur wegen dir hier.«

»Wegen mir? Wieso?«

Chance erwidert nichts. Stattdessen folgt er Allan zum Parkplatz, wo sein Raptor neben Allans großem stahlblauem Silverado steht.

Eli lehnt an Allans Truck und raucht eine Zigarette.

»Hätte dich gar nicht für einen Pick-up-Typen gehalten«, meint er zu Allan.

»Ich brauche viel Platz.«

Eli mustert Allan von oben bis unten. Er reckt den Hals, um Chance anzusehen, und sagt: »Scheiße auch, er ist ein echter Koloss, stimmt's?«

»Hab ich doch gesagt«, sagt Chance.

Allan sieht kurz zu Chance zurück, der ein paar Schritte hinter ihm stehen geblieben ist. Während er langsam die Fäuste ballt, fragt er Eli: »Was kann ich für Sie tun?«

Eli legt seine brennende Zigarette auf die Motorhaube von Allans Truck. Er ist kleiner als Allan oder Chance, aber er ist schlanker und durchtrainierter als beide, seine Knöchel sind verschrammt, seine Jeans schmutzig. Er tritt einen Schritt vor. »Hattest du heute Besuch?«

»Was meinen Sie damit?«

»Du weißt genau, was ich meine. Du weißt, wer ich bin. Was wollte sie?«

Allan schreitet beiläufig an Eli vorbei und wischt die Zigarette von dem Truck. Er kann nicht sagen, ob sein Herz vor Angst oder Wut so heftig klopft, aber es ist ihm so oder so nicht anzumerken. Er tritt die Zigarette aus und lehnt sich an den Truck, damit er beide Männer vor sich halten kann.

»Sie wollte wissen, wohin Peter gegangen ist.«

»Warum hat sie dich das gefragt?«

Allan deutet zum Hotel. »Weil wir Kollegen sind.«

»Dillard auch.«

»Ja, schön, aber Dillard fehlen ja auch ein paar Chromosomen.«

»Nee, da steckt mehr dahinter. Du und sie, ihr zwei, hattet ein Gespräch unter vier Augen. Worum ging's da?«

»Woher wissen Sie, dass wir uns unter vier Augen unterhalten haben?«

»Hat mir ein kleines Vögelchen geflüstert.«

Allan seufzt. »Wir sind so was wie verwandt. Ich wollte ungestört mit ihr reden, weil, über so was redet man nicht in aller Öffentlichkeit. Außerdem ist das hier eine Arbeitsstätte. Käme nicht wirklich gut, wenn ein schwangerer Teenager in der Lobby wegen dem Kindsvater rumflennt.«

»Schrecklich rücksichtsvoll von dir. Und was genau bedeutet ›so was wie verwandt‹?«

Allan zuckt mit den Achseln. »Ich bin ihr Onkel. Irgendwie. Ihre Familie erkennt mich nicht wirklich an, lassen wir's dabei bewenden.«

»Dann ist sie also einfach so hergekommen, um dich zu fragen, ob du Pete gesehen hast?«

»Ja. Er hat ihr einen Braten in die Röhre geschoben und ist abgehauen. Sie sucht ihn. Sie weiß, dass wir Arbeitskollegen sind, also ist sie hergekommen, um mich zu fragen, ob ich weiß, wohin er ist.«

»Was hast du ihr gesagt?«

»Ich hab ihr gesagt, ich hätte auch nicht den beschissenen Hauch von einer Idee, wohin Peter ist. Und das stimmt ja auch.«

»Hat sie sonst noch was gefragt? Über uns?«

»Über Sie? Nein. Warum sollte sie nach Ihnen fragen?«

»Hat sie was zu dem Haus hier gefragt?«

»Warum sollte sie nach dem Haus fragen?«

»Sie hat nichts über den Anbau gesagt?«

»Nein, Mann. Ich glaube nicht, dass sie von diesen Dingen was weiß. Sie weiß nur, ihr Freund hat mal hier gearbeitet. Sie sucht ihn. Das ist alles.«

Eli reibt sich über den Mund, schüttelt den Kopf. »Es gefällt mir trotzdem nicht, dass sie hier auftaucht.«

»Was kümmert's Sie, ob sie Peter sucht?«, fragt Allan. »Suchen Sie ihn auch?«

Eli lächelt. »Das, mein Großer, geht dich nichts an.«

»Hey, ich hab mich um meinen Scheiß gekümmert, bis ihr Typen mich auf dem Parkplatz belästigt habt.«

Die Art und Weise, wie er das sagt, oder vielleicht auch einfach nur die Wahl des Wortes *belästigt*, bringt Eli und Chance zum Lachen.

Dann blinzelt Eli, er mustert ihn wieder von oben bis unten und sagt: »Heilige Scheiße. Jetzt fällt der Groschen. Du bist so verdammt *groß*, da kommt man nicht gleich auf den Gedanken. Du bist 'ne Tunte, stimmt's?«

Diese Worte haben seiner Erfahrung nach noch nie eine angenehme Wendung in einem Gespräch signalisiert, also muss Allan schwer schlucken, bevor er antworten kann, aber als er antwortet, ist seine Stimme klar und fest. »Ich bin schwul, ja.«

»Wusste gar nicht, dass es die auch in deinem Format gibt.«

»Meine Eltern haben für mich auf der Landwirtschaftsausstellung auch einen Preis gewonnen.«

Das entlockt Eli ein Grinsen. »Hey, Mann, worauf immer du Bock hast. Scheiße, ich hab einen Cousin, der ist auch schwul. Fakt ist, wenn du die Wahrheit wissen willst, von dieser Seite der Familie ist er als Einziger kein absolutes Stück Scheiße.«

»Ist er Single?«

Darüber müssen Eli und Chance lachen, und Eli sagt: »Du bist in Ordnung. Du bist okay.« Er geht zu Allan hinüber und lehnt sich so leutselig an den Pick-up, als würden sie zusammen eine Parkplatz-Party feiern. »Hör zu, ich bin nicht hergekommen, um Stress mit dir anzufangen. Ich bin ein vernünftiger Mann. Wenn ich ein Problem entweder mit einem Tritt in den Arsch oder mit einer freundlichen Unterhaltung lösen kann, schön, scheiße, dann ist mir die freundliche Unterhaltung allemal lieber. Und du, du bist nur der Mann an der Rezeption. Du hast heute deine Schicht gearbeitet und jetzt willst du nur noch nach Hause, stimmt's? Verständlich. Du hast nicht damit gerechnet, dass zwei Arschlöcher wie ich und Chance hier aufkreuzen und dich auf dem Parkplatz *belästigen*. Also, hey, fahr jetzt einfach nach Hause und mach dir mal keinen Kopf wegen allem.«

»Aber jetzt hör mir genau zu«, fährt Eli fort und beugt sich dichter heran. »Wenn dieses kleine schwangere Mädel zu deiner Verwandtschaft gehört, dann solltest du mal mit ihr reden. Du solltest ihr sagen, sie soll lieber zu Hause bleiben und sich um ihren Kram kümmern. Denn ich hatte bereits eine freundliche Unterhaltung mit ihr, und das scheint irgendwie nicht funktioniert zu haben.«

»Okay.«

»Du hast verstanden, was ich gesagt habe?«

»Jap.«

»Gut«, sagt Eli. »Und falls du irgendwas von Peter hörst – möchte ich, dass du mir Bescheid gibst.«

»Alles klar. Okay.«

Eli starrt Allan einen Moment lang an. »Okay, Chance«, sagt er dann, »fahren wir.« Als Chance bereits auf dem Weg zu seinem Pick-up ist, sagt Eli zu Allan: »Wir sehen uns, wenn wir das nächste Mal hier sind. Und wenn's so weit ist«, sagt er und blickt mit einem breiten Grinsen auf die zertretene Kippe auf dem Boden, »schuldest du mir eine Zigarette.«

Allan schaut ihnen nach, als sie fahren. Einen Augenblick kann er sich nicht bewegen, ist erleichtert, dass sie weg sind, und schämt sich, weil er erleichtert ist. Er spürt immer noch den Schluck, den er machen musste, bevor er Eli antwortete, diesen kleinen, erniedrigenden Schluck. Plötzlich erinnert er sich an ähnliche Demütigungen auf Schulhöfen und Korridoren. Verkappt schwul oder nicht, der große, weibische Junge, der sich nicht wehrte, bot immer eine gute Zielscheibe. Am Ende hatte er ein paar Köpfe in ein paar Spinde donnern müssen, damit dieser Bullshit endlich aufhörte, und hier ist er nun, ein erwachsener Mann, der sich wieder so fühlt wie damals.

Er dreht sich um und geht zurück zum Hotel. Er findet Dillard mit Unschuldsmiene hinter der Rezeption sitzend. Er zieht ihn auf die Füße hoch.

»Wa...«, versucht Dillard zu sagen.

Allan hebt ihn am Hals vom Boden, und Dillard muss sich an die Unterarme des großen Mannes klammern, um nicht zu ersticken.

»Du hast Eli angerufen, stimmt's?«, fährt Allan ihn an.

»Aaaaargh!«

Allan trägt ihn den Gang hinunter und spricht weiter. »Wenn du je wieder mit Eli über mich redest – wenn du je mit irgendwem über mich redest –, schlage ich dich windelweich. Hast du mich verstanden?«

»Jarrggg«, versucht Dillard zu sagen.

Allan tritt die Tür zum Poolbereich auf, schiebt ein paar klapprige alte Badeliegen beiseite und wirft Dillard ins Becken.

• • •

Auf dem Heimweg geht er auf einen Sprung zu Walmart, um Lebensmittel einzukaufen. Das Adrenalin pulsiert immer noch in seinen Adern, aber der Einkauf muss erledigt werden. Er kauft Hühnerkeulen, einen Beutel tiefgefrorenes Mischgemüse, ein paar Brötchen zum Sonderpreis sowie zwei Flaschen Diet Pepsi aus der Aktion »Kauf eine und die Zweite gibt's gratis«. Während er auf der Kasse darauf achtet, dass der Rabatt auch richtig boniert wird, muss er an seine Mutter denken, die es auch immer so gemacht hat, die mit Adleraugen und ihrer Fächermappe voller sorgfältig sortierter Coupons in den Händen in der Schlange vor der Kasse stand. Es ist ihm nicht entgangen, dass er stillschweigend der häusliche Betreuer seines Vaters geworden ist. Er kümmert sich um die Einkäufe, bereitet Mahlzeiten zu, bezahlt alle Rechnungen und sorgt dafür, dass der alte Mann jeden Tag seine Medikamente nimmt. Allerdings gönnt er sich auch ein paar Dinge, die seine Mutter nie erlaubt hätte. Das Letzte, was er einkauft, ist ein Geburtstags-Schokoladenkuchen. Es hat niemand Geburtstag. Er und sein Vater essen einfach nur gern Geburtstagskuchen.

Er kauft keinen Alkohol. Er hat Wein zu Hause. Sein Vater trinkt nichts, hat er noch nie. Was hat Herman Woodson überhaupt je gemacht? Obwohl er mit seiner Frau und seinem Sohn von Zeit zu Zeit den Gottesdienst in der Baptistenkirche besuchte, waren Gipskartonplatten seine eigentliche Religion, sein einziges Dogma das korrekte Zuschneiden und die Montage von Trockenbauwänden. Er arbeitete an sechs Tagen die Woche, acht oder zehn oder auch zwölf Stunden täglich, zog Wände hoch. Er nahm seinen Sohn mit, sobald er alt genug war, ihm zu helfen, und so wuchs Allan damit auf, nach der Schule, an den Wochenenden und in den Sommerferien Rigipsplatten zu verarbeiten. Heute hat er das meiste vergessen, was sein Vater ihm beigebracht hatte, aber diese Erinnerungen an die Arbeit sind ironischerweise die besten Erinnerungen, die er an den alten Mann hat.

Natürlich kann Allan sich nicht vorstellen, was er mit seinem »richtigen« Vater gemeinsam gehabt haben könnte. Seine Mutter sprach selten über den Mann, und Herman wollte ganz sicher nie über die Sache reden.

Über die Jahre ermittelte Allan jedoch gewisse Fakten über die Affäre, die ihn hervorbrachte. Seine Mutter war Buchhalterin, und sie hatte Reverend William Tackett kennengelernt, als er sie engagierte, um die Bücher seiner Kirche durchzugehen. Sie hatten nur eine kurze Affäre, aber es war unmöglich, sie völlig geheim zu halten, und nach Allans Geburt kam es heraus. Obwohl beide Ehen angeschlagen waren, überlebten sie den folgenden Skandal, und jetzt, zweiundvierzig Jahre später, sind die meisten Menschen, die sich je wirklich dafür interessiert hatten, längst tot, Alice und die beiden Tacketts eingeschlossen. Die Einzigen, die noch mit den Folgen der Affäre zu kämpfen hatten, sind Allan und Herman, die immer noch nicht darüber gesprochen haben.

Und natürlich ist da noch Peggy Stevens, eine Frau, der er nie begegnet war. Er hat sich immer Gedanken über sie gemacht, seine Halbschwester. Er hat sie über die Jahre in der Stadt gesehen, aber sie hat nie in seine Richtung geschaut. Nach einer Weile schien ihm das kein Zufall mehr zu sein, also hielt Allan von sich aus Abstand.

Aber jetzt hatte er ihre Tochter kennengelernt. Seine Nichte. Ein Mädchen, das auf eine Katastrophe zusteuert.

Er ist nicht sicher, was er deswegen unternehmen soll.

•••

»Wann gibt's Abendbrot?«, fragt sein Vater, der ins Wohnzimmer gerollt kommt, als Allan die Lebensmittel hereinträgt.

»Freut mich auch, dich zu sehen, alter Herr.«

Die Wohnung ist warm, so wie sein Vater es mag. Das Licht ist gedämpft, ebenfalls wie er es mag. Aus dem Schlafzimmer des alten Herrn hört Allan die fiebrigen Warnungen von Fox News.

Sein Vater folgt ihm in die Küche.

»Was gibt's Neues in der Welt?«, fragt Allan.

»Alles beim Alten. Die Liberalen machen sich immer noch über Trump her.«

»Steckt Trump immer noch Kids in Käfige?«

Der alte Mann grummelt. »Bei all den Büchern, die du liest, sollte man meinen, du wärst klüger.«

»Ich weiß«, sagt Allan und räumt die Lebensmittel weg. »Ich wundere mich ja auch.«

»Tja, genau das ist doch das Problem mit euch Intellektuellen. Ihr seid so schlau, dass ihr wieder anfangt, euch dumm anzustellen.«

»Wir müssen dir deine Nachmittagspillen geben«, sagt er zu seinem Vater.

»Okay«, antwortet der alte Mann.

»Anschließend mach ich das Hühnchen.«

»Okay.«

»Was macht der Rücken?«

»Dieselbe Scheiße wie immer.«

Nach Jahrzehnten fast schon calvinistischer Hingabe an harte Arbeit bückt sich Herman Woodson eines Tages vor etwa zwanzig Jahren, um eine große Gipskartonplatte aufzuheben, und konnte sich danach nie wieder richtig aufrichten. Er hatte auch früher schon Verletzungen gehabt, aber er hatte sie alle überstanden. Trotz Schmerz, Erschöpfung und Verletzung weiterzuarbeiten war tatsächlich eines der bestimmenden Prinzipien seines Lebens gewesen. Nach seiner Rückenverletzung jedoch zeigte ihm das Alter, was eine Harke ist. Je härter er arbeitete, desto schlimmer wurde es. Dann kam schließlich der Morgen, als er ohne Hilfe nicht mehr aus dem Bett kam. Jetzt sitzt er im Rollstuhl und hat nichts mehr außer seiner Einstellung.

»Lass uns deine Pillen holen«, sagt Allan.

»Ich weiß nicht, wieso ich meine Pillen nicht allein nehmen kann.«

»Du weißt, warum.«

»Vielleicht solltest du dir mehr Gedanken über dich selbst machen und mich meinem Kram allein überlassen.«

»Okay, können wir machen, direkt nachdem ich dir dein Dope gegeben und das Abendbrot zubereitet habe.«

Sein Vater folgt ihm ins Bad. Allan hält die Medikamente auf einem hohen Regal unter Verschluss. Er gibt dem alten Mann seine Pillen und ein Glas Wasser. Während er seinem Vater zuschaut, wie er in seinem Rollstuhl sitzt und sein Oxy schluckt, muss er daran denken, dass seine Mutter ihn nie so gesehen hat, ihn nie als alten Mann gesehen hat. Er ist froh, zumindest über diese kleine Gnade.

Sein Vater fragt: »Hast du schon mal das Gefühl gehabt, wieder im Krankenhaus zu sein?«

»Was?«

»Damals, als du in diesem Gefängniskrankenhaus gearbeitet hast, oder was das war, diese Klapsmühle für Teenager.«

»Jugendheim. Wie kommst du da jetzt drauf?«

»Weiß ich nicht. Wenn du mir diese Pillen gibst, hast du was von einer Krankenschwester. Dabei musste ich daran denken, dass du mal so deine Brötchen verdient hast, bevor du in die Hotelbranche gewechselt bist.«

»Ich war Jugendberater. Keine Krankenschwester.«

»Ja. Trotzdem, ich musste eben dran denken.« Sein Vater trinkt das Wasser aus.

Allan nimmt ihm den Becher ab und sagt: »Ich glaube, ich höre

Hannity, Dad. Mach schon, und ich kümmere mich ums Abendessen.«

• • •

Nachdem er das Tablett mit dem Abendessen des alten Herrn vor dem Fernseher in seinem Schlafzimmer aufgebaut hat, zieht sich Allan auf die Couch im Wohnzimmer zurück. Er geht zu seinem Festplattenrekorder und scrollt durch die Filme, die er von Turner Classic Movies aufgenommen hat, kann sich aber nicht auf das Menü konzentrieren.

»Scheiße auch«, brummt er.

Er legt sich auf die Couch; seine langen, behaarten Beine hängen über ein Ende, und er schließt die Augen.

Er denkt über Lily nach.

Sie wird nicht aufhören, nach diesem Scheißkerl zu suchen, oder?

Sobald er sich die Frage gestellt hat, kennt er auch schon die Antwort.

Natürlich wird sie nicht. Zumindest nicht, bis das Baby kommt. Peter hat ihr Leben ruiniert, und sie denkt wahrscheinlich, wenn sie ihn finden kann, wird er das schon irgendwie wieder in Ordnung bringen. Sie wird nach ihm suchen, bis sie die Schule verlassen hat und sich einen Job suchen muss.

Normalerweise wäre das kein Ding. Sie könnte durch die ganze Stadt rennen und die Leute fragen, ob sie was von ihm gehört haben. Es wäre peinlich, würde aber wirklich keine Rolle spielen …

Nur dass sie jetzt zum Corinthian gekommen ist. Was bedeutet, sie bringt sich in Gefahr. Und ihr ist nicht mal klar, was das bedeutet.

Das Schlimmste ist, er weiß, wie er ihr helfen könnte. Als er Lily – und auch Eli – sagte, er wisse nicht, wo Peter ist, war das, natürlich, die Wahrheit.

Aber er hat so eine Idee, wo man suchen könnte.

Kapitel 13

»Ich versuche seit Tagen, dich zu erreichen«, sagt Fiona. »Ich dachte schon, du wärst gestorben oder so was.«

Alle wuseln im Morgenlicht auf dem Rasen und den Eingangsstufen der Schule herum, Taschen über den Schultern oder neben ihren Füßen, alle lachen oder flirten oder schreien oder jammern, warten auf das erste Klingelzeichen, das sie hineinruft. Fiona und Lily befinden sich an ihrem gewohnten Platz neben einem Seiteneingang, der zum Parkplatz liegt.

»Sorry«, sagt Lily.

»Hab bei deiner Familie Nachrichten hinterlassen.«

Fiona Stark ist das einzige andere Oneness-Mädchen, das auf ihre Highschool geht. Sie ist die jüngste Tochter der Starks mit ihren versteinerten Gesichtern, die Fiona beigebracht haben, jedes Buch, das nicht die Bibel ist, mit großem Misstrauen zu betrachten. Misstrauen ist unter Oneness-Pfingstkirchlern ziemlich verbreitet, aber Fionas Vater ist selbst nach diesen Maßstäben geradezu fanatisch. Er ist ein stolzer Analphabet, der als Jugendlicher das gesamte, von Johnny Cash als Hörbuch eingesprochene, Neue Testament auswendig gelernt hat. Während der Gottesdienste kann Lilys Vater jeden x-beliebigen Vers anfragen, und Bruder Stark antwortet ihm daraufhin mit der New-King-James-Version dieses Verses. Angesichts dieses Vorbilds zu Hause will Fiona ständig von Lily wissen, warum sie in der Schule gezwungen werden, dieses oder jenes zu lernen. Für sie ist Wissenschaft nichts als atheistische Propaganda, und sie hält Literatur nur für das langweilige Geschwafel von Säufern und Perversen. Am einsamsten fühlt sich Lily, wenn sie mit Fiona durch die Flure ihrer Schule geht und sich ihre Klagen anhört. Wegen ihrer Religion sind sie beide Außenseiter, aber sie haben eine deutlich unterschiedliche Sichtweise, was diesen Außenseiter-Status betrifft. Lily liest sehr gern und schneidet bei Tests gern gut ab, und insgeheim weiß sie, mit welchen Mädchen ihrer Klasse sie gern befreundet wäre. Fiona hingegen genießt es, Außenseiterin zu sein, und schöpft spürbaren Trost aus ihrem Glauben, dass ihre Lehrer und Mitschüler eines Tages ausnahmslos zur Hölle fahren werden.

Da ihre Freundschaft aus der Not heraus entstanden ist, fühlt sich Lily manchmal schuldig, weil sie Fiona nicht wirklich mag. Ihr schlechtes Gewissen wird zum Teil dadurch gemildert, dass sie vermutet, Fiona würde von ihr sehr ähnlich denken.

»Sorry«, sagt Lily. »Dieser Baby-Kram hat mich ziemlich in Beschlag genommen.«

»Glaub ich dir gern. Ich staune sowieso, dass du noch zur Schule kommst.«

»Wie meinst du das?«

Wie ihre Mutter und ihre älteren Schwestern ist Fiona klein, breitschultrig und hat kräftige Hüften. Anders als Lily trägt sie ihr Haar immer als geflochtenen Dutt, an dem sie ständig mit den Fingerspitzen herumfummelt, als wolle sie ihn zurechtrücken. Jetzt auch wieder. Sie sagt: »Ich dachte, du hättest die Schule geschmissen.«

»Warum sollte ich so was tun? Ich muss zur Schule gehen.«

Fiona macht eine schlagende Handbewegung in Richtung Schulgebäude, als wäre es eine riesige Mücke. »Was bringt's, wenn du herkommst und dir den ganzen Tag diesen Schwachsinn anhörst? Ich meine, echt jetzt. Du solltest dir lieber einen Job suchen. Bisschen Geld verdienen. Dich aufs Baby vorbereiten. Meine Cousine arbeitet in der Busfabrik. Vielleicht kann sie dir dort einen Job besorgen. Weißt du, was wir gestern in Bio machen mussten? Willst du von dem großen lehrreichen Durchbruch hören, den du verpasst hast? Wir haben einen Frosch aufgeschnitten. Haben ihn aufgeschlitzt und seine Scheißgedärme rausgeholt.

Und, was hat man von so was? In der Busfabrik lernt man wenigstens was, womit man was anfangen kann. Meine Cousine baut da Sitze ein. Vielleicht kann sie dich da reinbringen.«

Lily denkt einen Moment darüber nach. Sie findet Fionas kurze Tirade gegen die Schulbildung nicht gut, fragt sich aber dennoch, ob sie vielleicht tatsächlich vorzeitig von der Schule abgehen und sich einen Job suchen sollte. Ihre Eltern besitzen so wenig Geld. Und warum sollte sie auf der Schule bleiben? Früher hatte sie mal gedacht, vielleicht könnte es ihr gefallen, Englischlehrerin zu werden, so wie ihre Lieblingslehrerin Ms. Crockett. Jetzt allerdings erscheint ihr der Gedanke, eines Tages Lehrerin zu sein, nur wie ein weiterer dummer Traum. Nur wenige Leute in ihrer Kirche entscheiden sich für eine weiterführende Schulbildung. In der Oneness-Kirche bedeutet aufs College gehen in der Regel der Besuch des Apostolic Bible Institute in St. Paul. Die Männer werden Prediger, die Frauen werden Ehefrauen von Predigern. Aber für Lily, unverheiratet und mit einem Baby unterwegs, hat sich selbst diese Vorstellung von College erledigt.

Das erste Klingeln. Um sie herum beginnt die Wanderung der Schüler ins Schulgebäude, doch als sie einen Blick über Fionas Schultern zum Parkplatz wirft, sieht Lily Allan Woodson in ihre Richtung kommen.

Er trägt eine ausgeleierte Jeans und ein schwarzes Hemd. An den Füßen schwarze Sneaker. Verglichen mit den beiden Mädchen wirkt er noch gewaltiger als zuvor, und trotz der frühmorgendlich frischen Luft bemerkt sie einen Schweißfilm auf seiner Glatze. Ohne Fiona anzusehen, spricht er direkt Lily an. »Ich muss mit dir reden.«

Fiona schaut von Allan zu Lily. *Was in aller Welt ist denn hier los?*

»Gerade war das erste Klingelzeichen«, sagt Lily zu Allan. »Ich muss in den Unterricht.«

»Soll das ein Witz sein?«, sagt Allan. »Du kommst zu mir auf die Arbeit, aber jetzt …«

»Okay«, sagt Lily. »Okay. Gehen wir und reden. Drüben bei Ihrem Pick-up.« Sie dreht sich zu Fiona um. »Wir sehen uns später im Unterricht.«

Lily folgt Allan zu seinem Silverado auf dem Parkplatz.

Allan nickt über ihre Schulter. »Was ist mit der los?«, fragt er. »Sie sieht schwachsinnig aus.«

»Was?«

Lily wirft einen Blick zurück. Fiona hat sich nicht gerührt. Unerschütterlich wie ein Fels steht sie da, in ihrem langen Rock und dem geflochtenen Dutt, und beobachtet sie immer noch von den Eingangsstufen der Schule aus, kaut nachdenklich auf ihrer Unterlippe.

»Sie ist … Sie kann nicht … Sie ist ziemlich behütet.«

»Das aus deinem Mund will schon echt was heißen.«

»Tja, vertrauen Sie mir, es stimmt.«

Das zweite Klingelzeichen ertönt. Fiona rührt sich nicht.

»Ich komm jetzt schon zu spät in den Unterricht«, sagt Lily. »Was wollen Sie?«

»Suchst du Peter immer noch?«

»Natürlich.«

»Dachte ich's mir.«

»Und warum sind Sie hier?«

»Ich bin hergekommen, um dir zu sagen, wenn du ihn immer noch sehen willst, könnte ich womöglich wissen, wo du ihn suchen musst. Betonung auf *könnte.*«

Sie packt seinen Arm. »Ist das Ihr Ernst? Sie wissen wirklich, wo er ist?«

»Ich habe eine Idee, wo man suchen könnte.«

»Dann los.«

Das überrascht ihn. »Jetzt?«

»Was denn, soll ich stattdessen etwa untätig in Sozialkunde rumsitzen? Ja, gehen wir jetzt.«

»Okay, aber was ist mit Lizzie Borden?«

»Was mein…?« Lily dreht sich um. Fiona ist immer noch da, starrt zu ihnen herüber. »Mein Gott«, sagt sie zu Allan. »Warten Sie einen Moment.«

Sie kehrt zu Fiona zurück. »Ich muss weg …«

»Was redest du da? Wohin musst du?«

Sie will Fiona nichts sagen, aber sie kann auch nicht einfach mit einem Wildfremden in einem Pick-up wegfahren, ohne ihr irgendwas zu sagen.

»Ich … Hör zu, vielleicht weiß er, wo Peter ist. Vielleicht.«

»Ach du meine Güte, in echt?«

»Ja.«

»Irre. Aber wer ist der Typ?«

»Er ist mein Onkel.« Sie erwärmt sich für den verbindlichen Klang des Wortes. »Mein Onkel Allan. Er arbeitet im Corinthian mit Peter zusammen. Ich bin neulich dorthin, um ihn nach Peter zu fragen.« Sie versäumt, auch den Besuch in Allans Apartment zu erwähnen. »Hör zu, mach dir keine Sorgen. Du solltest jetzt besser in den Unterricht gehen, bevor du Ärger bekommst. Ich ruf dich später an. Aber hör zu, du darfst keinem Menschen was davon sagen, okay? Wenn irgendwer hier dich nach mir fragt, zum Beispiel einer der Lehrer oder so, der Direktor, egal wer, dann sagst du einfach, ich wär nach Hause, weil mir übel war.«

»Und was, wenn die dann bei euch zu Hause anrufen?«

»Kann ich mir nicht vorstellen«, sagt Lily. »Könnte sein, dass sie morgen ein ärztliches Attest von mir haben wollen, aber ich bezweifle, dass sie heute anrufen werden, um nach mir zu hören. Falls aber doch, dann ist das eben so. Ich werde mich darum kümmern, wenn ich nach Hause komme.«

»Okay …«

»Bitte, sag niemandem was, Fiona. Ich muss das wirklich tun, ohne dass sich meine Eltern Sorgen wegen mir machen.«

»Wie kommst du darauf, dass ich irgendwem was erzähle? Ist ja nicht so, als wärst du das einzige Gesprächsthema, weißt du?«

»Ich weiß. Es ist nur … Das muss jetzt bitte einfach nur unter uns bleiben.« Lily beugt sich vor, spielt den entscheidenden Trumpf aus. »Du bist die Einzige, der ich vertrauen kann, meine einzige richtige Freundin. Und ich werde dir auch alles erzählen, was passiert ist, wenn du jetzt einfach den Mund hältst. Okay?«

Fiona bekommt große Augen, als wolle sie das ganze Geheimnis erfahren. »Okay, ja, natürlich«, sagt sie. »Ich wusste nicht, dass es so ist. Du weißt, dass du mir vertrauen kannst.«

Lily weiß nicht, ob das stimmt, aber um den Pakt zu besiegeln, tut sie etwas, was sie bei Fiona nur höchst selten tut. Sie umarmt sie. »Danke«, sagt sie.

Kapitel 14

»Sitzt du bequem?«, fragt Allan. »Du kannst den Sitz auch noch zurückschieben.«

»Danke«, sagt Lily und macht es sich bequem. »Wohin fahren wir?«

»Little Rock.«

»Wo in Little Rock?«

»In den Südwesten«, sagt er. »In die Nähe der Geyer Springs Road. Weißt du was über die Stadt?«

»Nicht wirklich.«

»Schon mal da gewesen?«

»Natürlich. Ich bin keine totale Hinterwäldlerin, wissen Sie?«

Was nur zum Teil stimmt. Sie war im Laufe der Jahre mehrere Male in Little Rock, hauptsächlich zu Gottesdiensten in verschiedenen Kirchen, allerdings war sie nie ohne ihre Familie dort. Sie ist nie selbst auf den Straßen gefahren, und ganz sicher war sie nie allein dort. Little Rock liegt gerade mal dreißig Meilen südlich von Conway, aber es hätte genauso gut in einem anderen Land liegen können. Viele Erwachsene, die sie kennt, sind während der weißen Flucht in den 1990er-Jahren von dort abgehauen, und wenn heute Erwachsene in ihrer näheren Umgebung über Little Rock sprechen, dann kreist die Unterhaltung meistens um Kriminalität und moralischen Verfall. Wüssten ihre Eltern, dass sie jetzt dorthin unterwegs ist, würden beide sofort Panik bekommen.

Allan verlässt den Parkplatz. Als sie einen Kreisverkehr erreichen, biegt er auf die Farris Road ab.

»Ich finde übrigens nicht, dass du eine Hinterwäldlerin bist«, sagt er zu ihr.

»Tja, da bin ich aber mal erleichtert«, meint sie.

Bei der nächsten roten Ampel hält Allan an und schaut auf das Mädchen an seiner Seite herab, so als versuche er, seinen Sarkasmus optisch zu beurteilen. »War das gerade eine unverschämte Bemerkung?«

»Ich habe es satt, dauernd wie ein blödes kleines Mädel vom Lande behandelt zu werden.«

»Ich hab doch nur gefragt, ob du schon mal in Little Rock warst.«

»Tja, war ich.«

Die Ampel wird grün.

»Okay, schön, super für dich. Weißt du, ich bin hier derjenige, der das Recht hat, angepisst zu sein. Ich fahre mit dir an meinem freien Tag runter nach Little Rock, um nach deinem bescheuerten Freund zu suchen. Ich muss das nicht tun.«

Als sie auf die I-40 fahren, sagt Lily: »Ich weiß. Dafür bin ich Ihnen auch sehr dankbar. Wirklich.«

Allan wirft ihr einen Blick zu, sieht dann wieder auf die Straße. »Schon okay.«

»Gut«, sagt sie. »Dann verraten Sie mir jetzt, warum wir nach Little Rock fahren.«

»Wir gehen zu jemandem, der früher mal im Corinthian gearbeitet hat. Vielleicht ist Peter bei denen.«

»Wer ist es?«

»Jemand, der mal dort gearbeitet hat.«

Lily starrt Allan einen Moment lang an, dann dreht sie den Kopf zur Seite und schaut aus dem Fenster. Sie schließt die Augen. Als sie sie wieder öffnet, fragt sie: »Ist dieser jemand ein Mädchen?«

»Ja.«

Sie kommen an Plakatwänden eines Herstellers von Fischerbooten und an einer Tankstelle vorbei, dann sind da nur noch Bäume und außer dem verwischten satten Grün von Nadelbäumen gibt es nicht viel zu sehen.

»Wie heißt sie?«, fragt Lily.

»Ciara.«

»Was haben Sie gesagt?«

»Ciara.«

»Was ist das denn für ein Name?«

»Es ist nur ein Name, Lily.«

»Wer ist sie?«

»Nur ein Mädchen, das früher mal im Corinthian gearbeitet hat.«

Lily sieht eine Unterbrechung in den Bäumen, wodurch ein Maschendrahtzaun sichtbar wird; an einem Pfosten hängt ein kleines Schild, dessen Botschaft sie nicht lesen kann.

»Ist diese Ciara seine Freundin?«, fragt sie.

»Soweit ich weiß nicht, nein.«

Die Unbestimmtheit der Antwort bereitet Lily ein wenig Bauchschmerzen. »Wieso sollte er bei ihr sein, wenn sie nicht seine Freundin ist?«, fragt sie.

Allan sucht nach den richtigen Worten.

»Sie ist seine Freundin«, beantwortet Lily ihre eigene Frage mit einem wütenden Lächeln. »Er hat noch eine Freundin.«

»Das hab ich nicht gesagt, Lily.«

»Was haben Sie denn dann gesagt?«

»Ciara hat im Corinthian gearbeitet, lange bevor du und Peter zusammengekommen seid. Als ihr zwei angefangen habt, miteinander zu gehen, hat sie gekündigt und in einem anderen Hotel unten in Little Rock angefangen. Aber ich weiß, dass sie auch noch nach ihrer Kündigung irgendwie in Kontakt geblieben sind, denn von Zeit zu Zeit hat sie im Corinthian angerufen, um mit ihm zu sprechen. Er hat nie viel darüber geredet, aber ich hab mich immer gefragt, ob da irgendwas im Busch war. Als ich mich dann fragte, ›Wohin könnte Peter verschwunden sein?‹, war mein erster Gedanke Ciara. Nenn's Bauchgefühl.«

Darauf reagiert Lily nicht. Sie sieht weiter aus dem Fenster, denkt nach. Ihr Wunsch, Peter nicht bei einer anderen Frau vorzufinden, wird übertroffen von ihrem Wunsch, die Wahrheit zu erfahren. Wenn sie die Wahrheit herausfinden kann, wird sie wissen, was zu tun ist. Sie kann ihn anbrüllen, ihn anflehen, ihm Vorwürfe machen, ihm eine Ohrfeige verpassen, wenn's denn sein muss. Das Nichtwissen ist das Problem.

Sosehr sie die Vorstellung bestürzt, Peter sei mit einem anderen Mädchen durchgebrannt, kann sie doch klar genug denken, um zu erkennen, dass es einen gewissen Sinn ergibt. Von Anfang an, seit dem Tag, an dem er verschwand, hat sie sich gefragt, ob es eine andere geben könnte. Die Vorstellung, dass Peter allein abgehauen ist, erschien ihr schon immer eher unwahrscheinlich. Auch deshalb glaubt sie nicht, dass er einfach so aus der Stadt abgehauen ist. Er ist immer noch viel zu sehr kleiner Junge, viel zu unsicher, wer er eigentlich ist oder was er wirklich will. Es gab eine Zeit, da glaubte Lily, sie würde diejenige sein, die ihm hilft, sich selbst zu finden. Vielleicht hat diese Ciara einfach ihren Platz eingenommen. Der Gedanke, dass er mit ihr durchgebrannt ist, wer immer sie nun ist, erscheint wahrscheinlicher, als dass er allein geht.

Und das ist es dann vielleicht auch schon. Vielleicht ist die Wahrheit, dass er Lily den Laufpass gegeben hat und mit diesem anderen Mädchen abgehauen ist.

Sie reibt sich das Gesicht. Aber das erklärt noch nicht …

»Wer ist Eli?«

»Was?«, sagt Allan erschrocken über die plötzliche Unterbrechung der Stille.

»Warum sucht er Peter?«

»Herr im Himmel«, grummelt Allan.

Lily kneift die Augen zusammen angesichts dieser Blasphemie, so wie sie ihre Augen auch auf grelles Licht einstellen würde, bleibt aber fokussiert. »Wenn Peter einfach nur mit irgendeinem Mädchen weggelaufen ist, warum sucht Eli ihn dann?«

Allan antwortet nichts, aber Lily starrt ihn weiter an, wartet auf eine Antwort. Schließlich spricht er. »Über Eli Buck musst du nur wissen, dass du sonst nichts über ihn wissen möchtest.«

»Buck ist sein Nachname?«, fragt sie. »Eli Buck?«

Allan runzelt die Stirn über seinen Versprecher. »Vergiss ihn einfach, Lily.«

Sie verschränkt die Arme und dreht sich wieder zur Seitenscheibe.

»Okay?«, fragt er.

Sie starrt ihr eigenes Spiegelbild an.

»Und jetzt antwortest du gar nichts mehr …«, sagt Allan.

»Sie wollen eine Antwort?«, fragt sie und sieht ihn wieder an. »Hier kommt eine Antwort. Erstens: Sie sollten den Namen des Herrn nicht missbrauchen. Wie ist das als Antwort? Vielleicht ist es Ihnen egal, aber ich bin ziemlich sicher, der Herr findet es gar nicht gut, wenn sein Name als Schimpfwort benutzt wird.«

Allan starrt verwundert auf die Straße. »Ich könnte jetzt zu Hause sitzen und mir TCM reinziehen«, sinniert er. »Für das hier verpasse ich einen Film mit Myrna Loy.«

»Es gibt noch ein Zweitens«, sagt sie. »Sie können es sich schenken, mich davor zu warnen, dass dieser Eli ein beängstigender Typ ist. Ich bin im fünften Monat schwanger, und dieser Kerl steigt auf mich drauf, als wollte er mich totschlagen. Ich hab ohnehin schon reichlich Bammel vor ihm.«

Allan verzieht das Gesicht. »Okay. Verstanden.«

»Nein, haben Sie nicht. Denn wenn Eli schon bei der Suche nach Peter so gewalttätig wird, was wird er dann erst tun, wenn er ihn tatsächlich findet?«

Allan kaut auf seiner Oberlippe.

»Ich verstehe«, sagt er schließlich, »warum du dir Sorgen machst.

Und genau deswegen versuche ich ja, dir zu helfen. Was du jedoch verstehen musst, ist ganz einfach, dass ich dich nur schützen will, wenn ich nicht über Eli sprechen möchte. Und um mich selbst zu schützen. Es ist für uns beide besser, wenn du ihn vergisst. Eigentlich willst du doch nur Peter finden, richtig?«

»Natürlich.«

»Dann lass uns Peter finden. Alles andere lenkt uns nur ab. Lass uns Peter finden.«

Lily verschränkt die Arme. Sie möchte dieser Frage immer noch nachgehen, aber sie beschließt, Allan vorläufig etwas Luft zu lassen. Sie will ihn nicht verleiten, kapitulierend die Hände hochzureißen und den Pick-up zu wenden, nachdem er zu dem Schluss gekommen ist, mit der ganzen Sache fertig zu sein.

»Okay«, sagt sie.

• • •

Nach ein paar Minuten betretenen Schweigens schaltet Allan das Radio ein. The Wolf 105,1 – »Arkansas' Top-Sender für Country-Legenden«, verkündet der Ansager. Der nächste gespielte Song ist Reba McEntires Ballade an den toten Vater: »The Greatest Man I Never Knew.«

Lily kennt den Song nicht, aber Allan brummt: »Na toll, jetzt versucht auch noch Reba, mich umzubringen. Ich hab einfach kein Glück.«

Eine Zeit lang sitzen sie schweigend da, das Rauschen des Asphalts unter Allans Reifen wird vom Dröhnen alter profaner Songs überdeckt, die Lily alle nicht kennt. Sie schaut aus dem Fenster auf der Fahrerseite hinaus auf den Lake Conway. Er sieht eher wie ein Sumpf aus statt wie ein See, mit den grauen Zypressen, die aus dem trüben, grünen Wasser aufragen, das mit Seerosenblättern übersät ist. Während sie aus seinem Fenster schaut, kann sie nicht umhin, auch Allan selbst zu betrachten.

Sie hat noch nie einen so großen, kräftigen Mann gesehen. Sein Glatzkopf ist mit braunen Muttermalen und einem leichten gräulichen Flaum hinten überzogen. Er sieht aus wie ein Mann, den man am Steuer eines so großen Pick-ups erwarten würde, aber selbst entspannt wirkt sein Gesicht noch nachdenklich, seine dunklen Augen scheinen immer auf etwas gerichtet zu sein, das jenseits dessen liegt, was er tatsächlich ansieht, als würde er einem exotischen Gedankengang nachhängen. Ohne genau zu wissen, warum, hat Lily das Gefühl, dass er ihr etwas beibringen könnte.

Sie sagt: »Also … ich schätze, wir sind dann wohl verwandt.«

»Schätze ich auch, ja.«

»Wann haben Sie das herausgefunden …?«

»Was genau?«

»Über … wer Ihr richtiger Vater war«, sagt sie. »Wussten Sie das schon, als sie noch ein Kind waren?«

»Nein, aber als ich in der fünften Klasse war, hat so ein Idiot auf dem Schulhof zu mir gesagt, ich wäre adoptiert. Er hat das Getratsche seiner Eltern missverstanden, vermute ich.«

»Haben Sie Ihre Eltern darauf angesprochen?«

»Ja. Am gleichen Abend. Meine Mom fing an zu weinen, und mein Dad ist einfach rausgegangen und hat im Dunkeln den Rasen gemäht. Schließlich hat Mom ihre Tränen abgewischt und mir alles erzählt. Sie erzählte, sie hätte mal eine Affäre gehabt, und da wäre ich dann zur Welt gekommen. So hat sie das ausgedrückt. ›*Ich hatte eine Affäre.*‹ Als kämen wir in einer Episode von *Unter der Sonne Kaliforniens* oder so vor. Dann hat sie zu mir gesagt, dass sie mich liebt, und Herman ebenfalls. Und das war es dann. Wir haben danach nicht mehr darüber gesprochen, bis sie krank wurde. Da hat sie mir dann erzählt, dass mein biologischer Vater ein Prediger der Pfingstkirchler ist. Ein Mann namens William Tackett. Herman und ich haben nie wirklich darüber gesprochen, nicht mal nach Moms Tod.«

»Sie ist gestorben.«

»Ja, kurz nachdem ich das College verließ. Krebs.«

»Das tut mir leid.«

Allan nickt höflich zu dieser Beileidsbekundung. »Wo wir jetzt darüber reden, was hat Peggy dazu gesagt? Die Affäre, meine ich.«

»Nicht viel. Grandpa ist gestorben, bevor ich zur Welt kam. Ich wusste immer, dass er mal ein Prediger war, aber wenn ich fragte, warum er damit aufgehört hatte, reagierten meine Eltern sehr vage. Erst vor Kurzem hat sich Mom mit uns zusammengesetzt und uns alles erzählt.«

»Hasst sie meine Mutter?«

»Natürlich nicht«, antwortet Lily, obwohl sie, als sie das sagt, erkennt, dass sie da nicht ganz so sicher ist. »Ich glaube einfach, die ganze Geschichte macht sie unendlich traurig.«

»Tja, wenn du mich fragst, meine Mutter war deswegen auch traurig«, sagt Allan. »Sie und Herman haben es geschafft, ihre Ehe zu retten, weil sie beide an dieselbe Art von Unglücklichsein gewöhnt waren, aber wahrscheinlich hätten sie nicht zusammenbleiben sollen. Und sie hätte mich ganz sicher nicht bekommen sollen.«

Diese Feststellung verblüfft Lily.

»Ich wette, sie war sehr glücklich, Sie zu haben«, bringt sie heraus.

Er zuckt mit den Achseln. »Zwei verschiedene Dinge können gleichzeitig wahr sein. Meine Mutter konnte mich lieben und dennoch wissen, dass ihr Leben glücklicher und erfüllter hätte sein können, wenn sie mich nicht bekommen hätte.«

Lily lässt das sacken und sagt nichts.

»Du musst eines verstehen«, sagt Allan. »Ich entstamme einer Reihe von Fehlern. Meine Großeltern haben nur geheiratet, weil Grandma mit meiner Mutter schwanger wurde. Dann wurde meine Mutter geschwängert, als sie eine Affäre hatte. Ich glaube,

Gott hat mich schwul gemacht, um den Teufelskreis der ungeplanten Schwangerschaften zu durchbrechen.«

Lily sieht ihn an. »Glauben Sie wirklich, dass Gott Sie schwul gemacht hat?«

»War nur ein Witz.«

»Ich weiß. Aber ich frage mich trotzdem.«

»Ich glaube nicht an Götter.«

»Nicht Götter, Gott.«

»Die Vorstellung ist auch nicht weniger doof, wenn man den Plural weglässt.«

Lily begreift, dass sie jetzt vielleicht zum ersten Mal jemanden hört, der tatsächlich eine Ketzerei ausspricht. Sie hat auf den Fluren ihrer Highschool schon viele hingerotzte Blasphemien gehört, aber sie hatte noch nie eine ernsthafte Unterhaltung mit jemandem – geschweige denn mit jemandem, mit dem sie verwandt ist –, der die gesamte Grundlage ihres Glaubens ablehnt.

»Wenn ich nicht glauben würde, dass es Jesus wirklich gibt, wüsste ich nicht, was ich tun würde«, sagt sie zu ihm. »Besonders jetzt. Ich glaube, dann würde ich mich zusammenrollen und sterben.«

Allan denkt einen Moment darüber nach, bevor er antwortet.

»Ich denke, das kann ich nachvollziehen«, sagt er schließlich. »Wir waren Southern Baptists, als ich aufwuchs. Als ich ein bisschen jünger war als du jetzt, war ich tatsächlich sogar ziemlich gläubig.«

»Was ist passiert?«

Er zuckt mit den Achseln. »Jesus und ich hatten Stress.«

»Wegen was?«

Er sieht zu ihr hinüber. »Was meinst du?«

»Vermissen Sie ihn manchmal?«

»Weißt du was? Das wird sich wahrscheinlich ziemlich respektlos anhören, so als würde ich Witze machen, aber das tue ich nicht. Es ist, als würde man sich an jemanden erinnern, in den man mal verknallt war. Ich vermisse Jesus nicht, aber ich erinnere mich, wie es war, ihn zu lieben. Ich weiß noch, was ich für ihn empfunden habe.«

»Wollten Sie schwul sein, als Sie in meinem Alter waren?«

»*Uuunnnd* du hast es versaut«, sagt Allan und zieht ein Gesicht, als ob er etwas Saures im Mund hätte. »Hör zu, Lily. Ich bin hier nicht stellvertretend für alle Schwulen, okay? Du bist nicht Kimmy, und ich bin nicht Titus.«

»Was soll das denn heißen?«

»Hast du denn keinen Fernseher?«

»Nein.«

»Klar, natürlich nicht. Was hab ich gedacht?«

Sie kommen an einem Hinweisschild auf North Little Rock vorbei.

Sie nähern sich.

»Darf ich Sie was fragen?«, sagt sie.

»Nicht, wenn's wieder so eine Frage ist à la ›Wie ist es, schwul zu sein?‹«

»Ist es nicht.«

»Okay.«

»Hat Peter je was von mir erzählt?«

»Klar.«

»Nein, ich meine, hat er je was Intimes über mich und sich erzählt?«

»Du meinst also, so was wie Sex-Kram?«

»Ja, genau das meine ich.«

»Nein, natürlich nicht. Warum fragst du?«

»Dieser Mann im Hotel ...«

»Welcher Mann?«

»Dieser gruselige kleine Mann, mit dem Sie gestern zusammengearbeitet haben.«

»Mein Gott. Dillard.«

»Dillard?«

»Dillard Sweet III, um genau zu sein.«

»Also, er ist zu mir gekommen, als ich gerade ging, und er hat gesagt, Peter hätte ihm immer Sachen über mich erzählt. Intimes Zeug.«

»Bullshit.«

»Echt?«

»Ja, das ist absoluter Bullshit. Ich garantiere dir, das ist nie passiert. So ein Typ war Peter einfach nicht.«

»Vielleicht hat er Dillard was erzählt.«

»Bitte! Mal abgesehen davon, dass er der dümmste Mensch ist, dem ich in meinem ganzen Leben begegnet bin, ist *Depp-Dillard* ein Arschloch und Widerling. Peter mochte seinen inzüchtigen Arsch genauso wenig wie ich. Und ich kann dir versichern, dass die zwei nicht zusammen abhingen und sich Sexgeschichtchen erzählt haben. Depp-Dillard hat noch nie eine nackte Frau gesehen, außer auf seinem Laptop. Was hätte der zu einem solchen Gespräch denn groß beizutragen?«

»Okay. Aber er hat mir auch noch gesagt, Peter würde wegen Sex runter nach Little Rock fahren. Und jetzt fahren Sie mit mir hierher, um so ein Mädchen zu treffen.«

Allan wirft ihr einen kurzen Blick zu, dann sieht er wieder auf die Straße. Vor ihnen fährt ein schäbiger alter Ford mit gerade mal siebzig Sachen, seine klappernde hintere Stoßstange wird mit Draht festgehalten. Ein Lastwagen von Tyson Foods rast an beiden Fahrzeugen vorbei, und Allan zieht direkt hinter ihm auf die Überholspur.

»Und?«, sagt sie.

»Ich weiß nicht, was ich dir sagen soll, Lily. Falls Peter hier unten ist, kannst du ihn das selbst fragen.«

Sie dreht das Gesicht wieder zur Seitenscheibe.

»Das werde ich«, sagt sie.

Kapitel 15

Als die Autobahn schließlich in North Little Rock einmündet, nimmt Lily die Stadt auf eine Art wahr wie noch nie zuvor. Nachdem sie die Verizon Arena passiert haben, erreicht der Pick-up über die I-30-Brücke Little Rock, und für einen Ort, der so berüchtigt für Kriminalität und Gewalt ist, sieht es eigentlich gar nicht so übel aus. In dem revitalisierten Stadtteil River Market wimmelt es nur so von Familien, Spaziergängern und Touristen. In der Nähe des Parlamentsgebäudes spiegelt sich das schimmernde Blau des Himmels in den Glasfronten der Hochhäuser von Banken und Hotels der oberen Preisklasse, während abfallende Rasenflächen vom Park hinunter zur Clinton Presidential Library dem schlammigen Arkansas River den Teint einer reifen Olive verleihen. Mit seiner sorgfältig gepflegten Mischung aus von Bäumen gesäumten Spazierwegen und Parkanlagen besitzt das Flussufer einen grünen Glanz, der Lily überrascht.

Als Allan von dem verschlungenen Netz der Interstate-Autobahnen auf die schmalen Straßen und noch schmaleren Seitenstraßen abbiegt, verliert sich der Glanz schnell, das Grün jedoch bleibt. Selbst als die Häuser und Geschäfte und die Straßen selbst immer baufälliger und heruntergekommener aussehen, sind überall noch Rasenflächen und Bäume. Es ist, als ob selbst in den urbansten Gegenden der Stadt die Natur niemals weit fort ist.

Lily nimmt all diese sich verändernde Szenerie wahr, schämt sich aber für die Dinge, die ihr am meisten auffallen. Die sich ändernden Gesichter, die von Straße zu Straße immer dunkler werden. Menschen treten aus Häusern oder arbeiten an Autos, Kinder spielen in Gärten. Es fällt ihr auf, dass sie zwar mit Schwarzen aufgewachsen ist, aber noch nie in einem rein schwarzen Wohngebiet gewesen ist.

Je weniger Weiße sie sieht, desto zwiespältiger fühlt sie sich. Sie ist hin- und hergerissen, weil ihr beigebracht wurde, dass Rassismus eine Sünde ist, dass Christus für alle gestorben ist. Man hat ihr beigebracht, dass sie nicht rassistisch sein darf.

Aber man hat ihr ebenfalls beigebracht, indirekter, aber dafür nachhaltiger, dass Schwarze gefährlich sind. Buchstäblich jeder Weiße, den sie kennt, scheint Angst vor Schwarzen zu haben. Sie kennt nur sehr wenige Weiße, die sich stolz als Rassisten bezeichnen würden, aber sie kennt sogar noch weniger, die sich in einem reinen Schwarzenviertel wohlfühlen würden.

»Wo fahren wir hin?«, fragt sie.

Man muss es irgendwie ihrer Stimme angehört haben, denn Allan sagt nun: »Das hier ist kein schlechtes Viertel.«

»Sind Sie sicher?«

»Es ist einfach nur ein Viertel. Hier leben Menschen.«

»Glauben Sie, Peter ist *hier?*«

Darauf antwortet Allan nichts. Stattdessen biegt er in die kurze Kieszufahrt eines kleinen, braunen Backsteinhauses ein. Ein brauner Toyota steht unter dem Carport. Bäume im Garten. Auf einer Seite des Grundstücks befindet sich ein rotes Ziegelhaus, in dessen Vorgarten ein Auto aufgebockt ist. Auf der anderen Seite befindet sich ein leerer Parkplatz, dessen Asphaltdecke aufbricht.

»Okay«, sagt Allan. »Du bleibst hier. Ich gehe rein und checke die Lage.«

»Nein«, sagt sie und öffnet ihren Sicherheitsgurt. »Wenn er da drin ist, komme ich mit Ihnen.«

»Lily«, sagt er. »Wirklich, lass mich allein reingehen, ich komme sofort wieder raus.« Er öffnet seine Tür.

Lily steigt auf der Beifahrerseite des Pick-ups aus und folgt ihm.

Er bleibt stehen und sieht sie an. »Echt jetzt?«

Sie geht weiter. Jetzt folgt er ihr.

Kurz bevor sie das Haus erreichen, öffnet sich die Haustür knarrend und ein Mann tritt heraus. Er ist dunkelhäutig und groß, allerdings nicht so groß wie Allan. Er trägt ein langes, weißes T-Shirt und Jeans, keine Jacke. Außerdem trägt er die grellsten orangen Sneaker, die Lily je gesehen hat.

»Hi«, sagt Allan. »Hallo. Ich frage mich, ob Ciara da ist.«

Der Mann ist nicht so alt, vielleicht erst dreißig oder so, mindestens zehn Jahre jünger als Allan. Unter dem Kinn und entlang des Kiefers wächst ein Bärtchen. Tattoos bedecken seine Unterarme.

Er starrt sie beide einfach nur an.

»Wer seid ihr?«, fragt er schließlich.

»Wohnt Ciara hier?«, fragt Allan.

Der Mann runzelt die Stirn und hebt den Zeigefinger, als wolle er einen wichtigen Punkt klarstellen. »Ist nicht höflich, bei jemandem aufs Grundstück zu fahren und Fragen mit Fragen zu beantworten.«

»Tut mir leid«, sagt Allan. »Du hast recht. Ich bin Allan. Das hier ist Lily. Wir suchen Ciara.«

»Wieso sucht ihr alle Ciara?«

»Ich hab sie hergefahren. Vor ein paar Monaten oder so. Wir waren früher Arbeitskollegen im Corinthian.«

Die Miene des Mannes bleibt ungerührt.

Allan fährt fort. »Falls sie da ist, wird sie dir sicher bestätigen, dass ich die Wahrheit sage.«

Der Mann sieht Allan an, dreht sich dann zu Lily und blickt auf ihren Bauch.

»Aber wieso sucht ihr sie?«, fragt er.

»Ich hoffe, es macht dir nichts aus«, antwortet Allan, »aber ich finde, das ist wahrscheinlich etwas, worüber ich nicht mit jemandem sprechen sollte, den ich nicht kenne. Ich hab deinen Namen nicht mitbekommen …«

Das Gesicht des Mannes bleibt teilnahmslos, aber Lily kann fast spüren, wie er denkt.

»Jarell«, sagt er schließlich. »Nett, dich kennenzulernen«, sagt Allan. »Du bist ihr Bruder, stimmt's?«

Jarell nickt fast unmerklich. Aber es ist eine Reaktion. Allan greift sie auf.

»Wenn ich nur eine Sekunde mit Ciara reden könnte, wäre das schon super. Und dann bist du uns auch schon wieder los. Oder vielleicht könntest du auch mit ihr reden oder sie anrufen oder was weiß ich, um meine Geschichte zu checken? Wir können warten.«

Jarell kratzt sich mit dem Daumen die Nase. »Dauert 'ne Minute«, sagt er.

»Wir werden warten.«

Jarell nickt und dreht sich um. Die Tür schließt sich hinter ihm. Die Vorhänge werden zugezogen, sie können nicht ins Haus sehen.

Lily massiert sich das Kreuz oberhalb der rechten Hüfte.

»Möchtest du dich setzen?«, fragt Allan. »Wir können auch im Truck warten.«

»Nee, eigentlich nicht«, antwortet Lily und knetet die Stelle auf ihrem Rücken mit den Knöcheln. »Ich bleib lieber stehen. Hilft mir, mich ein bisschen zu dehnen.« Sie beobachtet die Gardinen und runzelt die Stirn. »Warum haben Sie mit Ciara sprechen wollen statt mit Peter?«

»Es ist Ciara Haus. Schien mir einfach höflich zu sein, zuerst nach ihr zu fragen.«

»Okay«, sagt Lily, aber ihre Miene ändert sich nicht.

Fast gleichzeitig drehen sie und Allan sich um und bemerken, dass ein Stück weiter die Straße hinunter zwei Jugendliche auf Fahrrädern in einer anderen Einfahrt stehen und sie anstarren. Einer der Jungen sagt etwas zu seinem Freund, dann fahren die beiden weg.

»Also«, konstatiert Lily, »wenn ihr Bruder schwarz ist, schätze ich mal, dass Ciara auch schwarz ist.«

»Gut geraten.«

»Das haben Sie mir nicht gesagt.«

Allan wirft ihr einen kurzen Blick zu.

»Ich bin nicht rassistisch«, sagt Lily. »Ich bin einfach nur überrascht.«

Allan hebt die Augenbrauen.

Sie schaut wieder zu den Vorhängen. »Wie lange dauert es, jemanden zu fragen, ob man mit uns reden will? Denken Sie, das bedeutet, Peter ist hier?«

»Ich weiß nicht, was es bedeutet.«

Lily schaut wieder die Straße hinunter, um zu sehen, ob die Kids auf den Fahrrädern zurück sind. Sind sie nicht.

Sie dreht sich zu Allan um. »Ich hab keine Vorurteile, wissen Sie?«

Er zuckt mit den Achseln. »Komm schon, Lily«, sagt er. »Ich dachte, du glaubst an die Sünde. Wir sind alle voreingenommen. Genau wie wir alle selbstsüchtig sind. Der Schlüssel ist zu versuchen, sich besser zu verhalten, nicht sich so zu verhalten, als wäre man perfekt auf die Welt gekommen. Man kann sich nicht von seiner Sünde abwenden, wenn man nicht zunächst mal zugibt, ein Sünder zu sein.«

Die Tür geht auf, und Jarell beugt sich heraus.

Er schüttelt den Kopf.

Sie wissen beide nicht, was das bedeutet. Allan fragt: »Ist sie nicht zu Hause? Oder will sie uns nicht sehen?«

»Läuft so oder so aufs Gleiche raus«, sagt Jarell.

Er will die Tür schließen, doch Lily tritt vor ihn. »Bitte, Sir, ich muss wirklich dringend mit ihr sprechen. Ich schwöre, ich würde euch alle nicht belästigen, wenn's nicht wirklich wichtig wär. Ich muss ihr nur eine einzige Frage stellen. Bitte.«

Jarell schüttelt den Kopf. »Sorry. Kann dir nicht helfen.«

Behutsam schließt sich die Tür, und ein Schloss rastet ein.

Lily dreht sich um und sieht Allan an.

So groß er auch ist, jetzt sieht er klein aus. »Sorry«, sagt er. »Wir haben's versucht.«

Einen Moment steht Lily unbeweglich da. Allan reicht ihr eine Hand, als wolle er ihr die Stufen hinunterhelfen. Sie ignoriert diese Geste und geht allein hinunter. Auf dem Weg zurück zum Pick-up fühlt sich ihr Bauch ganz schwer an, fast, als würde er sie zu Boden ziehen.

Lily schaut kurz zurück. Sie weiß nicht, warum. Aber als sie es macht, sieht sie, wie der Vorhang ruckartig geschlossen wird.

Sie wirbelt herum und geht mit erhobenem Kopf zurück zu dem Haus, während Allan ihr folgt und an ihrem Arm zerrt.

»Peter Cutchin«, ruft sie laut. »Bist du da drin? Komm raus und sprich mit mir. Sofort!«

Ein Augenblick verstreicht, aber dann öffnet sich die Tür des Hauses, und eine Frau tritt heraus. Sie ist jung und klein, dunkelhäutig wie ihr Bruder.

Auch sie ist schwanger.

Mit einer Hand auf dem Bauch sagt sie: »Ich schätze, du bist Lily.«

Kapitel 16

Lily sitzt auf einer Couch. Ihr ist schwindlig, sie sieht alles leicht verschwommen. Sie kann sich nicht genau erinnern, wie sie hierhergekommen ist.

Aber Allan sitzt neben ihr, groß und schwer. Seine massive Präsenz wirkt beruhigend, und sie lehnt sich an ihn, als wäre er eine Wand, um nicht das Gleichgewicht zu verlieren. Irgendwo im Haus läuft ein Fernseher. Eine Gameshow. Leute applaudieren und johlen und lachen.

Jarell lümmelt in der Tür zwischen Wohnzimmer und Küche herum, die Hände in den Hosentaschen.

Ciara sitzt ihr gegenüber. Sie hat Lilys Größe, ist aber ein paar Jahre älter. Sie ist in ihrer Schwangerschaft schon weiter und trägt graue Leggings zu einem jägergrünen Kapuzen-Hoodie, dessen Reißverschluss offen ist und ein weißes T-Shirt mit rundem Ausschnitt zeigt, das sich straff über ihren Bauch spannt. Sie sitzt nach vorn gebeugt, hat die Hände vor sich verschränkt und macht ein sehr ernstes Gesicht.

»Peter ist nicht hier«, sagt sie ihnen.

Allan hakt nach. »*War* er denn hier?«

Ciara schüttelt den Kopf. »Er hat nie hier übernachtet, falls du das meinst.« Wie bei Allan besitzt auch ihre Stimme das Echo einer ruhigen Professionalität; beide haben die Stimme von jemandem, der beruflich mit Menschen telefoniert.

»Dann hast du also schon eine Weile nichts mehr von ihm gehört.«

»Seit mehreren Wochen nicht, nein.«

Ciara sieht wieder Lily an. Die jüngere Frau starrt sie an. »Möchtest du mich was fragen?«, sagt Ciara.

Lily schluckt schwer. Sie deutet mit einem Kopfnicken auf Ciaras Bauch. »Ist das von ihm?«

»Ja«, sagt Ciara.

Lily fühlt sich dermaßen durch den Wind, dass sie die Augen schließen muss, als hätte sie einen Schlag auf den Kopf bekommen. Als sie sich wieder einigermaßen stabil fühlt, öffnet sie die Augen. »Es ist Peters Baby.«

»Ja«, sagt Ciara.

»Ich wusste es«, sagt Lily kopfschüttelnd. »Ich wusste es, als ich dich sah.«

Darauf antwortet Ciara nichts. Alle warten. Allan schwitzt.

»Ich versteh das nicht«, sagt Lily.

Ciara setzt an, etwas darauf zu antworten, hält sich dann aber zurück.

»Hast du …?« Wieder schüttelt Lily den Kopf und vergräbt das Gesicht in den Händen. »Tut mir leid. Ich brauche einen Moment.«

Allan fragt Ciara: »Im wievielten Monat bis du?«

»Neununddreißigste Woche«, sagt sie.

»Ich bin in der fünfundzwanzigsten«, sagt Lily.

»Ja«, sagt Ciara. »Er und ich … Es ist passiert, bevor ihr zwei zusammengekommen seid.« Sie klopft auf ihren dicken, runden Bauch. »Offensichtlich.«

»Hast du deshalb im Hotel gekündigt?«, fragt Lily.

»Nein, aber es war gegen Ende meiner Zeit dort.«

»Liebst du ihn?«, fragt Lily.

»Nein«, erwidert Ciara.

»Hast du?«

»Nein.«

»Hat er dich geliebt?«

»Nein.«

»Aber warum dann?«

»Ist einfach so passiert«, sagt Ciara. »Mein Auto war kaputt. Manchmal haben mich Kollegen mitgenommen. Allan einmal. Und Peter mehrere Male. Beim zweiten Mal hab ich ihn eingeladen reinzukommen, und dann führte eins zum anderen. Und das war's auch schon. Mehr steckt nicht dahinter. Es ist einfach so passiert. Einmal, und ich wurde schwanger.«

»Es ist ›einfach so passiert‹?«, fragt Lily.

»Ja.«

»Ich weiß nicht, was das bedeutet.«

»Was genau verstehst du nicht?«

»Passiert es einfach so, mit jemandem Sex zu haben?«

Ciara legt ihren Kopf ein wenig schief. »Wie bist du denn schwanger geworden, Lily?«

Das lässt sie einen Moment innehalten. Schließlich antwortet sie. »Ich war in ihn verliebt.«

Ciara nickt. »Tja, ich hoffe, du kannst das wegstecken, aber das hat absolut nichts mit mir zu tun. Du liebst ihn, ich nicht. Nachdem Peter und ich dieses eine Mal rumgemacht haben, war's das. Ich wollte nichts Festes mit ihm. Ich war damals eher an einem anderen Typen interessiert. Und Peter wollte auch nichts Festes mit mir. Gleich danach fing er an, dich zu daten. Es war also echt nur eine einmalige Nummer.«

»Er hat mir gar nichts von dir erzählt«, sagt Lily.

Ciara wirft ihrem Bruder einen Blick zu. »Ja, dachten wir uns schon irgendwie.«

Jarell nickt.

Lily reibt sich die Augen. Sie sieht Ciara an. »Weiß er, dass du schwanger bist?«

»Ja.«

»Was hat er gesagt?«

»Er hat mich gefragt, was ich tun will.«

»Und was *willst* du tun?«

»Das Baby bekommen.«

»Warum?«

Jarell schüttelt den Kopf. »Das ist eine beschissene Frage«, sagt er.

Ciara fragt Lily: »Versuchst du, mich zu einer Abtreibung zu überreden?«

»Natürlich nicht«, erwidert Lily. »Natürlich nicht. Ich verstehe nur nicht, warum du Peters Baby willst, wenn er dich gar nicht interessiert.«

»Es ist *mein* Baby. Außerdem dachte ich, ihr seid Pfingstkirchler.«

»Bin ich, ja«, sagt Lily und fühlt sich wieder benommen. Das ist einfach alles zu viel. Sie umklammert die Sofalehne und schließt die Augen, um das Gleichgewicht wiederzufinden.

Ciara spricht ihren Bruder an. »Hier sitzt eine Frau des Heiligen Geistes auf meiner Couch und versucht, mich zu einer Abtreibung zu überreden. Das ist mal was Neues.«

»Zeichen und Wunder«, meint Jarell.

Lily behält die Augen geschlossen, während sich ihre Gedanken überschlagen. »Ich versuche nicht, dich zu einer Abtreibung zu überreden.«

»Es ist mein Baby, das da in meinem Bauch wächst«, antwortet Ciara. »Du bist nicht die Einzige, die ein Leben in sich spürt.«

Aber in diesem Augenblick kann Lily das Leben in sich nicht spüren. Sie spürt nur, wie etwas Schweres sie herunterzieht.

Ciara wendet sich an Allan. »Und wohin ist Peter jetzt abgehauen?«

»Wir wissen es nicht«, sagt Allan. »Deshalb sind wir hier.«

»Du hast gedacht, ich würde Peter hier in einem Schrank verstecken oder so was?«

Allan hebt die Hände. »Ich wusste nicht, was ich sonst machen sollte.«

»Wie wär's mit: nichts«, schaltet sich Jarell ein. »Nichts ist normalerweise eine ziemlich gute Idee.«

Allan wirft Lily einen Blick zu, die immer noch mit geschlossenen Augen dasitzt und versucht, ihr Gleichgewicht wiederzufinden.

»Ihr müsst verstehen«, sagt Allan zu Jarell, »sie dachte, er wäre verschwunden. Sie ist sogar zur Polizei gegangen.« Er sieht Ciara an. »Sie ist sogar ins Corinthian gekommen und hat angefangen, Fragen zu stellen …«

Ciara öffnet den Mund, schließt ihn dann wieder. Sie wendet sich an das Mädchen.

»Lily.«

Lily öffnet die Augen.

»Ich habe seit Wochen nichts mehr von Peter gehört«, sagt Ciara. »Bis du vor meiner Tür aufgetaucht bist. Ich dachte, er wäre noch oben in Conway.«

»Niemand weiß, wohin er gegangen ist«, sagt Lily. »Seine Mutter, die Leute in meiner Kirche, niemand.«

»Klingt für mich, als wäre er einfach verduftet«, sagt Jarell.

»Hört sich so an«, stimmt Ciara zu. Nachdem sie das gesagt hat, wandert ihr Blick auf den leeren Couchtisch. »Ich schätze, er ist weg.«

»Glaubst du, er ist deswegen weg?«, fragt Lily sie. »Weil er uns beide geschwängert hat. Glaubst du, es ist deshalb?«

Als hätte man ihr gerade die mit Abstand blödeste aller Fragen gestellt, schaut Ciara auf. »Was glaubst du denn?«

Scham überkommt Lily wie eine Manifestation des Heiligen Geistes. Alles, was sie über Peter dachte, war falsch. Momma, Daddy, Adam, Fiona, die Drinkwaters, die Polizei – alle hatten recht. Er taugt nichts. Er hat ein anderes Mädchen geschwängert. Lily ist nur ein Mädchen, mit dem er Sex hatte. Ein blödes, dummes Mädchen.

Aber sie weint nicht, sie schreit nicht, sie bricht nicht zusammen. Sie setzt sich aufrechter hin.

»Okay«, sagt sie.

Ciara und Jarell beobachten sie.

»Vielleicht sollten wir jetzt gehen?«, sagt Allan.

»Ja«, antwortet Lily.

Als sie aufstehen wollen, fällt ihr jedoch noch etwas ein,

»Moment«, sagt sie. »Was hat eigentlich Eli Buck mit dem allen zu tun?«

Bei Erwähnung seines Namens dreht Ciara sich Allan zu.

»Bist du völlig verrückt?«

»Ich hab ihr einen Scheiß erzählt«, sagt er.

»Stimmt«, sagt Lily. »Er hat mir gar nichts erzählt. Aber jetzt sollte vielleicht mal jemand.«

»Eli ist nur so ein Typ«, sagt Ciara.

»Er ist nicht ›nur so ein Typ‹«, erwidert Lily. »Er sucht Peter. Er ist in Peters Haus eingebrochen, als ich allein dort war, und er hat mich angegriffen.«

»Was meinst du mit ›er hat dich angegriffen‹?«

Lily erzählt ihr, was passiert ist, und Ciara nimmt die Information still auf. Ihr Bruder beobachtet sie, wartet darauf, dass sie ihm ein Zeichen gibt. Soll er diese Leute rausschmeißen? Allans Blicke pendeln zwischen Lily und Ciara.

Lily beugt sich vor und starrt die andere Frau an.

»Bitte hilf mir«, sagt sie. »Ich muss einfach wissen, was hier los ist.«

Ciara reibt sich über den Mund. »Eli sucht Peter ...«

»Ja.«

Sie nickt und saugt an ihren Lippen. Jarell ist stumm. Allan reibt sein Ohrläppchen, sieht weiter abwechselnd Ciara und Lily an.

»Was hat Peter dir über das Corinthian erzählt?«, fragt Ciara.

»Nicht viel. Er hat nicht gern über die Arbeit geredet. Ich hab ihn danach gefragt und er hat nur gesagt, es wäre langweilig, oder er hat sich über irgendeinen Gast beklagt. Ich glaube, er mochte den Boss nicht, Mr. Baker, aber über ihn hat er nicht viel gesagt.«

Ciara sieht zu Allan hinüber.

»Wir müssen es ihr sagen«, sagt Ciara. »Besser, es ihr sagen, als dass sie weiß der Teufel wo überall herumlatscht und Fragen stellt.«

Einen Moment lang sagt Allan nichts und macht Anstalten, sich zu bewegen. Dann seufzt er und lässt sein Ohrläppchen los. »Hör zu«, sagt er zu Lily, »was wir dir gleich erzählen, ist eine echt ernste Scheiße, okay? Wir sollten es dir nicht erzählen. Wir sollten alle schön den Mund halten.« Er wischt sich sein verschwitztes Gesicht ab. »Aber hier sind wir, und ich schätze, wir haben den Punkt erreicht, wo es alles nur noch schlimmer macht, wenn wir dir nichts erzählen.« Er nickt, holt tief Luft. »Mr. Baker hat diese … Absprache mit Eli.«

»Was für eine Absprache?«

»Frauen.« Er sieht zu Ciara hinüber. »Also, Mädchen.«

»Die meisten ziemlich hübsch«, stimmt sie zu. »Eli holt sie aus Little Rock. Ursprünglich kommen die Mädchen aus Louisiana oder Texas … ich glaub, aus Louisiana. Aber jetzt wohnen sie in Little Rock.«

»Prostituierte«, sagt Lily.

Allan wechselt einen Blick mit Ciara. Mindestens so sehr zu ihr wie zu Lily sagt er: »Zuerst hab ich, ehrlich, gedacht, es wären einfach nur normale Sexarbeiterinnen. Ich meine, wenn man lange genug im Hotelgewerbe arbeitet, gewöhnt man sich an so etwas.«

Ciara nickt.

»In einem Hotel laufen eine Menge Geschäfte unter der Oberfläche«, fährt Allan fort. »Private Hostessen und so weiter sind nichts Ungewöhnliches. Männer und Frauen, die auf eigene Rechnung einen Job gegen Geld erledigen. Mit so was hab ich kein Problem.«

»Leute müssen schließlich ihre Brötchen verdienen«, sagt Ciara.

Allan nickt. »Stimmt. Aber …«

»Aber was?«, sagt Lily.

»Aber … Ich bin nicht sicher, ob wir in diesem Fall über so etwas reden.«

»Worüber reden wir dann?«

Wieder sieht Allan Ciara Bestätigung suchend an. Er sagt: »Ich weiß nicht, aber ich glaube, wir reden hier vielleicht über Zwangsprostitution.«

Ciara nickt. »So sehe ich das auch.« Sie sieht ihren Bruder an.

»Nach allem, was du mir erzählt hast, scheint er einen Ring zu leiten«, stimmt Jarell zu.

Lily nimmt diese Information nüchtern auf.

Sie fragt Ciara und Allan: »Und was habt ihr damit zu tun?«

»Peter und ich wussten zunächst nichts davon«, sagt Allan. »Es ist schrittweise passiert. An Abenden, an denen wir nicht gearbeitet haben, sind die Mädchen hin und wieder in ›Privaträumlichkeiten‹ im hinteren Flügel gebracht worden. Wir nennen es den Annex. Dieser Teil des Hotels ist schräg. Es ist ein Anbau, ein zusätzliches Gebäude, das Jahre nach dem Rest gebaut wurde, in einer Zeit, als irgendwer reichlich Geld hatte und dachte, man sollte das Haus tatsächlich vergrößern und erweitern. Man muss einen langen Flur hinuntergehen, vorbei an allen anderen Räumen, vorbei am Fitnessraum, vorbei am Heizungsraum, dann muss man unter dem hinteren Portikus nach draußen gehen, und da steht dann der Annex. Acht Zimmer, vier im Erdgeschoss, vier darüber. Das Gebäude hat einen eigenen kleinen Parkplatz und blickt auf ein Feld und Bäume.«

»Es kommt einem fast wie ein separates Hotel vor«, sagt Ciara.

»Genau«, bestätigt Allan. »Mr. Baker ist persönlich für die Buchungen der Privaträumlichkeiten zuständig. Dann schafft Eli mit einem alten Umzugslastwagen die Mädchen ran.« Er spricht Ciara an. »Du und Dillard, ihr habt doch am ersten Abend gearbeitet, richtig?«

»Ja«, sagt Ciara. »Jeder von uns hat zwanzig Dollar extra bekommen. Nur, um da zu sein. War so was wie ein Trinkgeld. Wir haben einfach wie immer unsere Arbeit gemacht und uns bis zum Morgen vom Annex ferngehalten. Haben nichts gesehen, nichts gehört.«

»Eine Woche später passierte das Gleiche wieder«, sagt Allan, »aber diesmal haben Peter und ich an der Rezeption gearbeitet. Mr. Baker hat uns in sein Büro kommen lassen und gesagt, dass in dieser Nacht die Privaträumlichkeiten im Annex belegt wären. Und das war's. Peter und ich haben jeder einen Zwanziger extra bekommen, einfach weil wir da waren. Wir haben niemanden gesehen, haben mit niemandem gesprochen. Wir waren einfach vorne in der Rezeption und haben unsere normale Arbeit getan. Die Privaträumlichkeiten liefen nicht über die Bücher und waren offiziell nicht vorhanden.«

»Aber ihr habt alle gewusst, was da vor sich ging?«, fragt Lily.

Ciara zuckt mit den Achseln. »Wir sind ja nicht blöd.«

»Wir haben's uns zusammengereimt«, sagt Allan. »Alle paar Wochen hat Mr. Baker uns gesagt, die Privaträumlichkeiten würden wieder genutzt. Das bedeutete, er hatte den Annex komplett vermietet, so wie man Zimmer für eine Hochzeit oder so blockt. Vielleicht kannten sich diese Typen, die Kunden, oder vielleicht hat Mr. Baker sie auch gebündelt, damit es nicht ausufert. Ich weiß es nicht. Aber es waren keine Typen von der Straße. Die ganze Sache wurde auf eine unauffällige, professionelle Art und Weise durchgezogen. Und, wie ich schon sagte, ziemlich lange nahm ich einfach an, dass hier professionelle Sexarbeiterinnen zugange waren. Keine große Sache.«

»Aber was ist dann passiert?«, fragt Lily.

»Dann ist eines Abends eines der Mädchen nach vorne zur

Rezeption gekommen. Eli und Chance trieben sich immer unter dem hinteren Portikus herum, nachdem sie den Lastwagen abgestellt hatten, aber ich vermute, sie muss wohl irgendwie aus dem Zimmer geschlüpft sein, ohne dass die was davon mitbekamen. Das Mädchen sah völlig normal und durchschnittlich aus, vielleicht ein bisschen blass. Aber jünger, als ich erwartet hätte, etwa in deinem Alter. Vielleicht auch jünger. Sie war nicht so angezogen wie Prostituierte in einem Film, verstehst du, so mit High Heels und Bustier oder was weiß ich. Sie trug ein T-Shirt, einen kurzen Jeansrock und flache Schuhe. Sah wie jedes x-beliebige Mädchen aus, das die Straße hinuntergeht. Sie kam zur Rezeption und hat mich und Peter gefragt, ob sie mal das Telefon benutzen könne. Ich vermute, sie wollte das Telefon auf dem Zimmer nicht benutzen, und selbst hatte sie keines. Sie war nicht aufgeregt oder hat geheult oder so was, sie kam einfach aus dem Annex herein, als wäre sie nur ein Hotelgast. Ich war nicht mal sicher, ob sie überhaupt zu der Gruppe hinten gehörte, bis Eli dann den Flur hinuntergestampft kam. Sieht ziemlich derb aus, der Typ. Na ja, du hast ihn ja gesehen, also weißt du, was ich meine. Als sie ihn sah, hat sie einfach das Telefon weggelegt. Einfach so. Keine große Szene. Sie wechselten kein einziges Wort. Sie folgte ihm zurück in den Annex, als wäre sie bei irgendwas erwischt worden. Es war schräg. Nach einer Weile – ich vermute, nachdem er sie bei Chance abgeliefert hatte – kam Eli zurück zur Rezeption, um mit mir und Peter zu reden.«

»Was hat er gesagt?«

»Er hat uns gesagt, es wäre nichts gewesen, ein Missverständnis. Hat uns gesagt, wenn wir ein Problem hätten, dann sollten wir mit Mr. Baker reden.«

»Was habt ihr gemacht?«

»Was hätten wir denn tun können? Wir haben gar nichts gemacht.«

»Ihr hättet die Polizei rufen können.«

Ciara hebt die Augenbrauen. Jarell schüttelt den Kopf.

»Glaubst du wirklich, die Cops würden irgendwas tun?«, fragt Allan.

»Ja.«

»Ich weiß nicht«, sagt Allan.

»Sie glauben, die stecken da mit drin? Der Chief?«

»Ich weiß es nicht, Lily. Ich weiß es wirklich nicht. Aber ich will es mal so ausdrücken: Die Cops kommen normalerweise nachts am Hotel vorbei. Fahren einfach kurz vorbei, ist Teil ihrer festen Runde zu all den Orten in der Nähe der Autobahn, die die ganze Nacht geöffnet haben. Die Hotels und Motels, die Tankstellen, das McDonald's. Aber in den Nächten, wenn die Privaträumlichkeiten genutzt werden, kommen die Cops nie vorbei. Also … ich weiß nicht.«

»Sie *müssen* es wissen«, sagt Ciara. »Die kommen *nie* vorbei, wenn das mit den Privaträumlichkeiten läuft.«

Zum ersten Mal lehnt sich Lily jetzt auf der Couch zurück. Ihr Rücken schmerzt, daher drückt sie ihn gegen die Kissen. Sie legt die Hände auf ihre Knie. Sie benutzt keinen Nagellack. Es sind einfach nur Hände, junge Hände, starke Hände. Sie ballt sie zu Fäusten.

»Sie haben gesagt, diese Mädchen … die wohnen in Little Rock?«

»Ich … glaube schon?«, sagt Allan mit Blick auf Ciara.

Sie nickt. »Eli hält die Mädchen in einem Haus drüben an der Baseline versteckt, direkt hinter der Soap-N-Suds Waschanlage. Eli ist nicht oft dort. Seine Freundin Harper kümmert sich um die Mädchen.«

»Bist du schon mal dort gewesen?«, fragt Lily.

»Scheiße, nein, da bin ich noch nie gewesen.«

»Und wieso weißt du dann so viel darüber?«

Ciara wirft Jarell einen Blick zu.

Er winkt ab. »Bin selbst auch noch nie da gewesen«, sagt er, »aber ich kenne ein paar Typen, die's schon waren. Lassen wir's dabei bewenden.«

Lily sieht wieder Ciara an. »Eli sucht nach Peter, was bedeutet, es muss irgendwas mit dieser Sache im Corinthian zu tun haben. Warum sonst sollte es ihn interessieren, ob Peter die Stadt verlassen hat?«

»Ja«, sagt Ciara, »aber Peter hatte wirklich so gar nichts mit der ganzen Sache zu tun. Du verstehst, was ich meine? Er war einfach nur ein Typ, der im Hotel gearbeitet hat. Er wusste auch nicht mehr als wir anderen. Eli hat überhaupt keinen Grund, sich dafür zu interessieren, wenn er aus der Stadt verschwindet.«

Lily denkt darüber nach. Dann verzieht sie das Gesicht, erinnert sich an einen Gedanken, den sie auf der Fahrt hierher hatte. *Peter würde nie allein abhauen.*

»Vielleicht sucht Eli gar nicht nach Peter«, sagt sie.

Ciara bekommt große Augen. »Vielleicht ist Peter mit etwas von Elis … Eigentum abgehauen.«

Lily beugt sich vor und drückt ihre Handflächen auf die Augen. Sie weint nicht, atmet nur kurz tief durch. Langsam reibt sie sich die Schläfen, dann die Augen.

Als sie sich zurücklehnt, schüttelt sie den Kopf und lächelt. Es ist eines dieser angewiderten Lächeln, das häufig dem Austeilen eines Schlags vorausgeht.

»Ein anderes Mädchen«, sagt sie.

Kapitel 17

Während Allan sich in den Verkehr einfädelt, legt Lily eine Hand auf ihren Bauch, weil sich ihre Blase plötzlich so straff anfühlt wie eine Faust.

»Ich muss auf die Toilette.«

»Ich halte an der nächsten Tankstelle. Muss sowieso tanken.«

Im monotonen Summen des Pick-ups spürt Lily, wie sich das Baby bewegt und streckt.

Mein armes Baby.

Sie denkt an Ciara, die in der Tür stand, als sie gingen, eine Hand leicht auf ihrem eigenen dicken Bauch, das Gesicht immer noch unergründlich.

Als sie eine Exxon sehen, hält Allan an und tankt. Hinter der Tankstelle findet Lily eine einzelne schmutzige Toilette, die übel nach Urin stinkt. Die Wände sind mit vulgären Graffiti bedeckt, die meisten gotteslästerlich oder rassistisch, aber zwischen all diesen hingeschmierten Rülpsern hat ein Philosoph geschrieben: *GESUND IST EINFACH DIE LANGSAMSTE ART ZU STERBEN.*

Mit einer Hand auf dem Bauch kehrt Lily zum Pick-up zurück. Als sie ins Fahrerhaus steigt, sagt sie: »Ich hab Hunger. Können wir was essen?«

»Wirklich?« Er scheint überrascht, dass sie Hunger haben könnte, fast, als wäre er davon ausgegangen, dass sie viel zu mitgenommen wäre zum Essen.

Sie zuckt mit den Achseln. »Ich entscheide nicht, wann ich essen muss. Wenn mich der Hunger überkommt, folgen Übelkeit und Kopfschmerzen kurz danach.«

Er nimmt sein Handy. »Wir können zuerst was essen. Ich meine, ich hab's nicht eilig, nach Conway zurückzukommen. Wir können uns unterwegs was besorgen oder …«

»Können wir nicht irgendwo rein? Ich kann im Moment wirklich nicht hier im Wagen essen.«

»Klar.« Er sucht einen Moment auf seinem Telefon. »Anscheinend gibt's hier irgendwo in der Nähe ein Subway.«

»Soll mir recht sein.«

Er liest die Adresse und will gerade losfahren, als sie ihre Hand auf seinen Unterarm legt.

»Warten Sie. Können Sie anhalten, da drüben?«

»Wo da drüben?«

»Am Rand des Parkplatzes.«

»Musst du dich übergeben?«

»Nein, mir geht's gut. Bitte, halten Sie einfach kurz an.«

Allan fährt an den Rand des Parkplatzes und parkt neben einem schlammigen Feld mit braunem Gras.

Lily dreht sich zu ihm und sagt: »Ich muss Sie etwas fragen, und ich möchte, dass Sie mir die Wahrheit sagen.«

»Okay.«

»Warum sind Sie mit mir nach Little Rock gefahren?«

Er blinzelt. »Um zu sehen, ob wir Peter finden können.«

Sie fixiert ihn. »Aber Sie wussten, dass Peter nicht bei Ciara sein würde.«

»Was?«

»Als wir dort ankamen, wollten Sie mit Ciara sprechen, nicht mit Peter.«

»Ich wollte nur höflich sein.«

»Nein, Sie haben gar nicht erwartet, dass er dort ist. Sie sind mit mir nur dorthin gefahren, weil Sie wollten, dass ich sie sehe. Sie wollten, dass ich von Ciara weiß.«

Allan starrt sie an.

»Wussten Sie, dass sie schwanger ist?«

»Lily …«

»Wussten Sie's?«

Er seufzt. »Ich hab's vermutet. Ist nicht so, dass Peter und ich darüber geredet hätten, aber ich hab's vermutet.«

»Und deshalb sind Sie mit mir dorthin, damit ich denke, Peter wäre wegen mir und Ciara abgehauen.«

»Lily, ich schwöre bei Gott, exakt *so* ist es meines Wissens gewesen.«

»Aber Sie wollten nicht, dass ich Fragen zum Corinthian stelle. Sie dachten, wenn ich Ciara sehe, würde ich aufhören, mich nach Eli und dem Hotel zu erkundigen.«

»Ich gebe zu, dass ich nicht über das Corinthian reden wollte. Will ich immer noch nicht. Und jetzt weißt du auch, warum.«

Sie lehnt sich zurück. »Ich habe es so was von satt, dass andere Leute ständig entscheiden, was ich wissen sollte«, sagt sie.

»Tja, herzlichen Glückwunsch, jetzt kennst du die Wahrheit.«

»Nein, tue ich nicht. Zumindest nicht die ganze.«

Allan weiß nicht, was er darauf antworten soll, also sagt er nichts.

»Und, wer ist sie?«, fragt Lily. »Dieses Mädchen, mit dem er durchgebrannt ist.«

Allan seufzt und starrt auf sein Lenkrad.

»Es gibt ein anderes Mädchen, stimmt's?«, fragt Lily. »Seien Sie einfach ehrlich zu mir.«

»Hör zu«, sagt er, »ich weiß nur, dass Peter eines Abends zum Annex raus ist. Ich weiß, er hat eines der Mädchen getroffen, hat eine Weile mit ihr geredet. Ich weiß nicht, was danach passiert ist, aber vielleicht hat's zu irgendwas geführt.«

Sie schüttelt den Kopf. »Na ja, das ist schon eine wichtige Information, finden Sie nicht?«

»Nicht unbedingt.«

»Doch, deswegen versuchen Sie ja auch, es vor mir zu verheimlichen.«

»Ich hab nicht versucht, es vor dir zu verheimlichen.«

»Kennen Sie ihren Namen?«

Allan wischt sich über den Nacken.

»Ich hätte Berater für Teenager in Schwierigkeiten bleiben sollen«, brummt er. »Wusstest du, dass ich mal als Berater in einem Therapiezentrum für total verkorkste Teenies gearbeitet habe? Ein schrecklicher Job. Ich hab gekündigt, weil ich keinen Bock mehr hatte, getreten und bespuckt zu werden, und jetzt bin ich hier gelandet.«

Lily ignoriert seine Rede und wiederholt ihre Frage. »Kennen Sie ihren Namen?«

»Tisha. Sie heißt Tisha. Und ich sage nicht, dass er mit ihr abgehauen ist. Aber Tisha ist der Name des Mädchens, das er an diesem Abend kennengelernt hat.«

»Hatte er Sex mit ihr?«

»Nein. Er hat nur mit ihr geredet.«

»Jede Wette.«

»Das ist mein Ernst. An diesem Abend gab es ein Problem mit ihrem Kunden oder Freier oder was weiß ich, wie man die Typen nennt. Ich bin nicht sicher, was passiert ist, aber ich vermute, Eli und Chance mussten den Kerl, äh, vom Gelände begleiten. Hat eine Weile gedauert. Während sie damit beschäftigt waren, ist Peter nach hinten, um nachzusehen. Und da hat er Tisha getroffen.«

»Worüber haben sie geredet?«

»Ich weiß es wirklich nicht. Nach einer Weile kam Eli jedenfalls zurück und hat sie zusammen gefunden. Er wurde sauer und hat Peter gesagt, er würde ihm den Arsch aufreißen, sollte er ihn je wieder mit einem der Mädchen quatschen sehen.«

Er fährt an.

»Was sonst noch?«, fragt sie.

»Mehr weiß ich nicht. Alles, was ich dir gerade gesagt habe, ist alles, was Peter mir darüber gesagt hat.« Er sieht sie an. »Ehrlich.«

Sie sagt nichts, wägt ab, was er ihr eben erzählt hat, während sie sich wieder in den Verkehr einfädeln. Nachdem Peter diese Tisha kennengelernt hat, könnte es sein, dass sie einen Weg gefunden haben, miteinander in Verbindung zu bleiben? Könnten sie zusammen abgehauen sein? Das würde definitiv erklären, warum Eli in Peters Haus eingebrochen ist.

Als sie das Subway erreichen, bestellen Allan und Lily Sandwiches, Fritten und Getränke. Sie setzen sich an einen Tisch, und Allan packt seinen dreißig Zentimeter langen Meatball Sub aus. Er nimmt einen großen Bissen. Lily, die immer noch darüber nachdenkt, was sie soeben gehört hat, knabbert deutlich langsamer an ihrem Truthahn-Sandwich.

Während des Essens schweigen sie die meiste Zeit. Allan dreht sich zum Fenster, kaut und sieht ausdruckslos auf den Parkplatz hinaus. Nach einer Weile bemerkt er, dass Lily ihn kritisch anschaut.

»Starrst du Leute immer so an?«, fragt er.

Sie wischt Krümel von ihren Händen. »Ich werde nicht schlau aus Ihnen.«

»Herzlich willkommen im Klub.«

»Sie scheinen ein anständiger Mann zu sein. Sie haben in dieser Einrichtung für Mädchen gearbeitet, die auf die schiefe Bahn geraten sind, sagen Sie. Und ich weiß, dass Sie versucht haben, mir zu helfen. Also, warum arbeiten Sie weiterhin im Corinthian, nachdem Sie doch wissen, was dort vor sich geht?«

Er nimmt eine Serviette, sieht sie mit zusammengekniffenen Augen an. Er wischt sich den Mund ab, knüllt dann die Serviette zusammen und wirft sie auf den Tisch. Er lehnt sich auf seinem Stuhl zurück und antwortet. »Ich brauche das Geld, Lily.«

»Das ist alles?«

»›Das ist alles?‹ sagt man, wenn man noch nie eine Rechnung bezahlen musste. Es sind jedes Mal zwanzig Mäuse extra, wenn sie die Privaträumlichkeiten brauchen. Zwei- oder dreimal die Woche, das addiert sich langsam. Ich kümmere mich zu Hause um einen pflegebedürftigen alten Mann, und unsere verkackte Versicherung ist schlechter, als hätte man gar keine. Ich bin zweiundvierzig Jahre alt und zahle immer noch meine Studiendarlehen von vor zwanzig Jahren ab. Ich brauche *ständig* Geld. Die Wahrheit ist, ich hab nie wirklich darüber nachgedacht zu kündigen. Ich hab schon vor langer Zeit herausgefunden, dass man gottverdammt besser nützlich sein sollte, wenn man schon nicht heiß oder reich ist. Also hab ich den Kopf eingezogen und meine Arbeit gemacht. Ich hab einfach mitgespielt. Wenn man in der Hotelbranche arbeitet, lernt man sehr schnell, dass in den Zimmern alle mögliche Scheiße abgeht. Man ist es gewohnt, wegzusehen. Diese Sache kam von ganz oben, also hab ich getan, was man mir gesagt hat.« Er legt seine Hände flach auf den Tisch. »Mit dieser Antwort bekleckere ich mich nicht gerade mit Ruhm, aber es ist die einzige Antwort, die ich dir geben kann.«

Lily sieht nicht überzeugt aus, aber sie widerspricht ihm auch nicht. »Können wir jetzt gehen?«, fragt sie.

»Klar«, sagt er, immer noch verärgert.

Sie werfen ihren Abfall weg, und jeder geht auf die Toilette. Als Allan herauskommt, wartet Lily mit demselben beunruhigten Gesichtsausdruck auf ihn.

»Mit dir alles okay?«, fragt er.

Sie nickt.

Als sie jedoch in den Pick-up steigen, dreht sie sich zu ihm. »Ich muss wissen, ob er mit dieser Tisha abgehauen ist.«

»Ja«, sagt er achselzuckend. *Tja, was willst du machen?*

»Wir müssen es mit Sicherheit herausfinden.«

Er hält mit seinen Schlüsseln in der Hand inne. »Und … wie willst du es mit Sicherheit herausfinden?«

»Wir können zu diesem Haus hinter der Waschanlage fahren

und nachsehen, ob sie dort ist. Tisha ist das einzige Mädchen, von dem wir wissen, dass Peter Kontakt zu ihr hatte. Falls sie noch da ist, sind sie und Peter offensichtlich *nicht* zusammen abgehauen. Ist sie aber fort …«

»Dorthin zu gehen wäre der reinste Wahnsinn, Lily. Wie im Handbuch der Diagnostik psychischer Störungen definiert.«

»Nein, ist es nicht. Ich muss mit Sicherheit wissen, ob er mit ihr abgehauen ist, und sie sind die Einzigen, die es mir sagen können.«

»Willst du Eli wirklich wiedersehen?«

»Sie haben doch gehört, was Ciara gesagt hat. Eli ist nicht oft dort. Das Haus wird von einer Frau namens Harper geleitet.«

»Lily, nein …«

»Doch, Allan.« Sie nickt und verschränkt die Arme. »Ich habe mich entschieden.«

»Lily«, sagt er immer noch ganz ruhig, »deine Entschlossenheit ist wirklich beeindruckend, und eines Tages hilft sie dir vielleicht, große Dinge zu erreichen, aber ganz sicher hilft es nicht, mich davon zu überzeugen, dich zu diesem Haus hinter der Waschanlage zu bringen. Im *besten* Fall ist es einfach ein Bordell. Im schlimmsten Fall, und das ist erheblich wahrscheinlicher, ist es ein Ort, an dem minderjährige Mädchen zur Zwangsprostitution festgehalten werden. Verstehst du, was das bedeutet? Dabei handelt es sich um bundesstaatsübergreifenden Sexhandel, vielleicht sogar Entführung. Das sind Verbrechen nach Bundesrecht, und die Leute, über die wir hier reden, sind absolut furchterregend. Also ist das ganz klar kein Ort, zu dem ich dich bringen werde. Schluss, aus, Ende! Ich werde dich nur nach Hause bringen.«

Er dreht den Zündschlüssel und legt einen Gang ein.

»Halten Sie den Wagen an«, sagt sie.

»Bitte, das hier ist ein Pick-up. Eine meiner wenigen Bekundungen traditioneller Männlichkeit. Beleidige ihn nicht, indem du ihn …«

»Halten Sie den Pick-up an«, fordert sie. »Ich meine es ernst.«

Stattdessen fährt Allan auf die Straße und fädelt sich in den Verkehr ein. »Sorry. Kann ich nicht machen. Ich weiß, dass du den ganzen Weg bis nach Hause sauer auf mich sein wirst, aber ich hab meine Schuldigkeit getan. Ich habe dir mehr Antworten gegeben als sonst jemand. Was ganz besonders auch für Peter gilt.«

»Ich meine es ernst, Allan.«

»Ich auch, Lily. Sitz einfach den ganzen Weg bis nach Conway da und beobachte mich dabei, wie ich es ernst meine.«

Darauf antwortet sie nichts, aber als sie an der nächsten Ampel halten, schnallt Lily sich ab und steigt aus dem Pick-up. Allan brüllt ihr nach, aber sie geht weiter, überquert die Straße und dann den Bürgersteig vor einem belebten Kroger Supermarkt hinunter.

Er fährt an ihr vorbei und hält am Straßenrand. Er springt aus dem Pick-up, stapft durch den grasbewachsenen Graben und fängt sie auf dem Bürgersteig ab. »Was zum Teufel soll das werden?«

Sie geht an ihm vorbei. »Ich gehe zur Soap-N-Suds an der Baseline.«

Er folgt ihr und spricht weiter. »Ich werde dich nicht zu einem Puff bringen, Lily. Kapiert? Du kannst von mir aus einen Mordskoller kriegen, aber ich werde dich auf keinen Fall dorthin bringen.«

»Okay.«

»Okay – was?«

»Okay, dann bringen Sie mich eben nicht dahin. Ich werde allein gehen. Danke für nichts.«

Er schüttelt fassungslos den Kopf. »Lily!«

»Allan.«

»Das ist doch irre. Was denkst du denn, wie du dorthin kommst?«

»Ich habe ein bisschen Geld. Ich werde einen Bus nehmen. Oder ein Taxi.« Ihre Augen leuchten. »Das Taxi da drüben.« Sie zeigt auf ein schmutziges, gelbes Taxi, das gerade vom Parkplatz des Lebensmittelmarkts kommt.

Sie winkt ihm zu. Der Fahrer sieht sie und hält neben ihr an.

»Ich hab noch nie ein Taxi angehalten«, sagt sie zu Allan. »Echt ein großer Tag für mich.«

Er kann nur ihren Arm packen, ein dünnes, aber starkes Körperglied, das in seiner riesigen Hand verschwindet, und sie festhalten, während er sie anbrüllt. »Lily, kapierst du nicht, was das für Leute sind? Was glaubst du denn, was passiert, wenn du dort ankommst? Die werden dir nicht einfach alles erzählen, was sie wissen.«

Sein verzweifeltes Gesicht ist gerötet und verschwitzt. Autos fahren an ihnen vorbei, Menschen starren sie an. Wenn jetzt ein Streifenwagen vorbeirollen würde, was würden die Cops von diesem riesigen Mann mittleren Alters denken, der ein schwangeres junges Mädchen grob behandelt?

Lily kann diese Angst fast in seinem Gesicht lesen, die Angst eines guten Menschen, als böser Mensch wahrgenommen zu werden. Langsam und behutsam zieht sie ihren Arm aus seiner Umklammerung. »Ich gehe zu diesem Haus hinter der Waschanlage«, sagt sie gelassen zu ihm. »Ich werde nach Tisha fragen. Ich werd einfach fragen, ob ich mit ihr reden kann. Ich bin schließlich kein Cop, der mit einem MG in der Hand die Tür eintritt. Schlimmstenfalls werden die mir sagen, ich soll mich verpissen. Wenn sie das tun, werde ich gehen. Aber ich muss versuchen herauszufinden, wo Peter ist.«

Sie tätschelt seinen kräftigen Arm und setzt sich zu dem wartenden Taxi in Bewegung.

Verzweifelt ruft er ihr nach: »Nach allem, was er dir angetan hat – wieso suchst du diesen Jungen immer noch? Wenn er dich wirklich lieben würde, müsstest du ihm nicht so hinterherjagen.«

Sie dreht sich um, als hätte er ihr gerade von hinten etwas an den Kopf geworfen. »Meinen Sie das ernst?«, fragt sie. »Er muss mich nicht lieben. Er muss mich heiraten. Wenn wir heiraten, kann mein Dad vielleicht seinen Job behalten, und wir können vielleicht unsere Versicherung und unser Haus behalten. Wenn wir heiraten, muss mein Sohn nicht ohne Vater aufwachsen. Ich muss nicht vor allen Leuten, die ich kenne, vor lauter Scham mit gesenktem Kopf herumlaufen. Peter muss mich nicht *lieben*. Er muss aber das Richtige tun. Deshalb muss ich ihn finden. Wenn ich ihn finden kann, kann ich ihn zurückholen und ihn *dazu bringen*, das Richtige zu tun.«

»Man kann niemanden dazu bringen, das Richtige zu tun, Lily.«

Sie zeigt ihm ihre leeren Hände. »Welche andere Möglichkeit hab ich denn? Soll ich nach Hause gehen und zusehen, wie mein Leben in die Binsen geht, nur weil ich es nicht versucht habe?«

Er will schon etwas sagen, doch sie geht weiter zum Taxi und öffnet die Tür.

Er läuft ihr nach und packt die Tür. »Lily …«

Der Taxifahrer ist ein großer Schwarzer mit einer schwarz umrandeten Brille und grauen Haaren, der ihren Streit bislang ruhig verfolgt hat. Er wirft einen Blick über die Schulter zu dem Mädchen. »Belästigt dich der Typ?«

»Ja«, sagt sie und steigt ein.

»Hey, Dude«, sagt der Fahrer. »Lass meine Tür los.«

Allan sieht immer noch Lily an, aber sie nimmt den Türgriff und zieht die Tür zu.

Er steht da, die Hände an seinen Seiten, Autos fahren vorbei und er sieht dem Taxi nach, das jetzt von dem Parkplatz fährt.

Kapitel 18

Sie sagt dem Fahrer, sie möchte zur Soap-N-Suds an der Baseline.

»Die Autowaschanlage?«

»Ja.«

»Warum nimmst du ein Taxi zu einer Autowaschanlage? Willst du duschen?«

»Tatsächlich versuche ich, ein Haus zu finden, das hinter der Waschanlage steht.«

Der Fahrer schaut im Rückspiegel zu ihr auf.

»Aber ich kenne die Adresse des Hauses nicht«, erklärt sie. »Also bringen Sie mich einfach zu der Waschanlage.«

Der Fahrer richtet seinen Blick wieder auf die Straße und schüttelt kaum merklich den Kopf, während er das Auto in den Verkehr einfädelt.

Nach einer Weile fragt er: »Dieser Typ vorhin, ist er, äh, der Vater?«

»Was? Nein. Mein Gott, nein.«

Der Fahrer hält an einer roten Ampel.

»Wahrscheinlich hat's so ausgesehen«, sagt Lily.

Der Fahrer zuckt mit den Achseln. Als die Ampel auf Grün umschaltet, sagt er: »Wär nicht das erste Mal, dass ich ein Mädchen aufgenommen hab, das Stress mit dem Vater ihres Kindes hat. Ich fahr jetzt seit gottverdammten fünfundzwanzig Jahren Taxi. Ich hab alles schon mindestens zweimal gesehen.«

»Wirklich?«

»Oh ja, allerdings. Vor ein paar Jahren hab ich mal ein Mädel aufgenommen, das mitten in der Nacht von seinem Freund weggelaufen ist. Was glaubst du, was hat er dem armen Mädchen angetan? Also, abgesehen davon, dass er die Kleine wie einen Hund geschlagen hat? Er hat alle Türen der Wohnung ausgebaut, einschließlich sämtlicher Schranktüren. Er hat sogar die Tür zum Bad ausgebaut. Wollte ihr keinen Ort lassen, an dem sie sich verkriechen könnte, hat er gesagt. Sie konnte nicht mal unbeobachtet aufs Klo gehen. Kann man so was glauben? Also, ja, ich weiß, wie ein Mädchen aussieht, das vor irgendwas wegläuft.«

»Ich laufe vor nichts weg.«

Er hebt die Augenbrauen. *Ja, klar.*

»Wie ist dieses Mädchen von ihm weggekommen? Wo doch der Kerl sie so scharf im Auge behalten hat?«

»Sie hat ihm mit einer gusseisernen Pfanne eins übergebraten, als er schlief. Alle Messer in der Küche hatte er bereits weggeschafft, aber ich schätze mal, an die Töpfe und Pfannen hat er wohl nicht gedacht. Sie sagte, sie habe ihn nur ein- oder zweimal geschlagen, aber er endete mit einem Hirntrauma, deshalb vermutete man, dass es wohl eher drei- oder viermal war. Hast du's im Fernsehen gesehen? Ich bin interviewt worden.«

»Hab ich nicht gesehen, nein.«

Er zuckt mit den Achseln. »Weißt du, was das Schlimmste an der ganzen Geschichte ist? Irgendwann mal haben die beiden gedacht, sie würden sich lieben. Da kommt man ins Grübeln, oder? Jede Liebesgeschichte ist nur eine gusseiserne Pfanne entfernt von versuchtem Mord.«

»Ich bin auf ihrer Seite.«

»Oh, klar, natürlich. Bei dieser Geschichte muss man einfach auf ihrer Seite sein. Aber ich schätze mal, er wird trotzdem gedacht haben, er würde sie lieben. Für manche Leute ist Liebe nur die Angst, den anderen zu verlieren, weißt du? Das macht es nicht besser, aber man beginnt zu verstehen, warum manche Leute vom rechten Weg abkommen.«

Nach einigen Minuten sieht sie über die Schulter des Fahrers durch die Windschutzscheibe das Soap-N-Suds. Die Waschanlage ist größer, als sie erwartet hat. Acht durchfahrbare Waschplätze flankieren eine kleine weiße Kabine. Durch das Fenster dieser Kabine verkauft ein glatzköpfiger Mann in einer marineblauen Uniform Tücher und Duftbäumchen.

Der Fahrer hält an und stellt die Schaltung auf Parken. Er dreht sich um. »Du hast gesagt, du suchst ein Haus hinter der Waschanlage, kennst aber die Adresse nicht?«

»Ja. Ich schätze, ich geh mal da rüber und sehe zu, ob ich's finden kann.«

Der Fahrer nickt. »Weißt du ...«, sagt er. »Ich hab schon Leute hierhergefahren. In diesen Teil der Stadt. Manchmal wollen sie dann zu einem, äh, *bestimmten* Haus hinter der Waschanlage.«

»Ja?«

»Ja. Normalerweise sind diese Leute allerdings Männer.«

Lily starrt ihn an. »Ich glaube, das ist das Haus, das ich suche.«

• • •

Vor einer kleinen Gruppe heruntergekommen wirkender Häuser am Ende einer Wohnstraße setzt das Taxi sie vor einem kleinen, zweigeschossigen Haus ab. Über den Bäumen am Rand des Gartens kann Lily immer noch das Schild der Waschanlage sehen. Von Chances Pick-up ist nichts zu sehen. Auf der durchhängenden Veranda vor dem Haus raucht ein Mädchen in Lilys Alter eine Zigarette. Sie trägt ein graues Sweatshirt, eine rote Jogginghose und schwarze Sneaker. Die Kleidung hängt an ihrem mageren Körper, und ihr schmutzig blondes Haar ist nachlässig zu einem Knoten gebunden, der mit einem Gummiband fixiert ist. Als Lily den Garten durchquert, wird sie von dem Mädchen beobachtet, das unruhig von einem Fuß auf den anderen tritt, als würde sie jeden Augenblick weglaufen.

»Hi«, sagt Lily.

Das Mädchen zuckt zusammen, wirft einen kurzen Blick zur

Haustür. Lily kann nicht sagen, ob sie zurück ins Haus rasen will oder ob sie Angst vor dem hat, was sich darin befindet.

»Bist du Tisha?«

Das Mädchen zieht an ihrer Zigarette und starrt sie an, während der Rauch aus ihrem Mund strömt.

Die Haustür öffnet sich, und das Mädchen tritt zur Seite. Zwei junge Männer in Jeans, T-Shirts und Baseballmützen kommen heraus. Sie sehen Lily kurz an. Das Mädchen auf der Veranda sehen sie nicht mal flüchtig an. Sie eilen zu einem orangefarbenen Dodge Ram, der vor dem Haus parkt, steigen ein und fahren fort.

Die Tür des Hauses öffnet sich erneut mit einem lauten Kreischen, und eine beleibte Frau kommt heraus. Sie ist groß, hat breite Schultern und noch breitere Hüften, trägt eine schwarze Leggings und ein olivgrünes T-Shirt.

Ohne die Augen von Lily zu nehmen, herrscht die Frau das Mädchen an. »Geh rein.«

Das Mädchen gehorcht sofort, huscht so schnell wie eine verängstigte Katze an der korpulenten Frau vorbei.

»Und?«, sagt die Frau.

»Ich bin Lily. Ich hab neulich mit Eli gesprochen. Hat er Ihnen von mir erzählt?«

Die Frau hat helle Haut mit rötlichen Flecken wie bei einem Windelausschlag auf Wangen und Kinn. Sie wischt sich Schweiß von der Stirn. »Du bist Lily«, sagt sie. »Okay. Na und?«

»Sind Sie Harper? Kann ich mit Ihnen sprechen?«

»Machst du ja anscheinend schon.«

»Genau. Also, ich wollte Sie nach …«

»Moment«, sagt Harper und scannt die Straße mit einem schnellen Blick ab, »du willst mich allen Ernstes nach irgendwas fragen, hier draußen in meinem Garten, am gottverdammt helllichten Tag?«

»Also, ich hab ja nur eine Frage.«

Harper mustert Lily einen Moment, bemerkt ihren Bauch und nickt. »Komm kurz rein, wenn du reden willst.«

Lily zögert, während Harper zur Tür geht und sie öffnet.

»Komm schon, wenn du was willst«, sagt Harper. »Eine Frage oder zehn, ich werde auf keinen Fall hier draußen quatschen, wo Gott und die Welt zuhören können.«

Lily holt tief Luft. »Okay.«

Sie geht zur Eingangstreppe und folgt Harper ins Haus. Harper schließt die Tür hinter ihnen.

Sie befinden sich in einem Zimmer mit kahlen Wänden und zwei ranzigen Sofas. Ein dünnes rosa Bettlaken hängt vor dem Fenster. Zwei lateinamerikanische Mädchen in Lilys Alter oder etwas jünger sitzen auf einem der Sofas, sehen auf einem alten Fernseher, dessen Bildschirm einen Riss hat, *Ellen.* Das eine Mädchen trägt schwarze Shorts und ein T-Shirt mit einem amerikanischen Adler darauf. Das andere hat blond gefärbte Haare mit herausgewachsenen schwarzen Haaransätzen und trägt einen Razorback-Trainingsanzug. An seiner linken Hand fehlt der kleine Finger.

Die Luft im Raum ist warm und stickig, mit einem verbrannten, metallischen Geruch, den Lily überwältigend findet.

»Geht auf euer Zimmer«, sagt Harper zu den Mädchen. »Und bleibt da.«

Das Mädchen mit dem Adler-T-Shirt steht auf und nimmt die Hand des anderen Mädchens. Die Blonde blinzelt und sieht aus, als wäre sie kurz davor, entweder aufzuwachen oder einzuschlafen. Sie sagt nichts, scheint nichts aufzunehmen, während das andere Mädchen sie den Flur hinunterzieht.

Der Raum riecht staubig und trocken, auch ohne sich zu setzen, wirken die Möbel klebrig. Auf dem gesprungenen Bildschirm des Fernsehers auf dem Boden sitzen Ellen DeGeneres und Carrie Underwood auf neonpinken Sesseln und diskutieren über Schönheitsoperationen.

»Weswegen bist du verdammt noch mal hier?«, fragt Harper.

»Hat Eli nichts von mir erzählt?«

»Du bist die kleine Freundin von diesem Peter«, sagt sie.

»Genau.«

»Weißt du, wo er ist?«

»Nein. Deshalb bin ich hier. Ich suche ihn.«

»Tja, Mädchen, er ist nicht hier.«

»Gibt es hier ein Mädchen namens Tisha?«

Harper starrt Lily einen Moment lang an. »Tisha wer? Ich kenne keine Tisha.«

»Echt nicht?«

»Sag mal, Kleine, weißt du denn nicht, dass es eine ausgesprochen blöde Idee ist, hierherzukommen und mich nach irgendeinem Scheiß zu fragen?«

»Ich glaube, Peter kennt ein Mädchen namens Tisha, das hier wohnt.«

»Wer hat dir das gesagt?«

»Hab ich herausgefunden.«

Harper verschränkt ihre dicken Arme vor der Brust. »Und wie genau hast du das herausgefunden?«

»Hören Sie, es geht mich nichts an, was ihr Leute hier macht. Ich will nur wissen, ob Peter mit diesem Mädchen abgehauen ist.«

»Was meinst du denn mit: ›Was ihr Leute hier macht‹? Kein Mensch macht irgendwas. Ich hab dir doch schon gesagt, dass ich keine Tisha kenne. Und jetzt solltest du mein Haus besser verlassen.«

Lily spürt, dass diese schreckliche Frau lügt, was in diesem Augenblick genauso gut ist, als würde sie nichts als die Wahrheit sagen. Sie starrt auf den Boden. Aus Harper wird sie nichts mehr herausbekommen. Ohne aufzuschauen, sagt sie deshalb: »Verstehe.«

»Ja, du verstehst.«

»Ich geh dann jetzt.«

»Ja, mach das. Und lass dir von mir was sagen, Mädchen: Wär Eli hier, hättest du jetzt einen Arsch voll Ärger an der Backe. Hast du mich verstanden?«

»Ja, verstanden.«

»Dann geh jetzt besser und komm nicht mehr wieder. Wenn du deinem Baby helfen willst, dann geh nach Hause und bete.«

Lily starrt diese fette Frau an, die in ihrer heruntergekommenen Höhle steht, die sexuelle Sklaverei junger Mädchen organisiert und vage Drohungen ausstößt. In Harpers Augen ist nichts außer Habgier und Bosheit. Viel später wird Lily sich an diesen Moment zurückerinnern und über den Menschen Harper nachdenken und sich fragen, wie sie zu einem solchen Menschen werden konnte. *Was für eine Welt,* wird sie sich fragen, *produziert solche Menschen? Macht die Welt Menschen gemein und bösartig oder kommt die Bosheit von woanders?* Eines Tages wird sie über diese Fragen nachdenken, aber in diesem Moment empfindet sie für diese Frau nur Hass. Für sie ist das ein neues Gefühl, eines der Gefühle, die sie ihr ganzes Leben im Namen Christi zu unterdrücken gelernt hat. Aber jetzt, in diesem Augenblick, fühlt sich ihr Hass so rein an wie Taufwasser.

Ohne ein Wort zu sagen, folgt sie Harper zur Tür, doch bevor Harper danach greifen kann, geht die Haustür auf.

Sie weichen beide zurück, als Eli Buck hereinkommt.

Kapitel 19

Allan braucht nicht lange, um zu seinem Pick-up zurückzugehen und zu beschließen, dem Taxi zu Harpers Bordell zu folgen, aber die wenige Zeit, die es braucht, reicht aus, dass er den Sichtkontakt zu dem Taxi verliert.

Fluchend gibt er Soap-N-Suds in sein Navi ein und findet die Adresse.

Das hast du davon, wenn du versuchst, das Richtige zu tun.

Er hat nur versucht, das Mädchen aus Schwierigkeiten herauszuhalten und es vom Corinthian abzulenken, indem er es zu Ciara brachte. Aber dieses verfluchte, sture Kind stürmt einfach weiter, rennt in die Dunkelheit, sucht nach dem bescheuerten Vater seines Kindes. Allan kennt sie nicht gut genug, um sagen zu können, ob es Stolz oder schiere Dickköpfigkeit ist, die sie antreibt. Oder, verdammt auch, vielleicht ist es ja tatsächlich so, wie sie es sagt. Vielleicht glaubt sie wirklich, sie kann sich selbst und ihre Familie retten, indem sie den Jungen findet.

Und jetzt bist du hier und versuchst, sie vor Schaden zu schützen.

Er setzt den Fuß aufs Gas und beeilt sich, sie einzuholen.

Hast du immer noch nicht gelernt, dass man Menschen nicht retten kann?

• • •

In dem Winter, als er von Chicago wieder hierherzog, arbeitete er im Home For Youth. Mit nichts als einem Bachelor in Psychologie und fünfundvierzigtausend Dollar Schulden an Studiendarlehen war er vom College zurückgekehrt. Er versuchte, es nicht als Verlust zu sehen. Er suchte einen Job, irgendeinen Job, den er mit seinem akademischen Abschluss bekommen könnte, und was er fand, war das Home For Youth, »eine psychiatrische Einrichtung für junge Mädchen in Schwierigkeiten«. Er bewarb sich auf die Stelle eines stationären Therapieberaters und wurde schnell eingestellt, wobei sein Vorgesetzter kaum einen Blick auf seinen Lebenslauf warf. An seinem ersten Arbeitstag als Berater wurde ihm klar, warum.

Das Home For Youth war ein Fleischwolf. Die Bewohner waren ein Dutzend zutiefst verstörter Teenager, die aus den schrecklichsten Verhältnissen herausgeholt und zusammen in einem Plattenbau am verlassenen Stadtrand von Little Rock eingesperrt worden waren. In dem Haus roch es nach Schweiß, Blut und Pisse. Wenn sich die Insassen nicht gerade zu kurzlebigen Grüppchen zusammenschlossen oder ihre Wut aneinander abreagierten, versuchten sie, sich selbst zu verletzen. Die Berater waren entweder völlig überforderte Anfänger oder leicht bedrohliche Ausgebrannte. Kein Einziger führte eine wirkliche Beratung durch. Sie versuchten einfach nur zu verhindern, dass sich die Mädchen gegenseitig fickten oder umbrachten. Die Bewohner wurden von einer Psychologin therapiert – einer überarbeiteten Frau mit traurigen Augen, die alle Dr. Jo nannten –, aber sie war lediglich einige Stunden täglich da und führte dann Einzelgespräche mit den Mädchen. Die restliche Zeit spielten die Berater Babysitter bei den Mädchen und versuchten, sie bis zu ihrem nächsten erfolglosen Termin bei Dr. Jo davon abzuhalten, sich die Pulsadern aufzuschneiden.

Am Ende seines ersten Arbeitstages fuhr er nach Hause und weinte. Am Ende seines ersten Monats als Therapieberater hatte er ein dickeres Fell entwickelt. Er war gebissen, gekratzt, getreten und bespuckt worden. Wenn er zur Arbeit kam, blieb er ein oder zwei Minuten im Pick-up sitzen, nachdem er den Motor ausgeschaltet hatte, und sammelte seine Kräfte, um hineinzugehen. Eines Tages hatte er sich auf den Rücken eines Mädchens setzen und mit beiden Händen ihren Kopf packen müssen, um sie davon abzuhalten, ihr Gesicht weiter auf den Boden zu schlagen. An diesem Abend fuhr er nach Hause, aß eine Pizza und sah im Fernsehen eine Folge von *The Apprentice*, als wäre nichts weiter geschehen. Als er dann jedoch ins Bett ging, konnte er nicht schlafen, weil er an nichts anderes denken konnte als die verdrehte, gebrochene Nase des Mädchens und an den beinahe heiteren Ausdruck auf seinem blutverschmierten Gesicht, als es schließlich ohnmächtig wurde.

Er machte diesen Job, solange er konnte. Er wollte diesen Mädchen helfen, aber seine Niederlage war unvermeidlich. Es gab keine Möglichkeit, ihnen zu helfen. Sie hatten alle viel zu lange Verletzungen erlitten, für gewöhnlich durch die Hand ihrer engsten Familienangehörigen. Als er schließlich kündigte, hatte Allan schon längst aufgehört, über all das Elend zu weinen, das er sah. Er konnte für diese schwer geschädigten Mädchen nicht viel mehr tun als zu versuchen, dafür zu sorgen, dass sie so sicher wie möglich waren.

Dann machte ein Mädchen namens Robyn im Gemeinschaftsraum einen Selbstmordversuch. Sie war sechzehn, Tochter einer cracksüchtigen Mutter, die zur Finanzierung ihrer Sucht Robyn regelmäßig an Pädophile verliehen hatte. Die Mutter war im Rahmen einer bundesweiten Razzia gegen Kinderpornoringe festgenommen worden, als sie anfing, diese Vergewaltigungen ihres Kindes zu filmen und anschließend über das Internet zu verkaufen. Robyn wurde zwischen verschiedenen Pflegestellen hin- und hergeschoben, aber nachdem sie gegen ihre letzten Pflegeeltern handgreiflich geworden war, wurde sie in das Home For Youth eingewiesen.

Trotz jahrelangen Missbrauchs war Robyn intelligenter als die meisten anderen Bewohner, und gelegentlich gab Allan ihr Bücher zu lesen. Dafür mochte sie ihn, obwohl sie es nie schaffte, ein Buch auszulesen, bevor einer ihrer Dämonen wieder von ihr Besitz ergriff. Jede noch so kleine Verbesserung in einem Moment ging unweigerlich ein oder zwei Stunden, maximal einen Tag später verloren, entweder wegen Verzweiflung oder wegen Wut, die beiden Zwillingsdämonen ihrer Seele. Sie zerriss die Bücher, verwüstete ihr Zimmer, versuchte, sich selbst zu verletzen.

Dann kam der Tag, an dem sie erfuhr, dass ihre Mutter im Gefängnis gestorben war, möglicherweise Selbstmord. Robyn stieg auf einen Tisch, zog die Neonröhre einer Deckenbeleuchtung heraus, zerschlug sie an der Wand und versuchte, sich mit einer Glasscherbe die Kehle durchzuschneiden. Als Allan sie herunterzog und festhielt, trat Robyn ihm in die Zähne. Den Rest des Tages schmeckte er sein eigenes Blut.

Nach der Arbeit ging er zu seinem Pick-up hinaus, stieg ein und betrachtete im Rückspiegel seine zerschundene Oberlippe. Es war nicht das erste Mal, dass er ein Mädchen erlebte, das versuchte, sich selbst zu verletzen. Auch war es nicht das erste Mal, dass er körperlich angegriffen worden war. Es war allerdings das erste Mal, dass er einen Tritt ins Gesicht bekommen hatte. Irgendetwas daran machte es diesmal anders.

Er bleckte die Zähne im Spiegel. Es waren noch alle da.

Und das wars. Zu wissen, dass er nach der Arbeit in diesem hoffnungslosen Loch der Traumata wahrscheinlich unter posttraumatischer Belastungsstörung leiden würde, war eine Sache und für sich schlimm genug, aber, sagte er zu seinem Spiegelbild: »Dafür werde ich nicht meine Zähne verlieren.«

Auf der Fahrt nach Hause rief er seine Vorgesetzte an und reichte seine Kündigung ein.

»Ich hab mich schon gefragt, warum du nicht längst gekündigt hast«, sagte sie.

Er zog weiter, fand einen Job im Hotel- und Gastgewerbe. Leute einchecken, Leute auschecken. Viel einfacher. Erheblich weniger stressig. Er machte seine Arbeit, ging nach Hause, fütterte den alten Herrn und versuchte, sich keine Vorwürfe zu machen, weil er Robyn und die anderen Mädchen verlassen hatte.

Das funktionierte eine Zeit lang.

Bis jetzt.

• • •

Einige Häuser, früher mal schön, jetzt verfallen, säumen die schmalen Straßen hinter der Autowaschanlage. Er biegt gerade in eine Straße ein, als er Chance Berrymans blutroten Ford Raptor in einer Sackgasse namens Dodson Court sieht. Allan wendet in einer leeren Einfahrt und rollt langsam Richtung Dodson. Er fährt vorbei, sieht gerade rechtzeitig in die Straße, um Eli vor einem heruntergekommenen, zweigeschossigen Haus aus dem Truck steigen zu sehen. Allan wendet in einer anderen Einfahrt und kehrt um. Dodson Court ist eine Sackgasse mit sechs einstmals netten Häusern, davor ungepflegte Rasenflächen und Mauerwerk, wie es in den Achtzigerjahren mal modern war. Die Hecken müssten dringend geschnitten und die Backsteinwände mit Hochdruckreiniger gesäubert werden. Manche Häuser sehen leer und verlassen aus. Alles wirkt verbraucht und vernachlässigt.

Chance schlendert über den Rasen vor dem zweistöckigen Haus, während er mit beiden Daumen irgendwas in sein Smartphone tippt. Schließlich ist er damit fertig und schiebt das Telefon in seine Tasche. Er schaut sich nicht um, als er die Stufen auf die Veranda hinauf- und ins Haus geht, aber durch die offene Tür erhascht Allan einen flüchtigen Blick auf Eli. Und für den Bruchteil einer Sekunde sieht er Lily.

Er macht den Motor aus und lässt den Wagen hinter Chances Raptor ausrollen. Er starrt einen Moment die Haustür an. Kopfschüttelnd öffnet er die Mittelkonsole neben sich und greift hinein.

Kapitel 20

Eli scheint überrascht, sie zu sehen. »Was machst du denn hier?«

Hinter ihm kommt Chance herein. Als er Lily sieht, klappt seine Kinnlade herunter. Schnell schließt er seinen Mund und dann die Tür.

Harper verschränkt die Arme wie eine Lehrerin, die einen renitenten Schüler in das Büro des Direktors gebracht hat. »Sie hat sich nach Tisha erkundigt«, sagt sie.

Eli funkelt Lily an. »Wer hat dir von Tisha erzählt?«

Sie hat ihn seit dem Zwischenfall in Peters Haus nicht mehr gesehen, und jetzt pocht das Blut in ihren Ohren. Schlimmer noch, das Baby beginnt sich zu winden, als würde es sich in Laken verheddern. Sie legt die Arme um ihren Bauch.

»Ich denke, ich sollte gehen.«

»Du hättest gar nicht erst herkommen sollen«, sagt Harper.

»Ich hab dich was gefragt«, sagt Eli. »Wer hat dir von Tisha erzählt?«

Ein Klopfen an der Tür hält Lily von einer Antwort ab.

Eli nickt Chance zu.

Nachdem Chance an die Tür getreten ist und durch den Spion gesehen hat, sagt er: »Ist ihr Onkel. Dieser große Wichser aus dem Hotel.«

»Ich hab ihm gesagt, dass ich herkomme«, sagt Lily schnell. »Er muss mir gefolgt sein.«

Chance sieht Eli an.

Eli nickt.

Als sich die Tür öffnet, erfasst Allan mit einem Blick die ganze Situation. Chance, Eli, Harper und weiter hinten Lily, die ihm bereits fest in die Augen sieht.

»Chance«, sagt Eli ruhig, »geh aus dem Weg und lass ihn reinkommen.«

Chance öffnet die Tür ganz, und Allan tritt ein. Chance schließt hinter ihm die Tür.

Allan geht ruhig zu Lily hinüber und ergreift ihren Arm wie ein angefressener Vater. »Geh raus zu meinem Pick-up. Wir beide unterhalten uns noch!« Er schiebt sie Richtung Tür, aber Eli stoppt sie mit erhobener Hand, bevor sie dort ankommt.

»Moment.«

»Das muss sie doch nicht alles hören, oder?«, sagt Allan.

Eli hebt beide Hände. »Na ja, sie ist ja nun schon mal hier, richtig?«

»Ja, auf der Suche nach dem Vater ihres Babys. Lasst mich sie hier wegbringen, anschließend müsst ihr euch keine Sorgen mehr wegen ihr machen.«

»Aber wieso ist sie überhaupt *hier?*«, fragt Eli. »Wenn du ihr nicht von diesem Haus erzählt hast, wer dann?«

»Und sie hat sich nach Tisha erkundigt«, erinnert Harper.

»*Und* sie hat sich nach Tisha erkundigt«, wiederholt Eli. »Du hast über Scheiße geredet, über die du nicht hättest reden sollen, Allan.«

Lily fällt allen ins Wort.

»Peter hat's mir erzählt«, sagt sie. »Er hat mir erzählt, dass er ein Mädchen namens Tisha kennengelernt hat. Er hat gesagt, sie lebt hier unten in einem Haus hinter dem Soap-N-Suds an der Baseline. Ich bin hergekommen, weil ich wissen wollte, ob sie zusammen sind.«

Später wird sie mit sich selbst über die moralischen Aspekte ihrer Entscheidung diskutieren, zu lügen, aber in dem Moment selbst hat sie keinerlei Bedenken. Wenn Eli denkt, Allan sei derjenige, der ihr von Tisha erzählt hat, ist nicht abzusehen, was er tun wird. Doch da es jetzt klar zu sein scheint, dass Peter und Tisha zusammen sind, was spielt es da noch für eine Rolle, ob Eli denkt, Peter sei derjenige, der es ihr erzählt hat? Zu gegebener Zeit wird Lily sich fragen, ob sie verantwortlich für die Folgen ist, aber jetzt, wo Eli sie anstarrt und das Baby wieder in ihr herumzutreten beginnt, fällt ihr die Lüge so leicht wie das Öffnen einer Tür.

Bevor die anderen darauf antworten können, spricht Allan sie wieder an wie ein wütender Vater. »So, sie sind ganz offensichtlich nicht hier. Also gehen wir.«

Eli schüttelt den Kopf. »Moment, Mann. Du entscheidest hier einen Scheißdreck. Ich entscheide hier.«

»Ich entscheide gar nichts, ich sage nur …«

»Verschwinde auf dein Zimmer!«, brüllt Eli.

Das blonde Mädchen, das Lily zuvor gesehen hat, huscht von der Tür zurück wieder den Flur hinunter.

»Keiner kommt hierher, bis ich es sage«, brüllt Harper den Flur hinunter.

»Wir gehen jetzt«, sagt Allan.

Eli dreht sich um und schließt die Haustür ab. »Noch nicht«, sagt er. »Chance, geh da rüber auf seine linke Seite. Wir müssen genau herausfinden, was er ihr gesagt hat.«

»Moment mal«, sagt Allan und hebt eine Hand. »Jetzt mal alle ganz ruhig.«

Aber Chance gehorcht wie ein guter Kampfhund. Er beginnt, sich nach links zu bewegen, während Eli nach rechts geht.

Harper geht aus dem Weg Richtung Flur, um ihnen mehr Platz zu geben.

Allan greift nach hinten. Lily denkt, er würde sie in eine bestimmte Richtung schieben. Stattdessen greift er unter sein Hemd und zieht eine glänzend schwarze Waffe aus einem Holster, das er sich an seinen Gürtel geklemmt hat.

Lily kann nicht atmen. Das Baby strampelt. Sie lässt einen Arm auf dem Bauch und legt die andere Hand auf Allans Rücken. Sie kann sein Gesicht nicht sehen, nur seinen langen ausgestreckten Arm mit einer Waffe, die selbst in seiner gewaltigen Pranke noch groß aussieht.

Einen Moment lang sagt niemand ein Wort, dann spricht Eli. »Du richtest eine Waffe auf mich?«

»Harper«, sagt Allan, ohne sie anzusehen, »geh weg von der Tür, komm hier rüber und stell dich zu den beiden.«

»Du musst völlig durchgeknallt sein«, sagt Harper und geht zu Eli und Chance hinüber.

»Muss er«, stimmt Eli zu, die Hände an seinen Seiten. »Du erreichst gar nichts, machst nur für dich alles noch schlimmer. Wir wollten dich nur in die Mangel nehmen.«

»Niemand nimmt mich in die Mangel. Niemals. Im Moment mache ich nichts anderes, als mich und das Mädchen zu verteidigen. Hat einer von euch eine Kanone?«

»Vielleicht«, sagt Eli. »Ich sag dir was: Wenn ich eine Kanone ziehe, dann erschieße ich jemanden. Kannst du das auch von dir sagen?«

»Nur, wenn du mich zwingst«, erwidert Allan. Er gestikuliert mit der freien Hand auf die Couch. »Jetzt setzt ihr euch alle hin. Da auf die Couch. Alle drei.«

Sie gehorchen, zwängen sich unbeholfen nebeneinander auf die Polster.

»Was glaubst du eigentlich, was jetzt passiert?«, fragt Eli.

»Wir werden gehen.«

»Einfach so?«

»Gibt keinen Grund, wieso nicht. Hier ist nichts passiert …«

»Du ziehst eine Kanone und sagst, es ist nichts passiert?«

»Die Kleine wollte nur den Vater ihres Kindes finden. Nachdem sie jetzt weiß, dass er mit einem anderen Mädchen abgehauen ist …«

»Mit einer diebischen Nutte«, sagt Eli.

»… ist die Suche vorbei. Würdest du nicht auch sagen, dass die Suche jetzt vorbei ist, Lily?«

»Ja«, sagt sie.

Eli starrt Allan finster an. »Was nichts an der Tatsache ändert, dass du eine beschissene Glock auf mich gerichtet hast.«

»Du wirst schon drüber wegkommen. Ich verteidige nur mich und das Mädchen. Kannst du uns nicht verdenken. Du lässt uns jetzt hier raus, dann bist du uns endgültig los. Kein Schaden, kein Foul. Wir sind weg.«

Eli schüttelt ruhig den Kopf. »Nein, Allan. Nein, Mann. Du hast eine Kanone auf mich gerichtet. Ist dir nicht klar, dass das alles ändert? Spielt keine Rolle mehr, ob ihr alle verschwindet. Du bist gottverdammt tot, Alter. Nur damit dir das klar ist. Egal was sonst passiert, du bist gottverdammt tot!«

Allans Mund verzieht sich zu einem harten Strich. Sein Griff um die Pistole wird fester, die Knöchel treten weiß hervor. Lily sieht das. Die drei auf der Couch sehen es.

»Eli«, sagt Allan, »du jagst offensichtlich zugedröhnten fünfzehnjährigen Mädchen schon so lange eine Scheißangst ein, dass du angefangen hast, deinen Schwachsinn selbst zu glauben. Ich habe eine Kanone und bringe mindestens siebzig Kilo mehr auf die Waage als du, also komm und such mich, wenn du irgendeine Scheiße anfangen willst. Bis dahin will ich nicht, dass du dieses Mädchen noch einmal ansprichst. Wenn du Probleme mit Peter hast, klär das mit ihm. Ansonsten halt mich und das Mädchen da raus. Wir gehen jetzt. Lily, geh du schon mal raus zum Pick-up.«

Sie benötigt einen Moment, um den Befehl zu verarbeiten, dann aber schiebt sie sich an Allan vorbei zur Tür. Die drei auf der Couch beobachten sie. Eli sitzt mit den Ellbogen auf den Knien da, starrt sie an. In der Art und Weise, wie er sie beobachtet, liegt kein Zorn. Er scheint sie einfach nur zu registrieren. Als sie am Türschloss herumfummelt, ändert sich seine Miene nicht.

Allan steht mit dem Rücken zu ihr, hat sein Gesicht und die Waffe immer noch auf die Leute auf der Couch gerichtet. »Atme tief durch«, sagt er ruhig zu ihr.

Sie holt tief Luft. Schließt einen Moment die Augen. Dann öffnet sie sie wieder, schließt die Tür auf und verlässt das Haus. Läuft über den Rasen, eine Hand auf dem Bauch, achtet auf ihre Schritte.

Einen Augenblick später folgt Allan ihr hinaus, wirft einen Blick über die Schulter, drückt die Waffe an sein Bein, den Finger hinter dem Abzug. Er entriegelt das Auto mit der Fernbedienung. Während Lily auf der Beifahrerseite einsteigt, setzt er sich hinter den Fahrersitz, behält die Waffe die ganze Zeit in der Hand. Er aktiviert die Türverriegelung, lässt den Motor an, fährt auf die Straße hinaus, lenkt mit der linken Hand, weil er mit der rechten Hand immer noch die Pistole umklammert.

Als sie außer Sicht des Hauses und der Waschanlage sind, fährt er rechts ran und versucht, das Holster von seinem Gürtel zu lösen. Seine Hände zittern, daher dauert es eine Weile, das Gürtelholster abzubekommen. »Scheiße«, murmelt er. Dann noch mal »Fuck!« Als er den Gürtelclip endlich entfernt hat, schiebt er die Pistole ins Holster und legt beides zurück in die geräumige Mittelkonsole.

»Ich wusste nicht, dass Sie eine Waffe haben«, sagt Lily.

»Ich bin ein schwuler Mann in Arkansas«, antwortet er. »Selbstverständlich habe ich eine gottverdammte Waffe.«

Einen Moment sitzt sie schweigend da. Autos fahren an ihnen vorbei.

Allan öffnet und schließt seine Fäuste, arbeitet gegen das Zittern.

»Herr im Himmel!«, flucht er.

Lily legt die Arme um ihren Bauch und schließt die Augen.

Herr im Himmel, betet sie.

Schließlich legt Allan den Gang ein.

Eine ganze Weile starren beide mit fassungslosen Mienen in die Welt hinaus. Gelegentlich verzieht Allan beim Fahren das Gesicht, während er durch den Verkehr steuert, aber dann entspannen sich seine Muskeln wieder und er starrt geradeaus, als würde er auf der Straße weit vor ihnen nach etwas ganz Bestimmtem, etwas Kleinem suchen.

Lily massiert mit geschlossenen Augen ihren Bauch, hört auf ihr eigenes Atmen, sucht nach dem richtigen Gefühl.

Schließlich öffnet sie die Augen. »Danke.«

Er hebt scheinbar lässig und voller Selbstironie eine Hand vom Steuer. *Ach, nicht der Rede wert.*

»Wirklich, Allan«, sagt sie. »Vielen Dank. Und es tut mir leid, ich weiß, ich hätte nicht dorthin gehen sollen. Ich ... musste es nur einfach versuchen.«

Er wirft ihr einen Blick zu und seufzt. »Das weiß ich doch.«

»Werden Sie zurechtkommen?«, fragt sie.

»Wir werden sehen.«

»Wir sollten zur Polizei gehen.«

»Ich bin nicht sicher, ob das eine gute Idee ist.«

»Der Mann hat gedroht, Sie umzubringen.«

»Weiß ich.«

»Warum es nicht den Behörden melden?«

»Erstens vertraue ich den Behörden nicht. Ich weiß nicht, ob Jeff Reid nicht irgendwie in diese Sache verwickelt ist.«

»Vielleicht ist er es nicht.«

»Vielleicht ist eine ziemlich wacklige Grundlage.«

»Könnten Sie nicht zu jemand anderem gehen? Zur State Police?«

Allan scheint kurz darüber nachzudenken. »Wär möglich, ja. Aber ich weiß nicht, ob sie am Ende nicht doch Reid beschützen würden. Wie ich schon sagte, ich vertraue den Behörden nicht. Die alten Seilschaften haben in diesem Bundesstaat schon so viel Scheiße vertuscht, deshalb bin ich nicht sicher, ob in Arkansas nicht der eine Gesetzeshüter genauso korrupt ist wie der andere. Sie passen aufeinander auf. Aber selbst wenn ich jemanden finde, der mir zuhört, was soll ich denen denn erzählen? Dass ich einem kriminellen Sexring geholfen und Beihilfe geleistet habe?« Als er seine eigenen Worte hört, muss Allan den Kopf schütteln. »Verdammt auch!«

»Was werden Sie dann tun?«

»Ich werde meinen Job kündigen. Das mache ich als Erstes. Ich versuche, so viel Abstand wie nur möglich zwischen mich und diese Scheiße zu bringen. Dann werden wir sehen. Ich habe keine Ahnung, was Eli tun wird. Er hat gesagt, er wird mich umbringen, aber sein Geschäft ist die Prostitution, er ist Zuhälter. Ich bin nicht sicher, ob er auch die Eier hat, einen draufzulegen und Mörder zu werden.«

»Er schien es ernst zu meinen.«

Allan starrt auf die Straße. »Ich weiß.«

»Ich mache mir Sorgen um Sie«, sagt sie. »Ich fühle mich schuldig, dass ich Sie in diesen Schlamassel gebracht habe.«

Er schüttelt den Kopf. »Nein. Du musst weitermachen und dieses Schuldgefühl vergessen. Ich bin ein zweiundvierzigjähriger Mann. Ich treffe meine eigenen Entscheidungen. Ich stecke in diesem Schlamassel, weil ich bei einem Haufen Scheiße mitgespielt habe, auf den ich mich gar nicht erst hätte einlassen dürfen. Das ist nicht deine Schuld. Du hast mich nur aus meiner selbstgefälligen Bequemlichkeit geholt. Verstehst du?«

»Ja.«

Er nickt.

Sie fahren einige Meilen, bevor er sich ihr zuwendet und fragt: »Was ist mit dir? Bei dir alles okay?«

Sie starrt weiter auf einen unbestimmten Punkt vor sich und reibt ihren Bauch. »Ich lebe. Ich habe vorhin gespürt, wie sich das Baby bewegt; es war aufgeregt, und jetzt spüre ich, dass es sich beruhigt und einschläft. Davon abgesehen …« Sie schließt die Augen. »Ich weiß es wirklich nicht.«

Kapitel 21

Schließlich sind sie wieder in Conway. Allan wirft einen Blick auf die Uhr. »Du kannst immer noch den Bus von der Schule nach Hause kriegen«, sagt er. »Oder soll ich dich woanders absetzen?«

»Schule«, sagt sie.

Er fährt sie zur Schule, wo die Busse bereits auf das Ende des Unterrichts warten. Er fährt an den Rand des Parkplatzes.

Sie öffnet die Tür, verharrt dann aber und sieht ihn an. »Sind Sie sicher, dass Sie klarkommen?«

Ein Klingeln signalisiert das Ende des Unterrichts und einen Moment später fliegen die Türen auf und Teenager drängen auf den Schulhof und den Parkplatz hinaus.

»Ich komme klar, Kleines«, sagt er. »Mach dir um mich mal keine Sorgen.«

Sie nickt. »Okay«, sagt sie und steigt aus dem Pick-up.

»Hey, Lily«, sagt er.

Sie hält die Tür fest. »Ja?«

»Wozu auch immer es gut ist, das mit Peter tut mir leid.«

»Ja«, sagt sie. »Mir auch.«

Sie schließt die Tür des Pick-ups und geht über den Parkplatz. Allan sieht ihr noch einen Moment hinterher, dann legt er einen Gang ein.

Sie schlendert in einer Art emotionalem Nebel auf ihren Bus zu. Sie ist sich nicht sicher, was sie empfindet, bis jemand ihren Arm packt.

»Seit wann bist du zurück?«, will Fiona wissen.

Lily reißt ihren Arm zurück. »Fass mich nicht an!«, faucht sie.

Sie hat Fiona noch nie angebrüllt. Sie hat überhaupt noch nie jemanden in der Öffentlichkeit angeblafft. Sie ist über sich selbst entsetzt. Vielleicht hat sie es deshalb gesagt. Einen Moment lang hebt sich der Nebel in ihrem Kopf. Sie ist wütend. Wahrhaftig und zutiefst wütend. Es fühlt sich nicht wirklich gut an, aber es scheint etwas zu klären. Sie will nicht mit Fiona reden, will keine einzige Frage beantworten, will überhaupt nicht hier sein. Sie will einfach nur nach Hause und in ein Kissen schreien.

Fiona weicht einen Schritt zurück, um ihr Gleichgewicht zu finden, und sieht dabei aus wie die Karikatur von jemandem, der fassungslos ist. Ihre Augen treten hervor, ihre Kinnlade klappt herunter. Sie sieht so lächerlich aus, dass Lily nur noch wütender wird.

Alle in ihrer Nähe sind stehen geblieben, sie reagieren kollektiv auf denselben Schulhof-Urinstinkt.

Werden die Pfingstkirchler-Tussen sich gleich fetzen?

Lily schüttelt den Kopf und marschiert in großen Schritten zum Bus.

Als sie hineingeht, versucht sie, Fiona nicht zu suchen, aber sie kann nichts dagegen tun, durchs Fenster zu sehen, wie sie wegläuft. Lily hat bereits ein schlechtes Gewissen wegen dem, was sie gesagt hat, aber die Schuldgefühle verschwinden, als sie Fionas große Schritte sieht. Das ist nicht der Gang eines Mädchens, das mitgenommen ist, weil ihre Freundin sie angeblafft hat. Es ist die Eile von jemandem, der es nicht erwarten kann, nach Hause zu kommen und den Eltern zu erzählen, was passiert ist.

Lily sackt auf ihrem Platz zusammen, soweit es ihr Bauch zulässt. Zwei kleinere Jungs sehen, wie sie versucht, sich zu verkriechen, und fangen an zu lachen.

Lily ignoriert sie. Sie weiß, dass Fiona ihren Eltern erzählen wird, was heute passiert ist. *Lily hat die Schule geschwänzt, um mit irgendeinem Typen nach Little Rock zu fahren und Peter zu suchen. Dann hab ich sie nach der Schule gesehen, und da hat sie mich vor allen angeschnauzt. Ich weiß nicht, was mit ihr los ist.* Lily ist nicht sicher, ob Fionas Eltern ihre Eltern anrufen werden, um ihnen aus Sorge diese Information mitzuteilen, oder ob sie zuerst jemand anderen aus der Gemeinde anrufen werden, um zu tratschen. Was sie aber mit Sicherheit weiß, ist, dass sie es nicht für sich behalten werden.

Aber Fionas Busfahrt nach Hause dauert länger. Sie lebt weiter außerhalb. Was bedeutet, dass Lily zuerst zu Hause sein wird.

Sie zittert. Sie weiß, dass ihre Eltern zu Hause sein werden. Wissen sie es schon? Vielleicht hat die Schule sie heute angerufen. Vielleicht wissen sie es einfach, wie das bei Eltern manchmal so ist. Wie mit dem Baby; sie versuchte immer noch, schlau daraus zu werden, wie sie es ihnen erzählen sollte, als ihre Mutter eines Tages in ihr Zimmer kam, die Tür schloss und fragte: *Bist du schwanger?*

Als sie nach Hause kommt, sitzt ihr Vater am Küchentisch und isst einen Apfel. Ihre Mutter steht vor der Spüle. Sie hört ihren Bruder in seinem Zimmer am Ende des Flurs.

Lily kommt herein und stellt sich vor sie. »Ich hab heute die Schule geschwänzt, um nach Little Rock zu fahren und Peter zu suchen«, sagt sie.

David legt den Apfel fort. Peggy dreht sich um.

»Ich hab herausgefunden, wohin er gegangen ist«, sagt Lily. »Er ist mit einem Mädchen abgehauen, einem Mädchen, das er im Corinthian kennengelernt hat.«

Ihre Brust hebt und senkt sich unter ihrer Bluse. Sie atmet so schwer, als wäre sie gerannt.

Für einen Moment sind ihre Eltern sprachlos und wissen nicht, wie sie reagieren sollen.

»Vielleicht solltest du dich setzen?«, sagt David.

»Alles okay.«

»Bitte, Liebling, setz dich.«

Sie setzt sich. Peggy verfolgt alles von der Spüle aus.

»Wie bist du nach Little Rock gekommen?«, fragt David.

»Mit Allan Woodson.«

»Was?«, stößt Peggy aus und macht einen Schritt auf ihre Tochter zu.

»Er arbeitet im Corinthian.«

Die Vorstellung, dass Lily ausgerechnet mit ihm nach Little Rock gefahren ist …

»Warum sollte er dich dorthin fahren?«, will ihre Mutter wissen.

»Ich hab ihn darum gebeten. Er wollte nicht, aber ich hab ihm gesagt, ich würde es so oder so machen. Ich hab mich stur gestellt. Ich hab ihm keine große Wahl gelassen. Du solltest nicht sauer auf ihn sein.«

»Sag du mir nicht, wie ich mich fühlen soll«, faucht Peggy. »Du bist mit einem … einem Mann nach Little Rock abgehauen, den du nicht kennst, und du sagst uns, wir sollen das okay finden?«

David starrt seine Tochter an. Er empfindet nichts von Peggys Zorn. Er sieht einfach nur besorgt aus, fast schon verängstigt.

»Also, er ist mit dir dort runtergefahren, und was ist dann passiert?«

Sie lügt. Manches sind Halbwahrheiten. Sie erwähnt weder Ciara noch Jarell namentlich. Sie erwähnt nicht das andere Baby. Sie erwähnt nichts über das Haus hinter der Autowaschanlage. Sie weiß, dass ihre Eltern bei diesen Dingen nur ausflippen würden, aber mehr als alles andere schämt sie sich für die nackte, hässliche Wahrheit.

Stattdessen erzählt sie ihnen eine entschärfte Version. Sie erzählt ihnen, dass Allan sie zu einem Haus gefahren hat, wo sie ein Mädchen traf, das früher im Corinthian gearbeitet hat. Das Mädchen, erzählt Lily, hat ihr dann berichtet, dass Peter mit einem anderen Mädchen namens Tisha abgehauen ist.

Für den Moment ist das genug Wahrheit. Peter ist weg. Das ist der wichtige Teil. Als sie es nun laut ausspricht, kracht das ganze

Gewicht ihrer eigenen Probleme wieder mit Wucht auf sie nieder. Er ist wirklich weg.

»Es tut mir so leid«, sagt sie zu ihren Eltern.

Dann kommen schließlich die Tränen. Sie erzählen die Wahrheit, die sie anders nicht aussprechen kann. Es tut ihr leid, so vieles tut ihr leid. Es ist keine religiöse Schuld. Sie ist viel zu wütend auf Gott, um sich zu fragen, ob sie ihn irgendwie beleidigt hat. Sie empfindet Reue. Eine tiefe, hilflose Reue, die nur durch Weinen herauskommen kann.

Peggy geht zu ihr und nimmt ihre Tochter in die Arme, was zur Folge hat, dass Lily nur noch heftiger weint. David steht auf, weiß nicht, was er sonst tun soll, legt eine Hand auf den Rücken seiner Tochter und die andere auf Peggys Rücken.

Keiner von ihnen sagt etwas, während Lily schluchzt. Keiner von ihnen betet.

Aber dann beginnt Lily, in Zungen zu sprechen. Sie hat nicht damit gerechnet, und sie kann es nicht aufhalten. Ihr Kopf neigt sich nach hinten, und die heiligen Klänge strömen wie ein Vulkan aus ihrem Mund und fließen weiter aus ihr heraus wie eine Fontäne, ein Ausstoßen von Glossolalie, das zu gleichen Teilen aus Feuer und Wasser, Qualen und Freude besteht.

Als es aufhört, als sich ihre Seele schließlich ausgewrungen hat, sind alle zutiefst erschüttert. Ihr völlig überraschter Vater beugt sich herunter, um ihre Stirn zu küssen, mit einem verblüfften Gesichtsausdruck, als hätte er zum allerersten Mal eine Bewegung des Heiligen Geistes erlebt. Ihre Mutter tupft sich die Wangen ab und streichelt sanft über den Kopf ihrer Tochter. Lily schaut auf. In der Küchentür steht Adam und betrachtet sie alle, aber vor allem betrachtet er seine Schwester mit ihrem gebrochenen Herzen, und selbst in seinen Augen stehen die Tränen.

Kapitel 22

Etwa zur gleichen Zeit, als Lily an ihrem Küchentisch in Zungen spricht, hat Allan seine eigene Offenbarung. Er kommt nach Hause, zittert immer noch, als er den Pick-up parkt und zu seiner Wohnung geht, und ein Gedanke geht ihm nicht aus dem Kopf.

Was zum Teufel hab ich getan?

Er bleibt den größten Teil der Nacht wach, die Pistole immer griffbereit neben sich auf der Couch unter einem Kissen verstaut, damit der alte Herr sie nicht sieht, falls er ins Wohnzimmer gerollt kommen sollte. Während er aus dem Fenster starrt, verfolgt, wie die Nacht in den Tag übergeht, denkt Allan über die Möglichkeit nach, dass Männer kommen könnten, um ihn zu töten.

Er versucht, sich zu beruhigen. Er sagt sich, Eli ist ein Zuhälter, und Zuhälter sind schlicht und einfach Feiglinge und Fieslinge. Er sagt sich, Eli hat Besseres zu tun. Eli muss Geld verdienen; und da es ihm keinen einzigen Dollar einbringt, wenn er sich mit Allan beschäftigt, wird er vielleicht gar nicht kommen.

Andererseits folgen Typen wie Eli Buck einer eigenen Logik. Allan hat eine Kanone auf ihn gerichtet, und Eli hat gesagt, dafür würde er ihn kaltmachen. Kann er es sich leisten, diese Drohung nicht wahr zu machen? Seine Bande mag ja nur aus einer methsüchtigen Freundin und einem Vollpfosten mit Pick-up bestehen, aber kann Eli es sich leisten, in ihrer Gegenwart gedemütigt zu werden? Und was ist mit diesen Mädchen, die in den Hinterzimmern kauern? Kann Eli es sich leisten, dass die womöglich auf den Gedanken kommen, er sei doch nicht so mächtig?

Die Mädchen in den Hinterzimmern …

Nachdem jetzt bezüglich dieser Mädchen kein Zweifel mehr

besteht, nachdem er jetzt sicher ist, dass sie zur Prostitution gezwungen werden, was jetzt?

Als es hell wird, übermannt ihn schließlich die Erschöpfung. Er überprüft noch einmal alle Schlösser und geht ins Bett. Er schläft mit der Pistole auf dem Nachttisch.

• • •

Als er am späten Morgen aufwacht, erhebt er sich schwankend aus dem Bett und findet seinen Vater bereits wach vor dem Fernseher.

Allan tapst in Boxershorts in die Küche und setzt den Kaffee auf. Wie er es oft macht, lehnt er sich an die Arbeitsfläche, starrt auf die Kaffeemaschine und lauscht dem Brodeln. Sein Vater weiß, dass er ihn während dieses Rituals in Ruhe lassen muss.

Als er fertig ist, schenkt er sich und dem alten Herrn eine Tasse ein. Beide trinken ihn schwarz. Er geht hinüber und gibt seinem Vater die Tasse. Häufig setzt er sich neben dem alten Mann aufs Bett, schlürft dort seinen Kaffee und starrt ausdruckslos auf den Fernseher, während bei *Fox & Friends* die Themen des Tages abgehandelt werden.

Als er jedoch an diesem Morgen seinem Vater den Kaffee reicht, fragt er nur: »Alles okay bei dir?«

»Ja«, erwidert der alte Mann.

Allan nickt und kehrt in sein Schlafzimmer zurück. Es ist genauso zusammengeschustert wie der Rest der Wohnung. Viele Bilder schmücken die Wände – Studioporträtaufnahmen der irischen Schauspielerlegende Micheál Mac Liammóir, Postkarten von Gemälden von Egon Schiele und Ivan Albright, ein Standfoto des Fünfzigerjahre-B-Movie-Stars Peggie Castle, eine ganze Ecke gewidmet den wechselnden Frisuren von Reba McEntire und ein einzelnes Bild von Allan selbst, eine Bleistiftskizze, die sechs Jahre zuvor von einem Ex-Freund an einem Sonntagnachmittag in Eureka Springs angefertigt wurde. Seine Kommode und sein Nachttisch überladen mit Büchern. Die Autobiografie von Elsa Lanchester. *White Girls* von Hilton Als. Zwei Bände der veröffentlichten Tagebücher von Micheál Mac Liammóir. Außerdem arbeitet er sich noch durch Peter Gays *Die Moderne: Eine Geschichte des Aufbruchs*, von dem er allerdings in letzter Zeit durch *Backwards and in Heels*, der Geschichte der Frauen im Film von TCM-Moderatorin Alicia Malone abgelenkt worden war. Zumindest hatte er es gelesen, bis er wiederum von seiner verrückten kleinen Nichte abgelenkt worden war.

Er hofft, dass es ihr gut geht. Nach allem, was sie gestern erlebt hatten, muss er den drängenden Wunsch bekämpfen, sie anzurufen und nach ihr zu hören. Aber er erinnert sich daran, dass sie eine Familie hat. Es wird ihr schon gut gehen.

Was ist mit dir?, denkt er. *Was wirst du jetzt tun?*

»Ich muss kündigen«, antwortet er laut in seinen Raum. »Das ist das Erste, worum ich mich kümmern muss.« Er hasst die Vorstellung, plötzlich arbeitslos zu sein und auf Arbeitssuche gehen zu müssen, aber es führt kein Weg daran vorbei.

Zeit, Mr. Baker aufzusuchen.

•••

Allan findet ihn in seinem Büro. Er sitzt hinter einem Schreibtisch, der fünf Zentimeter hoch mit Bestellformularen, Quittungen und Rechnungen aus mehreren Jahren bedeckt ist, und starrt auf einen altsteinzeitlichen PC, der wie ein leuchtender Monolith aus der Mitte des Durcheinanders aufragt.

Als Allan hereinkommt, seufzt Mr. Baker und lehnt sich auf seinem knarrenden Stuhl zurück. Er setzt seine Brille auf. »Mach die Tür zu und setz dich.«

Allan schließt die Tür und setzt sich vor den Schreibtisch.

Mr. Baker ist ein kleiner Mann mit Hängebacken, kurzärmeligen, viel zu engen Hemden und viel zu langen grauen Haaren. Er arbeitet schon sein ganzes Leben in der Hotelbranche, hat in den frühen 1970ern in Houston als Hotelpage angefangen. Jetzt besitzt er seinen eigenen Laden, trägt aber immer noch Cowboystiefel, um vier, fünf Zentimeter größer zu sein.

»Du bist runter nach Little Rock?«, fragt er.

»War ich, ja.«

»Willst du mir vielleicht mal verraten, was in aller Welt dich dazu getrieben hat?«

»Peters Freundin – Verzeihung, seine *schwangere* Freundin – ist meine Nichte. Sie sucht ihn.«

»Was habt ihr gefunden?«

»Ich bin sicher, das wird Eli doch längst erzählt haben. Peter ist mit einem von Elis Mädchen durchgebrannt. Ich weiß nicht, ob er versucht hat, sie zu retten, oder ob er sich in sie verliebt hat oder ob er einfach nur weg von meiner Nichte wollte. Vielleicht alles drei. Sie wissen, dass Peter auch Ciara geschwängert hat? Ja. Also hat er *zwei* Mädchen geschwängert, und jetzt haut er mit einem dritten Mädel ab …«

Mr. Baker ist von dieser letzten Information offensichtlich überrascht und vielleicht sogar ein wenig beeindruckt. »Ich werd ja nicht mehr«, sagt er. »Wusste gar nicht, dass der kleine Arsch es so draufhat. Dachte immer, er wär so was wie ein braver Messdiener.«

»Meistens sind das die Schlimmsten:«

»Hast du rausgefunden, wohin er abgehauen ist?«

»Weiß der Teufel. Ich hoffe, er ist nach Scheißalaska. Wenn er hierher zurückkommt, werden Eli und die anderen ihm seinen beschissenen Arsch aufreißen. Oder Schlimmeres.«

Mr. Baker zuckt mit den Achseln. »Apropos Eli. Er will, dass ich dich rausschmeiße.«

»Was Sie nicht sagen.«

»Tja, es war ein Kompromiss. Er hat davon geredet, dich *umzulegen*.«

»Ja, so was in der Richtung hat er mir gegenüber auch bereits erwähnt.«

»Hast du ihn wirklich mit einer Kanone bedroht?«

»Er und Chance wollten mich doppeln. Sollte ich vielleicht die andere Wange hinhalten?«

»Hast du schon mal jemanden mit einer Kanone bedroht?«

»Natürlich nicht.«

»Was hattest du denn damit vor?«

»Hätte er versucht, mich oder meine Nichte anzufassen, hatte ich vor, ihm das Hirn wegzublasen. Er scheint ohnehin nicht viel Verwendung dafür zu haben.«

»Na ja, er ist jedenfalls mächtig angepisst deswegen. Ich habe versucht, ihn zu beruhigen, aber ich an deiner Stelle würde mich eine Weile ganz bedeckt halten. Was uns zu der Frage zurückführt, ob du weiter hier arbeiten sollst oder nicht.«

»Sie müssen mich nicht feuern. Ich bin gekommen, um zu kündigen. Ich brauche diese Scheiße nicht mehr.«

Mr. Baker hebt die Augenbrauen. »Ich verstehe.« Er spreizt die Finger. »Also, ich hasse es, dich gehen zu lassen. Du bist ein guter Mann an der Rezeption.«

»Sie hassen es, mich gehen zu lassen? Und ich hasse es, mich nach einem anderen Scheißjob umsehen zu müssen. Ich hab einen alten Herrn, um den ich mich kümmern muss, und jetzt muss ich losziehen und mir den Arsch aufreißen, einen anderen Job in der Branche zu finden. Ich kann im Moment wirklich gut auf diese Scheiße verzichten.«

»Kein Mensch hat dich gezwungen, dich in Eli Bucks Geschäfte einzumischen, Allan.«

Allan beugt sich vor und fixiert den kleinen Mann auf der anderen Seite des Schreibtischs. »*Sie* sind derjenige, der mich in Elis Geschäfte hineingezogen hat. Sie haben jeden, der hier arbeitet, zum Komplizen von Elis Geschäften gemacht.«

Mr. Baker feuchtet seine Lippen an und hebt die Hände, als wolle er um Nachsicht bitten. »Sieh dich um, Mann. Der Laden hier krebst herum. Tut er schon seit dem Tag, an dem ich ihn übernommen habe. Ich hab fünfzehn beschissene Jahre ein Loch nach dem anderen gestopft. Es ist ein verdammter Fluch. Aber es gehört mir, das einzige Schiff, das ich habe. Und wenn es untergeht, dann gehe ich mit ihm unter. Also, ja, ich habe ein paar Vereinbarungen getroffen, um zusätzlich was zu verdienen. Na und? Hätte ich's nicht getan, würde keiner von uns noch einen Job haben.«

»Sie wissen schon, dass diese Mädchen im Grunde Sklavinnen sind?«

»*Sklavinnen*. Das sind Nutten. Eli ist ein Zuhälter. Das ist alles. Es ist nicht schön, aber Sklaverei ist es nicht.«

»Reden Sie sich das ernsthaft ein? Oder ist es nur etwas, das Sie mir erzählen?«

»Hey, dieses Mädel, mit dem Peter durchgebrannt ist, die scheint doch frei zu sein. Frei genug, dass sie und Peter einfach abgehauen sind. Sagt zumindest Eli.«

»Es ist mir völlig gleichgültig, was Eli sagt. Ich will nichts damit zu tun haben. Mir wird schon schlecht, wenn ich nur daran denke.«

»Also dann«, sagt Mr. Baker, »ist es wohl wirklich besser, wenn wir getrennte Wege gehen.«

»Okay, dann lautet meine Frage: Welche Abfindung bieten Sie mir an?«

Das lässt Mr. Baker glucksen. »Die einzige Abfindung, die ich dir anbiete, ist ein herzliches Lebewohl. *Vaya con dios,* viel Glück, und pass auf, dass dir die Tür nicht in den Arsch kracht, wenn du rausgehst. Erwartest du Geld, oder was?«

»Ich möchte nichts mehr von Ihrem Geld. Was ich brauche, ist Hilfe. Schaffen Sie mir Eli vom Hals. Besänftigen Sie sein verletztes Ego oder was weiß ich, aber überzeugen Sie ihn, dass alles nur sehr unschön wird, falls er mich nicht in Ruhe lässt.«

»Ich werd's versuchen. Aber um ganz ehrlich zu dir zu sein, ich sage Eli nicht, was er zu tun hat. Niemand macht das.«

»In Ordnung. Und nachdem ich mich jetzt nach einer neuen Stelle umsehen muss, hätte ich gern ein *begeistertes* Empfehlungsschreiben für meine Suche nach einem anderen Job. ›Allan Woodson ist der beste Empfangschef, den ich in meinen fünfundvierzig Jahren in der Branche erlebt habe.‹ So in der Richtung.«

Mr. Baker nimmt einen Kugelschreiber aus seinem Chaos und lehnt sich auf seinem Sessel ganz nach hinten, bis seine Füße den Boden nicht mehr berühren. Er tippt mit dem Kuli an sein Kinn und starrt Allan einen Moment lang an, bevor sich ein Grinsen auf seinem Gesicht ausbreitet. »Genaugenommen«, sagt er, »bin ich ja seit *sechsundvierzig* Jahren in der Branche. Kaum zu glauben, oder? Ich mache das jetzt schon länger, als du lebst.«

»Und ich bin auch nicht mehr der Jüngste.«

Mr. Baker kratzt sich am Kopf. »Texas. Da hab ich angefangen. Und wir sprechen hier von Texas in den Siebzigerjahren. Apropos Wilder Westen und alles. Das war die Zeit des großen Ölbooms, als die Energiekrise die Preise durch die Scheißdecke gehen ließ und jeder zugekokste Bauerntölpel in dem Staat glaubte, er wäre so was wie ein Genie, nur weil er zur richtigen Zeit am richtigen Ort war. Alle lebten damals wie die Könige. Die Hotelbranche war der reinste Wahnsinn damals. Wenn ich nicht gerade Nutten für Orgien mit Ölmännern auftrieb, hab ich mexikanisches Koks für Kongressabgeordnete besorgt. War im Grunde so was wie ein spezieller Dienst am Gast in der Hölle.«

»Ja.«

»Aber dann kamen die Achtziger, der Boom ging zu Ende und die meisten der Typen verloren noch ihr letztes Hemd. Erinnerst du dich an *Dallas* und J.R. Ewing? Die Serie kratzte bestenfalls an der Oberfläche. Vermögen wurden gemacht und verloren. Die ganze Scheiße war so was von krank, sogar ich hab Geld gemacht.«

»Und jetzt sind Sie in Arkansas.«

»Genau. Ich muss den Verstand verloren haben, hierherzuziehen und diesen Laden zu kaufen. Das war in den Neunzigern. Zu dem Zeitpunkt war ich ins Management aufgerückt, und ich hab ganz gut mit ein paar Ölaktien verdient, also hatte ich mir ein hübsches kleines Finanzpolster zugelegt. Ich war smart. Ich hab nicht alles verblasen wie irgendein Redneck-Caligula. Aber was hab ich stattdessen gemacht? Bin nach Conway im beschissenen Arkansas gezogen, weil mir jemand ein echt gutes Angebot für das Corinthian machte. In meiner Fantasie sollte es die Flagship-Location einer ganzen Hotelkette sein, und ich würde der neue Conrad Hilton. Manche Typen haben ihren Reichtum für Koks und Muschis verpulvert; ich habe meinen mit einem Traum verballert, was vielleicht viel schlimmer ist, weil Koks und Muschis wenigstens Spaß bedeuten. Am Ende hab ich die Ersparnisse meines Lebens in diesen Saftladen gesteckt, plus jeden Dime, den ich mir zusammenleihen konnte, und am Ende werde ich völlig pleite sterben. Und weißt du, was in der Zwischenzeit passiert ist? Vor ungefähr sechs Jahren gab es wieder einen Ölboom in Texas. Wäre ich schön da unten geblieben, wäre ich heute wahrscheinlich längst im Ruhestand.«

Allan nickt, wartet, lässt Mr. Baker in seinem Selbstmitleid weiter schmoren.

Schließlich schiebt der alte Mann seine Brille hoch und kneift seine Nase. »Jedenfalls …«

»Haben wir einen Deal?«, fragt Allan. »Ein Empfehlungsschreiben, und Eli hängt mir nicht mehr an der Backe.«

Mr. Baker zuckt mit den Achseln. »Klar. Und, Allan, ich bin sicher, ich muss das nicht erst sagen, aber mit dieser, äh, Abfindung bekomme ich ein absolutes Schweigegelübde.«

»Sie wissen, dass ich meinen Mund zu halten weiß, Mr. Baker«, sagt Allan, steht auf und geht zur Tür. »Sagen Sie das auch Eli. Regeln Sie das zwischen ihm und mir, und ich baue keine Scheiße.«

»Okay. In Ordnung. Ich rufe direkt an.«

Allan geht hinaus, vorbei an Dillard hinter der Rezeption, der gerade ein älteres Pärchen aus Missouri eincheckt.

»Gehört jetzt alles dir«, sagt Allan zu ihm.

•••

Als er den Parkplatz verlässt, atmet er tief durch. Es ist ein seltsames Gefühl, diese überwältigende Erleichterung. Er wird es hassen, sich nach einem neuen Job umzusehen, aber er ist überrascht, wie froh er ist, dass er das Corinthian hinter sich lässt. Der Laden hat ihn mehr belastet, als ihm bewusst war.

Vielleicht, überlegt er, ist das noch ein Grund, warum Peter abgehauen ist. Nachdem klar wurde, was im Annex abging, war es vielleicht das einzige Richtige, wegzugehen. Ciara war eindeutig ausgestiegen, solange die Gelegenheit günstig war, und jetzt arbeitet sie im Capital City Hotel in Little Rock.

Ein Gedanke. Vielleicht sollte er sich dort zuerst um einen neuen Job bemühen. Ist immer gut, wenn man jemanden kennt.

Er hält an einer roten Ampel und sieht zurück zum Corinthian. Aber selbst wenn er einen neuen Job findet, was dann? Kann er wirklich einfach von hier wegfahren und so tun, als würde im Annex nichts Schreckliches passieren? Was ist mit diesen Mädchen?

Kapitel 23

Vor dem Treffen in der Kirche am Freitagabend, bei dem über ihr weiteres Schicksal entschieden wird, bleiben die Mitglieder der Familie Stevens in ihren jeweiligen Zimmern.

Hinter ihrer geschlossenen Tür unterhalten sich David und Peggy. Lily ist nicht ganz sicher, worüber sie reden. Über sie? Die Kirche? Was sie tun werden, falls Daddy gefeuert wird?

Adam ist in seinem Zimmer und denkt über das nach, worüber er eben so nachdenkt. Vielleicht über Gottes Jüngstes Gericht.

Lily sitzt unterdessen in ihrem Zimmer und denkt über Sex nach.

Sie muss immer wieder daran denken, dass jedes Problem, das sie jetzt hat, darauf zurückzuführen ist, dass sie und Peter Sex hatten. Ihre Schwangerschaft, ihre grottenschlechten Noten, ihre zerstörten Hoffnungen, aufs College zu gehen, die sehr reale Möglichkeit, dass ihre Familie heute Abend ihr Zuhause verlieren wird. Alles nur, weil sie und Peter Sex hatten.

Sie schämt sich dafür, und sie schämt sich noch mehr, weil alles so schnell zwischen ihnen passiert ist. Immerhin hat man sie ihr ganzes Leben Keuschheit gelehrt. Was für ein verdorbenes, frevelhaftes Mädchen sie sein muss, tief in ihrem Innersten, dass sie so leicht der Lust erlegen ist. Peter hat sie nicht verführt. Musste er gar nicht. Es ist einfach so passiert. Es fällt ihr schwer, sich an Ciaras Worte zu erinnern, aber diese Worte klingen klar und wahr. Es ist einfach passiert. Das erste Mal, als Lily mit Peter – wirklich – allein war, hatten sie Sex, als hätten sie beide darauf gewartet, auf die erste sich bietende Gelegenheit. Hinterher hielten sie Händchen und beteten zusammen um Gottes Vergebung. Ein paar Wochen wiederholten sie diesen Zyklus aus unbeholfenem Sex, sofort einsetzenden Schuldgefühlen und unterwürfigen Gebeten. Als sie schließlich von Schuldgefühlen zerfressen wurde, beschloss sie, es nicht mehr zu tun, bis sie geheiratet hatten. Peter wollte sie immer noch, aber sie hatte sich entschieden, also hörte der Sex auf. Aber da war es bereits zu spät.

Jetzt weiß sie, dass Peter bereits Sex gehabt hatte. Er hatte bereits jemanden geschwängert. Das alles gibt ihr das Gefühl, eine noch größere Närrin zu sein. Und es bewirkt, dass sie ihn hasst.

Sie will wissen, wo er in diesem Moment ist, nicht weil sie ihn immer noch liebt, nicht weil sie immer noch will, dass er ein Vater für ihr Kind sein soll, sondern weil sie ihn fragen will: *Warum? Warum hast du mir das angetan? Warum hast du mein Leben zerstört?*

• • •

Als sie den Flur hinuntergeht, findet sie ihre Familie bereits versammelt vor.

»Tut mir leid. Habt ihr auf mich gewartet?«, fragt sie.

»Nein, Liebes«, erwidert ihre Mutter. »Du bist nicht zu spät. Können wir dann?«

»Ja.«

Adam hat die Hände in den Taschen. »Wir sind startklar, Dad!«

David hat seine Bibel in der Hand, ganz wie immer, wenn er auf dem Weg in die Kirche ist. »Meine Stunde ist gekommen«, sagt er mit einem breiten Grinsen. Doch er hält inne, hört auf zu grinsen und macht dann etwas, das seine Frau und Kinder überrascht. Er legt die Bibel auf den Couchtisch.

»Auf geht's«, sagt er.

Sie folgen ihm durch den Garten, Peggy hält seine Hand. Lily und Adam folgen hinter ihnen. Die Luft ist kühl, frisch sogar, wenn der Wind weht. Hoch über ihnen ragt der Kirchturm wie ein Nagel in den erlösenden Himmel.

Sie werden höflich, aber nicht herzlich von einigen Gemeindemitgliedern begrüßt, die vor der Eingangstür verweilen. Drinnen ist die Kirche so voll wie immer, seit David Stevens Pastor ist. Adam bemerkt die große Teilnahme, beugt sich zu seiner Schwester und flüstert: »Öffentliche Hinrichtungen ziehen immer große Menschenmengen an.« Als sie den Gang hinuntergehen, erhalten ihre Mutter und ihr Vater bedeutungsvolle Handschläge und lange Umarmungen als Ausdruck christlicher Liebe und Achtung, die Lily etwas zu aufgesetzt erscheinen, und sie fühlt sich an die Begrüßung erinnert, die Christus in Jerusalem durch dieselbe jubelnde Menge zuteilgeworden war, die nur wenige Tage später lautstark seinen Tod fordern sollte.

Als ihr Blick über die Gemeinde wandert, sieht sie Fiona, mit der sie seit ihrer Streiterei nicht mehr gesprochen hat, neben ihren Eltern auf ihrem gewohnten Platz. Fiona beäugt Lily, beugt sich zu ihrer Mutter und flüstert ihr etwas ins Ohr. Vor ihnen sitzen nebeneinander die Drinkwaters, ihre Bibeln fest umklammert. Weiter hinten sitzt ganz allein wie eine katholische Heilige Schwester Cynthia, die sich vollkommen ihrem Leid und ihrer Isolation hingibt.

Die vorderste Reihe ist leer, wie üblich reserviert für die Familie Stevens. Sie setzen sich, während David das Podium betritt.

Schwester Drinkwater stößt ihren Ehemann an, und Bruder Drinkwater erhebt sich und schreitet den Gang hinunter. Die Gemeinde verstummt, als er aufs Podium steigt.

Unter Missachtung der Etikette beginnt er anstelle von Bruder Stevens den Gottesdienst. »Brüder und Schwestern«, sagt er, »Dank euch allen, dass ihr heute Abend zu dieser wichtigen Versammlung gekommen seid. Dies ist kein Abend, auf den sich auch nur einer hier gefreut hat, aber wir …«

»Ich frage mich, Bruder Drinkwater«, unterbricht David, »ob es mir wohl erlaubt ist, zuerst ein paar Worte zu sagen. Denn noch bin ich der Pastor dieser Gemeinde.«

»Natürlich, Bruder Stevens«, erwidert Bruder Drinkwater. »Ich wollte nur vorschlagen, dass wir mit einem Gebet beginnen.«

»Auf jeden Fall, Bruder, bete für uns alle vor. Und dann würde ich gern, sofern du nichts dagegen hast, einige Worte zur Gemeinde sprechen. Anschließend kannst du die Versammlung leiten.«

Bruder Drinkwater wirkt ein wenig verunsichert durch die sanfte Zurechtweisung, senkt aber den Kopf zum Gebet. Es ist ein kurzes Gebet mit der Bitte um Führung. Die Gemeinde stimmt mit einem einstimmigen *Amen* zu.

»Vielen Dank, Bruder«, sagt dann David. »Du kannst jetzt bitte Platz nehmen.«

Bruder Drinkwater, der offensichtlich davon ausgegangen ist, mehr zu sprechen, wirkt ein wenig verwirrt, aber es bleibt ihm nichts anderes übrig, als zu seinem Platz zurückzugehen. Als er sich wieder neben Schwester Drinkwater setzt, beginnt sie sofort, ihm ins Ohr zu flüstern, doch er bringt sie zum Schweigen.

David spricht zur Gemeinde: »Wie ihr alle wisst, ist der Zweck der Versammlung heute Abend eine Abstimmung darüber, ob ich als Pastor weitermachen soll oder nicht. Seit neun Jahren leite ich diese Gemeinde. Mit Gottes Gnade habe ich in dieser Funktion stets mein Bestes gegeben. Ich bin mit jedem Einzelnen von euch gesegnet worden. Ich durfte in euer Leben treten, um euch zu dienen, und viele von euch haben bestimmt für mich gebetet und mich und meine Familie unterstützt. Ich denke, ich kann wohl mit Fug und Recht sagen, dass wir gemeinsam, als Gemeinde, vieles durchgemacht haben. Einer der Gründe, warum wir diese Kirche *Redemption Tabernacle* genannt haben, ist doch, dass wir alle, jeder auf seine oder ihre Weise, wir alle Erlösung brauchen. Das gilt für einen Pastor wie für einen Lastwagenfahrer oder eine Kellnerin oder einen Kassierer im Dollar Tree. Jeder von uns ist vom Herrn geläutert, während wir unseren Weg gehen. Wir alle arbeiten an unserer Erlösung, während wir unseren Weg gehen. Aber ich bin heute nicht hier, um euch um Vergebung oder Nachsicht zu bitten. Ich bin hier, um euch zu sagen, dass ich meine Erlösung woanders suchen muss.«

Lily dreht sich zu ihrer Mutter. Ein sanftes Lächeln umspielt Peggys Lippen; ihr Gesichtsausdruck ist völlig ruhig und gelassen.

»Und daher«, fährt David fort, »habe ich nach ausgiebiger Diskussion mit Schwester Stevens beschlossen, als Führer dieser Gemeinde zurückzutreten.« Er wirft Lily einen kurzen Blick zu und schenkt ihr ein winziges Lächeln. »Ich möchte betonen, dass mein Rücktritt nichts mit meiner Tochter zu tun hat. Es war mir eine große Ehre, Pastor dieser Gemeinde zu sein, aber diese Ehre konnte niemals mit der Ehre konkurrieren, Vater meiner wunderbaren Kinder zu sein.« Er wendet sich nun ausdrücklich an diese Kinder. »Lily, Adam, ich liebe euch. Ich bin stolz auf euch, stolz darauf, wer ihr seid, stolz darauf, wer ihr sein werdet. Vergesst niemals, dass mit der Gnade Gottes die Erlösung gesichert ist. Und ich hoffe, dass ihr anderen dies ebenfalls nicht vergesst. Ich liebe diese Gemeinde, und ich bete, dass ihr alle weiterhin den Herrn Jesus Christus sucht und die Erlösung durch ihn anstrebt. Bitte, betet für meine Familie und mich, während wir einen neuen Weg einschlagen. Ein neues Leben. Gott segne euch alle.«

David Stevens nickt bestätigend zu seinen eigenen Worten, ist zufrieden mit dem, was er gesagt hat, und verlässt das Podium, um sich zu seiner Frau und seinen Kindern zu setzen.

Und einfach so ist Lily nicht mehr die Tochter eines Predigers.

• • •

Als sie wieder zu Hause sind, geht sie auf ihr Zimmer und schließt die Tür. Sie setzt sich aufs Bett, um die Schuhe auszuziehen.

Bevor sie sie jedoch ausziehen kann, klopft es an ihrer Tür.

Als sie sie öffnet, steht Adam dort, so ernst, wie sie ihn noch nie gesehen hat.

»Kann ich mit dir reden?«, fragt er.

»Ja.«

Er folgt ihr hinein und schließt die Tür.

»Das war schräg, oder?«, sagt sie.

»Das ist deine Schuld«, sagt er.

»Was?«

»Du hast mich verstanden.«

»Adam …«

Sein Gesicht ist ruhig, aber seine Stimme bebt. »Wenn du nicht in Schwierigkeiten geraten wärst, wäre das alles nie passiert. Zuerst gerätst du in Schwierigkeiten mit Peter, dann fährst du mit Allan Woodson runter nach Little Rock. Was soll das? Und was hat das alles mit Chance Berryman zu tun? Ich glaube, du sagst immer noch nicht alles.«

»Ich habe alles gesagt, was gesagt werden muss«, erwidert sie. »Nicht dass du ein Recht hättest, überhaupt etwas davon zu erfahren. Denn das hast du nicht. Aber ich habe alles gesagt, was gesagt werden muss.«

»Spielt aber auch keine Rolle«, blafft Adam. »Denn jetzt hat Dad nur wegen dir seinen Job und seinen Glauben verloren.«

»Adam«, sagt sie fassungslos. »Das ist schrecklich, so etwas zu sagen …«

»In der Bibel stehen schlimmere Dinge über eine Frau deines Schlages.«

Er dreht sich um und geht, lässt die Tür hinter sich offen. Sie hört ihn den Flur hinunterstampfen und seine Tür schließen.

Sie starrt auf die leere Diele.

Dann geht sie ruhig hinüber und schließt die Tür.

Sie kehrt zu ihrem Bett zurück und setzt sich. Mit in die Ferne gerichtetem Blick reibt sie ihren Bauch und denkt nach. Eigentümlicherweise ist sie von Adams vernichtenden Worten so betäubt, dass sie ihre eigenen Gefühle untersuchen kann, als wären sie Gegenstände, die ausgebreitet auf einem Tisch liegen. Sie weiß, dass sie jetzt in Scham und Schuldgefühlen vergehen könnte, dass sie sich dafür verurteilen könnte, eine Abtrünnige und Hure zu sein. Genau das ist es, was Adam von ihr will.

Oder sie kann sich weigern, das zu tun. Als fehlerbehaftete menschliche Sünderin, die sie nun mal ist, kann sie den Kopf über Wasser halten und weiter für sich selbst und für ihr ungeborenes Kind atmen.

Sie trifft ihre Entscheidung.

Sie holt tief Luft und flüstert ihrem Baby zu: »Weißt du was? Scheiß auf ihn!«

Kapitel 24

Allan verbringt die nächste Woche damit, sich an seinen neuen Job zu gewöhnen. Würdevoll in der Innenstadt in der Nähe des River Market versteckt, ist das Capital City Hotel ein altes, stattliches Gebäude mit einer viktorianischen Fassade, fünfundneunzig Zimmern, fünf Suiten, drei Tagungsräumen, einer Rooftop-Bar, einem Restaurant im Erdgeschoss und einem großen Ballsaal. Weil Allan neu ist, muss er die Schicht des Nachtportiers übernehmen, an der Rezeption Dienst schieben und die Übergabeberichte schreiben, aber genau genommen gefällt ihm dieser Dienstplan, denn so kann er rechtzeitig nach Hause kommen, um seinem Vater das Frühstück zu machen. Er genießt es, den größten Teil seiner Schicht allein zu sein. Abgesehen von gelegentlichen späten Check-ins oder vereinzelten Anfragen an den Zimmerservice hat er nach dem nächtlichen Kontrollgang um drei Uhr morgens genügend Zeit bis zum Eintreffen der Morgenschicht, um seine Lektüre nachzuholen oder auf dem iPad TCM zu schauen. Angenehm ruhig.

Natürlich hat er während dieser langen, ruhigen Phasen in der Nachtschicht auch viel Zeit, um an Eli Buck zu denken.

Obwohl er immer noch seine Waffe im Pick-up bei sich führt, wenn er zur Arbeit fährt oder seine Einkäufe erledigt, hat Allan nichts mehr von Eli gesehen oder gehört. Keine Drohanrufe, kein blutroter Raptor im Rückspiegel. Soweit er sagen kann, hat Mr. Baker sein Versprechen, einen Frieden auszuhandeln, eingehalten. Wenn das der Fall ist, dann ist Eli vielleicht fertig mit Allan.

Aber Allan ist noch nicht fertig mit Eli. Er muss immer wieder an die Mädchen im Hinterzimmer von Harpers Haus denken. Er ist sich zwar nicht sicher, ob er den Cops in Arkansas trauen kann, aber Menschenhandel und Zwangsprostitution ist ein Verbrechen nach Bundesgesetzen, also nimmt er an, dass es eine Möglichkeit geben muss, dem FBI einen anonymen Tipp zuzuspielen, um sie wenigstens zum Dodson Court zu lotsen. Um unerkannt zu bleiben, beschließt er, nicht auf einem seiner eigenen Geräte nach den benötigten Informationen zu suchen. Also fährt er eines Morgens nach der Arbeit nach Hause, frühstückt mit seinem Vater und macht sich dann auf den Weg zur öffentlichen Bibliothek. An der Reihe mit Computern sitzt kaum jemand. Ein Mann füllt Online-Bewerbungsformulare aus. Ein anderer, viel älterer Mann versucht heimlich, sich Pornos anzusehen. Neben einer Obdachlosen, die Informationen darüber sucht, wo man exotische Vögel erwirbt und wie man sie pflegt, googelt Allan die Website des FBI-Regionalbüros in Little Rock. Er hatte angenommen, dass es beim FBI eine Stelle gäbe, wo man einen Tipp hinterlassen könnte, oder dass sie eine Art Formular hätten, das man ausfüllen könnte, doch stattdessen findet er die Telefonnummer einer landesweiten Hotline und eine zweite, wenn man mit einem FBI-Agenten sprechen möchte. Er ist sich nicht sicher, was er tun soll. Mit jemandem zu sprechen bedeutet, in etwas hineingezogen zu werden, richtig hineingezogen zu werden, was wiederum bedeutet, möglicherweise selbst rechtlich belangt werden zu können. Er ist sich nicht sicher, ob er das schon kann.

Er fährt an diesem Tag nach Hause, ohne das FBI anzurufen, aber der Gedanke lässt ihn nicht los. Während er darüber nachdenkt, wie sein nächster Schritt aussehen sollte, fragt er sich gelegentlich, ob er und Lily wirklich die vollständige Geschichte herausgefunden haben, was aus Peter geworden ist. Der Junge ist einfach so mit Tisha verschwunden? Das ergibt zwar auf eine Art durchaus einen Sinn – Peter hat eine Menge, vor dem er fortlaufen kann –, aber gleichzeitig kommt ihm irgendwas an dieser Geschichte nicht richtig vor. Er kann nicht ganz den Finger drauflegen, aber etwas daran lässt ihm keine Ruhe.

Es ist beinahe, als könnte er Lily sagen hören: *Aber das würde Peter niemals tun.*

Allan schüttelt den Kopf. Nach allem, was er weiß, könnte das wahr sein, aber er kann so oder so nichts deswegen unternehmen.

Als an diesem Morgen seine Schicht zu Ende geht und die Sonne gerade beginnt, die nach vorn liegenden Erkerfenster des Hotels zu wärmen, sind die uniformierten Pagen die ersten Mitarbeiter der Tagesmannschaft, die eintreffen, zwei freundliche Metalfans namens Dani Carson und Reed Hardy. Allan ist fasziniert von den beiden. Dani ist eine komplett tätowierte und aufgedonnerte Kampflesbe, die ihre Wochenenden als Schreihals in einer lesbischen Grindcore-Band namens Manslaughter verbringt. Reed, den alle nur Hardy nennen, ist ein kräftiger, bärtiger Typ, der in einer Sludge-Band namens Nutsack Schlagzeug spielt. Sie sind, findet Allan, Seelenverwandte einer ganz speziellen Art. Beide sind schnell auf den Beinen und freundlich zu Gästen, wetteifern ständig darum, wer das bessere Trinkgeld bekommt. Zwischen dem Entladen von Fahrzeugen und dem Tragen von Gepäck verbringen sie jede freie Minute damit, über schreckliche Musik zu diskutieren.

Sie schlendern an der Rezeption vorbei und winken Allan zu. Ein paar Minuten nach ihnen gleitet die Eingangstür auf und Ciara kommt mit einem kleinen Becher Kaffee von McDonald's herein.

»Morgen«, sagt sie mit verschlafenen Augen. Sie hat ihren Kaffeekonsum eingeschränkt, vor allem in den letzten Wochen ihrer Schwangerschaft, aber sie hat es noch nicht ganz aufgegeben.

»Morgen«, sagt Allan.

»Wie war die Nacht?«

»Ruhig. Dieses nervige Pärchen auf dem dritten Stock hat schon früh ausgecheckt, also musst du dich heute Morgen nicht mit ihnen abgeben.«

»Okay.«

»Das einzige Problem ist, dass die Toilette in 313 schon wieder kaputt ist. Ich musste die Frau runter in die 225 verlegen.«

»Und du hast Handwerker wegen der Reparatur beauftragt?«

»Ja, aber vielleicht solltest du es gegenüber Brett erwähnen, wenn er reinkommt.«

»Werde ich.«

»Ich glaube, das war's.«

Ciara nickt. Schweigend folgt sie Allan in den Pausenraum. Er stempelt aus, sie stempelt ein. Während Allan sein Zeug aus seinem Spind holt, geht sie hinaus zur Rezeption, ohne ein weiteres Wort mit ihm zu wechseln.

Aber als er auf dem Weg hinaus durch die Lobby kommt, bleibt er kurz stehen, um mit ihr zu reden.

»Hey«, sagt er.

»Hey.«

Er lehnt sich an die Rezeption, schließt für einen Moment die Augen. »Ich muss mit dir über was reden«, sagt er.

Ciara blinzelt nicht, fast, als hätte sie schon darauf gewartet, dass er vorbeikommt und ihr sagt, sie müssten reden.

»Okay.«

»Etwas Wichtiges«, sagt er.

»Okay«, sagt sie wieder. »Aber jetzt scheint mir nicht der richtige Augenblick zu sein, um über etwas Wichtiges zu reden.«

»Nein«, sagt er. »Kann ich zurückkommen, wenn du Mittagspause hast?«

Das Telefon klingelt, ein Anruf aus einem der Zimmer.

»Ich esse um halb zwei«, sagt sie. Sie fragt demonstrativ nicht nach mehr Informationen. Sie nimmt einfach das Telefon ab und sagt mit geübt professioneller Stimme: »Rezeption, Sie sprechen mit Ciara. Womit kann ich Ihnen helfen?«

Allan nickt und geht.

•••

Er fährt nach Hause und macht für sich und seinen Vater Frühstück. Speck, Rührei, gebutterter Toast und Brombeermarmelade. Sie sitzen da und schauen sich zusammen *Fox & Friends* an. Allan erzählt seinem Vater, dass die beiden Moderatoren der Sendung früher Autoverkäufer und Zweitplatzierte bei einem Schönheitswettbewerb waren. Sein Vater antwortet, Allan sei ein Dummkopf, der guten Journalismus nicht zu schätzen weiß.

Nach dem Frühstück gibt er seinem Vater die morgendlichen Pillen, räumt die Spülmaschine ein und geht auf sein Zimmer. Er zieht sich bis auf die Boxershorts aus und lässt sich aufs Bett fallen, während sich der Ventilator über ihm dreht. Nachdem er nicht mal eine Seite von Micheál Mac Liammóirs *All For Hecuba* gelesen hat, schläft er ein.

Gegen Mittag wacht er auf und schwankt hinaus zu seinem Vater, der sich eine Folge *Law & Order: Special Victims Unit* ansieht. Sobald er morgens genug von Fox hat, schaut sich Herman die gleichen alten Polizeifilme an, bei denen er früher schon neben seiner Frau eingeschlafen ist. Es wäre zu viel gesagt, dass er fernsehsüchtig geworden ist, aber tatsächlich macht er nichts anderes mehr, ein trauriger Zustand, den der alte Mann selbst erbärmlich findet.

Allan wischt sich über die Augen und gähnt. »Ich mach dir dein Mittagessen«, sagt er.

»Okay«, antwortet Herman.

Allan macht ihm ein Truthahn-Sandwich und dazu Nacho Cheese Doritos und ein Glas Diet Pepsi. Er setzt sich aufs Bett, während der alte Mann isst.

Als gerade ein Werbespot läuft, sieht sein Vater zu Allan hinüber. »Du isst nichts?«

»Hab keinen Hunger.«

»Das ist ja mal was ganz Neues.«

»Danke, Dad. Ich liebe dich auch.«

»Irgendwas nicht in Ordnung?«

Allan sieht ihn an. »Das ist eine ungewöhnlich einfühlsame Frage, alter Mann.«

Herman winkt ab. »Bei dir kann ich keinen Blumentopf gewinnen. Kaum necke ich dich mal, schon wirst du gleich sauer wie eine Frau. Ich frage dich, ob alles in Ordnung ist, und du reißt mir den Kopf ab.«

»Ich reiß dir nicht den Kopf ab. Alles ist gut. Ich hab nur einfach keinen Hunger. Aber hör zu, ich muss heute Nachmittag noch mal ins Hotel.«

»Wozu?«

»Eine Besprechung.«

»Du musst an deinem freien Nachmittag zu einer Besprechung kommen? Scheint mir nicht fair zu sein.«

Allan zuckt mit den Achseln. »Was willst du machen?«

Als er aufschaut, lächelt Herman ihn genauso an, wie er auch eine präzise geschnittene Gipskartonplatte anlächeln würde.

»Du bist ein fleißiger Arbeiter«, sagt der alte Mann.

Allan blinzelt seinen Vater kurz an. »Hast du mir gerade ein Kompliment gemacht?«

Der alte Mann verzieht das Gesicht. Er richtet seine Aufmerksamkeit wieder auf den Fernseher, nimmt sein Sandwich in die Hand und beißt herzhaft hinein.

Den Rest der Sendung sehen sie sich schweigend an.

• • •

Kurz vor halb zwei kommt Allan wieder am Hotel an. Er überquert gerade den Parkplatz, als sich die Eingangstür öffnet und Ciara herauskommt. Allan winkt ihr zu.

Sie hält ihren Lunchbeutel hoch und deutet mit dem Kopf auf eine Bank im Schatten.

Er setzt sich neben sie, während sie ihre Tüte auspackt. Eine

Flasche Wasser und eine Tupperdose mit Fladenbrot, Hummus und rohem Gemüse. Ohne etwas zu sagen, beginnt sie zu essen.

Eine leichte Brise bewegt die Baumkronen, das gesprenkelte Sonnenlicht und die Schatten der Blätter flattern über Ciaras Gesicht.

»Und?«, sagt sie.

»Ist das Hummus gut?«

»Ist okay. Ist nicht das Beste, das ich je hatte, aber das Schlechteste ist es auch nicht. Bist du hier, weil du mich über mein Hummus ausfragen willst?«

Allan reibt sich die Knie. »Nein. Ich schätze nicht.«

»Worum geht's also?«

»Es ist nur … Ich bin nicht sicher, ob ich was sagen oder ob ich einfach den Mund halten sollte.«

»Also, du bist doch auch nicht hergekommen, um den Mund zu halten, oder?«

»Nein, schätze nicht.«

Sie nickt, taucht eine kleine Möhre in den Hummus und isst.

»Ich werde das FBI anrufen und denen von Eli erzählen.«

Ciara tauchte eine weitere Mini-Möhre in den Hummus und isst sie, kaut ganz langsam.

»Und?«, sagt er.

»Was und? Tu, was du meinst, tun zu müssen. Wenn Eli dahinterkommt, wird er dich umlegen, aber vielleicht lochen die Feds ihn ja auch ein, bevor er dazu kommt.«

»Ja.«

»Willst du einen anonymen Tipp bei irgendeiner Hotline hinterlassen oder so?«

»Nein. Ich hab drüber nachgedacht, aber ich glaube, der direkte Weg ist besser. Wenn diese Sache auffliegt, möchte ich in der Akte stehen. In den Spiegel zu sehen ist schon unangenehm genug. Ich muss nicht auch noch Schuldgefühle dazupacken.«

»Hast du darüber nachgedacht, was du sagen wirst, wenn die dich fragen, warum du monatelang Geld von einem Sexhändler angenommen hast, bevor du jemanden angerufen hast?«

»Über die Frage hab ich echt viel nachgedacht.«

»Sorg besser dafür, dass du auch eine Antwort hast, bevor du anrufst.«

»Werde ich. Aber, hör zu, der Grund, warum ich mit dir reden wollte – ich wollte dich nicht überrumpeln. Ich wollte dir Zeit geben, selbst eine Antwort auf diese Frage zu finden.«

»Ich brauche keine Antwort auf diese Frage, denn ich werde niemanden anrufen und wen verpfeifen. Wenn die zu mir kommen und fragen: ›Hey, hast du was davon gewusst?‹, dann zuck ich mit den Achseln und sage: ›Ich weiß gar nichts. In Hotels passiert Scheiße. War schon immer so. Ich hab gewusst, dass hinten Privatpartys gelaufen sind, aber ich selbst war nie da. War nicht mein Job, Mr. Bakers Privaträumlichkeiten zu überprüfen. Das ist allein seine Sache.‹ Was ja auch so ist.«

»Okay.«

»War's das?«

»Ja, das war's«, sagt er und setzt an aufzustehen.

Sie hält ihn zurück. »Ich hab angenommen, du wolltest über Peter reden.«

Er lässt sich wieder neben ihr nieder. »Peter? Oh. Äh, nein.«

Sie trinkt einen Schluck Wasser und hält die Flasche fest. »Dann lass mich dir eine Frage stellen: Nachdem ihr aus meiner Wohnung abgezogen seid, bist du und Lily dann rüber zu diesem Puff hinter der Waschanlage?«

»Ja. Woher weißt du das?«

»Jarell arbeitet auf dem Bau mit ein paar Typen, die sich dort Muschis besorgen. Anscheinend haben die Mädchen über einen großen weißen Typen und ein schwangeres Mädchen geredet, die vorbeigekommen sind und nach einem der Mädchen gesucht haben.« Sie starrt ihn an. »Hast du Eli Buck wirklich mit einer Kanone bedroht?«

Allan schaut sich auf dem Parkplatz um, als könnte Eli dort irgendwo auf ihn warten. »Ist er deswegen immer noch angepisst?«

»Scheiße, woher soll ich das wissen? Wahrscheinlich. Er kommt mir nicht wie ein Typ vor, der vergeben und vergessen kann. Aber was ich so gehört habe, ist er vor allen Dingen auf das Mädchen sauer, das abgehauen ist, auf Tisha. Und natürlich auf Peter.«

»Mr. Baker hat gesagt, er schafft mir Eli vom Hals.«

»Derselbe Mr. Baker, den du beim FBI verpfeifen willst? Dieser Mr. Baker?«

Allan nickt und kontrolliert wieder den Parkplatz. »Guter Punkt.«

»Was immer du tust«, sagt Ciara, »stell's besser schlau an. Wenn du es dem FBI steckst und die fangen an, um Eli herumzuschnüffeln, wird er davon ausgehen, dass du sie ihm auf den Arsch gehetzt hast. Und dann stehst du todsicher auf seiner Abschussliste.«

»Ja. Weiß ich.« Er holt tief Luft. »Tja, ich denke, das bringt uns auf den neuesten Stand. Peter und Tisha sind abgehauen, Eli ist sauer auf mich, und ich versuche herauszufinden, wie ich das Richtige tun kann, ohne dabei umgelegt zu werden. Ein ziemliches Scheißchaos.«

Ciara verzieht den Mund. »Ja«, sagt sie, »nur bringt uns das nicht wirklich auf den neuesten Stand.«

»Warum nicht?«

Sie holt tief Luft. »Weil ich herausgefunden habe, wohin sie gegangen sind, Peter und Tisha. Und ich glaube, ich weiß auch, wo sie in diesem Augenblick sind.«

Kapitel 25

Eli Buck tritt in die Tür, und die Mädchen im Hinterzimmer schauen alle auf. Auf dem Boden liegen zwei Matratzen, auf der einen ein schmutziges Laken, die andere nackt. Im Moment sind keine Freier da, und die Mädchen sitzen mit gekreuzten Beinen da, lassen eine alte Illustrierte herumgehen und tuscheln. Die Fenster sind mit Karton abgeklebt, eine nackte Glühbirne baumelt unter der Decke. »Na, was macht ihr so, Mädels?«, fragt er in einem Ton, so ungezwungen, dass es fast schon nett ist. So kommt er immer herein, mit einer aufgesetzten Freundlichkeit.

Die Mädchen lassen sich Zeit mit einer Antwort, weil sie nie sicher sind, was in einem bestimmten Moment die richtige Antwort sein könnte.

Ximena ist mit siebzehn die Älteste der momentan anwesenden Mädchen. »Nichts«, sagt sie. »Sehen uns das hier an.« Zögernd, als würde sie es zur Genehmigung vorlegen, hält sie die ein Jahr alte Ausgabe von *People* mit Madonna und ihren vier Adoptivkindern auf dem Cover hoch.

Die blonde Britt zappelt herum. »Eli, wann …«

Er unterbricht sie. »Ich weiß, dass du mich nicht um Crystal bitten willst.«

Ximena und Lena senken den Kopf, wechseln Blicke. So schnell kann sich seine Laune ändern, so schnell schaltet Eli von nett auf böse um.

»Crystal gibt's, wenn du arbeitest«, sagt er zu Britt. »Verdammt, du hast den ganzen Tag noch nicht gearbeitet.«

»Heute ist keiner vorbeigekommen.«

»Was redest du da? Harper hat gesagt, heute Morgen wären gleich zwei da gewesen.«

»Aber die wollten Ximena und Lena.«

»Wessen Schuld ist das? Du bist hier das einzige weiße Mädchen, und du schaffst es nicht, dass die Kerle dich haben wollen? Was sagt dir das?«

»Mir war schlecht.«

»Und ich könnte kotzen, dass dir dauernd schlecht ist.«

»Bitte, ich brauch nur ein bisschen, Eli.«

»Du arbeitest, du bekommst dein Crystal.« Er deutet mit dem Kopf zur Tür. »Bis dahin gehst du den Flur runter. Frag Harper, ob sie dich nicht zum Putzen dieser scheißschmuddeligen Küche gebrauchen kann.«

Der Zustand der Küche ist ihm gleichgültig, obwohl die Arbeitsflächen mit altem Fett verklebt und die Wände und Böden mit zerquetschten Kakerlaken übersät sind. Es gefällt ihm nur nicht, dass die Mädchen mehr als ein paar Minuten allein miteinander verbringen. Vor allem, seit Tisha abgehauen ist.

Britt steht hastig auf, aber er hält sie an der Tür zurück. Er fragt alle: »Ihr habt doch nicht mit den Freiern geredet, oder?«

»Worüber geredet?«, fragt Ximena.

»Irgendwas.«

»Nur darüber, was sie wollen und wie sie's wollen«, sagt Lena.

Er nickt. »Gut. Über mehr müsst ihr mit denen auch nicht quatschen.« Er sieht Britt an. »Stimmt's?«

»'türlich, Eli.«

»Und ihr gebt mir Bescheid, falls einer über irgendwas anderes reden will.« Alle nicken. Natürlich. Sie werden es ihm sagen, falls einer kommt, sich komisch verhält, Fragen stellt. Sie wissen, dass sie den Mund halten müssen.

•••

Er weiß natürlich, dass sie lügen. Ihm ist noch keine Nutte begegnet, die nicht gelogen hat. Was das betrifft, ist er auch noch keinem Freier begegnet, der nicht zu viel gequatscht hat. Nein, stimmt nicht. Es gibt eine Menge Typen, die knallen ihr Geld hin, ficken und verschwinden dann wieder so schnell wie möglich. Aber Eli ist schon zu vielen der anderen Sorte begegnet, Typen, die mehr zu wollen scheinen als nur eine Muschi, selbst von einer Nutte, die nichts anderes tun soll, als ihre Muschi zu verkaufen.

Er geht auf die Veranda hinaus und betrachtet die Umgebung. Alles wie ausgestorben, aber das kann sich jederzeit ändern. Zum Beispiel dieses große Arschloch Allan Woodson. Der schien aus dem Nichts aufzutauchen.

Baker war neulich am Telefon unnachgiebig. *Hör zu, mir zu Gefallen, lass die Finger von Allan. Ich hab einen Deal mit ihm gemacht. Wir können ihm vertrauen. Lass ihn einfach in Ruhe, und wir müssen uns wegen dem keine Sorgen machen.* Aber Eli gefällt nicht, wie unschön das alles ist. Zuerst haut Tisha mit diesem kleinen Wichser aus dem Hotel ab. Dann taucht Allan mit diesem schwangeren Mädchen ausgerechnet hier auf, kommt einfach so durch die Tür gelatscht. Alles sehr unschön. Und gefährlich.

Wieder sucht er die Straße ab.

Baker vertraut Allan, mag ihn sogar, aber Eli geht das alles voll am Arsch vorbei. Der Wichser hat eine Kanone auf ihn gerichtet, genau hier. Die Mädchen stellen sich alle blöd, aber sie wissen genau, was passiert ist. Und wenn die wissen, was passiert ist, dann weiß jeder, was passiert ist.

Eli steckt sich eine Zigarette an. Die Welt kommt ihm kleiner vor. Als würde alles näher heranrücken. Er sieht es nicht, als er die Straße hinaufschaut. Keine Spur von den Cops, keine auffällig unauffälligen Transporter mit dunklen Scheiben, nichts dergleichen. Aber er kann's spüren, dieses träge, ekelhafte Gefühl von Wänden, die immer näher heranrücken, so wie im Gefängnis.

Als er aufwuchs, hatte er es vom ersten Tag an schwer, aber er hatte keinen Hass in seinem Herzen, zumindest so, wie er es sah, bis er zum ersten Mal in die Kiste geschickt wurde. Er hasste jeden da drinnen. Die blöden, degenerierten Häftlinge, die übereinander herfielen wie Ratten auf dem Boden eines Abwasserkanals. Die Wärter mit ihren toten Augen, für die die Insassen entweder nur Namen auf einem Klemmbrett waren oder tollwütige Hunde, die eingeschläfert werden mussten. Selbst die Ehefrauen und Mütter und Freundinnen, die an Besuchstagen vorbeikamen, um zu flennen und rumzumeckern, selbst die taten nichts anderes, als einen Mann schwächer zu machen. Als er dann schließlich entlassen wurde, hatte er reichlich Hass in sich für jeden, dem er begegnete.

Ein Pick-up will in die Dodson einbiegen, aber dann überlegt der Fahrer es sich anders und fährt weiter.

Was sollte das?

Vielleicht ist es nichts.

Vielleicht aber doch.

Eli schüttelt den Kopf und zieht an seiner Zigarette. Er braucht etwas, worauf er losgehen kann. Er würde auf der Stelle jemanden umlegen, wenn er wüsste, wen.

Allan Woodson hat's ganz klar verdient. Aber er ist ein großer, schwerer Wichser. Er hat eine Kanone. Was natürlich nicht viel zu bedeuten hat. Eine Kanone hat Eli auch. Scheiße, jeder hier in Little Rock hat eine Kanone. Hat nicht viel zu sagen, wenn man nicht auch den Willen besitzt, das Ding zu benutzen. Eli hat den Willen, sie zu benutzen.

Aber wenn Baker mit Allan einen Deal gemacht hat, dass er den Mund hält, kann Allan noch warten. Soll er sich ruhig erst mal sicher und wohlfühlen, dann kann Eli ihn immer noch eines Nachts besuchen, wenn der Wichser nicht damit rechnet. Das drängendere Problem ist Tisha. Dass diese Schlampe frei herumläuft, ist echt das größte Problem, das Eli hat. Sie könnte jetzt, in diesem Moment, mit den Bullen reden. Scheiße, selbst wenn nicht, sie ungeschoren davonkommen zu lassen gibt ein schlechtes Beispiel für die anderen. Er hat sie befragt, hat Ximena was aufs Ohr gegeben, sie ist die Stärkste, hat Britt Honig ums Maul geschmiert, die ist die Schwächste, mit süßen Worten und Crystal. Aber sie wissen nichts. Soweit Eli das beurteilen kann, ist Tisha eines Abends einfach aus der Küchentür gegangen, durch den Wald zur Waschanlage gelaufen, in ein Auto gesprungen und weggefahren.

Er lässt die Zigarette auf den Haufen Kippen in einer verkohlten Suppendose auf dem Geländer fallen.

Wo bist du, kleines Mädchen? Du und dein kleiner Freund …

Kapitel 26

»Ich habe Sie heute alle hergebeten«, sagt der alte Vertrauenslehrer, »damit ich diese ernste Warnung persönlich aussprechen kann, um die besondere Dringlichkeit besser zu unterstreichen.«

Er stößt seine Bürotür mit der Gummispitze seines Gehstocks zu, schreitet dann langsam zurück hinter seinen Schreibtisch und lässt Lily und ihre Eltern darauf warten, dass er fortfährt.

Matthew Massing ist schon länger Vertrauenslehrer auf der Highschool, als alle seine derzeitigen Schüler und die meisten ihrer Eltern leben. In diesem schäbigen Büro, seinem eigenen winzigen Reich, geht er seiner Arbeit nach, der Erstellung von Stundenplänen der Schüler, und das mit der Ernsthaftigkeit eines Mannes, der die Abschusscodes von Atomwaffen verwaltet. An seiner Wand hängen gerahmte Bilder von Robert E. Lee, Orval Faubus und jedem republikanischen Präsidenten seit Richard Nixon neben einem Foto, auf dem Mr. Massing dem Senator aus Arkansas Tom Cotton die Hand schüttelt. Außerdem gibt es noch eine amerikanische Flagge, vor der Mr. Massing jeden Morgen bei Arbeitsantritt steht und seinen Fahneneid ablegt. Nachdem er gegenüber der Familie Stevens Platz genommen hat, legt er die Ellbogen auf seinen Schreibtisch und verschränkt die Finger. Er trägt eine verwaschene rote Fliege und dazu passende Hosenträger über einem blauen Oxford-Hemd mit abgewetzten Manschetten und einem grünen Päckchen Pall Malls in der Brusttasche.

Jetzt spricht er Lily direkt an. »Es besteht die unmittelbare Gefahr, dass du von der Schule fliegst. Nach Rücksprache mit deinen Lehrern bin ich zu dem Schluss gelangt, dass du, wenn du so weitermachst wie bisher, deinen Abschluss im Frühjahr nicht schaffen wirst.«

Lily setzt sich gerade hin, legt die Hände auf die Armlehnen ihres Stuhls. »Ich krieg das hin.«

»Das will ich sehr hoffen«, sagt er. »Deine schulischen Leistungen waren in der Vergangenheit doch immer gut«, er nickt den Eltern zu, »und ich weiß, dass Sie beide immer stolz auf sie gewesen sind, weswegen ich auch dachte, dass wir diesen Termin heute ansetzen. Ihre Lehrer und ich sind sehr unglücklich darüber, dass sie so kurz vor der Ziellinie ins Stolpern gerät.«

»Gibt es eine Möglichkeit, das zu verhindern?«, fragt Lilys Vater, während er auf seinem Platz herumrutscht. Er hat bereits zweimal einen kurzen Blick auf die Uhr an der Wand geworfen – unaufmerksam, das weiß seine Tochter, weil er unbedingt zurück zur Arbeit muss.

»Ja, Sir«, sagt Mr. Massing. »Erneuerter Fokus und mehr Engagement.«

Ihr Vater sieht sie an. »Hörst du das?«

»Jawohl, Sir.«

Mit verdrießlichem Blick dreht sich Lilys Mutter zu ihr um und betrachtet ihre Tochter, sagt aber nichts.

»Ich hoffe, dir ist bewusst«, sagt Mr. Massing zu Lily, »wie wichtig ein Schulabschluss für dich ist. Wenn eine unverheiratete minderjährige Mutter keinen Highschool-Abschluss hat … kann das ihrer Zukunft einen wirklich verhängnisvollen Schlag versetzen. Und auch der Zukunft ihres Kindes.«

»Ich verstehe«, sagt Lily. »Ich werde so hart arbeiten, wie es nötig ist. Ich werde meinen Abschluss machen.«

»Freut mich zu hören, dass du das sagst«, erwidert Mr. Massing und schraubt den Deckel eines kleinen Fläschchens mit Nikotin-Lutschtabletten ab, »denn deine momentanen Noten spiegeln nicht dasselbe Maß an Leidenschaft wider.«

»Ich war in letzter Zeit abgelenkt, aber ich bin jetzt bereit, mich wieder voll zu konzentrieren.«

Mr. Massing beugt sich vor und schiebt sich das Lutschbonbon in den Mund, wobei er um ein Haar in seine vergilbten Fingerspitzen gebissen hätte.

»Ja nun, die Schwangerschaft bringt schon eine ganze Reihe Ablenkungen mit sich, nicht wahr?« Jetzt spricht er ihre Eltern direkt an. »Ich würde mir sehr wünschen, junge Menschen zögen das in Betracht, *bevor* sie in Schwierigkeiten geraten.« Dann wieder an Lily gerichtet: »Was wir hier jedoch bedenken müssen, ist die Realität, dass du viel, wenn nicht gar alles vom letzten Schulsemester verpassen wirst, wenn das Baby kommt. Darauf sollten wir uns jetzt schon einstellen und entsprechend vorbereiten. Wenn du deine Noten in Englisch und Geschichte verbesserst, was meiner Überzeugung nach eindeutig machbar ist, wirst du diese Fächer locker schaffen. Allerdings liegst du in Mathe und Physik so weit zurück, dass beide Fächer kaum noch zu meistern sind. Und beide sind für dich ohnehin große Herausforderungen.«

»Könnte sie diese Fächer nicht in Ferienkursen am Ende des Schuljahrs nachholen?«, fragt ihr Vater.

»Ja, Sir.«

»Und wenn sie das schafft, kann sie immer noch ihren Abschluss machen, richtig?«, fragt ihre Mutter.

»Ja, Ma'am. Natürlich würde sie nicht mit ihrer Klasse an der Abschlussfeier teilnehmen können, denn formal wäre sie ja noch keine Absolventin.«

Lily reibt ihren Bauch. »Ist mir egal, ob ich mit meiner Klasse daran teilnehmen kann«, sagt sie. »Ich lege mich ins Zeug und lerne, bestehe alles, was ich in der noch verbliebenen Zeit schaffen kann, und hole alles andere in der Sommerschule nach.«

»Ich verstehe«, erwidert Mr. Massing. »Schön, ein Abschlusszeugnis ist ein Abschlusszeugnis.«

»Ja«, sagte sie, »so ist es.«

• • •

Im Auto auf dem Heimweg sagt keiner ein Wort. Schweigen wird für die Stevens' zur Gewohnheit.

Ihr Bruder hat seit jenem Abend in ihrem Schlafzimmer nicht mehr mit ihr gesprochen, und ihre Eltern sind beide in einer Art betäubtem Schockzustand durch die Woche getaumelt. Nachdem er sein Pastorat aufgegeben hat, hat David Stevens mit seinem Chef im Eishaus gesprochen und konnte zur Tagschicht wechseln, sodass er jetzt morgens zu dem Schuppen im Wald geht, um von acht bis vier Uhr Eis zu packen. Das ist vorerst sein Vollzeitjob. In den Augen seiner Kinder ist das ein demütigender – vielleicht sogar schmachvoller – Abstieg von der hochrangigen Position in der Kirche. Keiner von ihnen hat sich je einen beeindruckenderen, bewundernswerteren und außerdem äußerst wichtigen Beruf vorstellen können als den des Pastors. Ihren Vater dermaßen herabgesetzt zu sehen, ist für sie verwirrend.

David behält wie üblich seine Meinung für sich. Er spricht nicht davon, eine andere Gemeinde zu bekommen, zumindest noch nicht. Er geht einfach morgens in den Eisschuppen zur Arbeit und kehrt abends nach Hause zurück. Er erledigt für Peggy verschiedene Dinge im Haus, und er liest. Manchmal machen er und Peggy lange Ausflüge mit dem Auto, während denen sie über die Zukunft und die Suche nach einem neuen Wohnort sprechen, aber Lily und Adam sind an diesen Diskussionen und Überlegungen nicht beteiligt. Was nicht weiter überraschend ist. Sie hat zwar schon von Familien gehört, in denen Eltern und Kinder gleichberechtigt miteinander umgehen, aber in ihrer Familie gab es schon immer eine klare, deutliche und unverrückbare Grenze zwischen beiden Familienteilen. Die Rolle der Eltern besteht darin, den Kindern die Wahrheit beizubringen. Die Rolle der Kinder ist es, diese Wahrheit zu glauben und nach ihr zu leben.

Für Lily haben diese Tage jedoch eine fremde, neue Erkenntnis gebracht. Es geschah nicht so schnell wie Offenbarungen und

Prophezeiungen in der Kirche. Es passierte allmählich, während sie beobachtete, wie ihre Eltern sich abmühten, ihr neues Leben im Schatten der Kirche nebenan zu beginnen. Ohne ihre Titel sind sie jetzt einfach nur David und Peggy Stevens. Nächstes Jahr um diese Zeit könnte ihr Vater Versicherungsagent sein oder der Leiter eines Geschäfts irgendwo. Ihre Mutter bewirbt sich bereits um Jobs als Kassiererin oder Kellnerin. Es ist Lily nie in den Sinn gekommen, dass ihre Eltern nicht mehr Bruder und Schwester Stevens sein könnten, weil es ihr nie in den Sinn gekommen ist, dass ihre Eltern sich ändern könnten. Jetzt aber scheint Veränderung unausweichlich.

•••

Peggy setzt Lily am Haus ab und fährt David dann zurück zur Arbeit. Natürlich könnte Peggy den Wagen einfach David überlassen, aber Lily vermutet, dass sie etwas Zeit für sich haben wollen. Als sie die Haustür hinter sich schließt, trifft sie ihren Bruder auf der Couch mit seiner Bibel in der Hand an. Ohne ein Wort zu ihr zu sagen, steht er auf und verschwindet den Flur hinunter in seinem Zimmer.

Als sie hört, wie sich am Ende des Flurs seine Tür schließt, denkt sie: *Es gefällt ihm so. Er behandelt mich tatsächlich gern so.* Sicher, er scheint sauer auf sie zu sein. Sicher, er gibt ihr die Schuld daran, dass ihr Vater seinen Job verloren hat. Aber hier spielt noch etwas anderes mit. Die Fähigkeit, sie zu verletzen, verleiht ihm auch eine gewisse Macht und bereitet ihm Freude.

Es erinnert sie an etwas, das lange zurückliegt und das sie am liebsten vergessen würde.

Als sie gerade die Kirche von der Vorgängergemeinde übernahmen, kaufte Lilys Vater eine Machete, um das Gestrüpp zu beseitigen, das sich nach Jahren der Vernachlässigung durch die Baptisten ausgebreitet hatte. Eines Tages, Lily war damals zwölf und Adam knapp zehn, fanden sie die Machete an der Wand des Carports und nahmen sie spontan mit nach draußen in den Garten, um auf einige Büsche im Graben am Rand ihres Grundstücks einzuhauen. Schon nach wenigen Sekunden entdeckten sie eine braune Schildkröte, die durch das Unkraut krabbelte. Die Schildkröte zog sich sofort in ihren Panzer zurück. Ohne große Diskussion drehte Adam die Schildkröte auf den Rücken, und Lily schlug mit der Machete auf sie ein. Dann gab sie Adam die Waffe, und er schlug wieder und wieder auf sie ein, bis sie, sehr zu ihrer Überraschung, Blut sahen. Sofort wusste sie, dass die Schildkröte ein Lebewesen gewesen war, und dass sie sie völlig grundlos aus einer angeborenen Bosheit heraus getötet hatten. Während Lily weinte, beobachtete Adam sie. Schließlich hängten sie die Machete wieder an die Wand und vergruben die Schildkröte in einem flachen Grab im Wald. Sie erzählten ihren Eltern nicht, was an diesem Nachmittag passiert war, und bis zum heutigen Tag hat keiner von ihnen je wieder davon gesprochen. Lily weiß nicht, ob Adam sich noch daran erinnert, obwohl die geheime Erinnerung daran für sie lebendig und beunruhigend genug ist, dass sie es in theologischen Begriffen betrachten muss. Es ist der einzige Beweis, den sie je benötigen wird, dass sie in die Sünde geboren wurde und diese Sünde tatsächlich ihr natürlicher Zustand ist. Nicht einmal ihre unerwartete Schwangerschaft lieferte einen vergleichbaren Beweis, denn ihre sexuelle Sünde war, zumindest ihrer Beurteilung nach, ein Verstoß gegen Gottes Regeln für Sex, eine falsche Anwendung der göttlichen Neigung zur Fortpflanzung. Was sie jedoch dazu trieb, die Schildkröte zu töten, ist ein viel hässlicheres Geheimnis. Sie tat es einfach, um brutale Herrschaft über ein geringeres Geschöpf auszuüben. Grausamkeit ist das hässlichste Vergnügen, so alt wie die Welt selbst. Ihre größte Sünde, denkt sie, war es, ihren Bruder damit bekannt zu machen.

Das Telefon klingelt.

Sie geht in die Küche und nimmt das schnurlose Telefon, das auf der Arbeitsfläche liegt. »Familie Stevens«, sagt sie. Jeder in ihrem Haus meldet sich am Telefon mit der gleichen Förmlichkeit, ein Überbleibsel der Förmlichkeit, zum Haushalt eines Pastors zu gehören.

»Äh, hallo«, sagt eine tiefe, aber freundliche Stimme. »Könnte ich bitte mit Lily sprechen?«

»Am Apparat«, sagt sie.

»Lily, warum meldest du dich am Telefon wie eine Hausfrau in den Fünfzigern?«

»Ich find's auch schön, von Ihnen zu hören, Allan.«

»Kannst du reden? Geht es gerade?«

»Ja, eine Minute.«

»Okay. Ich mach's kurz. Ist es irgendwie möglich, dass wir uns morgen treffen können?«

»Ich muss morgen in die Schule.«

»Können wir uns nach der Schule treffen?«

»Ja.«

»Wenn du magst, könnte ich dich abholen.«

»Nein, schon okay. Wir können uns einfach irgendwo treffen. Ich kann meine Mom fragen, ob ich den Wagen benutzen darf.«

»Okay. Weißt du, wo das Strong Coffee ist?«

»Drüben an der Hendrix?«

»Ja. Morgen um, wann, vier?«

»Okay. Wir sehen uns dann.«

»Lily?«

»Ja?«

»Du hast mich nicht gefragt, worüber ich mit dir reden will.«

»Ich weiß, worüber Sie mit mir reden wollen«, sagt sie. »Was könnte es sonst sein?«

Kapitel 27

Am nächsten Tag um zwei Minuten nach vier parkt Lily vor dem Strong Coffee. Das Café ist eine umgebaute Werkstatt, deren große Rolltore bis zum Dach hochgeschoben sind und wo alte Lampen ein sanftes Licht auf karamellfarbene Wände werfen.

Sie trifft vor Allan dort ein. Ein paar Leute sitzen an kleinen Holztischen mit wild zusammengewürfelten Stühlen, lesen Bücher, arbeiten an Laptops, schlürfen Kaffee und tippen auf Smartphone-Bildschirmen herum. Die Barista ist ein Collegemädchen mit rosa Haaren, die unter einer Baseballmütze mit der Aufschrift WORLD'S GREATEST GRANDPA hervorlugen. Sie lächelt, als Lily hereinkommt.

»Hi.«

»Hi«, antwortet Lily. »Ich soll hier jemanden treffen. Schätze, er ist noch nicht da.«

»Kein Problem«, sagt das Mädchen. »Kann ich dir was bringen, während du wartest?«

Lily schaut auf die Speisekarte, die aussieht, als sei sie in einer Fremdsprache geschrieben. »Keine Ahnung. Ich war noch nie hier. Ich trinke eigentlich keinen Kaffee.«

»Magst du süßes Zeug?«

»Klar.«

»Versuch's mal mit einem Iced Chai Latte. Der ist süß, aber nicht zu süß. Wird dir schmecken.«

»Okay.«

»Super«, sagt das Mädchen. Dann ruft sie über ihre Schulter: »Ein Iced Chai Latte!«

»Iced Chai Latte«, brüllt ein magerer Junge in einem Vintage-Pac-Man-T-Shirt zurück.

In weniger als einer Minute steht das Getränk vor ihr.

Lily sucht sich einen freien Tisch und setzt sich, trinkt einen Schluck.

»Der ist echt gut«, ruft sie der Barista zu.

Das Mädchen lächelt und breitet die Arme aus. »Siehst du? Jetzt wirst du wiederkommen.«

Während sie auf Allan wartet, sitzt Lily da und beobachtet die übrigen Gäste des Cafés. Unter einem Schild mit der Aufschrift STRONG COFFEE: LANGSAM GERÖSTET UND SCHNELL SERVIERT liest eine Frau in Muskelshirt und Leggings einen Roman von Jojo Moyes. Zwei Männer an einem anderen Tisch beugen sich über große Kaffeebecher und zeigen sich Bilder auf ihren Handys. An einem Tisch in der Ecke tippt eine korpulente Frau mit Gesichtspiercings und Bürstenschnitt wie wild auf ihrem Laptop herum.

Lily trinkt ihren Tee schlückchenweise. Sie erkennt die Musik nicht, die aus den an den Wänden montierten Lautsprechern kommt, aber es ist definitiv keine religiöse Musik. Nichts an diesem Lokal ist religiös, und doch ist dieses kleine Café gerade mal ein paar Meilen entfernt von ihrem Zuhause, ihrer Schule, ihrer Kirche, wie ein Portal in eine andere Welt. Es scheint kein Zufall zu sein, dass das Strong Coffee nur einen Steinwurf entfernt von den roten Backsteingebäuden des Hendrix Colleges liegt. Das Hendrix spielt in Lilys Gedanken eine große Rolle. Alle höheren Bildungseinrichtungen – mit Ausnahme der Oneness-Seminare – werden von ihrer Kirche mit Misstrauen betrachtet, für das Hendrix College gilt dies umso mehr, weil es so nahe liegt. In Arkansas ist es *das* private Liberal-Arts-College überhaupt, Worte, die sich im Grunde mit *säkular* übersetzen lassen.

Ihr ganzes Leben wurde ihr gesagt, dass die säkulare Welt ein Ort der Sünde und des Leids ist. Was sie von Eli Buck und Harper gesehen und über das Geschehen im Annex des Corinthian Inn erfahren hat, schien sämtliche schlechten Dinge zu bestätigen, von denen sie je gehört hat. Tatsächlich hat das, was sie erfahren hat, sogar noch übertroffen, wovor sie immer gewarnt worden war. Aber wie sie hier in diesem ruhigen Café sitzt und die Menschen beobachtet, die ihrem Leben nachgehen, erscheint dieser Teil der säkularen Welt überhaupt nicht wie eine höllische Kulisse.

Allans Pick-up rollt auf den Parkplatz und er steigt aus. Zu Lilys Überraschung geht die Beifahrertür auf, und Allan hilft Ciara auszusteigen.

Als sie hereinkommen, entschuldigt sich Allan. »Auf der I-40 gab es einen Unfall, als wir gerade aus Little Rock raus waren«, erklärt er.

»Schon okay«, sagt Lily und steht auf, ohne Ciara anzusehen. »Ich bin auch eben erst gekommen.«

»Ich hol uns was«, sagt Allan mit einem Blick zur Theke. »Möchtest du etwas?«, fragt er Ciara.

»Nein, danke.«

Allan verschwindet zur Theke.

Sie stehen einen Moment da, bis Lily etwas sagt. »Möchtest du dich nicht setzen?«

Ciara nickt.

Sie setzen sich, schweigen, achten stumm auf die Körpersprache der anderen.

Ciara trägt ein enges graues Umstandsshirt mit U-Ausschnitt. Außerdem trägt sie immer noch die Stretchhose, aber ihre Haare sind gemacht. Obwohl ihr Baby schon bald kommen muss, sieht sie immer noch hübsch aus, und dabei fühlt sich Lily in den alten Umstandskleidern ihrer Mutter noch hässlicher. Wer hätte gedacht, dass man auch als Schwangere hübsch aussehen kann?

Schließlich erträgt Lily das Schweigen nicht mehr. »Wie geht's deinem Baby?«, fragt sie.

Ciara erlaubt sich ein kleines Lächeln. »Alles bestens«, sagt sie. »Er ist gesund.«

»Er.«

»Ja, es wird ein Junge.«

Lily nickt.

Nicht unfreundlich erwidert Ciara: »Ist das blöd für dich? Zu wissen, dass ich einen Jungen bekomme?«

Lily räuspert sich. »Nein. Ich meine, vielleicht. Ich schätze, es macht mich alles ziemlich fertig. Du weißt schon. Aber ich freue mich wirklich, dass dein Baby gesund ist. Echt.«

»Danke. Was ist mit dir?«

»Ich kriege auch einen Jungen«, sagt sie. Als sie das sagt, bekommt sie schlagartig ein schlechtes Gewissen. Sie weiß nicht, warum, außer dass sie noch nicht über den Punkt hinaus ist, sich ständig wegen ihrer Schwangerschaft schuldig zu fühlen. Sie hat versucht, alles zu tun, was der Arzt und ihre Mutter ihr gesagt haben, um das Baby zu schützen und sich auf seine Geburt vorzubereiten, aber auf eine sehr fundamentale Art hat sie sich mit den Rückenschmerzen, den hungerbedingten Kopfschmerzen, mit dem Aufruhr in ihrem Bauch und den nächtlichen Ausflügen zur Toilette gegen die Wirklichkeit des Babys selbst verbarrikadiert. Die Leute erkundigen sich ständig nach ihm. *Wie geht's dem Baby? Wann ist es so weit? Hast du schon einen Namen ausgesucht?* Aber schon allein bei dem Gedanken an das Baby fühlt sich Lily wie eine Versagerin.

Ciara nickt. »Nett. Geht's ihm gut?«

»Ja. Der Arzt sagt, das Baby und ich wären beide gesund. Genau genommen hat er gesagt, ich wär ›so gesund wie eine Pioniersfrau‹, was immer das bedeutet.«

»Sind Pioniersfrauen nicht an Rachitis und so gestorben?«, fragt Allan, der sich mit einem Iced Chai Latte zu ihnen setzt. Er deutet mit dem Kopf auf das Getränk. »Deiner hat so gut ausgesehen.«

»Ist er auch«, antwortet Lily.

Während er in kleinen Schlucken trinkt, wartet Lily, schaut zwischen Allan und Ciara hin und her.

Ciara holt tief Luft und sagt: »Ich weiß, wo Peter ist.«

Lilys Miene verändert sich nicht. »Wo ist er?«

»Er ist bei einem Mädchen namens Tisha.«

»Das wussten wir schon.«

»Aber ich weiß auch, wo.«

»Okay.«

Ciara schüttelt den Kopf. »Ich hab wieder und wieder darüber nachgedacht, den ganzen Weg hierher, hab mich gefragt, ob ich das wirklich tun will. Erstens, ich bin keine Petze, und zweitens, ich weiß nicht, was es dir nützen wird.«

»Warum bist du dann hier?«, fragt Lily.

»Weil«, sagt Ciara und spreizt die Finger, »völlig egal was ich über seinen Vater denke, in ein paar Wochen werd ich dieses Baby bekommen. Und ich vermute, in ein paar Monaten wirst du seinen Bruder bekommen. Vielleicht möchten sie sich eines Tages ja mal kennenlernen, und vielleicht möchte einer oder beide wissen, wer ihr Daddy ist, gleichgültig, was für ein Mann er ist. Ich weiß es nicht. Aber ich wollte dir das nicht vorenthalten. Ich würde wollen, dass du es mir sagst. Es ist besser, wenn man etwas weiß.«

Lily nickt. Dann holt sie tief Luft und wappnet sich innerlich. »Wo ist Peter?«

»In West Memphis.«

»Woher weißt du das?«

»Ich kenne ein Mädchen, das dort im Super 8 Hotel arbeitet. Ich werde ihren Namen nicht nennen, weil er nicht wichtig ist. Aber sie weiß, wer was macht. Sie sagt, es gibt da eine Nutte namens Tisha aus Little Rock, die in den Fernfahrerkneipen auf der Arkansas-Seite ihre Muschi anbietet. Sie und ihr Typ haben im Super 8 gewohnt, bis das Management dahinterkam, was sie gemacht haben, woraufhin die sie vor die Tür gesetzt haben. Jetzt sind sie im Memphis Motor Inn, Zimmer Nummer 15.«

»Deine Freundin kennt sogar die Zimmernummer?«

»Anscheinend, sie sind nicht besonders dezent. Was höchstwahrscheinlich bedeutet, dass Tisha mit ihren Freiern aufs Zimmer geht. Wir sprechen hier nicht unbedingt von zwei Superkriminellen.«

Allan brummt: »Herr im Himmel. Die leben davon, dass Tisha sich prostituiert?«

»Ich glaube, die verticken auch Dope.«

»Dope?«, fragt Lily. »Du meinst, so was wie Marihuana oder …?«

»Meth«, sagt Allan. Er sieht Ciara an. »Nehme ich an?«

»Ja.«

»Er nimmt Meth?«, fragt Lily.

»Keine Ahnung«, antwortet Ciara. »Wenn Tisha wieder anschaffen geht, wird sie einen Teil des Dopes wahrscheinlich den Freiern verkaufen, ein kleines Extra, um den Preis für einen Fick anzuheben. Ich weiß aber wirklich nicht, ob sie und Peter selbst auch was nehmen.«

»Woher hatten sie das Dope?«, fragt Allan.

»Tja, das ist eine gute Frage. Ich frage mich, ob sie das Zeug nicht vielleicht von Eli und diesen Typen gestohlen haben.«

»Sind sie wirklich so dumm?«

»Man muss einfach nur dumm genug sein, das reicht.«

»Also, eigentlich«, meint Allan und zupft sich am Ohr, »wisst ihr was? Als wir bei Eli waren, da hat er Tisha doch *diebische Nutte* genannt. Da hab ich mir nichts weiter dabei gedacht, aber jetzt frage ich mich …«

Ciara und Allan sehen beide Lily an.

»Ich fand, ich sollte es dir sagen«, sagt Ciara.

Lily schließt die Augen und massiert ihre Schläfen.

»Danke, dass du es mir gesagt hast.«

Ciara nickt.

Sie und Allan beobachten Lily, bis sie wieder die Augen öffnet, sich auf ihrem Stuhl zurücklehnt und an ihrem Chai nippt.

»Das wäre dann das, schätze ich«, sagt sie zu ihnen. »Was ich nicht verstehe ist, wenn er so ein Typ sein wollte, warum hat er sich dann überhaupt erst mit mir eingelassen? Warum musste er so tun, etwas zu sein, was er gar nicht ist?«

Allan versucht es mit einer Antwort. »Wenn Leute dir sagen, wer sie sind, dann sagen sie dir meistens nur, wer sie gern sein möchten.« Er holt tief Luft. »Apropos … wo ich euch beide gerade hier habe, ich wollte mit euch auch noch über etwas anderes sprechen. Was damit zu tun hat. Wenn wir hier fertig sind, werde ich nach Hause fahren und das FBI anrufen. Ich werde denen von Eli und Harper erzählen.« Er sieht Lily an. »Ich habe Ciara bereits erzählt, dass ich darüber nachgedacht habe, und sie weiß, was sie tun wird, aber ich wollte es dir ebenfalls sagen. Ich weiß nicht, wie so etwas funktioniert, aber es besteht durchaus die Möglichkeit, dass ihr beide mit der Polizei werdet reden müssen. Ich fand, das solltet ihr wissen.«

»Müssen wir uns Anwälte nehmen oder so was?«, fragt Lily.

»Das bezweifle ich. Du hast nichts anderes getan, als für fünf Minuten in ein Haus zu gehen. Du hast nichts Unrechtes getan.«

»Unterlassene Anzeige einer Straftat«, sagt Ciara. »Das könnten sie dir anhängen, wenn sie arschig sein wollen. Würdest wahrscheinlich höchstens eine Geldstrafe oder so bekommen, aber trotzdem.«

Lily denkt an die Mädchen auf der Couch, die so dünn und kaputt aussahen. »Rufen Sie das FBI an«, sagt sie zu Allan. »Sagen Sie denen, ich war mit Ihnen dort. Sagen Sie denen, warum wir dort waren. Sagen Sie denen, ich möchte mit ihnen reden, falls sie denken, das würde irgendwie helfen.«

»Okay, das werde ich.«

Lily schiebt ihr Glas fort, kann nicht austrinken. »Ich sollte jetzt gehen.«

»Mit dir alles okay?«, fragt Allan. »Wegen der Sache mit Peter?«

Lily möchte die Haltung von jemandem einnehmen, der schon längst weiter ist, aber wie könnte sie? Peter ist weg, und sie muss sein Baby großziehen und sich mit Cynthia auseinandersetzen. Ein Leben voller Konsequenzen.

Sie schüttelt den Kopf.

»Wirst du es seiner Mutter sagen?«, fragt sie Ciara.

Ciara lehnt sich auf ihrem Stuhl zurück, als würde sie Lily gründlicher betrachten wollen. »Ich kenne diese Frau nicht. Wie sollte ich ihr so eine düstere, abgefuckte Scheiße erzählen, dass ihr Sohn Crystal vertickt und seine Freundin auf den Strich schickt?«

»Nein«, sagt Lily, »das meinte ich nicht. Ich meine, das mit dem Baby. Wirst du ihr sagen, dass sie noch einen Enkel hat?«

»Das weiß dieses Miststück längst.«

Lily fällt fast von ihrem Stuhl. Sie legt beide Handflächen auf den Tisch und beugt sich vor. »*Wie bitte?*«

»Er hat's ihr gesagt.«

»Peter hat ihr gesagt, dass du sein Baby bekommst?«

»Ja.«

»Ich … ich fass es einfach nicht, dass er es ihr gesagt hat.«

»Warum nicht? Er hat ihr von dir erzählt.«

»Ja, aber ich war seine Freundin. Verstehst du, was ich meine? Ich habe jeden Sonntag in der Kirche neben ihnen gesessen. Es ließ sich nicht verbergen. Er musste ihr von mir erzählen. Von dir musste er ihr aber nicht erzählen, warum hat er es also getan?«

»Du kennst ihn besser als ich, sag du es mir.«

»Also, das ist offensichtlich nicht richtig. Ich kenne ihn offensichtlich überhaupt nicht. Hat er dir auch erzählt, wie Cynthia reagiert hat?«

»Sie hat geheult. Hat an ihren Haaren gerissen, hat ihn gezwungen, auf die Knie zu gehen, während sie versucht hat, den Dämon der Lust aus ihm zu vertreiben. Diese Frau ist durchgeknallt wie nur was, wenn du mich fragst. Und, ich meine, ich habe nie versucht, eine Beziehung mit Peter zu haben, aber als er mir davon erzählte, von der Reaktion seiner Mutter, da wusste ich, dass ich mich von ihr fernhalten muss. Wenn sie sich mit mir in Verbindung setzen will, kann sie machen. Aber ich werde nicht versuchen, diesen verrückten Scheiß in das Leben meines Babys zu bringen. Ich habe selbst eine kaputte Mutter, mit der ich fertigwerden muss. Ich brauche ganz sicher nicht zusätzlich auch noch eine verrückte alte weiße Frau.«

Lily starrt entgeistert die Tischplatte an. »Peter …«, sagt sie.

»Scheiß auf ihn«, sagt Ciara. »Ich brauche auch diesen abgedrehten Scheiß nicht in meinem Leben. Wenn er seine Freundin auf den Strich schickt und Crystal vertickt, dann will ich ihn nicht in der Nähe meines Babys haben.«

Allan stimmt dem mit einem Nicken zu.

Lily hört nicht wirklich zu. »Was mir schwerfällt zu glauben«, sagt sie, »ist, dass er *mir* nicht von *dir* erzählt hat. Und Cynthia auch nicht. Sie stand vor einer Woche auf ihrer Veranda und hat mich im Grunde genommen als Hure beschimpft, und dabei wusste sie die ganze Zeit, dass ihr Sohn ein weiteres Baby gezeugt hat. Was für ein Mensch tut so was?«

Ciara und Allan lassen die Frage sich selbst beantworten.

»Sie hat niemandem was gesagt«, fährt Lily fort. »Selbst auf dem Polizeirevier hat sie den Mund gehalten. Sie so: ›Ach, mein armer Junge, er hatte ja keinen Vater, der ihm beibrachte, wie man ein Mann ist, und jetzt ist er weggelaufen. Hätte er doch nur eine gottesfürchtigere Frau kennengelernt …‹ Währenddessen liegt er in einem Motel in West Memphis herum und raucht Crystal. Nimmt man das Zeug so? Ich weiß nicht mal das.«

»Nun, es gibt eine Menge …«, beginnt Allan, bevor Ciara eine Hand auf seine legt und die Augen schließt.

»Dieses – *Miststück*«, spuckt Lily aus. »Ich hasse sie.« Ihre kleinen Hände ballen sich zu festen, weißen Fäusten. »Sie sorgt dafür, dass die Gemeinde uns aus unserem Haus wirft, und sie hat kein Wort gesagt.«

»Dein Dad hat seine Gemeinde verloren?«, fragt Allan.

»Ja. Er musste zurücktreten. Wir müssen uns einen anderen Wohnort suchen. Genau das, was ich Ihnen gesagt habe, das ist auch so gekommen. Er arbeitet jetzt in einem Eishaus, verpackt jeden Tag Eis in Tüten. Aber vielleicht hätte er seine Gemeinde behalten können, wenn diese … wenn Schwester Cynthia die Wahrheit über ihren Sohn gesagt und nicht zugelassen hätte, dass alle alles nur auf mich schieben.«

»Tut mir leid«, sagt Allan.

Lily schüttelt den Kopf. »Ich muss los«, sagt sie. Sie steht auf.

Ciara und Allan erheben sich und folgen ihr hinaus.

Lily öffnet die Tür ihres Wagens, dreht dann aber um und kehrt zu Ciara zurück. Ohne ein Wort zu sagen, umarmt sie sie sanft, ein unbeholfenes Zusammenspiel von Armen und Bäuchen.

Ciara wirkt perplex.

Allan fragt Lily: »Mit dir alles okay?«

Sie dreht sich um, kehrt zu ihrem Wagen zurück.

»Nein«, sagt sie.

Kapitel 28

Schwester Cynthia empfängt sie diesmal nicht auf der Veranda. Lily parkt neben ihrem Auto in der Einfahrt, geht die Stufen hinauf und hämmert gegen die Haustür.

Die einzige Antwort ist eine leere Stille. Im Wald hinter dem Haus knarren die Äste der Bäume und die Blätter zittern in einer kühlen Brise. Ein Stück die Straße hinauf sitzt der alte Bruder Wise an seinem Fenster, sieht das schwangere Mädchen an die Tür des Cutchin-Hauses klopfen und richtet seine Aufmerksamkeit dann wieder auf die Eichhörnchen, die gerade dabei sind, seine Vogelfutterkrippe zu plündern.

Lily wirft einen Blick durch das Fenster und sieht Cynthia im Wohnzimmer auf ihrem Sessel sitzen, reglos wie eine Leiche. Lily klopft mit den Knöcheln gegen das Glas, aber die Frau rührt sich nicht. Für einen Augenblick schwindet Lilys Wut. Vielleicht stimmt was nicht.

Sie geht zur Tür zurück und legt die Hand auf den Knauf. Überraschenderweise ist nicht abgeschlossen. Sie tritt ein.

»Cynthia!«, ruft sie.

Sie bemerkt Cynthias Jacke zerknittert auf dem Boden unter der Garderobe, so als hätte Cynthia den Haken verfehlt und sie einfach liegen lassen, wohin sie gefallen ist.

Lily geht den Flur hinunter und riecht etwas Unerwartetes. In diesem antiseptischen Haus ist sie es nicht gewohnt, etwas anderes zu riechen als Cynthias Haarspray und Mottenkugeln. Aber jetzt riecht sie etwas, das seltsam fehl am Platz ist.

Essen.

Oder die Reste von Essen. Als sie an einer offenen Tür vorbeikommt, ist sie schockiert, eine völlig unordentliche Küche zu sehen. Ein Laib Brot liegt neben einer Packung Käsescheiben auf der Arbeitsfläche. Eine Fliege umschwirrt eine offene Dose Butter, die geschmolzen ist. Auf dem Herd eine Pfanne, schwarz von Fett. In der Spüle schmutzige Gläser, Töpfe und ein Teller mit Essensresten einer anderen Mahlzeit.

»Cynthia!«, ruft sie wieder. Einen Moment fragt sich Lily, ob sie wohl tot ist.

Sie geht weiter den Flur hinunter und betritt das Wohnzimmer.

Cynthia sitzt auf einem großen, geblümten Sessel. Ihre Arme ruhen auf den dick gepolsterten Armlehnen, sie sitzt vor einem leeren Couchtisch und einer leeren Couch. Sie ist vollständig bekleidet, ihre Frisur türmt sich immer noch fünfzehn Zentimeter hoch auf ihrem Kopf, und sie sitzt so aufrecht wie eine Königin, die ihren verwaisten Hof betrachtet.

Lily ist überrascht, als die Frau den Kopf hebt und sie anschaut.

»Cynthia, haben Sie mich nicht gehört? Ich habe geklopft. Ich habe Ihren Namen gerufen.«

»Lily.«

»Mit Ihnen alles in Ordnung?«

»Lily.«

»Ja. Sind Sie okay?«

Cynthias Blick fällt wieder auf die leere Couch.

»Ich auch«, sagt Lily.

Cynthia registriert die Bemerkung nicht. Ihr Gesicht ist schlaff wie eine Tasche, deren Inhalt ausgeleert wurde. Als Lily sie jetzt genauer betrachtet, fallen ihr Dinge auf, die sie vorher nicht bemerkt hat. Cynthias Haare sind ungepflegt, ihr Dutt ist locker und unordentlich, einzelne Strähnen fallen ihr auf die Schultern. Und sie verströmt einen merkwürdigen Geruch, eine Mischung aus Wohlgeruch und Gestank, so als hätte sie seit Tagen nicht gebadet und versucht, es mit Parfum zu überdecken.

»Ich habe gerade mit Ciara gesprochen«, sagt Lily zu ihr.

Cynthia blinzelt träge.

»Sie wissen schon, Peters anderes Mädchen.«

Diesmal kein Blinzeln. Cynthia starrt nur geradeaus. Lily geht zur Couch und setzt sich, schiebt sich so in Cynthias Blickrichtung.

»Was ist damit, Cynthia?«, fragt sie.

Die Frau sieht sie an, durch sie hindurch, als würde sie immer noch das Blumenmuster der Couch betrachten.

»Was ist mit diesem *anderen* Mädchen, das ein Baby von Peter bekommen wird?«, sagt Lily. »Sie haben nicht daran gedacht, das zu erwähnen? Sie haben meinen Namen vor der Gemeinde verleumdet, haben zugesehen, wie meine Familie auf die Straße gesetzt wurde, und doch haben Sie die ganze Zeit gewusst, dass Ihr Sohn ein weiteres Kind gezeugt hat? Das erschien Ihnen nicht wert zu sein, erzählt zu werden?«

Cynthia starrt Lily ausdruckslos an, nichts in ihren Augen, nicht einmal Tränen. Einen Moment lang ist Lily nicht sicher, ob die ältere Frau etwas versteht. Vielleicht hat Ciara gelogen. Oder vielleicht hat Peter Ciara angelogen, es seiner Mutter erzählt zu haben. Denn er ist schließlich ein Lügner.

Aber als Cynthia am Ende tief Luft holt, bringt sie ein Wort heraus. »Lily.« Sie sagt es so, als wäre sie nicht ganz sicher, wer Lily ist, als könnte es eine Fremde sein, die zu ihrer Tür gekommen ist, um etwas zu verkaufen.

Lily schüttelt den Kopf und starrt eine Weile auf den Couchtisch. Schließlich schaut sie auf. »Wissen Sie, was ich wissen möchte, Cynthia? Ich will wissen, warum Sie mich hassen. Ich habe Ihnen nie etwas getan. Ich habe Ihren Sohn nicht verdorben, und das wussten Sie die ganze Zeit. Also, warum hassen Sie mich so sehr?«

Cynthia starrt Lily an, als hätte das Mädchen kein Wort gesagt. Dann schweift ihre Aufmerksamkeit ab, zunächst auf einen Punkt irgendwo zwischen ihnen, und schließlich auf einen imaginären Fleck auf ihren weiß getünchten Wänden.

»Wissen Sie, wo Peter ist?«, fragt Lily.

Cynthia starrt die Wand an.

»Ich weiß, wo er ist«, sagt Lily.

Cynthia rührt sich nicht, scheint nichts zu hören.

»Er ist in West Memphis bei einer Prostituierten«, sagt Lily zu ihr. »Er handelt mit Drogen. Da ist er, und das ist er.«

Sie fühlt sich schlecht, sobald sie es gesagt hat, schämt sich für ihre Grausamkeit. Aber die Frau, die ihr gegenübersitzt, nimmt diese neue Information überhaupt nicht zur Kenntnis. Das Haus ist still und kühl. Eine Zeit lang starrt Lily Cynthia an, die ins Leere starrt. Und für einen Moment spürt Lily die Anziehungskraft dieser Vergessenheit, die Verlockung dieses betäubten Nichts. Was, wenn sie und Cynthia einfach hier säßen, bis sie tot umfielen?

Sie lehnt sich auf der Couch zurück.

»Cynthia …«, sagt sie.

Cynthia starrt nur die Wand an.

»Als ich hierhergerast bin, konnte ich an nichts anderes denken, als Ihnen die Meinung geigen zu wollen«, sagt Lily. »Aber ich komme hier rein und Sie starren die Wand an, als wären Sie in einer Gummizelle. Ich sage Ihnen, Peter bekommt bald ein weiteres Baby, ich sage Ihnen, dass er abgehauen ist und aus einem Motelzimmer heraus mit Drogen dealt, und Sie reagieren nicht. Weil Sie nicht können. Er hat Sie ebenfalls zerbrochen. Er hat Sie übler zerbrochen als mich. Und was soll ich jetzt tun? Soll ich Mitleid mit Ihnen haben? Tja, hab ich nicht. Ich bemitleide Sie nicht. Ich hasse Sie. Haben Sie mich gehört, Cynthia? Ich hasse Sie.«

Cynthia sagt nichts, bewegt sich nicht.

Lily lässt den Kopf hängen. Eine Zeit lang verharren beide Frauen stumm und regungslos. Lily weiß nicht, was sie als Nächstes tun soll. Alles, was Cynthia wirklich hatte, war die Rolle als Mutter. Vielleicht klammerte sie sich deshalb so sehr an eine romantische Vorstellung von Mutterschaft, weil sie ohne das nichts vorzuweisen hatte all die Jahre ihres Lebens.

Lily schaut zu der gebrochenen Frau auf, die nur die Wand anstarrt, und seufzt. Diese Frau zu hassen ist genauso sinnlos, wie in die Luft zu schlagen. Sie steht auf und geht um den Couchtisch. Sie nimmt Cynthias Hand. Die Frau starrt sie mit leerem Blick an.

»Kommen Sie«, sagt Lily und hilft ihr auf. Cynthia steht auf wie ein verständnislos reagierender Schlafwandler.

Lily führt sie den Flur hinunter zum Schlafzimmer. Nachdem sie sie aufs Bett gesetzt hat, zieht sie ihr die Schuhe aus und hilft ihr dann beim Ausziehen. Cynthia beugt sich in ihrem Unterrock vor, als Lily ihr volles Haar löst, die Haarklammern herauszieht und sie in einem kleinen Haufen auf den Nachttisch legt.

Dann verstaut Lily sie in ihrem Bett. Die Haare der älteren Frau liegen ausgebreitet wie ein großes Netz über ihrem Kissen.

Cynthia sagt nichts und tut nichts, um diese freundliche Geste zu honorieren.

Lily lässt sie dort zurück und schließt im Hinausgehen die Haustür ab.

• • •

Bevor sie nach Hause kommt, fährt sie rechts an den Straßenrand.

Lange Zeit sitzt sie einfach nur da. Draußen sind nur die leise knarrenden Bäume zu sehen, gelegentlich fährt ein Auto oder ein Lastwagen vorbei. Sie registriert nichts davon.

Sie ist auf eine Weise wütend, die sie nie für möglich gehalten hätte. Ihr wurde immer beigebracht, Zorn zu unterdrücken. Man hat sie gelehrt, negative Gefühle dem Herrn Jesus Christus zu überlassen, sie wie Opfergaben auf einem Altar darzubringen. Das ist ihr immer leicht gefallen. In ihrer Familie ging es immer friedlich zu. In Adam brodelt es ständig, aber weil es zu ihrem Selbstverständnis gehört, anders zu sein als er, macht es den Kontrast nur noch klarer: Sie ist kein zorniger Mensch.

Plötzlich ist sie alles andere als wütend. Sie ist von großer Wut in einen Zustand tief empfundener Ernüchterung übergegangen. Von Peter, von der Gemeinde, von ihrem eigenen Bruder verlassen zu werden, hinterlässt ein Gefühl bei ihr, innerlich völlig ausgehöhlt zu sein. Liebe und Gott und Familie haben sich in Rauch aufgelöst.

Sie möchte all das hinter sich lassen. Das ist der neue Zustand jenseits der Wut. Sie muss etwas tun, muss eine Möglichkeit finden, dieses Gefühl zu beenden. Sobald ihr diese Erkenntnis klar ist, weiß sie, was sie zu tun hat. Sie schiebt den Schalthebel auf D. Ihre Familie ist nicht zu Hause. Sie sind in Searcy und sehen sich potenzielle neue Häuser an, planen für die Zukunft.

Lily muss die Vergangenheit begraben.

Als sie nach Hause kommt, geht sie direkt in die Küche und öffnet die Kramschublade. Zwischen einer wahllosen Kollektion an Kugelschreibern, Büroklammern, nicht zueinander passenden Batterien und alten Speisekarten von Restaurants mit Straßenverkauf befindet sich dort eine Schere.

Sie nimmt die Schere mit ins Bad und verschließt die Tür. Sie zieht sich nackt aus und betrachtet sich im Spiegel. Dann öffnet sie ihr Haar.

Der Apostel Paulus schrieb an die Kirche in Korinth: *Wenn aber eine Frau langes Haar hat, ist es eine Ehre für sie? Denn das Haar ist ihr als Schleier gegeben.*

Du kannst über Jesus reden und dein Haar so lang tragen, wie du willst, hatte Schwester Cynthia zu ihr gesagt, *aber du hast das Leben meines Sohnes zerstört.*

Weißt du, Lily, hatte Peter an diesem ersten Abend in der Kirche gesagt, *ich mag dein Haar sehr.*

Sie nimmt die Schere.

Sie zieht ihre Haare nach vorn zur Brust, und sie sind so lang, dass sie wie ein Vorhang über ihren nackten runden Bauch fallen und bis zu den Hüften reichen. Sie greift voll hinein und schließt langsam die Schere, spürt das sanfte Knirschen beim Schneiden und dann die Erleichterung, als die erste schwere Locke fällt. Ihr war nie bewusst, wie viel all diese Haare wiegen, bis sie sie abgeschnitten hat. Sie schneidet weiter, geht immer weiter und weiter nach oben. Es fühlt sich an, als würde sie Seile zerschneiden. Haare bedecken den nackten Badezimmerboden, Tausende Strähnen, einen halben Meter lang oder länger, ein heilloses Durcheinander.

Nachdem sie die großen Längen abgeschnitten hat, schneidet sie den verbleibenden Rest nach, ohne wirklich zu wissen, was sie tut. Dies ist, im wahrsten Sinne des Wortes, der erste echte Haarschnitt, den sie je hatte. Sie schneidet sie ganz kurz, denkt an die Frau der Eurythmics. Das kurzhaarige Mädchen, das sie aus dem Spiegel heraus anstarrt, sieht allerdings nicht wirklich wie ein Rockstar aus. Sie ist überrascht von der Form ihres Kopfes, der Breite ihrer Stirn, wie die Ohren abstehen wie kleine blasse Knospen.

Am meisten schockiert sie jedoch, was sie im Spiegel nicht sieht. Sie sieht keine Pfingstkirchlerin. Zum ersten Mal in ihrem Leben sieht sie einfach aus wie irgendein Mädchen.

Sie wünschte, alle könnten sie jetzt sehen. Cynthia, die Drinkwaters, Adam, die Kids in der Schule. Sie hätte es gern Allan gezeigt. Aber mehr als allen anderen möchte sie es einem Menschen zeigen. Einer Person, die es sehen muss, die sie sehen muss, die wissen muss, dass sie jetzt jemand Neues ist. Sie möchte es Peter zeigen.

Und ihr fällt ein, dass sie zum ersten Mal seit Wochen weiß, wo sie ihn finden kann.

Kapitel 29

Eli sitzt auf Harpers Couch und lauscht auf das Gestöhne am Ende des Flurs. Das Stöhnen kommt von Ximena. Sie stöhnt immer laut, damit die Kerle schneller kommen. Eli kann den Typen nicht hören, was nicht weiter ungewöhnlich ist. Die Kerle machen selten viel Lärm. Eli sieht auf die Uhr auf seinem Handy. Der Typ hat noch zwei Minuten.

Chance kommt aus der Küche herein und isst eine Schüssel Cocoa Pebbles. Er lässt sich neben Eli auf die Couch fallen.

»Die Bude hier ist ein Drecksloch«, sagt er. »Nie was zu essen da.«

Harper kommt den Flur heruntergetrampelt.

»Die Toilette ist schon wieder kaputt«, sagt sie.

»Dann reparier sie«, knurrt Eli.

»Du weißt, dass ich das nicht kann.«

Er winkt ab. »Seh ich vielleicht aus wie ein Scheißklempner? Wieso brauchst du überhaupt eine zweite Toilette? Das hier ist keine beschissene Schönheitsfarm. Es gibt doch eine, die funktioniert, benutz die.«

»Die eine gehört mir. Die anderen benutzen die hier unten.«

»Tja, dann teil deine oder reparier die andere selbst«, sagt Eli achselzuckend. »Du kannst keinen Klempner herkommen lassen, und ich werde sie ganz bestimmt nicht reparieren.«

»Du bist high«, sagt sie.

»Nicht high genug.«

Harper richtet ihre Aufmerksamkeit auf Chance. »Und du? Dröhnst dich zu und isst meine Lebensmittel. Was zum Teufel soll ich denn diesen kleinen Schlampen geben, wenn du alles in diesem gottverdammten Haus wegfrisst?«

»Eine Schüssel Müsli?«, blafft er zurück. »Du scheißt mich zusammen wegen einer Schüssel Müsli?«

»Harper, warum gehst du nicht und ziehst diesen Jungen aus Ximena raus?«, sagt Eli. »Während du hier die Packungen mit Müsli zählst, ist er länger da drinnen, als ihm zusteht.«

Harper grunzt und trampelt den Flur hinunter, um den Freier anzubrüllen.

Eli schüttelt den Kopf. »Irgendwas ist immer«, sagt er zu Chance. »Bei einer Frau ist immer irgendwas.«

Chance kleckert bräunliche Milch über sein Kinn und Hemd, als er sagt: »Bei Harper ist immer irgendwas, das ist mal sicher.«

»Neee«, sagt Eli und zieht das Wort in die Länge. »Das gilt für alle. Die nehmen immer nur. Wollen dauernd irgendwas von dir. Hast du bei Harper schon mal was anderes als ständiges Gemecker und Gejammer gehört?«

»Nope«, sagt Chance und kippt die Schüssel, um den Rest der Milch auszutrinken.

»Oder die kleinen Nutten da hinten? Ich gebe ihnen einen Ort, an dem sie leben können, sorg dafür, dass sie nicht draußen im Regen stehen, und die tun nichts anderes als dauernd nervig rumzuheulen.«

Chance starrt in seine leere Schüssel, als ob er darüber nachdenken würde, sich noch mal eine Ladung von Harpers Cocoa Pebbles zu holen. »Ja, schätze ich auch«, nuschelt er stumpfsinnig.

Eli blickt finster, als er Harper wieder auf dem Flur herumstampfen hört. »Ich bin noch nie einer Frau begegnet«, sagt er zu Chance, »die ich nicht eher früher als später gehasst hab.«

Als Erste kommt Ximena aus dem Flur. Sie trägt ein schmutziges, übergroßes weißes Unterhemd mit V-Ausschnitt und eine Razorback-Trainingshose. Die Haare hängen ihr ungewaschen und verfilzt bis zu den Schultern. Sie nimmt Chance die Schüssel ab. »Hast du schon wieder unser ganzes Müsli weggefressen?«, fragt sie.

Chance zuckt mit den Achseln. »War hungrig«, sagt er grinsend.

Ximena grinst ebenfalls, als sie Richtung Küche verschwindet, um sich selbst was zu holen.

Sie bleibt stehen, als Eli, der das alles mit einem säuerlichen Gesichtsausdruck verfolgt hat, sagt: »Chance, geh nach draußen.«

»Was?«

»Ich sagte, geh nach draußen.«

»Wieso denn?«

»Geh jetzt. Ich will nicht, dass du hier abhängst und mit den Mädchen flirtest.«

»Ich hab doch gar nicht …«

Harper kommt mit dem Freier herein. »Chance«, blafft sie, »geh raus und rauch 'ne Zigarette, wie man's dir sagt. Eli hat miese Laune. Lass ihn mal 'ne Weile in Ruhe.«

Chance rappelt sich auf, schüttelt in stummer Beteuerung seiner Unschuld den Kopf. Ausdruckslos starrt Ximena ihm nach, dann bringt sie die Schüssel in die Küche.

Der Freier an Harpers Seite ist ein bierbäuchiger Redneck in Jeans und einem schwarzen Taco-Bell-Arbeitshemd. Auf seiner Oberlippe liegen immer noch Schweißperlen. »Eli Buck«, sagt er, nachdem Chance die Haustür von außen geschlossen hat. »Wie geht's so, Alter?«

»Kenny Wayne Custer«, sagt Eli. »Pflanz deinen Arsch hierher, Junge.«

»Er ist fertig«, protestiert Harper. »Zeit für ihn, einen Abgang zu machen.«

»Ach, halt doch die Schnauze«, sagt Eli. »Zur Abwechslung mal. Verzieh dich in die Küche.«

Harper setzt sich Richtung Küche in Bewegung, sobald Eli es ihr gesagt hat, zeigt aber dennoch auf Kenny Wayne. »Du wohnst hier nicht. Du darfst dich setzen und 'ne Minute bleiben, aber dann bist du hier draußen, es sei denn, du bezahlst noch mal.«

Elis finsterer Blick folgt ihr zur Küche.

»Echt 'ne Nummer, die Alte«, meint Kenny Wayne.

»Ja, echt ätzend«, brummt Eli. »Frauen. Wie ich schon sagte, bin noch nie einer begegnet, die ich mochte.«

Kenny Wayne fehlen zwei untere Schneidezähne, ein Verlust, der noch nicht allzu lange zurückliegt, daran zu erkennen, dass er ständig mit der Zunge über das ungeschützte Zahnfleisch fährt. »Ach, ich weiß nicht«, sagt er. »Hab auch ein paar Gute kennengelernt.«

»Das denkst du nur«, sagt Eli. »Aber warte nur ab. Eine Frau wird immer wollen, dass du weniger Mann bist. Was anderes bleibt denen gar nicht übrig. Wir sind größer, stärker, klüger. Was bedeutet, sie müssen uns klein machen, bevor sie selbst überhaupt irgendwas sein können. Nur so können sie aufsteigen, wenn wir fallen.«

»Vermutlich.«

»Man muss sie immer im Auge behalten.«

»Schätze, das stimmt.«

»Scheiße verdammt, und ob das stimmt.«

»Wie Tisha.«

»Was?«

»Tisha ist abgehauen, richtig?«

»Ja …«, sagt Eli und starrt Kenny Wayne an.

»Hab gehört, du suchst sie.«

»Vom wem gehört?«

»Mit wem hast du denn alles geredet? Du hörst dich doch die letzten Tage in der ganzen Stadt um. Die Leute sagen, du suchst sie, und sie sagen, sie hat Scheiße mitgenommen, die dir gehört.«

Eli starrt Kenny Wayne mit leicht geöffnetem Mund an. Sein Atem so intensiv wie Auspuffgase. Schließlich sagt er: »Hast du mir was zu sagen?«

Kenny Wayne lehnt sich ein wenig in die Kissen zurück, schlägt die Beine übereinander und legt den Arm über die Lehne der Couch.

»Vielleicht.«

»Was willst du?«

»Hab gerade für ’ne Muschi bezahlt«, bemerkt er. »Könnte also mein Geld zurückverlangen. Vielleicht noch einen kleinen Bonus obendrauf.«

»Du sagst mir, was du weißt«, sagt Eli, »und ich sag dir, was es wert ist.«

Kenny Wayne zuckt mit den Achseln. »Komm schon, Mann.«

Eli brüllt in Richtung Küche. »Harper!«

Sie steckt den Kopf in den Raum. »Was?«

»Kenny Wayne fickt eine Woche lang gratis.«

Harper fällt fast um. »Was?«

Eli dreht sich zu ihm. »Du vögelst eine Woche lang für lau – falls du was hast, das meine Zeit lohnt.«

Harper geht zur Couch hinüber, verschränkt die Arme, wartet.

Kenny Wayne will gerade etwas sagen, als Eli eine raue Hand auf seinen Arm legt. »Warte«, sagt er. »Ximena?«, ruft er zur Küche.

»Ja«, antwortet sie.

»Geh nach hinten zu Lena und Britt.«

»Was?«

Harper pfeift sie an. »Verzieh dich auf dein Zimmer.«

Das Mädchen marschiert mit einer Tüte Great Value-Kartoffelchips vorbei. Sie sagt nichts, sieht keinen an und geht den Flur hinunter.

Harper sieht ihr hinterher, um sich zu vergewissern, dass die Tür geschlossen wird. Dann kehrt sie ins Wohnzimmer zurück. »Okay«, sagt sie zu Kenny Wayne. »Was ist?«

Kenny Waynes Blick pendelt zwischen Eli und Harper. »Okay, ihr wisst ja, dass meine Tochter unten in Marked Tree lebt.«

»Du hast ’ne Tochter?«, fragt Harper.

»Ja. Ihre Momma und ich haben uns schon vor langer Zeit getrennt, aber wir kommen noch miteinander klar. Ich krieg sie alle zwei Wochen oder so. Sie ist elf.«

»Was hat das zu tun mit …«

»Also, ich bring sie letzten Sonntag wieder zu ihrer Momma, und auf dem Rückweg halt ich kurz zum Tanken in West Memphis beim Pilot Flying J. Und wer arbeitet da? Tisha.«

»Erzähl kein Scheiß, Mann«, sagt Eli.

»Wie jetzt, arbeiten?«, fragt Harper. »So wie an der Kasse arbeiten?«

»Nein, Mann, sie vertickt ihre Muschi.«

»Hast du mit ihr geredet?«

»Nein.«

»Woher weißt du dann, dass sie ihre Muschi vertickt?«, fragt Eli. »Hast du sie gekauft, oder was?«

»Nein. So was nicht. Ich hab getankt, und ich zahle an der Tanksäule, und da sehe ich, wie sie mit einem Kerl zu einem Pick-up geht.«

»Was für ein Kerl?«

»Keine Ahnung, so ein Dude eben. Vielleicht fünfzig oder so. Der Pick-up war ein Firmenwagen. Von einem Landschaftsgärtner. Hatte Leitern und Seile und Pfähle und so Scheiß hinten drauf. Also nehme ich mal an, er war ein ganz normaler Baum-Typ, so was wie ein Gärtner oder was weiß ich.«

»Und dann?«

»Dann sind sie in den Pick-up gestiegen und weggefahren, und ich hinterher.«

»Wohin?«

»Sie sind zum West Memphis Motor Inn. Sie sind schnurstracks auf ihr Zimmer. Bevor sie da ankommen, macht ein anderer Dude die Tür auf. Du weißt schon, so als hätte er auf sie gewartet. Er geht also raus und raucht ein paar Zigaretten, bis sie drinnen fertig sind, und dann ist der Typ mit dem Pick-up wieder gefahren. Ich bin geblieben, weil ich wissen wollte, ob Tisha wieder rauskommt, ist sie aber nicht. Oder zumindest glaub ich das. Dann hatte ich keinen Bock mehr, länger da rumzusitzen, und ich musste am nächsten Tag ja auch arbeiten, also bin ich nach Hause gefahren.«

»Wie hat der Dude in dem Motelzimmer ausgesehen? So um die zwanzig Jahre alt? Braune Haare?«

»In etwa, ja. So ein Typ eben. Irgendwie jung, ja. Braune Haare, wie du sagst, irgendwie mager. Sah nicht besonders tough aus oder so.«

»Welche Zimmernummer?«

»Fünfzehn. Hinten.«

Eli steht auf, geht zur Haustür und macht sie auf. Chance sitzt auf der Verandatreppe, raucht eine Zigarette und starrt auf sein Handy.

»Chance«, sagt Eli ruhig, »fahr kurz zu meiner Wohnung und schnapp dir die Machete und den großen Bolzenschneider aus meinem Geräteschuppen.«

»Was?«, sagt Chance ein bisschen begriffsstutzig.

»Ich sagte, geh und schnapp dir die Machete und den großen Bolzenschneider. Wir brechen gleich auf.«

Er schließt die Tür. Kenny Wayne steht auf, aber Eli gibt ihm zu verstehen, er soll sich wieder setzen. Dann setzt er sich dicht neben ihn, Hüfte an Hüfte, und legt ihm einen Arm um die Schulter. »Ich hab noch eine Frage an dich, Kenny Wayne.«

»Okay«, sagt Kenny Wayne und blickt zwischen Eli und Harpers finsterem Gesicht hin und her, während er gleichzeitig zu lächeln versucht.

Eli lächelt und fragt: »Du hast sie doch nicht gevögelt, oder? Nachdem du gesehen hast, wie dieser andere Freier gegangen ist, da bist du doch nicht rein und hast auch mal, oder?«

»Nein, Dude. Hab ich doch gesagt.«

»Ich frag nur, weil, wenn du's getan *hast,* dann weiß sie, dass du sie gefunden hast. Und dann wird sie sich denken, dass du losziehst und es mir erzählst.«

»Ich bin nicht rein, Eli. Ich schwör's bei Gott.«

»Und sie hat dich nicht gesehen?«, fragt Eli.

Kenny Waynes Zunge schießt über das wunde Zahnfleisch. »Ich glaub nicht«, sagt er. »Ich meine, ich bin kein Superspion oder so. Aber ich bin mir sicher, sie hat mich an der Tanke nicht gesehen. Und ich glaube auch nicht, dass sie mich vor dem Motel gesehen hat. Der Junge bei ihr, der, der draußen gewartet hat, der hat mich auch nicht da sehen können, wo ich geparkt hab. Hat nicht mal in meine Richtung geschaut. Also, ich meine, ich hab keine Veranlassung zu denken, die hätten mich gesehen, nein.« Kenny Wayne sieht wechselweise Eli und Harper an. »Ich schwör's bei Gott. Ich schwör's bei meinem Kind. Es war genauso, wie ich's dir gerade gesagt hab. Ich hab das alles 'ne Weile beobachtet, und dann bin ich nach Hause gefahren.«

»Also schön«, sagt Eli, nimmt seinen Arm von Kenny Waynes Schulter und tätschelt sein Knie. »Du bist ein guter Mann, Charlie Brown.« Er deutet mit dem Kopf abrupt zum Flur. »Bock auf deinen ersten Gratisfick?«

»Nein«, erwidert Kenny Wayne mit einem demonstrativen Gähnen. »Ich sollte jetzt nach Hause gehen. Ich bin total ausgepowert. Ximena hat mich trocken geritten.«

»Ja, geh du mal nach Hause. Vielleicht komme ich morgen mal im Taco Bell vorbei. Du kannst mir ein paar Gratis-Gorditas spendieren.«

»Ja«, sagt Kenny Wayne, steht auf und ist froh, gehen zu können. »Ja, klar, Eli. Ich arbeite morgen, komm vorbei.«

Sobald die Tür hinter ihm zugefallen ist, sagt Eli zu Harper: »Die sind nicht mal raus aus Arkansas.«

»Dieses verfickte kleine Dreckstück«, spuckt Harper aus. »Und die geht anschaffen. Was sagt man dazu? Als würde sie's uns unter die Scheißnase reiben. Scheiße, für wen hält die sich eigentlich? Alles war bestens mit ihr, bis sie im Corinthian angefangen hat, mit diesem Jungen zu reden.«

»Nein, das stimmt nicht«, korrigiert Eli sie ruhig. »Als ich die zwei zusammen im Hotel erwischt habe – ich bin ziemlich sicher, das war ihre Idee. Ich glaube nicht, dass *er* tatsächlich *ihr* was in den Kopf gesetzt hat. Er ist nur ein kleiner Vollpfosten. Hat ausgesehen, als wäre er gerade auf dem Weg zur Sonntagsschule. Sie war's. Von all den Mädchen da hinten war sie immer diejenige, die mir Sorgen gemacht hat. Sie hatte Angst, aber war nie dankbar. Sie müssen beides sein, bevor man ihnen vertrauen kann, dass sie nicht weglaufen.«

»Ich hab dir gesagt, dass sie störrisch ist. Meinetwegen ist sie nicht abgehauen. Sie ist einfach eine hinterlistige, kleine Schlampe.«

Eli nickt. »Wenn sie auf eigene Rechnung arbeitet, wie lange wird's dauern, bis sie hopsgenommen wird? Was meinst du, wie lange wird's dauern, bis sie von dem Laden hier redet?«

»Du könntest sie holen und hierher zurückbringen.«

»Ist das die Mühe wert? Die kleinen Schlampen da hinten im Zaum zu halten, ist schon schwer genug. Wie auch immer, der Junge könnte dann immer noch quatschen.«

»Das stimmt.«

»Wenn wir ihm das Maul stopfen, müssen wir ihr das Maul stopfen. Und umgekehrt.«

Harper denkt noch darüber nach, als die Haustür aufgeht und Chance mit einem großen, rot-schwarzen Bolzenschneider und einer Machete in der Scheide hereinkommt.

»Was geht?«, sagt er.

Eli und Harper wechseln einen schnellen Blick, bevor Harper mit den Achseln zuckt.

Eli steht auf.

»Wir fahren nach West Memphis«, sagt er.

• • •

Chance fährt, hört eine ohrenbetäubend laute Metalband, die Eli nicht kennt.

»Mach die Scheiße aus«, sagt Eli. »Ich kann mich nicht denken hören.«

Chance macht die Musik aus. Eli mag kein Metal. Ehrlich gesagt mag er eigentlich kaum Musik. Langsame Songs langweilen ihn, und das härtere Zeug macht ihn nervös.

Er sitzt ruhig neben Chance, der Bolzenschneider und die Machete auf seinem Schoß.

Sie sind eine Stunde gefahren, bis Chance schließlich fragt: »Was machen wir denn, wenn wir da sind?«

»Meine Scheiße zurückholen.«

»Das Crystal?«

Eli starrt hinaus, an den Scheinwerfern vorbei in die Dunkelheit. Er sagt nichts.

»'scheinlich hat sie's geraucht«, sagt Chance. »Oder vielleicht verkauft.«

Darauf antwortet Eli eine ganze Weile nichts. Und dann: »Besser nicht.«

Chance nickt einfach und fährt weiter. Eli starrt ihn dennoch eine Weile an.

»Chance«, sagt er schließlich. »Bist du bereit für das, was wir heute Nacht tun müssen?«

»Schätze schon, ja.«

»Nein, Mann, *schätze schon* reicht hier nicht. Du musst es wissen. Du musst dich mental auf das vorbereiten, was später abgehen wird.«

»Hab ich jemals gekniffen? Du weißt, ich bin hart.«

»Ich rede nicht davon, irgendeinem Kid auf einem Parkplatz den Arsch aufzureißen. Ich rede davon, vorbereitet zu sein, das zu tun, was nötig ist. *Was auch immer* nötig ist. Egal was ich dir sage, was du tun sollst, du musst bereit sein, es zu tun.«

Jetzt muss Chance blinzeln und schlucken. Er umklammert das Lenkrad fester.

»Du sagst mir, was ich tun soll, Eli. Du weißt, ich tu's.«

»Gut. Die zwei haben uns bestohlen. Du weißt, was mit Typen wie dir und mir passiert, wenn Wichser denken, sie können uns bestehlen? Dann kommen *andere* Wichser auf dumme Gedanken. Und ehe du dich versiehst, treten dir sämtliche Rednecks, Nigger und Maisfresser in Little Rock die Tür ein und versuchen, dir deinen Scheiß abzunehmen. Ein Haufen verfickter Tiere ist das. Tiere mit Kanonen. Also, hier geht's um das Überleben des Stärkeren. Nach Knastregeln. Du musst Exempel statuieren an Wichsern wie diesen beiden, damit die anderen nicht auf dumme Gedanken kommen.«

Chance nickt zu dieser Weisheit. »Ich weiß, das stimmt voll.«

»Folg einfach meinem Beispiel, und alles wird gut. Wir holen uns meinen Scheiß zurück, und dann verklickern wir den beiden mal, was ich nicht tolerieren werde.«

Sie fahren eine ganze Weile schweigend weiter, bis Chance sich überwindet, eine weitere Frage zu stellen.

»Aber wenn sie unseren Scheiß nicht mehr haben, was dann?«

Die Machete in ihrer Scheide stößt leise gegen den Bolzenschneider, als Eli sie umdreht. »Das ist etwas«, sagt er, »das ich nicht tolerieren werde.«

• • •

Es ist dunkel, als sie West Memphis erreichen. Chance folgt den Anweisungen des Navis zum West Memphis Motor Inn. Sie sehen noch in der Ferne den Verkehr auf der I-40, aber die Straßen in diesem Teil der Stadt sind ein schattiges Gewirr aus zerbrochenen

Lampen, geschlossenen Ladenfronten und mit Müll übersäten Gehwegen.

»Was für ein Drecksloch«, sagt Chance. »Es ist so dunkel. Ich frage mich, ob das Navi uns richtig leitet.«

Eli nickt angewidert mit dem Kopf. »Verdammter Sumpf. Halb Arkansas ist nichts als ein verdammter Sumpf. Voller Ratten und Schlangen.«

Das erste Licht, das sie nach einer ganzen Weile sehen, ist ein schwach beleuchtetes Reklameschild für das West Memphis Motor Inn am Ende einer sechs Meter hohen Stange. In einer Ecke des Schildes befindet sich eine kleine, leuchtend rote Neonschrift: »Zimmer frei«. Das Gebäude selbst ist zweigeschossig und hat dreißig Zimmer, fünfzehn oben, fünfzehn unten. Es gibt ein Büro, in dem eine Lampe brennt, aber Eli sieht niemanden hinter der Rezeption. Vielleicht sitzen die Angestellten, vielleicht sind sie auch irgendwo hinten. Direkt vor dem Büro parkt ein Auto, von dem Eli annimmt, dass es dem- oder derjenigen im Büro gehört. Auf der Nordseite des Motels parken vier Trucks und zwei Autos vor Zimmertüren.

»Fünfzehn«, sagt Eli. »Kenny Wayne sagt, es ist auf der Rückseite. Mach das Licht aus.«

Chances Pick-up rollt langsam im Dunkeln zur Rückseite des Motels. Vier weitere Autos und noch ein Pick-up. Auf dieser Seite kein Licht. Die einzige Beleuchtung auf dem Parkplatz kommt von der roten Neonreklame und einem schmalen Lichtstreifen, der unter der unbeholfen zugezogenen Gardine eines Zimmers nach draußen fällt.

Zimmer 15.

»Park am anderen Ende«, sagt Eli.

Als sie stehen, zieht er die Machete aus der Scheide und reicht Chance den Bolzenschneider. Dann zieht er eine Kanone unter dem Sitz hervor. Er vergewissert sich, dass sie entsichert ist, und schiebt die Pistole hinten in seine Jeans unter den Gürtel.

Er wirft Chance einen Blick zu.

Das Gesicht des jüngeren Mannes ist fleischig, verschwitzt, aufgedreht. Er wiegt sich leicht auf seinem Platz.

»Mach einfach, was ich dir sage«, sagt Eli.

»Jawohl, Sir«, sagt Chance. Es ist das erste Mal, dass er Eli gegenüber das Wort *Sir* benutzt hat, und er sagt es, wie es ein Footballspieler zu seinem Coach sagen würde.

Eli nickt. »Wir gehen da jetzt runter. Ich halte mich außer Sichtweite. Du klopfst an die Tür. Halt dich eher links neben der Tür. So werden sie dich nicht besonders gut durch den Spion oder das Fenster sehen können. Sag ihnen, du bist der Manager und müsstest mit ihnen sprechen.«

»Aber sie kennen mich.«

»Sie werden nicht wissen, dass du es bist. Viel zu dunkel hier draußen. Versuch einfach, dich beim Sprechen offiziell anzuhören. ›Rezeption. Ich muss kurz mit Ihnen sprechen, Sir.‹ So was in der Richtung. Sie werden die Tür einen Spaltbreit aufmachen, um mit dir zu reden, und dann schneiden wir die Kette durch.«

»Was, wenn sie die Tür keinen Spalt aufmachen, um zu reden?«

»Dann treten wir die Scheißtür ein. Du musst nur meinem Beispiel folgen, okay?«

»Okay.«

»Bist du bereit, alles zu tun, was nötig ist?«

Chance wippt auf seinem Platz. »*Egal* was nötig ist, Mann.«

»Was immer gottverdammt nötig ist?«

»Genau, Eli.«

»Gottverdammt genau, stimmt. Und dann, nach heute Abend, nach dem, was wir mit diesen beiden machen werden, wird uns nie wieder irgendeiner blöd kommen.«

Chance wippt weiter, hat den Bolzenschneider in der Hand. »Ich bin so weit.«

Eli umklammert die Machete. »Auf gehts!«

Kapitel 30

Lily zweifelt an der Klugheit dieser Idee, kaum dass sie auf der Interstate ist. Ihre Eltern und ihr Bruder werden schon bald zu Hause sein. Sie werden die Haare finden. Was werden sie denken?

Sie schüttelt den Kopf.

Sie werden es verstehen, beruhigt sie sich. Sie werden verstehen, dass sie etwas tun musste. Sie werden aufgebracht sein, klar. Aber darum wird sie sich später kümmern.

Sie muss das jetzt tun. So einfach ist das. Sie muss diese Sache mit Peter abschließen. Sie muss ihm sagen, was er ihr angetan hat, ihrem Sohn. Er kann nicht einfach so gehen. Das kann sie ihm nicht durchgehen lassen.

Während sie fährt, muss sie sich immer wieder im Rückspiegel ansehen. Nachdem ihr Haar jetzt so kurz ist, besitzt es fast einen rötlichen Ton. Ihre ganze Kopfform ist anders, breiter vorn und schmal im Nacken.

Alle werden denken, du hättest den Verstand verloren.

Vielleicht. Aber es ist mir egal. Mein Leben lang habe ich mir Gedanken gemacht, was andere von mir halten. Sie denkt an Momma und Daddy. Adam. Cynthia. Peter. Die Drinkwaters. Fiona und ihre Eltern. *Selbst die Kids in der Schule. Vielleicht sogar ganz besonders die Kids in der Schule. Ich hab so getan, als wäre es mir gleichgültig, was sie von mir denken. Ich hab so getan, als würde ich die Wahrheit des Heiligen Geistes leben, um ihnen den rechten Weg zu weisen, um ein Zeuge von Jesus Christus zu sein. Das dachte ich zumindest. Dumm.*

Sie schüttelt wieder den Kopf. Man hat ihr beigebracht, dass sie ein wandelndes Aushängeschild für den Glauben sei. Die Menschen sehen dich an, hat man ihr gesagt. Was sehen sie? Sehen sie nur eines von vielen Mädchen oder sehen sie eine Frau, die vom Heiligen Geist erfüllt ist?

Sie haben nie etwas anderes gesehen als irgendein Mädchen mit langen Haaren und noch längeren Röcken. Mit nichts davon habe ich irgendwen für Jesus gewinnen können.

Jesus. Was ist mit ihm? Der ganze Rest ist überraschend leicht loszulassen. Die Meinung von jemandem wie Brenda Drinkwater? Dieses Gewicht fällt so leicht wie ein weiteres Haarbüschel. Es ist eine Erleichterung, davon befreit zu sein.

Aber der Herr Jesus Christus? Wird sie je in der Lage sein, auch ihn loszulassen? Will sie das wirklich?

»Bist du da?«, fragt sie laut, wobei ihre Stimme merkwürdig laut klingt in dem leeren Wagen. »Sei ehrlich zu mir. Sprich mit mir. Du hast nie auch nur ein Wort zu mir gesprochen. Ich habe seit meinem fünften Lebensjahr jeden einzelnen Tag zu dir gebetet. Und du hast nie auch nur ein Wort geantwortet. Sag jetzt etwas. Sprich zu mir. Bitte. Ich möchte dich hören. Du hast auf der Straße nach Damaskus zu Paulus gesprochen. Sprich jetzt zu mir«, sie lacht, »auf der Straße nach West Memphis.«

Die einzige Antwort auf ihr Bitten ist das konstante Surren der Reifen auf Asphalt.

»Du sagst nie etwas. Woran liegt das? Ich würde alles tun, was du mich zu tun heißt, wenn du mir sagst, es zu tun. Ist dir das nicht klar? Wenn du nur ein einziges Wort zu mir sagen würdest – nur eines –, dann würde ich alles tun.«

Sie nähert sich einem anderen Fahrzeug und überholt es auf der linken Spur. Ein alter Mann und eine alte Frau.

»Wenn du möchtest, dass ich kehrtmache, dann sag es mir jetzt. Ich werde dieses Auto sofort wenden, nach Hause fahren und meine Haare wieder wachsen lassen.«

Reifen, Asphalt. Sie überholt ein weiteres Auto, eine alte Klapperkiste mit einer müde aussehenden Frau mittleren Alters hinter dem Steuer.

Lily holt tief Luft und sagt zum Herrn: »Okay. Ich meine, wenn du jetzt nicht mit mir reden willst, dann wirst du wahrscheinlich nie mit mir reden. Ist schon okay. Echt. Entweder bist du da und hast gute Gründe für dein Schweigen … oder du bist nicht da.«

Beide Hände auf dem Lenkrad, das Gesicht ernst, die Augen auf die Straße gerichtet, atmet sie so heftig, als wäre sie eben eine Treppe hinaufgelaufen.

»Bist du nicht mal da?«

Lange Zeit starrt sie schweigend auf die Straße hinaus.

Ihr Blickfeld verschleiert sich, als sich Tränen in ihren Augen sammeln. »Ich möchte nicht, dass das wahr ist. Möchte ich nicht. Ich weiß nicht, wie ich es ohne dich schaffen soll. Aber wenn es sein muss, werde ich es vermutlich hinkriegen.« Sie wischt die Tränen weg. »Deine Entscheidung. Ich weiß nicht, ob etwas schwerer sein könnte, als dich wieder und wieder zu bitten, *irgendwas* zu tun, dich anzuflehen, mir so etwas wie Gnade oder Verzeihen zu zeigen, und am Ende doch immer nur mit leeren Händen dazustehen.« Sie wischt mehr Tränen weg und räuspert sich. »Wenn du mich willst, weißt du ja, wo du mich findest.«

• • •

Der Himmel wird dunkel über den endlosen Sojabohnenfeldern, die sich zwischen Little Rock und Memphis erstrecken. Es ist die längste Fahrt, die sie je gemacht hat, die längste Zeit, die sie in ihrem Leben allein war, wirklich allein. Niemand weiß, wo sie ist. Sie ist nicht mal sicher, ob Gott selbst noch über sie wacht. Personenwagen und Pick-ups ziehen vorbei, jeder kommt ihr fremd und befremdlich vor. Die Welt, die um sie herum lautlos in Dunkelheit versinkt, wirkt neu und seltsam.

Als sie das erste Hinweisschild auf die Ausfahrt West Memphis sieht, fällt ihr auf, dass sie eigentlich gar nicht wirklich weiß, wohin sie fährt. Das West Memphis Motor Inn. Nur, wo ist das? Sie sieht andere Motels an der I-40, weiß aber, sofern sie nicht bald zufällig über den Laden stolpert, wird sie abfahren und jemanden fragen müssen.

Als sie das Arkansas Begrüßungscenter auf der anderen Seite der I-40 sieht, beschließt sie, die Autobahn zu verlassen. Sie weiß nicht, wie viele West Memphis-Ausfahrten noch kommen, und sie hat überhaupt keine Lust, am Ende auf der Brücke über den Mississippi nach Tennessee stecken zu bleiben.

Sie biegt zur nächsten Tankstelle ab, die sie sieht. Sie hat ausreichend Benzin, also parkt sie vorn neben einem Baulastwagen und geht hinein. Alles voller Neon und Plastik.

Ein grauhaariger Weißer in einem schmutzigen, kakifarbenen Arbeitshemd lungert an der Theke herum, vertilgt einen Krispy-Kreme-Kirschkuchen und sagt zu dem Angestellten: »Du hast noch nie die Stones gehört? Wie kann so was sein?«

Der Angestellte, ein junger Schwarzer nicht viel älter als Lily, erwidert: »Hab *von* ihnen gehört. Jeder hat schon mal *von* ihnen gehört. Ich hab sie mir nur noch nie *an*gehört.« Er sieht Lily an. »Hallo.«

»Hallo. Könnte ich mal Ihre Toilette benutzen?«

»Hinter den Getränken und dem Süßkram.«

»Danke.«

»Kein Ding.«

Sie geht nach hinten und pinkelt in der kleinen Einzeltoilette neben einem Kondomautomaten. Als sie wieder herauskommt, füllt der Angestellte Zigaretten in einem Vorratsfach auf. Der grauhaarige Mann hat seinen Kuchen gegessen und wischt sich die Hände an der Jeans ab.

»Wie steht's mit den Beatles?«, fragt der Mann. »Die Beatles musst du aber gehört haben?«

»Mann«, sagt der Angestellte, »finden Sie auch irgendwas gut, das noch keine fünfzig Jahre alt ist?«

»Frauen«, antwortet der Grauhaarige.

Die zwei lachen, und erst jetzt scheinen sie zu bemerken, dass Lily höflich auf das Ende ihrer Unterhaltung wartet.

»Entschuldigung«, sagt sie. »Könnten Sie mir sagen, wie ich zum West Memphis Motor Inn komme?«

»Keine Ahnung«, sagt der junge Schwarze. »Tut mir leid.«

Während er einen Happen von einem weiteren Kirschkuchen abbeißt, zeigt der grauhaarige Mann aus dem Fenster der Tankstelle. Er schiebt den Kuchen auf eine Seite seines Mundes und nuschelt: »Du bleibst noch ein Stück hier auf der Straße, dann fährst du rechts an der … ach, hab vergessen, wie die Straße heißt. Aber da gibt's einen Burger King. Also, du biegst am Burger King rechts ab und bleibst auf der Straße. Ist ein gutes Stück bis dahin. Weiß nicht genau, wie weit, aber du wirst es sehen.«

»Okay, vielen Dank.«

»Kein Problem. Du hast aber nicht vor, da abzusteigen, oder?«

»Was? Nein. Ich besuche nur einen Freund.«

»Tja, dein Freund hätte sich einen anderen Laden aussuchen sollen. Herrscht irgendwie ein raues Klima da.«

»Oh. Okay. Also, danke schön.«

Als sie durch die Tür geht, beißt der Grauhaarige wieder in seinen Kuchen und dreht sich zu dem Angestellten um. »Wie steht's mit den Beach Boys?«

• • •

Als Lily an ihre Abzweigung kommt, beschleicht sie der erste ernsthafte Zweifel an dem, was sie tut. Was, drängt sich ihr die Frage auf, denkt sie eigentlich, hier zu tun?

Trotz des Zweifels biegt sie ab. Sie muss es ihm zeigen, muss es ihm sagen. *Mein Dad musste seinen Job aufgeben. Wir haben die*

Kirche verlassen. Ich hab mir die Haare abgeschnitten. Deinetwegen. Du hast das getan.

Aber das ist nur ein Teil davon. Das Wichtigste ist, dass sie ihn mit eigenen Augen sehen muss. Sie muss die Wahrheit selbst herausfinden.

Sie stellt sich die Szene vor: Sie fährt vor, steigt aus, klopft an die Motelzimmertür. Wird Tisha aufmachen? Wird sie so angezogen sein wie die Mädchen in Harpers Haus? In T-Shirt und Jogginghose, mit einem leicht weggetretenen, leicht gelangweilten Ausdruck auf dem Gesicht?

Wird sie Peter überhaupt erkennen? Ob er noch aussieht wie immer, wie ein Junge, der nicht glauben kann, in was er da hineingeschlittert ist? Oder wird sie endlich sein wahres Gesicht sehen, das er die ganze Zeit vor ihr versteckt hat?

Die Straße wird dunkel. Mit Brettern vernagelte Ladenfronten. Haufenweise Abfälle in den Rinnsteinen.

Sie ist klug genug, um Angst zu haben, aber sie könnte nicht mehr umkehren, selbst wenn sie es gewollt hätte. Sie weiß, gleichgültig, was in dem Motel passieren wird, sie wird auf diesen Abend zurückblicken müssen. Eines Tages wird das Kind in ihrem Bauch ein erwachsener Mann sein, und dieser Mann wird sie fragen, was mit seinem Vater passiert ist.

Ich kann meinem Sohn die Wahrheit nicht sagen, wenn ich nicht weiß, was die Wahrheit ist.

Unmittelbar nachdem sie diesen Gedanken hat, sieht sie weiter unten an der Straße das nur schwach beleuchtete Schild des West Memphis Motor Inn aus der Dunkelheit herausragen.

Kapitel 31

Zehn Minuten, bevor Lily Stevens auf den Parkplatz des Motels einbiegt, erhält Ed Greb eine weitere Beschwerde wegen des Lärms aus Zimmer 15.

Greb ist neunundfünfzig Jahre alt, zu alt für diesen verfluchten Job. Er arbeitet seit anderthalb Jahren an der Rezeption des West Memphis Motor Inn. Angefangen hatte er hier unter der Bedingung, nur tagsüber arbeiten zu müssen. Der Manager, ein Arschloch, das jung genug ist, um sein Sohn sein zu können, versicherte Greb, das sei kein Problem.

Wie sich herausstellte, war der Junge ein verdammter Lügner. Schon nach zwei Monaten musste Greb nachts arbeiten. Er will kündigen, dem Manager sagen, er solle sich zum Teufel scheren, nur, was würde ihm das bringen? Seine Tochter und seine Enkelin leben bei ihm, plus gelegentlich ein Freund, den die Tochter zu Hause anschleppt. Greb ist der Einzige im Haus, der einer festen Arbeit nachgeht. Sein Einkommen plus eine kleine Lebensversicherung, die er nach dem Tod seiner Frau kassierte, ist alles, was sie alle am Leben hält. Also hat er die Nächte an der Backe.

Seit er in diesem Teil der Stadt arbeitet, dauerte es nicht lange, bis er sich eine Waffe anschaffte. Einer der Freunde seiner Tochter hatte ihm während seines kurzen Aufenthalts in ihrem Haus eine besorgt. Er war ein Waffennarr, NRA-Mitglied und was so dazugehört.

Greb, der seit seiner Kindheit mit keiner Waffe mehr geschossen hatte, sagte ihm: »Besorg mir bloß keine verdammte Riesenwumme. Ich will ja keinen Elch abknallen. Und ich will auch keine heiße Waffe.«

»Ich hab genau das Richtige für dich«, sagte dieser Freund zu ihm. »Eine Smith & Wesson Shield. Die ist ziemlich klein, hat nur ein 8-Schuss-Magazin, und der Rückstoß ist selbst für ein kleines Mädchen erträglich. Genau so was suchst du, Alter. Ich kann sie dir günstig besorgen. Vielleicht zwei-fünfzig?«

Und so hat Greb die Pistole jetzt geladen und bereit in der Seitentasche seiner Jacke, die er immer über die Rückenlehne seines Stuhls hängt, selbst im heißen Sommer.

Als er den dritten Anruf wegen des Lärms aus Zimmer 15 bekommt, verlagert er die Pistole in eine offene Schublade seines Schreibtischs.

Er nimmt den Hörer in die Hand und wählt die 15.

Besetzt.

Scheiße.

Er atmet tief durch.

Das Rezeptionstelefon klingelt wieder. Zimmer 13.

»Ich sag's Ihnen«, sagt die Frau am Telefon, »in dem Zimmer läuft eine echt schräge Scheiße.«

»Hab versucht, sie anzurufen, aber das Telefon ist besetzt.«

»Tja, manche von uns müssen schlafen. Wenn ich rübergehen muss und an die Tür klopfe und richtig Stress mit den Leuten kriege, dann ist das allein Ihre Schuld. Sie arbeiten doch an der Rezeption, oder nicht? Sie sollten was unternehmen!«

»Jajaja«, sagt Greb und legt auf.

Zimmer 15. Junge und Mädchen, beide weiß, beide bestenfalls Anfang zwanzig. Sie sind jetzt etwas über eine Woche da. Greb hat in dieser Zeit jede Menge Kerle mit dem Mädchen im Zimmer verschwinden sehen, also nimmt er an, dass es eine Nutte ist. Er soll etwas dagegen unternehmen und sie und den Jungen an die Luft setzen, aber er schiebt es immer wieder auf, hofft darauf, dass sie einfach verschwinden, damit er der Konfrontation aus dem Weg gehen kann. Außerdem ist sie nicht die Einzige, die hier anschafft. Meistens spielt das keine größere Rolle, da die Gäste in der

Regel Durchreisende sind. Sie bleiben nur ein paar Tage, und selbst wenn Greb vermutet, dass manche von denen anschaffen, um sich das Geld für die Weiterreise zu verdienen, was kann er schon groß tun? Hier übernachtet niemand, der nicht völlig pleite oder im Grunde obdachlos ist, und es ist nicht der Mühe wert, die Cops wegen Leuten zu rufen, die am nächsten Morgen sowieso wieder weg sind. Aber Greb *muss* schon ein Auge auf Leute halten, die mehr als nur ein paar Tage bleiben, um sicherzustellen, dass sie sich nicht auf Dauer einnisten und das Motel in ihr eigenes Ein-Zimmer-Bordell verwandeln.

Und jetzt hatte er allein in der letzten Stunde schon drei Beschwerden wegen Zimmer 15.

Was, wenn der Junge dem Mädchen die Scheiße aus dem Leib prügelt?

Greb seufzt.

Scheiß drauf. Er kann Kerle nicht ausstehen, die Frauen schlagen. Ein Mann, der eine Frau schlägt, ist die mieseste Sorte von Mann. Bis vielleicht auf die Sorte Mann, die in einem Büro rumsitzt und nichts dagegen unternimmt.

Also steht Greb auf, vergewissert sich, dass die Pistole entsichert ist, und schiebt die Waffe in seine rechte Tasche. Da kommt er leicht an sie ran.

Er wird dafür sorgen, dass der Junge geht. Falls das Mädchen plötzlich auf ihn losgeht und anfängt, den Jungen zu verteidigen – was ungefähr genauso oft vorkommt wie nicht –, wird er beide rausschmeißen und damit drohen, die Polizei zu rufen.

Er schließt das Büro ab und tritt nach draußen. Es ist eine diesige Nacht, der Mond ist hinter grauen Wolken verborgen.

Als er die Südseite des Motels umrundet, seine Stiefel über den Beton klacken und sein Schatten sich im roten Schein des »Zimmer frei«-Zeichens vor ihm ausdehnt, hört er einen Wagen, der auf den vorderen Parkplatz einbiegt. Er kehrt um, will nachsehen, wer es ist, als sich hinter ihm ein Türknauf dreht. In allen fünf besetzten Zimmern auf dieser Seite des Motels brennt Licht, nur nicht in dem am Ende der Reihe. Dort, im Schatten, öffnet sich die Tür von Zimmer 15.

Währenddessen umrundet das Auto die andere Seite des Parkplatzes und erfasst mit zwei hellen Lichtkegeln den Mann, der aus der Tür taumelt, ausgezehrt, blutverschmiert, eine Machete in der Hand.

Kapitel 32

Lily schreit, als sie Eli Buck dort stehen sieht, wie er im Licht ihrer Scheinwerfer blinzelt und Blut von seinem Gesicht tropft. Sie tritt auf die Bremse, das Auto kommt abrupt zum Stehen. Eli ist verwirrt, geblendet von den Scheinwerfern, die ihm ins Gesicht strahlen, und entnervt von dem plötzlichen Auftauchen eines erschrocken wirkenden Mannes am anderen Ende des Gangs in der Nähe des roten Fords. Eli macht einen Schritt zurück zur Tür, überlegt es sich dann aber anders und stößt mit jemand anders zusammen, der jetzt aus dem Zimmer kommt. Er taumelt zurück nach draußen, hebt die Machete und stürmt auf den verängstigten Mann zu.

Vielleicht will Eli den Mann nur verscheuchen, damit er zu dem Pick-up kommen kann.

Aber der Mann zieht eine Pistole aus der Tasche und fängt an zu schießen. Die Waffe geht los wie eine Kette Feuerwerkskörper. Chance, der gerade aus dem Zimmer kommt, zieht den Kopf ein und weicht sofort wieder zurück. Als Eli weiter auf ihn zukommt, rennt der verängstigte Mann in die andere Richtung weg, zurück zum Büro. Der Mann verschwindet, aber dann stolpert Eli und stürzt. Er lässt die Machete fallen, und sie fliegt scheppernd auf den Parkplatz. Chance lugt vorsichtig aus dem Zimmer, dann läuft er zu Eli, brüllt und versucht, ihm aufzuhelfen, doch als Eli sich nicht rührt, läuft Chance weiter zu seinem Pick-up und springt hinein. Er setzt hektisch aus der Parklücke zurück, touchiert dabei die Seite des Motels. Das metallische Kreischen des Pick-ups über die Wand ist lauter als jedes Geschrei oder die Schüsse zuvor. Der Pick-up verschwindet in der Dunkelheit, und nach einem Moment, während das Geräusch seiner Flucht die

Straße hinunter verblasst, ist es auf dem Parkplatz wieder still. Lily versucht auszusteigen, aber der Wagen macht einen Satz nach vorn. Der Gang ist noch eingelegt. Jetzt wird ihr bewusst, dass sie die ganze Zeit über die Bremse voll durchgetreten hatte.

Sie stellt den Motor ab und steigt aus.

Eli liegt der Länge nach ausgestreckt im Licht zwischen den Motelzimmern. Er rührt sich nicht. Der Rücken unter seinem Hemd hebt sich nicht.

Lily geht zu Zimmer 15. Die Tür steht noch offen.

Sie tritt ein. Das schwache Licht des Zimmer-frei-Zeichens auf dem Parkplatz füllt den Raum mit einem gräulich-roten Schein. Durch die geborstene Badezimmertür fällt ein schräger, orangefarbener Lichtstrahl auf ausgeleerte Koffer und die auf einem ungemachten Bett verstreuten Kleider. Sie starrt zum Bad, versucht, nach Peter zu rufen, aber es kommt kein Ton heraus. Sie kann nur atmen. Ihr unförmiger Schatten erstreckt sich vor ihr und reicht bis zur Badezimmertür, als sie ihre geschwächte Hand hebt.

Sie drückt die Tür auf.

Auf dem Boden ein blutiger Duschvorhang. Spritzer auf Decke und Wänden. In der Badewanne zwei übereinandergestapelte, enthauptete Körper. Und in der Toilettenschüssel zwei Köpfe, der eine ihr zugewandt, seine Augen noch geöffnet.

Kapitel 33

Inspector Gil Kliner und Lieutenant Sandra Sortland stehen am Rand des ausgeleuchteten Parkplatzes des West Memphis Motor Inn.

Kliner nickt zu dem Mädchen im Fond von Sortlands Wagen. »Wie heißt sie?«

»Lily Stevens.«

»Sieht jung aus.«

»Achtzehn laut ihrem Führerschein.«

»Was hat sie mit der Sauerei in dem Motelzimmer zu tun?«

»Sie sagt, sie hätte eines der Opfer besuchen wollen. Den Ex-Freund. Man sieht es von hier nicht, aber sie ist schwanger. Im fünften Monat, sagt sie.«

»Entzückend.«

»Der Kindsvater ist mit einer Nutte durchgebrannt. Sie haben hier gepennt.« Sortland dreht sich um und zeigt auf die Leiche, die immer noch vor den Motelzimmern liegt. »Laut Lily Stevens ist der Charmeur da drüben Eli Buck, Zuhälter des Mädchens in der Badewanne.«

Kliner notiert die Namen in einem kleinen, dicken Spiralblock. »Okay, weiter.«

»Laut ihr ist der zweite Verdächtige, der weggefahren ist, ein Kerl namens Chance Berryman.«

»Passt. Die State Police hat einen Berryman in Gewahrsam.«

»Wirklich?«

»Die haben ihn auf dem Randstreifen der I-40 gefunden. Als der Trooper sich dem Pick-up näherte, ist Berryman ohnmächtig geworden und hat alles vollgeblutet. Schuss in der rechten Schulter. Offensichtlich zertrümmert, sagen sie. Er ist jetzt wach und sagt kein Wort darüber, wie er sich den Schuss gefangen hat, aber im Navi seines Pick-ups war immer noch die Adresse des Motels gespeichert, also haben sie mich angerufen.«

»Sofern nicht im Zimmer Schüsse abgefeuert wurden, was aber nicht der Fall zu sein scheint, ist der Schütze wahrscheinlich unser Held und Empfangschef Ed Greb.«

»Keiner, der in diesem Drecksloch arbeitet, ist ein Held.«

»Jedenfalls sagt Greb, er habe auf die Beschwerden anderer Gäste wegen Lärmbelästigung reagiert. Er hatte eine Smith & Wesson Shield.«

»Sauber.«

Auf die Stelle zeigend, sagt sie: »Er kommt um die Ecke da, als Buck mit einer Machete herauskommt und sofort, laut Aussagen sowohl von Greb als auch von Lily Stevens, sofort auf Greb losstürmt. Greb feuert das ganze Magazin der Pistole in seine Richtung ab. Berryman kam wenige Schritte hinter Buck aus dem Zimmer.«

»Das Magazin der Shield fasst acht Schuss. Wissen wir schon, wo die Projektile geblieben sind?«

»Nun, warten wir ab, was Ropes sagt, wenn er mit der Leiche fertig ist, aber soweit ich das sehe, hat Buck eine Kugel durch den Hals bekommen – rein und wieder raus – und zwei in die linke Schulter.«

»Berryman befand sich links hinter Buck, was erklärt, wieso er eine in die rechte Schulter bekommen hat …«, sagt Kliner und tippt dabei auf seine eigene Schulter.

»Ja. Klingt richtig. Laut Greb war das Magazin voll plus eine weitere Kugel im Lauf. Also haben wir vier Kugeln in den Verdächtigen und«, sie gestikuliert in die Dunkelheit hinter dem Licht, »fünf irgendwo da draußen in den Bäumen. Buck hatte eine Ruger in seiner Jeans, aber es sieht nicht so aus, als hätte er die angefasst. Ich denke, er wird wohl gedacht haben, er könnte den alten

Knaben mit seiner Machete verscheuchen, und hat nicht damit gerechnet, dass der eine Pistole zieht und anfängt rumzuballern.«

Kliner geht zu dem Motelzimmer hinüber. Über ihnen stehen Motelgäste auf dem Gang vor den Zimmern und verfolgen die Geschehnisse. »Geht jetzt alle ins Bett.«

Bislang rührt sich niemand.

»Bin ziemlich sicher, einer von denen hat die Presse verständigt«, sagt Sortland. »Channel 11 war zuerst hier. Die übrigen Sender sind dann wie ein Schwarm Moskitos ratzfatz hier eingefallen. Der Typ von der *Democrat-Gazette* ist auch hier. Alle stellen bereits Fragen bezüglich der Enthauptungen. Über was anderes wollen die gar nicht reden.«

»Ach, zum Teufel auch. Woher wissen die schon davon?«

Sortland zuckt mit den Achseln. »Als das Mädchen die Leichen gefunden hat, ist sie schreiend rausgelaufen. Alle sind aus ihren Zimmern gekommen, und denen hat sie dann gesagt, was sie gefunden hat. Ich vermute, der eine oder andere wird das den Reportern erzählt haben, sobald die hier aufgekreuzt sind.«

»Super«, brummt er. »Also, sorg dafür, dass die Kameras vorne bleiben. Sie dürfen keinesfalls nach hinten kommen.«

»Natürlich.«

Sie betreten das Zimmer. Sortland deutet auf die Kleidungsstücke auf dem Boden und einen umgestoßenen Stuhl. Ein großer, rot-schwarzer Bolzenschneider.

»Kampfspuren hier«, sagt sie, »aber nicht viel Blut, mal abgesehen von etwas Blut auf der Seite des Bolzenschneiders da, als wäre er wie eine stumpfe Waffe benutzt worden. Vielleicht, um damit den Jungen zu schlagen, als sie gerade hereingekommen waren? Die Morde sind dann anscheinend im Bad passiert.«

»Sieht aus, als hätten sie was gesucht.«

»Ja. Es lagen ein paar Utensilien herum, aber bislang keine Spur von Drogen oder Geld.«

»Wir müssen Berrymans Pick-up untersuchen, mal sehen, ob sie vor den Morden was genommen haben.«

»Okay.«

Kliner geht zum Bad hinüber, holt tief Luft und geht hinein.

Sortland bleibt im Zimmer zurück, sagt nichts, schaut zu, wie der Mann von der Spurensicherung den Nachttisch nach Fingerabdrücken absucht.

Als Kliner aus dem Bad kommt, sagt er: »Die haben einen nach dem anderen an der Wanne geköpft. Die Wanne sieht aus wie ein Hackklotz.«

»Wurde sie zuerst getötet?«

»Weiß ich noch nicht, aber ich glaube, der Junge war der Erste, dem sie den Kopf abgehackt haben.«

»Nicht das Mädchen? Ihr Kopf liegt unten im Klosettbecken.«

»Ja, aber sein Körper liegt unten in der Wanne. Vielleicht haben sie die Köpfe erst in die Schüssel geworfen, als beide tot waren. Außerdem finden sich auf dem Gesicht des Mädchens extrem viele Prellungen und Blutergüsse.«

»Wie interpretierst du das?«

»Tja, ich würde sagen, das Mädchen war ihr eigentliches Ziel, der Junge war einfach nur da. Also lautet meine Vermutung, dass sie den Jungen getötet und enthauptet und sie gezwungen haben, dabei zuzusehen. Vielleicht als Strafe oder vielleicht auch, um sie unter Druck zu setzen, damit sie ihnen sagt, wo sie die Drogen oder das Geld versteckt hat. Zumindest ist das meine Hypothese. Wir werden mehr wissen, nachdem wir mit Berryman geredet haben und uns die Ergebnisse der Obduktion vorliegen.«

Sortland macht sich eine Notiz über die Hämatome im Gesicht des weiblichen Opfers.

»Haben wir bei den Opfern schon die Fingerabdrücke genommen?«, fragt Kliner.

»Ja«, antwortet Sortland.

»Wenn das Mädchen eine Prostituierte ist, haben wir vielleicht irgendwo ihre Abdrücke in den Akten. Bei dem Jungen werden wir sehen. Was ist mit dem Mädchen draußen …?« Er sucht nach ihrem Namen.

»Lily Stevens.«

»Genau.« Er deutet mit dem Daumen zum Bad. »Was hat sie noch gleich gesagt, wie der Junge heißt?«

»Tja, das ist es ja gerade«, antwortet Sortland und weist Kliner auf einen Tisch in der Ecke des Zimmers hin. Darauf liegen zwei offene Geldbörsen. Die eine ist aus pinkfarbenem Nylon, die andere aus braunem Leder. »Wir haben zwei Geldbörsen hier im Zimmer. Die pinkfarbene gehört dem Mädchen. Wir haben einen abgelaufenen Lernführerschein aus Louisiana aus dem Jahr 2015, demnach ist sie Tisha McCready, was zu dem passt, was Lily Stevens uns gesagt hat. Sie kannte ihren Nachnamen nicht, sagte aber, ihr Vorname sei Tisha. In der Geldbörse des Mannes befindet sich ein aktueller Führerschein aus Arkansas, ausgestellt auf einen Ryan Vila. Aber das Mädchen draußen sagte, sein Name wäre Peter Cutchin.«

»Also ist es ein gefälschter Ausweis?«

»Oder das da drinnen ist nicht ihr Freund, dem der Kopf fehlt.«

»Hast du ihr den Schein gezeigt?«

»Ja, sie glaubt, er ist nicht der auf dem Foto. Sie ist allerdings auch ziemlich durch den Wind, und manchmal ist es schwer, jemanden nach einem Führerscheinfoto zu erkennen, aber ich würde vermuten, der Typ mit dem Kopf in der Toilettenschüssel ist nicht der Vater ihres Kindes.«

Kliner verzieht den Mund. »Wir haben die Köpfe aus der WC-Schüssel geholt. Die liegen auf einer Plane. Wir könnten sie mal einen Blick werfen lassen, ob sie sie identifizieren kann.«

»Gil, ich bitte dich. Sie ist achtzehn, schwanger und steht sowieso schon unter Schock.«

Er zuckt mit den Achseln. »Stimmt. 'türlich.« Er fragt: »Haben die Rettungssanitäter schon nach ihr gesehen?«

»Ja. Die haben gesagt, sie wäre soweit okay.«

»Schön, sorg dafür, dass man sie trotzdem gynäkologisch untersucht. Das würde uns gerade noch fehlen, dass unsere Augenzeugin wegen dieser entsetzlichen Scheiße Komplikationen mit ihrer Schwangerschaft bekommt.«

»Okay.«

»Hat sie Familie?«

»Ja, ich habe veranlasst, dass Cooke sie verständigt.«

»Okay«, sagt Kliner. »Du hast ihre Aussage. Hol dir alles, was du sonst noch von ihr brauchst, sorg dafür, dass bei ihr medizinisch alles in Ordnung ist, dann lässt du sie nach Hause gehen. Sie hatte eine verdammt harte Nacht.«

Kapitel 34

Als mitten in der Nacht der Anruf kommt, der ihnen mitteilt, dass Lily am Tatort eines Gewaltverbrechens aufgefunden wurde, schläft keiner mehr im Haus der Stevens. Peggy, in Panik, seit sie nach Hause kam und die Haare ihrer Tochter auf dem Boden des Badezimmers entdeckte, sitzt leise weinend auf dem Wohnzimmersofa, während ihr Sohn, der seinen Arm um ihre Schultern gelegt hat, versucht, sie zu beruhigen. Beide hören David in der Küche auf und ab gehen. Er hat bereits die Starks angerufen und mit Fiona gesprochen, die seit dem Streit in der Schule nicht mehr mit Lily gesprochen hat. Er hat dreimal bei Schwester Cynthia angerufen, weil er dachte, es gebe vielleicht Neuigkeiten über Peter, die Lily veranlasst hätten, so zu reagieren, aber jedes Mal keine Antwort bekommen. Er versuchte sogar, Allan Woodson im Corinthian zu erreichen, nur um zu erfahren, dass er dort nicht mehr arbeitet.

Als das Telefon klingelt, schreckt Peggy zusammen. Als David rangeht, läuft sie zur Küchentür und starrt ihn an.

»Hallo«, sagt er. »Ja, richtig … Ja. Ich bin ihr Vater. Ist mit ihr alles in Ordnung?« Er hört zu, seufzt und legt eine Hand auf die Arbeitsfläche. Er schaut auf und sagt zu Peggy: »Es geht ihr gut. Sie ist okay.«

Peggy wird schwindlig und sie muss sich am Türrahmen abstützen, bis David nicht mehr telefoniert. Als er das Telefon schließlich fortlegt, sagt er: »Das war die Polizei. Sie ist in West Memphis. Sie war in einem … Motel, und anscheinend kam es dort zu einer Schießerei.«

Peggy hebt die Hand an den Mund. »Eine Schießerei … Aber du bist sicher, dass es ihr gut geht?«

»Ja.«

»Du hast nicht mit ihr gesprochen. Wenn es ihr gut geht, warum hast du dann nicht mit ihr gesprochen?«

»Ihr geht's gut, Liebes«, sagt er und versucht, zuversichtlich zu klingen. »Absolut unverletzt, haben sie gesagt. Nur völlig mitgenommen. Sie wollte nicht ans Telefon kommen.« Er reibt sich das Gesicht. »Ich glaube, es hat irgendwas mit Peter zu tun.«

»Peter war dort, in diesem Motel?«

»Ich bin nicht sicher. Ich glaube, sie versuchen immer noch, sich ein Bild zu machen, jedenfalls war sie dort und hat nach ihm gesucht. Wir müssen sie holen. Wir müssen nur irgendwie dorthin kommen, denn wir werden deinen Wagen vom Polizeirevier hierher zurückfahren müssen.«

»Kann ich mit?«, fragt Adam, der hinter seiner Mutter steht.

»Nein«, sagt sie zu ihm. »Du musst ins Bett.«

»Wie soll ich denn schlafen können?«

Peggy tätschelt seinen Arm, aber sie gibt ihm keine Antwort, als sie ins Wohnzimmer zurückkehrt, um Schuhe und Mantel anzuziehen.

David legt eine Hand auf Adams Schulter. »Du bleibst hier. Wir sind in ein paar Stunden zurück. Ruf niemanden an, aber geh ans Telefon, wenn es klingelt, denn wir könnten es sein oder vielleicht auch die Polizei mit weiteren Informationen.«

»Wen willst du denn um diese späte Uhrzeit anrufen, damit er euch fährt?«

David entsperrt sein Telefon. »Aztec.«

Als eines der unkonventionelleren Mitglieder ihrer früheren Kirche ist James Tinson allgemein als Aztec Jim bekannt, ein Name, den er sich in den 1990ern im Gefängnis zugelegt hatte, als er sieben Jahre wegen Totschlags saß. Aztec war damals ein Biker und übler Raufbold, der auf dem Weg des Teufels wandelte, was damit endete, dass er in einer Kneipenschlägerei versehentlich einen Mann tötete. Er ist nie erpicht darauf, über die Einzelheiten dieser schicksalhaften Begegnung zu sprechen, weist aber immer schnell darauf hin, dass sie ihn direkt dazu führte, im Gefängnis zum Herrn Jesus Christus zu finden.

Als Aztec Jim zu Jesus fand, fand er außerdem nach seiner Einkerkerung eine Karriere in der Gefängnisseelsorge. Heute lebt er die meiste Zeit des Jahres auf der Straße, schläft auf der Ladefläche seines Transporters und verkündet den Häftlingen in Arkansas, Tennessee, Mississippi und Louisiana das Evangelium. Mit seinem dichten Bart, dem Glatzkopf und den tätowierten Armen sieht Aztec überhaupt nicht aus wie ein normaler Pfingstkirchler, aber obwohl sein Aussehen als auch seine improvisierte Gefängnistheologie nicht in jeder Hinsicht der kirchlichen Lehre entsprechen, predigt er den Ausgestoßenen der Gesellschaft den Namen Jesu und die Erlösung durch den Heiligen Geist, sodass die Mitglieder des Conway Redemption Tabernacle ihn wie einen etwas exzentrischen Cousin willkommen heißen. Da er so oft unterwegs ist, war er nicht da, als Bruder David von seinem Amt zurücktrat, auch wenn er ganz sicher dafür gestimmt hätte, dass der Priester und seine Familie bleiben dürfen. Wenn Aztec Jim an eines glaubt, dann sind es zweite Chancen. Vielleicht ist er genau deshalb der Einzige, der David einfällt, als er überlegt, wen er anrufen könnte.

Dreißig Minuten später holt er sie in seinem heiß geliebten Transporter ab. Es ist ein weißer Chevy, überzogen mit akneartigem Rost. Im Laderaum gibt es ein Bett und ein Bücherregal als Kopfteil, eine Kochplatte steht auf einer kleinen Kühlbox, dann sind da noch eine Werkzeugkiste, ein Ersatzreifen, ein Sack mit sauberer Kleidung und ein Sack voller Schmutzwäsche.

Aztec hat schon mehr als genug verzweifelte Eltern getroffen, um zu wissen, wann er den Mund halten muss. Nachdem David und Peggy ihm überschwänglich gedankt haben, als er sie abholt, fallen sie in ein besorgtes Schweigen. Sie sprechen nicht nur nicht mit ihm, sie sprechen auch nicht miteinander, weil jeder von ihnen versucht, nicht die Nerven zu verlieren. Peggy sitzt auf der Bank zwischen Aztecs Bett und dem vorderen Teil des Vans. Aztec kauert sich dicht ans Steuer, liegt sogar fast darauf, lenkt mit beiden Händen und Unterarmen. David sitzt neben Aztec und starrt aus dem Fenster.

Während eines Großteils der Fahrt schließt David die Augen. Er schläft nicht, sondern betet still, bittet Gott um Hilfe, ist unsicher, ob er erhört wird, ohne zu wissen, dass seine Tochter wenige Stunden zuvor auf genau derselben Straße ein ganz ähnliches Gebet gesprochen hat.

Als sie das Revier erreichen, öffnet Peggy die Tür und steigt aus. Um diese Uhrzeit ist der Parkplatz nahezu leer, und das Revier wirkt wie im Halbschlaf.

»Könntest du noch ein paar Minuten bleiben?«, bittet David Aztec. »Nur bis wir wissen, dass es kein Problem gibt, den Wagen zu bekommen?«

»Natürlich, Bruder. Ich werde hier sein.«

David bedankt sich und steigt aus dem Transporter. Er nimmt Peggys Arm, und zusammen gehen sie in das einsam wirkende Polizeirevier, um ihre Tochter abzuholen.

• • •

Peggy sieht Lily auf einer Bank warten, bevor Lily sie sieht. Die wunderschönen langen Haare des Mädchens, der Stolz aller Frauen der Pfingstkirchler, waren abgeschnitten und zum größten Teil auf dem Boden ihres Badezimmers zurückgelassen worden. Zurück bleibt ein schäbiges Chaos. Die Schultern des Mädchens hängen tief, ihr Gesicht ist fahl, ihre Arme sind schützend um ihren Bauch gelegt. Als Lily aufschaut und ihre Mutter sieht, beginnt Peggy zu weinen. Lily nicht. Sie umarmen sich, aber Lilys Gesicht bleibt ausdruckslos und leer, ihre Haut spannt sich über ihren Schädel, als ob sie darauf wartet, dass noch etwas passiert.

Während David mit der Polizei spricht, gehen Peggy und Lily hinaus zu ihrem Wagen. Als David aus dem Revier kommt, geht er zuerst zu dem Transporter hinüber, um mit Aztec Jim zu reden.

»Es gibt kein Problem mit dem Wagen«, sagt er ihm. »Ich kann dir gar nicht genug danken, Aztec. Dafür, dass du uns mitten in der Nacht hierhergefahren hast … Danke schön.«

»Freut mich, dass ich helfen konnte, Bruder. Bin nicht zum ersten Mal mitten in der Nacht vor einem Polizeirevier. Verdammt, um die Wahrheit zu sagen, es ist nicht das erste Mal, dass ich mitten in der Nacht vor *diesem* Polizeirevier bin.«

Darüber muss David freundlich grinsen. »Tja, ich bin dir wirklich sehr dankbar.«

Die Tür quietscht, als Aztec aus dem Transporter steigt, um David in eine mächtige Umarmung zu schließen. »Ich werde für euch alle beten«, verspricht er. »Besonders für Lily und dieses Baby.«

David bedankt sich nochmals und klopft ihm auf den Rücken. Er winkt ein letztes Mal, als Aztec Jim Tinson in die Nacht hinausfährt, dann bereitet er sich auf den langen Heimweg vor.

Peggy bleibt mit Lily auf dem Rücksitz. Beide schweigen, obwohl das Mädchen nach einer Weile den Kopf auf den Schoß seiner Mutter legt und einschläft. Zwei Stunden später sind sie immer noch unterwegs, als ein großer Diesel an ihnen vorbeirast und den Wagen so durchrüttelt, dass Lily aufwacht. Mit dem Kopf immer noch auf dem Schoß ihrer Mutter öffnet sie die Augen gerade weit genug, um Peggys Hand auf ihrer Schulter liegen und den Hinterkopf ihres Vaters über der Rückenlehne zu sehen.

»Ich werde morgen anrufen«, sagt Peggy leise, »und höre mal, ob wir mit ihr einen Termin bei Dr. Eljerary bekommen.«

»Glaubst du denn, dass sie schon so bald in der Lage sein wird, irgendwohin zu gehen?«, erwidert David leise.

»Sie muss von ihrem eigenen Arzt untersucht werden, Schatz, nicht nur von einem Rettungssanitäter.«

»Ich weiß. Aber sie hat doch gerade erst mit ansehen müssen, wie ein Mann erschossen wurde. Und Peter …«

»Wir wissen nicht, ob er das in diesem Motel war.«

»Nun, ob er es nun ist oder nicht, was sie dort gesehen hat genügt, um jeden zu traumatisieren.«

»Umso mehr Grund, dass sie so schnell wie möglich zu ihrem eigenen Arzt geht, um sicherzugehen, dass es ihr gut geht.«

Lily regt sich, erhebt sich langsam vom Schoß ihrer Mutter. »Sie wissen nicht, ob es Peter ist?«, fragt sie und blinzelt dabei noch immer Schlaf aus ihren Augen.

Peggy starrt sie an. »Lily …«

»Sie wissen nicht, ob er es ist?«

David rückt den Innenspiegel zurecht, damit er seine Tochter sehen kann. »Sie sind noch nicht sicher, Liebling. Sie haben uns gesagt, sie hätten ihre Zweifel.«

Lily nickt und dreht ihr Gesicht zum Fenster, aber sie schaut nicht wirklich hinaus. »Sie haben mir einen Führerschein gezeigt, auf dem der Name und die Anschrift eines anderen Jungen standen«, sagt sie. »Das Bild sah ihm schon ein bisschen ähnlich, wenn man nicht genau hinsieht. Aber das auf dem Bild war er nicht.«

»Hoffentlich bedeutet das auch, dass nicht er das war in dem Motel«, sagt David.

»Ich bin sicher, genau das bedeutet es«, versichert Peggy ihrer Tochter.

Lily starrt ausdruckslos ihr schwaches Spiegelbild im Fenster an, als stünde sie unter Drogen. Ihr Vater richtet seine Aufmerksamkeit wieder auf die Straße, und die ersten Sonnenstrahlen tauchen gerade über den Bäumen auf.

»Mit dir alles in Ordnung?«, fragt ihre Mutter.

»Nein«, antwortet Lily.

»Möchtest du dich wieder hinlegen?«

»Ich fühle mich so … taub? Wie beim Zahnarzt, wenn er einem eine Betäubung gegeben hat. Gerade im Moment empfinde ich eigentlich gar nichts.«

Peggy nimmt die schlaffe Hand ihrer Tochter, aber Lily macht keinerlei Anstalten, die Geste der Zuneigung zu erwidern.

»Es ist okay«, sagt Peggy.

Darauf antwortet Lily nichts. Ihr Vater fährt. Ihre Mutter hält ihre Hand.

Nach einigen Minuten sagt Lily: »Es ist nicht Peter.«

Ihre Eltern wechseln einen besorgten Blick, und Peggy antwortet. »Wir werden sehen, Liebes. Im Moment entspannst du dich einfach und versuchst, dich auszuruhen. Wir stecken dich gleich ins Bett. Wir sind fast zu Hause.«

Lily schaut aus dem Autofenster und sieht das trübe Wasser des Lake Conway, das im schwachen Licht der Morgendämmerung immer noch schwarz ist, an sich vorbeiziehen.

Sie starrt ihre Eltern einen Moment an.

»Es ist nicht Peter«, sagt sie wieder.

Kapitel 35

Chance Berryman braucht nicht lange, um zu begreifen, dass seine einzige Hoffnung, einer Anklage wegen zweifachen Mordes zu entgehen, darin besteht, seinen ehemaligen Komplizen zu belasten. In dem Versuch, sich mit der Staatsanwaltschaft auf eine geringere Anklage wegen schwerer Körperverletzung zu einigen, stellt er sich als kaum mehr als Fahrer und Handlanger im Kontext eines größeren kriminellen Unternehmens dar. Die Hauptschuld Eli Buck zuzuschieben ist vergleichsweise einfach. Der einundzwanzigjährige Berryman wurde zwar bereits einige Male wegen Trinkens in der Öffentlichkeit und einfacher Körperverletzung verhaftet, aber seine Akte ist im Vergleich zu der langen Liste von Anklagepunkten und Verurteilungen von Buck relativ sauber. Elijah Jerome Buck saß in seinen Zwanzigern wegen Totschlags acht Jahre im Hochsicherheitstrakt des Gefängnisses in Tucker, Arkansas. Einige Jahre nach seiner Entlassung wurde er wegen Besitzes eines Betäubungsmittels mit der Absicht des Verkaufs und der Beihilfe zur Straffälligkeit eines Minderjährigen erneut verhaftet. Von 2001 bis 2005 war er wieder in Tucker, diesmal weil er eine junge Frau, die nach Überzeugung der Polizei für ihn als Prostituierte arbeitete, fast zu Tode geschlagen hatte. Angesichts dieser Vorgeschichte von Gewalttätigkeit und schwersten Körperverletzungen ist leicht nachzuvollziehen, dass Eli Buck die Hauptverantwortung für das trägt, was mit den Bewohnern von Zimmer 15 geschah.

Die Opfer wurden schnell als Tisha McCready, neunzehn, und Ryan Vila, zwanzig, identifiziert. Die Ermittlungsbeamten finden heraus, dass McCready ursprünglich aus Louisiana stammt. Im Alter von fünfzehn Jahren lief sie von ihrer alkoholkranken Mutter und ihrem gewalttätigen Stiefvater fort. Wenige Monate, nachdem sie ihr Zuhause verlassen hatte, begann sie, als Prostituierte zu arbeiten und geriet in Shreveport in die Hände eines Mannes namens Demarko. Demarko verkaufte McCready im Jahr 2016 dann an Eli Buck. Seitdem lebte und arbeitete McCready in einem Haus am Dodson Court, einer Nebenstraße der Baseline Road in Little Rock. Ryan Vila, gebürtig aus Pine Bluff, arbeitete im Walmart Supercenter an der Baseline Road. Die Polizei geht davon aus, dass sich McCready und Vila im Walmart kennenlernten und begannen, sich in den Wochen vor ihrem unvermittelten Verschwinden aus dem Haus am Dodson heimlich zu treffen. Textnachrichten, sichergestellt auf Vilas Handy, deuten an, dass McCready bei ihrer Flucht aus dem Haus tatsächlich eine unbekannte Menge Crystal Meth gestohlen hatte, das Eli Buck gehörte. Die Polizei geht davon aus, dass Rache als Hauptmotiv hinter den Morden zu sehen ist, wobei zusätzlich zumindest ein Teil der verschwundenen Droge wiederbeschafft werden sollte. Am Tatort wurden jedoch keine Drogen sichergestellt.

Da Eli Buck tot ist, schiebt Berrymans Verteidigung so viel Verantwortung wie möglich auf die Betreiberin des Bordells am Dodson Court, die neunundvierzigjährige Evelyn Harper, wobei man sich auf die Behauptung beruft, weil sie und Buck gleichberechtigte Geschäftspartner waren und damit beide seine Arbeitgeber, habe sie ihm im Grunde befohlen, Buck zum West Memphis Motor Inn zu begleiten. Während Berryman aussagt und sowohl die Polizei als auch die Presse weitere Ermittlungen anstellen, kommen immer mehr Details über das Paar ans Licht. Harper traf Eli Buck im Winter 2005 nach seiner Entlassung aus dem Gefängnis. Harper war vorher bereits zweimal wegen Prostitution verurteilt worden, nämlich 1993 und 1998, und war 2002 wegen Zuhälterei verhaftet, allerdings nie verurteilt worden. In Buck fand sie einen Beschützer und Geschäftspartner. Chance Berryman lernte Buck und Harper als Stammkunde ihrer Mädchen kennen. Zu diesem

Zeitpunkt schafften die Mädchen noch in der Nähe verschiedener Waschanlagen und Tankstellen an der Baseline an, eine schlampige und potenziell gefährliche Art, Geschäfte zu machen. Nachdem eines ihrer Mädchen einmal zu viel verhaftet worden war, so Berryman zur Polizei, beschlossen Buck und Harper, dass sie einen besser kontrollierbaren Raum benötigten. Harper mietete das Haus am Dodson Court an, und damit ging das Geschäft richtig los.

Innerhalb weniger Tage führten diese Enthüllungen zu einer Ausweitung der Geschichte in den Medien. Der grausige Doppelmord in West Memphis führt jetzt zu einem Bordell in Little Rock, von dem aus es wiederum Querverbindungen zu einem Sexhandelsring in Shreveport, Louisiana, gibt. Ganz besonders die Verwicklung einer Zeugin, Lily Stevens, achtzehn, aus Conway, weitet die Geschichte weiter aus zu einem Hotel in Conway, dem Corinthian Inn, und dessen Besitzer Harold Baker, vierundsechzig. Stevens sagte aus, sie habe ihren Ex-Freund gesucht, einen ehemaligen Angestellten des Corinthian, der sie geschwängert und dann die Stadt verlassen habe. Sie war von zwei weiteren ehemaligen Angestellten des Hotels informiert worden, dass sie ihren Ex-Freund im West Memphis Motor Inn finden könnte. Außerdem war ihr gesagt worden, dass Buck und Harper Bakers Hotel in Conway als Operationsbasis für den mittleren Bereich von Arkansas benutzten.

Als Todesursache der Mordopfer im Motor Inn wird Verbluten festgelegt, weil beide anscheinend verbluteten, bevor sie vollständig enthauptet werden konnten. Eli Buck wiederum starb an den Folgen eines Schusses in den Hals, der an seiner Kehle eindrang und zwischen dem dritten und vierten Halswirbel wieder austrat.

Diese Details beherrschen neben anderen die Nachrichten im ganzen Bundesstaat über Wochen. Für einige Tage wird sogar landesweit über den Fall berichtet. CNN geht mit einem Bericht mit dem Titel »Tod und Enthauptung in Arkansas« voran. Ein

Korrespondent der *New York Times* schreibt einen Artikel unter der Schlagzeile »Enthauptungen in Hotelzimmer im West Memphis Motel.« Auf Fox News verkündet eine Einblendung am unteren Bildrand: ZWEI KÖPFE IN EINER TOILETTE. Mehrere True-Crime-Podcasts widmen den Morden Beiträge, und der Fall schafft es auch in den Monolog eines Late-Night-Moderators, der witzelt: »Es ist ein schrecklicher Fall, aber, Mannomann, stellen Sie sich nur mal vor, Sie wären der Klempner, der diese Toilette wieder freibekommen soll! ›Mensch Alter, ich glaub kaum, dass es hier mit Drano funktioniert!‹«

Nach einigen Tagen solcher fieberhaften Aufmerksamkeit in der landesweiten Presse und den Medien gerät der Fall jedoch genauso schnell wieder in Vergessenheit und wird zugunsten des sich zuspitzenden Amtsenthebungsverfahrens in Washington, der Kontroverse um die Premiere des Films *Joker* und der laufenden Untersuchung des suspekten Selbstmords des milliardenschweren Sexualstraftäters Jeffrey Epstein durchgereicht. Die nationale Presse muss größere, schillerndere Geschichten verfolgen, und so verschwindet die schäbige Story von billiger Sexsklaverei und Mord in Arkansas bald aus dem Blickfeld.

In der Presse des Bundesstaates bleibt die Geschichte etwas länger aktuell, und eine Zeit lang sind Bilder von Berryman und Harper, die in Gefängnisoveralls und Handschellen in Gerichtssäle gebracht oder aus ihnen herausgeführt werden, ein fester Bestandteil der Fernsehnachrichten. Sobald sie jedoch in die langweiligeren Mühlen der Justiz geraten sind, gerät die Berichterstattung über ihre voneinander unabhängigen Fälle allmählich ins Stocken, da es an neuen Enthüllungen mangelt. Gegen Baker wurde noch keine Anklage erhoben, und obwohl ein Beamter des Gesundheitsministeriums von Arkansas bekannt gibt, dass der zuständige Gesundheitsbeauftragte eine gründliche Überprüfung der Geschäftspraktiken des Corinthian Inn durchführen wird, wendet sich die Presse in Arkansas im Laufe der Wochen anderen, aktuelleren Geschichten zu. Ein Mann ermordet in Little Rock seine Verlobte und löst daraufhin eine mehrere Tage dauernde landesweite Fahndung aus. Ein Jäger aus Yellville wird von einem Hirsch aufgespießt, den er eigentlich erlegen wollte – eine recht makabre Wendung des Karmas, die so explizit ist, dass sie einen Tag lang zu einer nationalen Nachricht wird. Und die Razorbacks spielen Woche für Woche so grottenschlecht, dass ein Zeitungskommentator seinen erschütterten Lesern mitteilt: »Die Football-Fans in Arkansas sind auf die Welt gekommen, um zu leiden.«

Und so kommt es, dass die Morde im West Memphis Motor Inn, obwohl sie anfangs eine schockierende Geschichte sind, die Schlagzeilen macht, zu lediglich einer weiteren Nachricht in der unaufhörlichen Flut von Skandalen, Gräueltaten und Sensationen werden, die durch die Medienkanäle rauschen, vergleichbar mit einem einzelnen Styroporbecher, der aus dem Abwasserkanal auftaucht, bevor er wieder nach unten gesaugt und aus dem Blickfeld gespült wird.

Kapitel 36

Special Agent Diane Herrera von der FBI-Außenstelle in Little Rock ist die beeindruckendste Frau, der Lily je begegnet ist. Fünfzig Jahre alt, glattes, schulterlanges schwarzes Haar, stets ein Lächeln auf den Lippen, beendet nie einen Blickkontakt. Sie empfängt Lily und Peggy im hell erleuchteten Foyer des FBI-Büros, nähert sich mit großen Schritten und schüttelt beiden Frauen freundlich die Hand. Lily bemerkt allerdings auch, dass Herrera eine Waffe an ihrem Gürtel trägt.

»Peggy, Lily«, sagt die FBI-Agentin, »vielen Dank, dass Sie heute zu mir gekommen sind.« Sie bedeutet ihnen, ihr einen langen Korridor hinunter zu folgen. »Hier entlang, bitte.« Sie führt sie in ihr Büro, das zum grünen Rasen vor dem Gebäude liegt. Jenseits des Rasens fließt der Verkehr auf dem West Shackleford Boulevard vorbei. Herrera deutet auf zwei Sitzgelegenheiten vor ihrem Schreibtisch.

»Nehmen Sie doch bitte Platz. Machen Sie es sich bequem.«

Das erste Gespräch fand zu Hause bei den Stevens' statt, bei dem die FBI-Agentin mit Lily und ihren Eltern an deren Küchentisch saß und alles mitschrieb, was das Mädchen über Eli und Harper zu sagen hatte. Jetzt ist Lily fasziniert, Herreras Büro zu sehen, obwohl es sich nicht so sehr von anderen Büros unterscheidet, in denen sie bereits gewesen ist. Sauber, ordentlich, aufgeräumt. An der Wand ein Familienfoto, Special Agent Herrera mit einem attraktiven Mann und zwei gut aussehenden Söhnen. Daneben einige Fotos von Herrera mit offiziell aussehenden Leuten bei offiziell aussehenden Veranstaltungen. Lily sieht alle kurz an, bevor sie zu ihrem Stuhl geht.

»Ist der Stuhl für dich okay, Lily?«, fragt Herrera. »Wir könnten dir auch einen anderen ...«

»Nein, vielen Dank. Alles gut.«

Lily ist jetzt im achten Monat schwanger. Ihr Bauch, der sich unter dem ärmellosen, fuchsienfarbigen Umstandsshirt und einer weichen Baumwollhose spannt, hat exakt die Form einer großen Wassermelone. Das Gewicht des Babys drückt auf ihre linke Hüfte, sodass sie unter der Kleidung eine schwarze Bauchbinde trägt, um den Schmerz ein wenig zu lindern. Nachdem sie sich auf dem Stuhl niedergelassen hat, atmet sie tief durch.

»Okay«, sagt sie, streicht mit den Händen durch ihr kastanienbraunes Haar. Ihre Mutter hat es in der Länge angeglichen, damit es gleichmäßig nachwachsen kann, aber Lily liebt das Gefühl, wie die kurzen Haare durch ihre Finger gleiten.

»Lilys Vater bedauert, dass er nicht kommen konnte«, sagt Peggy. »Er hat gerade eine neue Arbeit bei UPS angetreten und konnte heute leider nicht freibekommen.«

»Schon okay«, versichert Herrera. »Es wird auch nicht lange dauern.« Sie wirft einen Blick auf die Notizen, die sie sich bei ihrem letzten Treffen gemacht hat. »Lily, ich habe nur ein paar Anschlussfragen zu dem, was du gesehen hast, als du am 19. September in das Haus am Dodson Court gegangen bist.«

»Okay.«

»Du hast gesagt, als du dort angekommen bist, hättest du ein Mädchen auf der Veranda gesehen. Ein blondes Mädchen, das eine Zigarette rauchte.«

»Ja.«

Herrera schiebt ein Formular mit einem Polizeifoto von Britt herüber.

»Ist dies das Mädchen?«

»Ja, das ist sie.«

»Und als du reingegangen bist, kannst du mir bitte genau beschreiben, *wen* du gesehen hast?«

»Nun ja, ich habe Harper gesehen. Ich habe das blonde Mädchen gesehen. Und auf der Couch saßen zwei weitere Mädchen. Mexikanerinnen, glaube ich.«

Herrera schiebt zwei weitere Bilder hinüber, Ximena und Lena.

»Ich glaube, das sind sie«, sagt Lily. »Ich hab sie aber nur ganz kurz gesehen.« Sie zeigt auf das Foto von Lena. »Ich glaube, dem Mädchen hat ein Finger gefehlt.«

Herrera nickt. »Das ist Lena. Ihr fehlt der kleine Finger der linken Hand. Hast du außer den drei Mädchen, die du erwähnt hast, sonst noch jemanden gesehen?«

»Nun, natürlich Harper. Eli und Chance sind etwas später aufgetaucht. Eli und Harper waren sauer, dass ich dort war. Wie ich Ihnen schon gesagt hab, die haben alle bedrohlich gewirkt. Und dann ist Allan aufgetaucht.«

»Und hast du noch jemanden gesehen, solange du in dem Haus warst? Entweder im Haus selbst oder auch draußen?«

»Nein, Ma'am«, antwortet Lily. Sie korrigiert sich. »Also, tatsächlich hab ich zwei Männer aus dem Haus kommen sehen, als ich dort eintraf.«

»Sie kamen von wo?«

»Aus der Haustür.«

»Kannst du diese Männer beschreiben?«

»Hmm. Nicht wirklich. Ich hab sie echt nicht gut gesehen. Ich glaube, es waren Freier.«

»Wenn du sie nicht gut gesehen hast, wie kommst du dann darauf, dass sie Freier waren?«

»Ich weiß nicht … so wie sie gegangen sind? So als hätten sie's eilig. So als hätten sie ihr Ding erledigt und hätten es nun eilig zu gehen.«

Peggy Stevens, die ihre Tochter anstarrt, während diese das alles schildert, schüttelt in stillem Entsetzen den Kopf.

»Hast du gesehen, dass diese Männer irgendwem Geld gegeben haben?«, fragt Herrera.

»Nein. Sie sind einfach nur rausgekommen, in ihren Pick-up gestiegen und gefahren.«

»In was für einen Pick-up sind sie gestiegen?«

»Es war ein großer, orangefarbener Pick-up. Sah neu aus. Er hat geglänzt. Ich bin nicht sicher, was das für einer war.«

»Ein großer, orangefarbener Pick-up«, wiederholt Herrera und schreibt es auf. »Ich vermute, du hast nicht zufällig das Nummernschild gesehen?«

»Nein, ich hab sie oder den Truck ja kaum angesehen. Ich hab sie höchstens einen Moment gesehen, bevor sie weggefahren sind.«

»Versuch bitte, die Männer zu beschreiben«, sagt Herrera. »Weiß? Schwarz? Latino? Jung? Alt?«

»Es waren Weiße. Sie waren jung. So in den Zwanzigern, Anfang zwanzig, würde ich sagen. Sie trugen Jeans und T-Shirts. Beide hatten Basecaps. Sahen irgendwie völlig durchschnittlich aus. Sie sind rausgekommen, in den Pick-up gestiegen und gefahren. Ich hab sie vielleicht dreißig Sekunden gesehen.« Sie beobachtet Herrera, die sich das alles notiert und fragt: »Ist das wichtig?«

Die FBI-Agentin schreibt noch und antwortet: »Man weiß nie, was wichtig ist und was nicht. Man sammelt alles an Informationen, was man bekommen kann, dann geht man es später durch und versucht herauszufinden, was wirklich wichtig ist.« Sie nickt und schaut von ihren Notizen auf. »Okay. Hast du, abgesehen von diesen beiden Typen, die du für Freier hältst, sonst noch jemanden dort gesehen? Jemanden, der dort gewohnt oder gearbeitet haben könnte?«

»Nein.«

»Hast du vor dem Haus ein anderes Fahrzeug gesehen?«

»Nein.«

»Erinnerst du dich, ob Eli oder Chance oder Harper noch jemanden erwähnt haben? Oder ein anderes Fahrzeug erwähnt haben?«

Lily denkt einen Moment nach. »Ich glaube nicht, nein.«

Peggy fragt die FBI-Agentin: »Werden Sie auch nach dem fragen, was in dem Motel passiert ist?«

»Nun, um Ihnen die Wahrheit zu sagen, Peggy«, antwortet Herrera, »der Zwischenfall in dem Motel fällt in die Zuständigkeit von jemand anderem, ist der Fall von jemand anderem. Das FBI ermittelt im Zusammenhang mit der Zwangsprostitution dieser und möglicherweise weiterer Mädchen, die Lily gesehen hat, als sie in diesem Haus war. Wir versuchen, so viel wie möglich über dieses Unternehmen in Erfahrung zu bringen, und dazu gehört auch, wie die Mädchen transportiert wurden. Normalerweise gibt es drei unterscheidbare Phasen im Sexhandel: Anwerbung, Transport und Ausbeutung. Die Person, die das Opfer anwirbt, reicht sie an den Transporteur weiter, der sie dann an den Ausbeuter verkauft. Dieser Prozess führt in der Regel zu einer Anhäufung von Schulden, die das Opfer sodann abarbeiten muss, was genau hier der Fall zu sein scheint. Der Unterschied in diesem Fall besteht jedoch darin, dass Eli sowohl den Transport als auch gemeinsam mit Harper die Ausbeutung erledigte. Im Moment versuche ich herauszufinden, ob Lily bestimmte Informationen bestätigen kann, die wir darüber haben, wer zu dem Zeitpunkt, als sie dort war, in dem Haus am Dodson Court lebte und arbeitete.«

»Allan hat mir erzählt«, sagt Lily, »dass die Mädchen in einem Umzugslaster angekarrt wurden.«

Herrera blättert einige Seiten ihrer Notizen zurück. »Das hat er mir auch gesagt, was bestätigt, was ich von den Mädchen selbst gehört habe. Allerdings versuchen wir immer noch, diesen Transporter zu finden. Chance hat seinen Raptor und Harper hat auch einen Wagen, einen alten Taurus, aber Eli schien seit über zwanzig Jahren kein Fahrzeug mehr zugelassen zu haben. Und keiner ihrer Namen findet sich auf irgendeinem Mietvertrag, den wir finden konnten. Somit ist dieser Umzugstransporter ein kleines Rätsel.«

»Sie haben mit Allan Woodson gesprochen?«, fragt Peggy.

»Ja. Er hat uns den ursprünglichen Tipp gegeben, ironischerweise etwa zur selben Zeit, als Eli in West Memphis erschossen wurde. Er kommt, ähnlich wie Sie beide, zu einem Folgegespräch her.« Sie wendet sich wieder Lily zu. »Aber nur noch mal zur Klarstellung: Du hast nie einen Umzugswagen bei dem Haus gesehen? Oder einen Transporter? Oder etwas in der Art?«

»Nein.«

»Und was die Mädchen betrifft, die du dort gesehen hast: Du hast das Mädchen gesehen, das eine Zigarette auf der Veranda geraucht hat, und du hast die beiden Mädchen auf einer Couch gesehen, die ferngesehen haben. Korrekt?«

»Ja, Ma'am.«

»Okay.« Herrera schreibt etwas auf. »Gibt es sonst noch etwas, das ich deiner Meinung nach wissen sollte?«

»Was denn zum Beispiel?«

»Irgendwas. Groß oder klein. Man weiß nie, was weiterhelfen könnte.«

»Mir fällt nichts ein. Im Moment zumindest nicht.«

»Okay. Meine Nummer hast du, also kannst du mich anrufen oder mir eine Textnachricht schicken, falls dir noch etwas einfällt. Meine E-Mail hast du auch.«

»Okay. Darf ich jetzt eine Frage stellen?«

»Natürlich.«

»Suchen Sie nach Peter?«

Special Agent Herrera wirft Peggy einen kurzen Blick zu, bevor sie Lily antwortet, weiß bereits, dass der verschwundene Vater des Kindes ein heikles Thema für die Familie ist. »Natürlich würden wir sehr gern mit Peter reden. Da wir von dir und Allan wissen, dass er in irgendeiner Form Kontakt zu Tisha McCready im Corinthian hatte, würden wir ihn definitiv gern befragen. Aber ich will ehrlich zu dir sein: Ihn ausfindig zu machen ist derzeit nicht unser Hauptanliegen. Wir konzentrieren uns mehr auf die Logistik, wie die Mädchen angeworben und über Staatsgrenzen hinweg transportiert wurden. Ich bin nicht sicher, ob er uns dabei helfen kann.«

Lily schüttelt den Kopf. »Ich glaub's einfach nicht, dass ihn kein Mensch sucht.«

Ihre Mutter greift nach ihrer Hand und tätschelt sie. »Das hier ist nicht der richtige Ort, Lily.«

Lily lacht. »Wenn das FBI nicht der richtige Ort ist, wo dann?«

Herrera schließt ihr Notizbuch und setzt sich auf ihrem Stuhl auf. Distanzierter als zuvor sagt sie: »Ich habe Verständnis dafür, dass du enttäuscht bist, Lily. Meines Wissens sucht die State Police derzeit nach Peter.«

»Ich werde von denen genauso an der Nase herumgeführt wie von allen anderen«, erwidert Lily. »Jeder hat einen größeren Fall, um den er oder sie sich kümmern muss. Sie ermitteln gegen Sexhändler, die Staatspolizei ermittelt gegen die Polizei von Conway, und die Polizei von Conway sagt, solange Peter nicht in Conway ist, könnten sie gar nichts tun. Jeder sagt, ›Wir geben Bescheid, wenn wir etwas hören‹, aber keiner ist tatsächlich da draußen unterwegs und sucht nach ihm.«

Special Agent Herrera sagt: »Tut mir leid, das zu hören, Lily, aber ich kann nur an den Dingen arbeiten, die in meiner Macht und meinem Zuständigkeitsbereich liegen.«

Lily steht auf, was eine Weile dauert, aber als sie es geschafft hat, sagt sie: »Ich werde Sie anrufen, wenn mir noch etwas einfällt, womit ich Ihnen helfen könnte. Ich wäre Ihnen sehr dankbar, wenn Sie das ebenfalls tun würden.«

»Das werde ich«, sagt Herrera und steht auch auf.

Lily nickt und dreht sich zu ihrer Mutter um. »Bist du so weit, Momma?«

»Geh du schon mal vor. Ich komme nach.«

Lily nickt der FBI-Agentin noch mal zu und geht.

Als sie fort ist, sagt Peggy: »Es tut mir leid. Das hier ist alles sehr aufreibend für sie.«

Herrera schüttelt den Kopf. »Kein Grund, sich zu entschuldigen. Ich bin sicher, dass es das ist. Ich verspreche, ich werde es Sie wissen lassen, falls wir irgendwelche Informationen über Peter erhalten.«

Peggy bedankt sich, schüttelt ihr die Hand und geht.

• • •

Als Lily in den leeren Fahrstuhl tritt, spürt sie, wie sich das Baby bewegt. Sie ist erleichtert. Es ist fast zwanzig Minuten her, seit sie gespürt hat, wie es sich bewegt. Wenn sie nicht ungefähr alle fünfzehn Minuten spürt, wie ihr Sohn sich bewegt, bemerkt sie es immer. Wenn sie ihn dreißig Minuten oder länger nicht spürt, beginnt sie, sich Sorgen zu machen. Der Arzt sagt, alles ist in Ordnung, aber sie macht sich trotzdem Sorgen. Was, wenn sie das Baby in dieser Nacht im Motel irgendwie verletzt hat? Was, wenn der Schock über das, was sie dort gesehen hat, sich irgendwie auf ihr Kind ausgewirkt hat?

Sie schüttelt den Kopf. Dr. Eljerary hat ihr gesagt, sie solle sich deswegen keine Sorgen machen. Ihr Ultraschall ist gut, das Blutbild sieht gut aus. Anscheinend waren diese scheußlich schmeckenden Vitamine die richtige Wahl. Sie ist ein kerngesundes, achtzehnjähriges Mädchen. Sie hat noch nie Drogen genommen oder Alkohol getrunken oder auch nur an einer Zigarette gepafft. Sie ernährt sich richtig, sie schläft auf einem weichen Bett mit sechs Kissen, und weder geht sie arbeiten noch zur Schule. Bei ihr ist alles im grünen Bereich. Und das Gleiche gilt für das Baby.

Und trotzdem kann sie nichts gegen die leise Stimme ganz hinten in ihrem Kopf machen, die ständig betet. *Bitte, lieber Jesus,* fleht sie. *Bitte, lass mein Baby nicht für meine Sünden bezahlen.*

In den ersten beiden Trimestern war sie von Scham und Schuldgefühlen geplagt. Ein Teil von ihr wollte jeden Tag aufwachen und vergessen haben, dass sie ein Baby bekommen würde. In der Folge erlebte sie die ersten Monate ihrer Schwangerschaft fast ausschließlich als Qual und Unannehmlichkeit, als Schmerz und Hunger. Jetzt hat sich jedoch alles geändert. Während der letzten drei Monate hat sie angefangen, sich mehr und mehr Sorgen um das Baby zu machen. Jetzt denkt sie ständig an es, genießt jedes Drehen und jede Bewegung in ihrem Bauch, weint völlig unerwartet bei jedem Mid-Tempo-Song, den sie hört. Sie wird nicht mehr von Scham und Schuldgefühlen heimgesucht – aber nicht, weil diese Gefühle wie durch ein Wunder verschwunden sind, sondern weil sie sich mehr Gedanken darüber macht, wie das Leben in einem Monat aussehen wird, wenn das Baby kommt. Während die Zukunft wie ein langer, nebelverhangener Weg ist, denkt sie etwa einmal jede Stunde: *Ich werde Mutter sein.*

Sie reibt ihren Bauch und denkt: *Aber wo ist dein Vater, kleiner Junge?*

Sie hat so viel über Peter herausgefunden, über das Leben, das er führte, und die Geheimnisse, die er hatte. Ciara und ihr Baby. Das Corinthian. Dennoch bleibt die letzte Frage.

Wo ist er?

Was wird sie ihrem Sohn sagen, wenn er ihr diese Frage stellt?

Das alles beschäftigt sie, als sie das Gebäude des FBI verlässt und Allan in die Arme läuft.

•••

Als Peggy herauskommt und Lily mit Allan reden sieht, kann sie kaum glauben, wie groß und mächtig er ist. Sie haben nie miteinander gesprochen, aber jeder kennt den anderen vom Sehen. Das letzte Mal hat sie ihn flüchtig vor einigen Jahren gesehen, als sie bei Walmart in den Gängen an ihm vorbeiging. Er hatte sie nicht gesehen, aber sie hatte ihn sofort erkannt. Dennoch ist sie immer noch überrascht, wie groß und kräftig er ist. Er ist so groß, wie sein Vater war, allerdings erheblich schwerer.

Er sieht sie nervös an, ist unsicher, ob er sich vorstellen soll. Lily kommt ihm zuvor.

»Momma, das hier ist Allan.«

»Hallo«, sagt er höflich.

Peggy sieht ihn nicht an. »Lily«, sagt sie, »setz dich bitte schon mal ins Auto und warte dort auf mich.«

Lily spürt, dass dies keine Bitte ist, und klopft Allan auf den Arm. »Wir sehen uns, Allan.«

»Okay, Lily.«

Als sie allein sind, dreht Peggy sich zu ihm und sagt: »Ich denke, wir müssen uns unterhalten, Mr. Woodson.«

Kapitel 37

Peggy Stevens setzt sich mit Allan Woodson zum ersten Mal zwei Tage später im Strong Coffee zusammen, demselben Café, in dem sich ihre Tochter mit Allan und Ciara getroffen hatte.

Wie schon ihre Tochter trifft auch Peggy frühzeitig ein und bestellt sich etwas zu trinken. Sie bekommt eine Tasse handverlesenen Mango Ceylon und setzt sich an einen Tisch. Sie betrachtet die übrigen Gäste. Zwei Mädchen, nicht viel älter als ihre Tochter, trinken Kaffee und teilen sich einen Schoko-Muffin. Ein dünner Mann in den Fünfzigern, der ein lila T-Shirt mit einem rosa Seepferdchen darauf trägt, nippt an einem Kaffee und liest ein Buch mit dem Titel *Schlafende Erinnerungen*. Das Radio spielt eine Art Hip-Hop, aber die Musik ist so abgehackt, dass sie nervös klingt.

Die Tür geht auf, und Allan kommt herein.

»Hallo«, sagt er und streckt die Hand aus.

Sie steht auf und schüttelt seine Hand.

»Hallo«, sagt sie. »Danke, dass Sie sich mit mir treffen, Mr. Woodson.«

Er bemerkt die Förmlichkeit ihrer Antwort und fragt: »Was trinken Sie?«

»Was? Oh, äh, Tee. Mango.«

Er betrachtet die Tafel über dem Kopf der Barista. »Ich denke, ich nehme einen Kaffee. Ich komme gerade von der Arbeit und kann Koffein gebrauchen.«

Er geht zur Theke und bestellt seinen Kaffee bei der Barista, einem kleinen Mädchen im Collegealter mit einem schwarzen Ring in der Augenbraue und einem T-Shirt von der 1972er Präsidentschaftskampagne von Shirley Chisholm.

»Der Laden hier ist eine Hipster-Oase«, sagt er, als er zum Tisch zurückkehrt. »Ich spüre, wie ich gegen das Bedürfnis ankämpfe, mir einen Schnauzbart stehen zu lassen.«

Überrascht von Allans Versuch, Small Talk zu machen, nickt Peggy nur. »Ich vermute, dass die Kids vom Hendrix College hier abhängen«, sagt sie.

»Vermute ich auch, ja.«

Peggy nickt wieder und trinkt einen Schluck Tee. »Ja, schön«, sagt sie. »Ich nehme an, Sie fragen sich bestimmt, warum ich Sie gebeten habe, sich mit mir zu treffen.«

»Das habe ich mich tatsächlich gefragt, ja.«

»Es gibt verschiedene Dinge, die ich Ihnen gern sagen möchte. Ich bin nicht ... die meisten würden mich für einen ruhigen Menschen halten. Ich vermute, ich bin ruhig, aber das bedeutet nicht, dass ich keine eigenen Vorstellungen habe. Eigene Gefühle. Und es gibt ein paar Dinge, die ich Ihnen sagen muss. Ich weiß, dass wir uns nicht kennen, aber ich finde, es gibt ein paar Themen, die ich mit Ihnen klären muss.«

Allan bläst über seinen Kaffee, trinkt einen Schluck und stellt den Becher dann auf den Tisch. Er verschränkt die Arme. »Okay«, sagt er.

»Erstens, wissen Sie, was mit Peter Cutchin passiert ist?«

Darüber muss Allan beinahe lächeln – diese gottverdammte Frage schon wieder gestellt zu bekommen –, doch stattdessen spürt er, dass Ärger in ihm aufbrodelt. Er starrt Peggy wütend an. »Nein. Ich. Weiß. Es. Nicht«, sagt er.

Sie ist überrascht von seinem abwehrenden Tonfall. »Sie müssen darauf nicht so sarkastisch reagieren.«

»Also schön, dann erlauben Sie mir stattdessen eine offene Antwort. Ihre Tochter ist zu mir nach Hause gekommen und hat Peter gesucht. Sie ist zu meiner Arbeitsstelle gekommen und hat Peter gesucht. Ich habe sie runter nach Little Rock gefahren und eine Waffe auf den übelsten Scheißkerl in diesem Bundesstaat gerichtet, um ihr bei der Suche nach Peter zu helfen. Ich habe das Gefühl, dass ich mich inzwischen lange genug mit Peter Cutchin beschäftigt habe, okay? Ein für alle Mal, nur damit wir uns kristallklar verstehen: Ich weiß gottverdammt nicht, wo er ist.«

»Es gefällt mir nicht, wenn in meiner Gegenwart geflucht wird.«

Darüber muss Allan lächeln. »Sie sind tatsächlich Lilys Mutter.«

»Und ich mag es auch nicht, dass sich ein zweiundvierzigjähriger Mann mit meiner minderjährigen Tochter herumtreibt.«

»Bitte?«

»Sie haben schon verstanden.«

»Okay, Peggy. Das hier geht jetzt langsam zu weit. Ich war nichts als … Ich habe Ihre Tochter davor bewahrt, von einigen sehr bösen Menschen verletzt zu werden. Hat sie Ihnen das erzählt?«

»Ja, aber …«

»›Ja, aber‹ – dass ich nicht lache. Sie hätte die Leute im Corinthian weiter genervt, bis Eli Buck mit seiner Machete zu ihr gekommen wäre.«

Peggy schließt die Augen. »Ich weiß, wie Lily ist«, sagt sie. »Sie ist eigensinnig. Wenn sie sich einmal etwas vorgenommen hat, kann sie nichts mehr aufhalten.« Sie schüttelt den Kopf und sieht Allan an. »Ich wünschte nur, jemand wäre früher zu den Behörden gegangen.«

Allan verkneift es sich, darauf hinzuweisen, dass die Behörden höchstwahrscheinlich Teil des Problems sind. Er muss zugeben, dass sie recht damit hat; jemand hätte schon viel früher etwas unternehmen müssen. Er sagt: »Okay.«

Sie nimmt ihren Tee. Er nimmt seinen Kaffee.

Allan macht ein Gesicht, das Peggy nicht wirklich lesen kann.

»Dieser Reverend William Tackett«, sagt er.

Sie stellt ihre Tasse ab. »Was ist mit ihm?«

»Mein lange verschollener Vater. Ist das der andere Grund, warum wir jetzt hier sind?«

»Ja«, antwortet sie. »Ich denke schon, ja.«

Allan trinkt einen Schluck Kaffee.

»Gibt es etwas, das Sie mir sagen möchten?«, fragt er.

»Ja.«

»Okay.«

Peggy holt tief Luft. »Was zwischen meinem Vater und Ihrer Mutter passiert ist, hat meine Familie praktisch zerstört. Es war, als wäre unser Haus abgebrannt, aber wir hätten weiterhin in den rauchenden Ruinen leben müssen. Meine Mutter ist nie darüber hinweggekommen. Sie konnte ihn nie mehr lieben. Konnte ihn nicht verlassen, konnte ihn nicht lieben. Und sie hat nicht nur ihre Ehe verloren, sie hat auch ihre Kirche verloren, ihren Platz in der Welt. Ich selbst habe meine Kirche erst kürzlich ebenfalls verloren. Gott sei Dank habe ich noch meine Familie, aber ich meine zu wissen, wie schrecklich es für meine Mutter gewesen sein muss, ihren Platz in der Welt zu verlieren. Mir geht es nicht so schlecht wie ihr, aber allein der Geschmack davon, den ich bekommen habe, hat mir das Herz erneut für sie gebrochen. Also denke ich mal, dass ich einfach etwas wissen möchte. Hat Ihre Mutter sich schuldig gefühlt? Hat sie bereut, was sie meiner Familie angetan hat?«

»Ihnen ist schon klar, dass Ihre Frage völlig daneben ist, oder?«, antwortet Allan.

»Wieso?«

»Es ist, als wollten Sie hören, dass meine Mom gelitten hat, damit Sie sich besser fühlen können. Wir sprechen hier von meiner Mutter. Das ist Ihnen schon bewusst? Sie wissen, wie sehr Sie Ihre Mutter geliebt haben? Tja, dann raten Sie mal! Genauso sehr habe ich meine Mutter geliebt.«

Peggy denkt darüber nach. Sie schämt sich, weil sie zugeben muss, dass er recht hat. Aber trotzdem …

»Diese Affäre hat meine Familie zerstört«, sagt sie. »Ich vermute, daran gebe ich Ihrer Mutter die Schuld. Es tut mir leid, aber so empfinde ich das nun mal.«

»Nun, es tut mir leid, aber das kommt mir irgendwie sexistisch vor. Soweit ich weiß, braucht es zwei Menschen, um ein Baby zu machen. Und lassen Sie mich etwas über William Tackett sagen, wo wir schon beim Thema sind. Ich war noch ein Kind, als ich erfuhr, dass mein Dad nicht mein biologischer Vater war. Wie sich herausstellte, war mein biologischer Vater irgendein Prediger auf der anderen Seite der Stadt. Sorry, ein Ex-Prediger. Ich kann nur von Glück reden, dass Herman Woodson ein anständiger Kerl ist. Er hätte nicht bleiben und mich wie sein eigenes Kind großziehen müssen, und doch hat er genau das getan. Er war auch noch da, als ich mich geoutet habe. Ich frage mich, wie viele Kerle hier das getan hätten. Ich frage mich, ob Tackett das getan hätte.«

Peggy setzt zu einer Antwort an, aber Allan winkt ab.

»Nein«, sagt er, »ich kenne die Antwort bereits. Er hat mir den Rücken gekehrt, kaum dass er Sex mit meiner Mutter hatte.«

Peggy ist fassungslos, dass er so etwas über ihren Vater sagt. Sie greift nach ihrer Handtasche.

»Ich muss gehen«, sagt sie.

»Schön, Peggy, aber Sie sind diejenige, die dieses Treffen einberufen hat. Was auch immer Ihre Gründe dafür waren – möchten Sie wissen, warum ich mich bereit erklärt habe, Sie zu treffen? Weil Sie, ob Ihnen das gefällt oder nicht, die einzige Blutsverwandte sind, die ich habe. Welche Scheiße auch immer vor über vierzig Jahren zwischen unseren Eltern abgegangen ist, eines weiß ich mit Sicherheit: Es wirft kein schlechtes Licht auf einen von uns beiden. Es muss nicht hässlich zwischen uns werden. Das allerdings ist allein Ihre Entscheidung.«

Peggy steht auf, ohne ein weiteres Wort zu sagen, und geht hinaus zu ihrem Wagen. Sie steigt ein, steckt den Schlüssel in die Zündung und schaut auf. Sie sieht Allans Hinterkopf durch das

Fenster des Cafés und hält inne, um ihn eine Weile dort sitzen zu sehen.

Schließlich zieht sie den Schlüssel heraus und geht wieder hinein, wobei sie sorgfältig jeden Blickkontakt mit den anderen Gästen des Cafés vermeidet, von denen die meisten versuchen, nicht zu offensichtlich zu beobachten, wie sie wieder hereinkommt und sich gegenüber Allan hinsetzt.

»Sie sind zurück?«

»Ich bin zurück.«

»Okay.«

»Ich bin kein schlechter Mensch«, sagt sie.

»Ich halte Sie auch nicht für einen schlechten Menschen.«

»Doch, das tun Sie.«

»Nein. Tatsächlich habe ich hier gerade gesessen und gedacht, wäre ich an Ihrer Stelle, würde ich wahrscheinlich genau das Gleiche empfinden wie Sie, und wenn Sie an meiner Stelle wären, würden Sie sich wahrscheinlich genauso fühlen wie ich.«

In Wahrheit trank Allan seinen Kaffee und dachte, bis sie wieder hereinkam, *was ist das für eine Zicke*. Nachdem sie nun aber zurück ist, möchte er den Streit beenden.

Peggy sitzt mit ihrer Handtasche auf dem Schoß da, als könnte sie jeden Moment wieder aufstehen, aber sie sagt: »Ich bin einfach nur … wütend. Über so viele Dinge. Ich weiß, dass mein Vater mindestens genauso viel Schuld an dem trägt, was vorgefallen ist, wie Ihre Mutter. Ich habe kein Recht, meine Wut an Ihnen auszulassen. Es hat nichts mit Ihnen zu tun. Und es ist auch nicht sehr christlich, es an Ihnen auszulassen.«

»Ich bin auch kein schlechter Mensch«, sagt Allan.

»Das sagt Lily auch.«

»Kluges Mädchen, diese Lily.«

»Sie ist klug, aber sie wird mich noch ins Grab bringen.«

»Hey, sie hat *mich* fast ins Grab gebracht.«

Peggy nickt, stellt ihre Handtasche auf den Boden neben ihrem Stuhl. »Das ist ein weiterer Grund, warum ich zurückgekommen bin. Nach West Memphis hat Lily uns alles erzählt, was passiert ist. Ich weiß immer noch nicht, ob Sie bei dieser ganzen Geschichte das Richtige getan haben, aber ich weiß, dass Sie sie unten in Little Rock vor diesem Mann beschützt haben. Und ich bin klug genug, um mir bewusst zu sein, dass es erheblich schlimmer hätte ausgehen können, wenn Sie nicht dort gewesen wären. Deshalb … Danke.«

Allan sieht sie an. »Weil Sie ursprünglich hier hereingekommen sind, um mich zusammenzustauchen, weiß ich, dass es wehtun muss, das zu sagen. Also, gern geschehen. Und wenn Sie mich fragen, ich bin auch nicht sicher, ob ich das Richtige getan habe, aber ich bin froh, dass ich da war, um ihr zu helfen. Das bereue ich nicht.«

• • •

Als Allan und Peggy schließlich dreißig Minuten später das Strong Coffee verlassen, begleitet er sie zu ihrem Wagen. Sie schütteln sich die Hände und er geht zu seinem Pick-up.

Als er einsteigt, fühlt er sich auf seltsame Weise erleichtert. Er wusste nicht, was ihn bei dieser Begegnung erwarten würde. Als sie ihn vor dem FBI-Gebäude angesprochen hatte, war sie schroff und abweisend gewesen, sichtlich verärgert. Er war nicht wirklich überrascht, dass sie heute angepisst war. Aber jetzt? Sie gehen hier nicht gerade als Geschwister auseinander, die sich wiedergefunden haben, aber sie verstehen sich besser als zuvor, und es kann doch nicht schaden, sich mit seinem engsten noch lebenden Blutsverwandten gut zu verstehen, oder?

Er denkt immer noch über diese Frage nach, als Peggy an ihm vorbeifährt und winkt. Er winkt zurück und schaut zu, wie sie den Parkplatz verlässt. Er schaut immer noch hin, als ein U-Haul-

Umzugslaster bei Rot über die Kreuzung rast und in Peggy hineinkracht. Durch den Aufprall dreht sich ihr Wagen, bis er schließlich mitten auf der Straße zum Stehen kommt.

Allan schreit und stößt die Tür seines Pick-ups auf. Er rennt über den mit Glassplittern übersäten Asphalt.

Peggy sitzt in ihrem zertrümmerten Auto hinter dem ausgelösten Airbag und drückt eine Hand auf ihre blutende Nase. Als Allan die Fahrertür öffnet, fallen Glassplitter auf die Straße.

»Mit Ihnen alles in Ordnung?«, fragt er.

Sie streckt benommen den Arm aus. Er nimmt ihre Hand.

Kapitel 38

An einem frostigen Samstagnachmittag, fünf Tage später, klopft Allan an die Tür der Stevens'.

Lily macht auf. »Hey, hallo«, sagt sie.

»Hallo«, sagt er. Er schüttelt den Kopf. »Wow. Ich kann mich noch nicht an dein neues Ich gewöhnen, Lily.«

Sie winkt ihn ins Wohnzimmer, wo sie sich etwas unbeholfen umarmen, was wegen ihrer mächtigen Bäuche hauptsächlich ein Schulterdrücken ist.

»Sehe ich so anders aus?«, fragt sie lächelnd.

»Ein bisschen. Einen halben Meter Haare abzuschneiden, macht schon einen Unterschied, vermute ich.«

Sie berührt ihr kurzes Haar. »Wie finden Sie's? Ich glaube, es wächst gut nach.«

»Erinnert mich sehr an *Be Yourself Tonight.*«

»Keine Ahnung, was das bedeuten soll.«

»Annie Lennox, 1985.«

»Okay … dann soll das wohl ein Kompliment sein.«

»Es ist buchstäblich das größte Kompliment, das ich zu einer Frisur machen kann. Also einer Frisur, die nicht Reba McEntire gehört.«

Sie lächelt, als sie ihre Handtasche von der Garderobe neben der Tür nimmt. »Na, dann vielen Dank. Können wir jetzt los?«

»Sonst niemand zu Hause?«, fragt er.

»Nein. Momma und Daddy sind beide arbeiten, und Adam ist bei einem Freund.«

Sie schließt hinter sich die Haustür ab und folgt ihm zum Pick-up.

»Brauchst du Hilfe beim Einsteigen?«, fragt er.

»Ja, bitte.«

Er hilft ihr, geht dann auf die andere Seite des Wagens und steigt selbst ein.

»Wohin fahren wir?«, fragt er.

Sie nennt ihm die Adresse ihres Arztes, die er in das Navi seines Telefons eingibt.

»Okay«, sagt er und befestigt das Handy in der Halterung am Armaturenbrett. Als er aus der Einfahrt zurücksetzt, sagt er: »Und auf gehts.«

»Danke, dass Sie mich fahren.«

»Natürlich. Ich helfe gern.«

»Na, wir alle sind Ihnen dankbar.«

»Ach, ist doch nur eine Fahrt. Kein großes Ding. Wie geht's deiner Mutter?«

»Sie hatte ein paar Tage ein ziemliches Veilchen von dem Airbag. Aber das ist jetzt praktisch wieder weg. Nur noch leicht bläulich auf dem Augenlid. Man kann's eigentlich gar nicht mehr erkennen.«

»Schön, das ist gut. Aber das Auto hat Totalschaden?«

»Ja. Schön blöd. Wo Daddy und Momma beide arbeiten, brauchen wir wirklich zwei Autos. Ich denke, wir holen uns einen Gebrauchten, wenn wir es uns leisten können.«

Allan biegt auf die Autobahn ein und bleibt dort bis zur nächsten Ausfahrt.

»Dann muss das jetzt eine deiner letzten Kontrolluntersuchungen vor dem großen Tag sein, richtig?«

»Jap, noch drei Wochen.«

»Geht's dir auf die Nerven, gefragt zu werden, wann es so weit ist?«

»Ich hasse es, wenn wildfremde Leute mich das in der Schlange vor der Kasse im Walmart fragen. Aber es ist schon okay, wenn meine *Freunde* fragen.«

Sie halten an einer roten Ampel. Allan wirft einen Blick aufs Navi und biegt an der nächsten Querstraße rechts ab. Als er das macht, wirft er einen kurzen Seitenblick auf das Mädchen, das aus dem Fenster starrt. Sie betrachtet die Menschen auf der Straße, sieht in jedes einzelne Gesicht. Obwohl sie durch die Schwangerschaft rundlicher und weicher geworden ist, bleibt etwas an ihr auch in Ruhe hart – härter sogar als zuvor.

»Was ist?«, fragt sie.

»Nichts. Du kommst mir nur irgendwie anders vor.«

»Weniger Haare? Mehr Baby?«

»Klar, aber da ist noch etwas. Du wirkst … älter?«

Sie dreht den Kopf wieder zur Seite, blickt weiter zu den Leuten auf der Straße hinaus, sieht in Autos, in Schaufensterscheiben, sieht jedes Gesicht, an dem sie vorbeikommen, forschend an. »Ich habe in den letzten acht Monaten eine Menge erlebt«, sagt sie. »So viel ist mal sicher.«

Er nickt, beide Hände liegen auf dem Lenkrad. »Ja. Kann's mir vorstellen. Weißt du, neulich wollte ich dich fragen, was genau eigentlich in West Memphis passiert ist, aber ich hielt's für besser, dich erst mal in Ruhe zu lassen. Ich bin sicher, die ganze Welt hat dich danach gefragt.«

»Hat sie, ja.«

»Reporter, Cops, das FBI.«

»Das FBI interessiert sich nur für ihre Ermittlungen gegen Harper wegen Sexhandel. Die wollen über nichts anderes als das reden.«

Er nickt und hält an einer weiteren roten Ampel. »Herrera hat mich auch danach gefragt. Hat mich nach dem Truck gefragt.«

»Warum ist sie so besessen von dem Truck, der benutzt wurde?«

»Es hilft ihr bei den Ermittlungen gegen Chance und Harper, vermute ich. Sie müssen beweisen, dass die Mädchen über Staatsgrenzen hinweg transportiert wurden. Nach allem, was Herrera mir erzählt hat, versuchen sie herauszufinden, ob der Truck, der benutzt wurde, um sie aus Louisiana herzubringen, derselbe Truck war, der benutzt wurde, um die Mädchen zwischen Little Rock und Conway hin und her zu kutschieren.«

»War er's?«

»Woher soll ich das wissen?«

»Haben Sie den Truck gesehen, als Sie noch im Corinthian gearbeitet haben?«

»Ein paar Mal, allerdings immer nur flüchtig und im Dunkeln. Ich hab mich nicht da hinten herumgedrückt.«

»Wie hat er ausgesehen?«

»Arbeitest du jetzt beim FBI?«

»Sie haben mir erzählt, es wäre ein Umzugslaster gewesen, richtig? So was wie ein U-Haul oder so?«

Er zuckt mit den Achseln. »Na ja, ich sage dir, was ich auch Herrera gesagt habe. Er war so groß wie ein normaler Container. Ein Ding, mit dem man den Umzug einer kleinen Wohnung hinbekommt. Ich glaube, von vorne war er weiß, die Seiten waren blankes Metall. Es könnte also irgendwann mal ein U-Haul oder Penske oder Budget gewesen sein. Ich bin nicht sicher. Vielleicht war's einer von denen. Wie ich schon sagte, ich hab ihn nicht besonders gut gesehen.«

Darauf antwortet Lily nichts, und als Allan vor der nächsten Ampel zu ihr hinüberschaut, ist ihr Gesicht kreidebleich.

Sie erreichen die Praxis des Arztes und Allan fährt bis zur Tür vor. Er steigt aus, geht auf die andere Seite herum und hilft Lily aus dem Pick-up. Sie sagt nichts und geht mit einem merkwürdigen Gesichtsausdruck durch die zweiflügelige Tür. Allan steigt in den Pick-up und fährt zum Parkplatz.

Zweiunddreißig Minuten später kommt Lily wieder durch die Türen. Als er ihr in den Pick-up hinaufhilft, hat sie immer noch diesen merkwürdigen Gesichtsausdruck. Sie sieht aus, als hätte sie die ganze Zeit, die sie in der Praxis war, im Kopf an einer komplizierten Gleichung gearbeitet.

Während Allan zur Fahrerseite hinübergeht, beugt Lily sich vor und nimmt das Handy vom Armaturenbrett. Sie gibt *Tyler Schrottplatz* ins Navi ein. Die Adresse der Tyler Autoverwertung erscheint. Keine zehn Minuten weit entfernt.

»Hey«, sagt sie, als er seine Tür schließt. »Könnten Sie mich dorthin bringen?«

Er wirft einen Blick auf die Adresse. »Was gibt's denn bei ... der Tyler Autoverwertung?«

»Den Wagen meiner Mom. Sie und ich waren neulich dort, um ein paar Sachen abzuholen, aber wir haben ein Seitenschläferkissen vergessen, das auf dem Rücksitz lag. Bevor sie sich mit Ihnen getroffen hat, war sie in dem Laden. Und das Kissen kostet ungefähr vierzig Dollar, weswegen wir es uns nicht leisten können, es zu verlieren.«

»Klar, wir fahren da vorbei und holen es.«

»Danke«, sagt Lily.

Allan erkundigt sich nach dem Arzttermin. Sah alles gut aus? Sie sagt, die Untersuchung sei bestens verlaufen. Alles sieht gut aus.

Aber sie unterhält sich nicht wirklich mit ihm, hört ihm nicht richtig zu.

Sie starrt auf die Straße, als sie Conway verlassen und in Richtung Norden der Stadt fahren. Als sie auf die rote Schotterstraße abbiegen, hält sie Ausschau nach der Lücke in der Baumlinie, wo sie das Haus von Bruder Wise oben auf dem Hügel sehen kann, und dann, am Fuß des Hügels, das Haus von Schwester Cynthia, das seit zwei Monaten leer steht, seit Cynthias Cousins sie in die psychiatrische Klinik in Benton eingewiesen haben. Allan fährt weiter, folgt den Angaben des Navis über den Berg zu einer weiteren kleinen Gruppe Häuser, wo die Drinkwaters leben und von wo aus Bruder Drinkwater nur fünf Minuten die Straße hinunterfahren muss zur Tyler Autoverwertung, bei der sein Schwager arbeitet.

Es ist ein zweigeschossiges Gebäude mit einigen schäbigen Büros über einer Werkstatt, alles umgeben von einem zwei Meter hohen Maschendrahtzaun, gesichert mit rasiermesserscharfem NATO-Draht obendrauf. Allan hält vor dem Hauptgebäude. Hinter dem Zaun kann Lily einen Blick auf mehrere Hektar verbogenes Metall und zerbrochenes Glas werfen.

Sie deutet mit einem Kopfnicken auf das Feld ausrangierter Fahrzeuge. »Können Sie da hinten hinfahren?«

»Ich sehe keine Möglichkeit, wie man dorthin fahren könnte.« Er schaut sie an, ihr Gesicht ist angespannt und ernst. »Jemand müsste uns den Zaun aufmachen.«

Lily rührt sich nicht.

Allan zieht den Schalthebel des Pick-ups in Parkstellung.

»Worum geht's hier?«

Sie sieht ihn an. »Erinnern Sie sich, dass ich Ihnen von Eli und Chance erzählt habe, die in Peters Haus eingebrochen sind, als ich gerade dort war?«

»Ja.«

»Ja, schön. Peter wohnt hinter diesem Hügel. Wir sind gerade vor einer Sekunde an seinem Haus vorbeigekommen. Und der Lastwagen, den Sie beschrieben haben – ein alter, ausrangierter Umzugslaster –, ist genau die Art von Fahrzeug, die hier überall herumsteht.«

Allans Blick wandert über das weitläufige Gelände mit alten Autos und Lastwagen. »Das ist schon seltsam, muss aber nichts bedeuten.«

»Nein, aber als sie ins Haus eingebrochen sind, hat Eli zu mir gesagt, sie seien gerade in der Nähe gewesen. Das hat er mir gesagt: ›Ach, wir waren gerade in der Gegend.‹ Ich dachte, er meinte das ironisch. Aber was, wenn sie wirklich in der Gegend waren, nämlich auf dem Schrottplatz, als sie meinen Wagen vor Peters Haus sahen und dachten, es wäre vielleicht Peter?«

Allan sieht zu dem Gebäude hinüber. »Ich weiß nicht, Lily. Ich gebe dir recht, es ist schon merkwürdig, aber …«, er sieht sie wieder an, mustert ihr Gesicht. »Was? Da ist noch etwas. Was ist es? Weißt du, wer hier arbeitet?«

»Ja, das weiß ich«, sagt sie. »Und Peter hat's auch gewusst.«

Kapitel 39
Vier Monate zuvor

Peter geht auf dem Parkplatz auf und ab, bewegt sich in den orangen Lichtkegel und wieder heraus, die Hände zu Fäusten geballt. Durch die Glasschiebetür des Corinthian sieht er Allan hinter der Rezeption ein Buch lesen.

Peter dreht sich um und überquert den halb leeren Parkplatz zum Annex. Wenn Eli seine Mädchen heute Abend herbringt, müssen Licht und Klimaanlage in den Zimmern eingeschaltet werden. Da der Anbau kaum noch für das normale Geschäft genutzt wird, ist er die meiste Zeit leer und dunkel.

Er schließt die Türen auf und schaltet alles ein. Im letzten Zimmer bleibt er stehen und schaut sich um. Er streift häufig durch die unbelegten Zimmer des Hotels. Sie fühlen sich seltsam an – kleine, intime Räume, in denen Reisende haltmachen und für ein paar Stunden, vielleicht auch ein paar Tage ihr Leben leben, bevor sie weiterziehen, in ihre normalen Leben zurückkehren. Aber die Zimmer im Annex fühlen sich für ihn anders an. Sie wirken Unheil verkündend und böse. Es sind keine Hotelzimmer mehr. Männer kommen hierher, um die Körper junger Mädchen zu benutzen und dann unerkannt wieder zu verschwinden.

So ein Mann könnte er nie sein. Er weiß nicht, was er wegen Lily und Ciara tun soll. Aber er weiß, dass er nie einer der Männer sein könnte, die in den Annex kommen.

Er fragt sich, ob diese Tisha heute mit den anderen hier sein wird. Sie tut ihm leid. Vielleicht wird er sie sehen, und dann könnten sie wieder reden. Wahrscheinlich jedoch nicht, wenn Eli in der Nähe ist.

Scheinwerferlicht fällt durchs Fenster, gleitet über ihn. Er geht hinaus, verzieht sich in eine schattige Baumgruppe am Rand des Annex-Parkplatzes und sieht zu, wie sich ein Wagen nähert. Der Wagen fährt nicht zum vorderen Portikus, wie es ein normales Auto tun würde. Dieses fährt direkt nach hinten, zum Annex. Es sind die Freier. Drei Männer.

Arschlöcher, denkt Peter.

Das Auto parkt. Die Männer sind älter und offensichtlich angetrunken, besonders der Mann im Fond. Der Fahrer und der Beifahrer müssen ihn förmlich herausziehen.

»Sieht uns auch keiner?«, fragt der Mann von hinten.

»Hab ich dir doch schon erklärt«, sagt der Fahrer. »Wir bleiben hier hinten. Die Mädchen kommen zu uns.«

»Dann ist ja gut«, sagt der Mann aus dem Fond und bricht in ein betrunkenes Lachen aus. Er lehnt sich gegen das Auto, um aufrecht zu stehen. Er lacht weiter, als könne er gar nicht mehr aufhören.

Peter hält sich zwischen den Bäumen. Er kann die Männer nicht gut sehen, ohne näher heranzugehen und seine Deckung aufzugeben.

Dann biegt der Umzugslaster in die Zufahrt des Corinthian. Die Männer kichern und klatschen sich ab wie alte Kumpel aus der Studienzeit. »Da kommen sie ja«, sagen sie und taumeln vorwärts, um besser sehen zu können, schwankend und bleich im sich nähernden Licht des Lastwagens.

Der Laster gleitet aus der Nacht und kommt im Lichtschein des Portikus zum Stehen.

Er hat den Laster zuvor nie gut sehen können, war nie hier gewesen, wenn er am Hotel vorfuhr. Sobald die Mädchen ausgeladen sind, wird er in den dunkelsten Winkel des Parkplatzes gefahren, weit weg von den Lichtern und außer Sichtweite von auf der Straße vorbeifahrenden Autos. Aber jetzt, während Chance am Steuer sitzen bleibt und Eli auf der Beifahrerseite aussteigt, um die Rolltür hinten hochzuschieben, sieht Peter den Lastwagen zum ersten Mal richtig.

Und in einem schrecklichen Augenblick begreift er, dass er diesen Lastwagen schon mal gesehen hat, dass er ihn vor einigen Monaten auf seiner Straße aus Richtung des Schrottplatzes kommen sah, während seine silbernen Seiten im Sonnenlicht glitzerten. Er weiß, wem dieser Lastwagen gehört.

Bruder Drinkwater.

Kapitel 40

Allan nimmt sein Handy vom Armaturenbrett und scrollt zu der Nummer von FBI Special Agent Herrera, die er eingespeichert hat.

»Sie kann nur sagen, dass wir verrückt sind und übertrieben reagieren«, sagt er zu Lily.

Sie starrt zum Hauptgebäude der Autoverwertung hinüber. »Sie haben doch gesagt, dass Peter an seinem letzten Abend im Hotel ziemlich überstürzt gegangen ist, richtig?«

»Ja«, sagt er, hebt das Handy an sein Ohr. Lily kann es deutlich klingeln hören. »Wir hatten uns gerade über alles Mögliche unterhalten, unter anderem darüber, wie sehr er es hasst, im Corinthian zu arbeiten. Dann ist er rausgegangen, um frische Luft zu schnappen.«

»Ist Eli an diesem Abend mit dem Lastwagen gekommen?«

»Ja.« Allan starrt sie an. »Ziemlich genau zu der Zeit. Der Laster kam, und ein paar Minuten später ist Peter einfach in sein Auto gestiegen und wie ein Irrer vom Parkplatz gefahren. Hat kein Wort gesagt.«

»Glauben Sie, er hat den Laster erkannt?«

»Schon möglich.« Er nimmt das Telefon herunter und schüttelt den Kopf. »Bei ihrem Handy krieg ich nur Herreras Voicemail. Ich versuch's mal mit ihrer Büronummer.«

Das vordere Tor der Garage öffnet sich und Bruder Drinkwater kommt heraus. Er ist ein schlanker Mann von ungefähr sechzig Jahren, hat ein faltiges Gesicht und schwermütige Augen, trägt schmutzige Jeans und ein verschossenes Arbeitshemd mit einem Namensschildchen, auf dem steht: *Tommy Lee.* Lächelnd kommt er zu Lilys Seite des Pick-ups herüber. Versucht, freundlich zu sein. Sie lässt ihre Seitenscheibe herunter.

»Hallöchen, Lily. Hab euch durchs Fenster gesehen. Was kann ich für dich tun?«

Allan erinnert sie. »Du hast dein Seitenschläferkissen vergessen.«

Lily schüttelt den Kopf. »Nein, hab ich nicht. Das hab ich nur gesagt, damit Sie mich hierherfahren.« Sie dreht sich auf ihrem Sitz und fragt den Mann: »Bruder Drinkwater, gehört Ihnen ein alter Umzugslaster?«

»Ein was?«

»Ein alter Umzugslaster. Allan, beschreiben Sie ihn.«

»Zwanzig Fuß lang, silberne Seitenverkleidung«, sagt Allan. »War früher mal ein U-Haul oder ein Budget.«

Bruder Drinkwater hat grau melierte Augenbrauen, die sich jetzt runzeln, als er versucht, freundlich zu bleiben. Zu Lily sagt er: »Ich meine, wir haben alle möglichen alten Fahrzeuge auf dem Platz ...«

»Dann frage ich mal direkter«, sagt sie. »Haben Sie Eli Buck geholfen, Mädchen zu transportieren?«

Jetzt muss der alte Mann schwer schlucken. Er will gerade etwas sagen, als das Handy in Allans Hand summt und aufleuchtet. Einen Augenblick lang ist der Name des Anrufers für alle drei deutlich zu sehen, wie Allan ihn in seiner Kontaktliste abgespeichert hat: Diane Herrera.

Bruder Drinkwater stöhnt gequält auf, als er den Namen sieht, ein Name, den er eindeutig aus den Nachrichten kennt, ein Name, vor dem er sich offensichtlich fürchtet. Er greift unter sein Hemd und zieht einen alten schwarzen Revolver heraus.

»Leg das Handy aufs Armaturenbrett«, befiehlt er Allan. »Lass es da liegen. Nicht rangehen.«

»Hören Sie ...«

»Du machst, was ich dir sage. Mach jetzt den Motor aus.« Drinkwater greift durch die Scheibe und öffnet Lilys Tür. »Steig aus, Lily.«

Sie starrt ihn fassungslos an, diesen Mann, den sie schon fast ihr ganzes Leben lang kennt, diesen Mann, den sie gesehen hat, als er den Heiligen Geist von Jesus empfing.

»Bruder Drinkwater, was tun Sie?«

»Ich weiß noch nicht, was ich tue. Ich muss nachdenken. Ich muss nachdenken, und ihr müsst still sein.« Er richtet die Waffe auf Allan. »Mach den Pick-up aus, hab ich gesagt, und dann aussteigen. Ich muss ein paar Minuten ganz ruhig nachdenken, und das kann ich nicht, solange ich hier draußen bei euch rumstehe und ihr wegfahren wollt.«

Allan weiß, dass er nicht an seine eigene Waffe herankommt oder den Rückwärtsgang einlegen kann, ohne Lily in Gefahr zu bringen. Außerdem ist die Beifahrertür bereits offen. Er schaltet den Pick-up aus.

»Warum haben Sie diese Waffe?«, fragt Lily Bruder Drinkwater.

»Weil ich Angst habe, Lily«, gesteht er. »›Es flieht der Gottlose, ohne dass ihm einer nachjagt.‹ Ich habe schon seit Monaten eine Scheißangst. Bitte, steig jetzt aus dem Pick-up.«

Er nimmt ihren Arm und hilft ihr aus dem Pick-up.

»Sie werden mir nichts antun, Bruder Drinkwater«, sagt sie zu ihm. »Der Herr beobachtet uns in diesem Augenblick. Mich und Sie auch. Er beobachtet uns beide.«

»Das weiß ich selbst«, sagte der alte Mann, dessen Augen glänzen. »Ich wusste es, als ich euch durchs Fenster gesehen hab. Ich wusste, dass euch der Herr hierhergeführt hat. Ich weiß nur noch nicht, warum.« Er hält die Waffe auf Allan gerichtet, als der größere Mann aus dem Wagen steigt. »Bitte geht rein«, sagt er zu beiden.

In der Garage riecht es nach Öl und Zigaretten, obwohl Lily niemanden an Autos arbeiten oder rauchen sieht. Sie sieht überhaupt niemanden. Nur schmierige Werkzeugregale, ein paar Plakate für Autos oder Ersatzteile, und eine Holztreppe, die zu den Büros hinaufführt.

»Die Treppe rauf.« Drinkwater bleibt hinter ihnen.

Sie steigt die Stufen hinauf, Allan folgt direkt hinter ihr, Drinkwater bildet die Nachhut. Sie betreten ein verwaistes kleines Büro, in dem mehrere zerfledderte Tageszeitungen auf einem Schreibtisch ausgebreitet sind. Drinkwater schließt die Tür und geht zum Schreibtisch hinüber, als ob er ihnen die Zeitungen zeigen wolle.

»Ich hab versucht, Informationen zu finden«, sagt er zu ihnen. Er deutet auf die Artikel über die Ermittlungen des FBI zu dem Sexhandelsring. »Etwas, das mir sagen würde …« Als er aufschaut und Lily in die Augen sieht, weicht er an den Schreibtisch zurück, schüttelt beinahe überwältigt den Kopf. »Um zu erfahren, wie nahe sie sind.«

»Bruder Drinkwater«, sagt sie. »Was haben Sie getan?«

»Ich wollte niemandem wehtun«, murmelt er. Er hält den Revolver schlaff in der Hand, hat ihn fast schon auf den Schreibtisch gelegt. »Oh Jesus …«

Lily kann nicht erkennen, ob der Mann flucht oder betet.

Mit seiner freien Hand wischt er sich Schweiß von der Stirn. Seine Haare sind dünn und grau, seine Augen haben ein seichtes, wässriges Blau.

Allan streckt die Hand nach Lily aus, versucht, sie zurückzuziehen.

Drinkwater hebt in stiller Panik die Waffe und richtet sie auf ihn.

»Keine Bewegung!«

»Okay«, sagt Allan. »Okay. Ganz ruhig. Was immer Sie getan haben, Ihnen muss klar sein, wenn Sie uns hier festhalten, uns bedrohen, dann macht das alles nur schlimmer.«

»Ich will, dass *du* sofort aufhörst zu reden«, zischt Bruder Drinkwater. Dann fleht er Lily an. »Ich bin ein guter Mensch. Das weißt du, Lily. Du kennst mich dein Leben lang. Bin ich je herzlos zu dir gewesen?«

»Nein, Sir«, sagt sie mit den Armen um ihren Bauch.

Wieder senkt er die Waffe bis zum Schreibtisch, ohne sie fortzulegen. »Nein, weil ich nämlich kein schlechter Mensch bin. Ich brauchte nur Geld, damit der Laden hier nicht untergeht. Es war nicht für mich. Es war, um Brenda und Gordon zu schützen. Ich bin kein schlechter Mensch. Am Anfang wusste ich nicht, was Eli vorhatte. Das musst du mir glauben. Ich wusste, es war unrecht, was er von mir verlangte, aber ich wusste nicht, dass es böse war. Er wollte einen Laster, der nicht zu ihm zurückverfolgt werden konnte, aber er hat mich denken lassen, dass er Diebesgut transportiert. Zigaretten, Handys, solche Sachen. Ich wusste nicht, was er wirklich machte. Als ich misstrauisch wurde, da war's schon zu spät. Ich konnte nichts dagegen tun.« Er wischt Tränen weg. »Und ich hab nie gedacht, dass sie mit dem Laster zum Hotel fahren.«

Lily zuckt zurück, als wäre sie geschlagen worden. »Peter …«

»Ich wollte ihm nichts tun«, fleht Drinkwater. »Das musst du wissen. Er hat den Laster beim Hotel gesehen, und er ist zu mir nach Hause gekommen, um mich darauf anzusprechen. Da war er noch nicht wütend, aber ich hab einen Fehler gemacht. Ich hab gelogen. Ich sagte, ich wüsste nichts davon. Als er mich bei dieser Lüge erwischt hat, dachte er, ich würde von Anfang an mit in der ganzen Sache stecken.«

Lily öffnet den Mund, sucht nach Worten. Als sie schließlich spricht, bricht ihre Stimme. »Oh mein Gott. Was haben Sie getan, Bruder Drinkwater?«

»Ich wollte ihm nicht wehtun, das musst du mir glauben. Aber er hat gesagt, die ganze Gemeinde müsste über mich Bescheid wissen. Ich hab versucht, ihm zu sagen, ich wäre verzweifelt gewesen. Ich hab versucht, ihm zu sagen, was ich dir gesagt habe, dass ich am Anfang gar nicht wusste, was da vor sich ging.«

»Wo ist Peter? Bruder Drinkwater, wo ist der Vater meines Babys …?«

Drinkwater stößt seinen Atem scharf aus, als würden seine Lungen kollabieren. »Er ist hinten. In seinem Auto. Unter zwanzig Tonnen anderer Autos.« Er reibt sein verschwitztes Gesicht. »Oh mein Gott. Was habe ich getan? Was soll ich nur tun?«

Allan macht einen Schritt nach vorn. »Sie müssen gar nichts tun. Wie Sie schon sagten, Sie sind kein schlechter Mensch. Sie wollen doch alles nicht noch schlimmer machen. Sie haben gesagt, Sie wollten dem Jungen nicht wehtun …«

Bruder Drinkwater starrt Allan finster an.

»Du *kennst* mich nicht«, sagt er scharf. »Du bist nichts weiter als ein *Homosexueller*, der in einem *Hurenhaus* arbeitet. Was geht dich das überhaupt alles an?« Mit dem Blick fest auf Allan gerichtet, verändert sich sein Gesichtsausdruck. Er sieht nicht mehr das schwangere Mädchen an, sondern den großen, kräftigen Mann, einen Mann, dem er nicht mit Scham, sondern mit Überlegenheit und Wut entgegentreten kann. »Du weißt doch gar nicht, wie es ist, dem Herrn gegenüberzutreten. Ich sitze hier seit Wochen und versuche den Mut zusammenzubekommen, mir das Hirn wegzublasen. Aber sosehr ich es auch tun will, ich habe viel zu viel Angst, denn ich werde auf ewig in der Hölle brennen, wenn ich es tue. So ist es nämlich, wenn ein Mensch dem Herrn zu den Bedingungen des Herrn gegenübertritt. Wer bist du, dass du über mich urteilen kannst? Ich folge seit sechzig Jahren dem Wort Gottes. Ich gehe seit sechzig Jahren den Weg der Rechtschaffenheit. Und ich bin vom Weg abgekommen, okay. Ich bin abgekommen und habe gesündigt. Aber du, du bist ein *Sünder.* Du lebst ein Leben des Frevels und der Sodomie, und dann kommst du hierher, führst dieses Mädchen hierher, mit ihren männischen Haaren, schwanger mit einem Bastard, und du siehst mich herablassend an. Ihr beide verkörpert alles, was falsch ist in dieser Welt, und ihr kommt hier angetrampelt, um über mich zu urteilen?«

»Bitte, wir wollen nur …«

Bruder Drinkwater hebt die Waffe. *Um zu zielen? Zu schießen?* Ohne nachzudenken setzt sich Allan in Bewegung. Erreicht ihn mit einem einzigen großen Schritt. Die Waffe geht los wie eine Bombe, als müssten die Scheiben des Raums zersplittern. Die Angst, angeschossen worden zu sein, schießt Allan durch den Kopf, aber er bewegt sich weiter. Er greift nach dem Revolver, bekommt Drinkwaters Hand zu packen, reißt ihn komplett nach vorn und schlägt die Hand des Mannes samt der Waffe auf den Schreibtisch. Es folgt eine weitere Explosion, und die Waffe ist heiß, aber Allan lässt nicht los, hält stattdessen weiter fest, bekommt einen Schlag ins Gesicht und zieht dann Bruder Drinkwater über den Schreibtisch, schmeißt ihn auf den Boden, und schlägt ihn einmal, zweimal, dreimal, viermal – schlägt weiter, bis Drinkwater völlig blutverschmiert ist und lallt und zu schwach ist, sich noch zu bewegen.

»Bleib da liegen, verdammtes Arschloch. Du bleibst einfach da liegen. Lily, ruf die Polizei!« Er dreht sich um. »Lily?«

Sie steht noch da, aber ihr Mund ist geöffnet zu einem stummen Schrei, eine Hand auf ihren blutenden Rumpf gepresst.

Kapitel 41

Sie liegt in seinen Armen, wird hochgehoben, getragen. In ihren Ohren rauscht das Blut. Sie kann nichts hören, kann nicht sprechen, kann nicht atmen. Und doch riecht sie alles. Sein Eau de Cologne, dann das Schmierfett und die Zigaretten der Werkstatt, dann die frische Herbstluft, dann die saubere Polsterung seines Pick-ups.

Sie bewegen sich. Er erklärt, dass sie ins Krankenhaus fahren. Sie ringt um Luft, aber es kommt nichts. Sie versucht, nicht in Panik zu geraten. Ihre Brust fühlt sich an, als würde sie zerquetscht.

Nein. Bitte, nein.

Er telefoniert und rast die Schotterstraße hinunter. 9-1-1. »Hören Sie, ein Mann hat auf ein schwangeres Mädchen geschossen. Er liegt bewusstlos in Tylers Autoverwertung. Das Mädchen ist hier bei mir im Pick-up. Wir sind nur ein paar Minuten entfernt. Ja, sie lebt. Ja, sie ist wach. Nein. In die Brust glaube ich. Ich bin nicht sicher, ob ihr Bauch getroffen wurde, aber hier ist jede Menge Blut, und ich kann es nicht erkennen. Sie hat Schwierigkeiten, zu atmen.«

Mein Baby.

Mein Baby kann nicht atmen.

Bitte, Jesus. Bitte, tu das nicht.

»Jesus …«

»Sie versucht, zu sprechen. Ich weiß es nicht. Ich glaube, sie versucht, zu beten. Lily, bist du okay? Lily? Lily? Nein, sie kann mir nichts sagen. Sie versucht nur zu atmen.«

Jesus, bitte, tu das nicht. Bitte, Jesus. Bitte, tu meinem Baby nichts.

Er hat das Pedal voll durchgetreten, mit der Hand schlägt er auf die Hupe des Pick-ups, als er an einem Stopp-Schild an zwei Autos vorbeirast. Der Boden unter den Reifen des Trucks wechselt von Schotter zu Asphalt, der glatte Belag ermöglicht immer höhere Geschwindigkeiten.

»Ja, sie ist noch wach. Was? Ich habe keine Zeit, vorsichtig zu fahren, verdammt! Sagen Sie denen, dass wir kommen?«

Bitte, Jesus.

»Wir sind fast da. Lily, hörst du mich? Wir sind fast da. Halt durch. Halt nur noch etwas länger durch.«

Und dann bleibt der Pick-up stehen und die Tür geht auf und sie befindet sich wieder in seinen riesigen Armen. Sie hält ihren Bauch, als würde sie das Baby in ihren Armen wiegen, als wäre da etwas, das sie fallen lassen könnte, und er rennt, trägt sie und das Baby in das helle Licht des Krankenhauses, und sie weint und versucht, wieder zu Atem zu kommen. Dann nehmen andere Hände sie, und Allans Arm gleitet weg, und sie liegt auf dem Rücken auf einer hart-weichen Oberfläche, und sie bewegt sich, und jemand beugt sich über sie und spricht schnell und deutlich.

»Ich weiß, es fällt Ihnen schwer, zu atmen. Wir werden uns um Sie kümmern, aber ich muss Ihnen ein paar Fragen stellen. Sie sind sehr wichtig. Im wievielten Monat sind Sie?«

»Acht.«

»Im achten Monat? Wann haben Sie das letzte Mal etwas gegessen?«

»Ich kann nicht … atmen.«

»Können Sie mich hören? Können Sie mir sagen, wann Sie das letzte Mal gegessen haben? Haben Sie zu Mittag gegessen?«

»Früh … stück.«

»Hatten Sie schon mal eine Narkose?«

»Ja.«

»Hatten Sie Probleme bei der Narkose? Irgendeine negative Reaktion?«

»Nein«, sagt sie, aber das Wort raubt ihr den letzten Atem, und ihr Brustkorb sinkt in sich zusammen. Sie krallt sich an die Luft, als würde sie versuchen, aus einem einstürzenden Loch zu klettern.

Mein Baby bitte Jesus mein Baby

Leute brüllen, aber eine Frau mit eisengrauen Augen beugt sich über sie und spricht mit der ruhigen Autorität der Bibel.

»Alles wird gut, Lily. Deinem Baby wird es gut gehen. Du musst jetzt stillhalten und uns arbeiten lassen.«

Die Frau mit den Eisen-Augen gibt Anweisungen.

Körper bewegen sich um Lily. Licht. Plastik. Metall. Die Stimmen sind laut und schnell, aber ruhig und beherrscht.

Plastik auf ihrem Gesicht.

Sie schließt die Augen. Sie schließt die Ohren. Sie treibt fort.

Keine Oberfläche unter ihr.

Keine Liege.

Kein Boden.

Keine Erde.

Kein Geräusch.

Kein Licht.

Kein Gewicht.

Kein Körper.

Ein letzter Gedanke.

Mein Baby

und dann

gar nichts mehr.

Kapitel 42

Die Polizei von Conway schickt zwei Teams auf den Notruf hin los. Ein Team fährt zum Krankenhaus, um Allan Woodson zu verhören, den Mann, der ein schwangeres junges Mädchen mit einer schweren Schussverletzung hineingetragen hat. Nach ein paar Minuten einer ersten Befragung bitten sie ihn, sie aufs Revier zu begleiten, um weitere Fragen von Polizeichef Jeff Reid und dem leitenden Ermittler Jamarius Smith zu beantworten. Woodson willigt ein.

Das zweite Team wird zu Tylers Autoverwertung geschickt, wo sie Tommy Lee Drinkwater bewusstlos auf dem Boden des Büros vorfinden, immer noch eine geladene .38er Smith & Wesson mit zwei abgefeuerten Patronen in der schlaffen Hand. (Später stellt sich heraus, dass der Revolver auf Gordon Tyler registriert ist, den Inhaber des Schrottplatzes und Drinkwaters Schwager. Tyler, der unter Parkinson leidet, ist im Halb-Ruhestand und sagt der Polizei, dass Drinkwater in den letzten zwei Jahren für das tägliche Geschäft des Schrottplatzes verantwortlich war.) Drinkwater hat eine Nasenbeinfraktur, eine Jochbeinfraktur, einen gebrochenen Oberkiefer und zwei ausgeschlagene Zähne. Als Drinkwater schließlich wieder zu Bewusstsein kommt, wird er von Reid und Smith befragt. In Gegenwart eines Anwalts wird Drinkwater den Beamten gegenüber zugeben, dass er Peter Cutchin in der Nacht des 6. September nach einem Streit in der Garage von Drinkwaters Haus getötet hat. Obwohl er ein umfassendes Geständnis ablegen wird, wird er ebenfalls behaupten, dass Cutchins Tod ein Unfall war. Laut Drinkwater arbeitete er in seiner Garage an seinem Wagen, als Cutchin eintraf und Drinkwater wegen seiner Verbindung zu Eli Buck und dem Annex des Corinthian Inn zur Rede stellte. Die Auseinandersetzung wurde handgreiflich, woraufhin Drinkwater angibt, Cutchin versehentlich durch einen Schlag mit dem Griff des hydraulischen Wagenhebers getötet zu haben.

Mit der Behauptung, er sei in Panik geraten, fährt er fort, den Beamten zu erzählen, er habe die Leiche in den Kofferraum von Cutchins Wagen gepackt und rüber zu seinem Haus gefahren. Sowohl Drinkwaters Frau als auch Cutchins Mutter befanden sich auf einem Ausflug der Gemeinde auswärts, also betrat Drinkwater das Haus der Cutchins mit Peters Schlüsseln, packte seinen Koffer mit Kleidung und verschiedenen Toilettenartikeln und verstaute alles im Wagen. Dann fuhr er das Auto zu Tylers Autoverwertung.

Im Anschluss an sein Geständnis führt Drinkwater die Ermittler zu dem teilweise flach gedrückten Auto, vergraben unter 19,4 Tonnen anderer ausrangierter Autos auf dem Schrottplatz. Dort wird Peter Cutchins Leiche, eingewickelt in einer Plastikplane, in dem zerquetschten Kofferraum gefunden. Die nachfolgende Autopsie zeigt, dass die Leiche posthum mit einer hoch konzentrierten Chemikalie getränkt wurde, wie sie zur Beseitigung der Gerüche toter Schadnager Verwendung findet. (Ein fast leerer Zwanzig-Liter-Eimer von Quality Chemical's Deodorizing Fluid wird später zusammen mit Rattengift im Vorratsschuppen des Schrottplatzes gefunden, und Gordon Tyler wird bestätigen, dass Gift und das desodorierende Mittel im vergangenen Sommer zur Bekämpfung einer Rattenplage gekauft wurden.) Trotz Drinkwaters Behauptung, dass der Mord unbeabsichtigt war und die Maßnahmen zu seiner Vertuschung aus Panik erfolgten, veranlassen schließlich seine anscheinend besonnenen Bemühungen, sein Verbrechen zu verschleiern und eine Entdeckung zu vermeiden, Staatsanwalt Stephen Kennedy aus Conway dazu, auf die geringere Anklage wegen Totschlags zu verzichten und Drinkwater stattdessen wegen Mordes zweiten Grades an Peter Cutchin anzuklagen.

In derselben Woche, in der die Mordanklage erhoben wird, verkündet FBI Special Agent Diane Herrera von der Außenstelle Little Rock, dass ihr Büro auch die Verbindung Drinkwaters zu einem Sexhandelsring untersucht, der in den Bundesstaaten Louisiana, Mississippi und Arkansas operiert. Es wird davon ausgegangen, dass die zertrümmerten Überreste eines Umzugslastwagens, der versteckt in den Tiefen des Schrottplatzes gefunden wurde, mit dem Lastwagen identisch sind, der von dem verstorbenen Eli Buck genutzt wurde. Man geht davon aus, dass sich weitere Anklagepunkte gegen Drinkwater ergeben.

Was die Schüsse auf Lily Stevens betrifft, wird Drinkwater behaupten, dies sei ein weiterer Unfall gewesen, auch wenn er bestätigt, seine Waffe bei dem Kampf mit Allan Woodson abgefeuert zu haben. Er hatte, wird er schwören, nicht die Absicht, Woodson und dem Stevens-Mädchen oder ihrem Baby etwas zuleide zu tun.

Kapitel 43

Völlig benommen stolpert Allan aus dem Polizeirevier.

Stunden zuvor, als Lily in großer Eile hinter verschlossene Türen gebracht wurde, brach er im Wartebereich zusammen, war immer noch mit ihrem Blut bedeckt, seine Knöchel aufgeschlagen und blutend von den Schlägen, mit denen er den Mann im Büro des Schrottplatzes bearbeitet hatte. Er weiß, dass er einen unglaublichen Anblick geboten haben muss, ein blutüberströmter Riese, der auf einer Bank sitzt und leise weint. Als die Polizei eintraf und ihn zum Verhör abführte, sammelte er seine Kräfte und erlangte seine Fassung wieder. Er erzählte alles, was er wusste, zuerst dem leitenden Ermittlungsbeamten, dann dem Polizeichef und schließlich beiden Polizisten gleichzeitig.

Jetzt steht er vor seinem Pick-up. Seine zerschundenen Hände zittern. Er nimmt sein Handy heraus.

Mehrere verpasste Anrufe seines Vaters, der ihn schon vor Stunden zu Hause erwartet hatte. Kein verpasster Anruf von Peggy.

Er scrollt zu ihrer Nummer.

Er holt tief Luft.

Er ruft sie an.

Keine Antwort. Ein paar Signaltöne, dann die Standardansage einer Mailbox.

»Peggy … ich bin's, Allan«, sagt er. »Ich komme gerade von der Polizei. Die haben gesagt, man hätte Sie benachrichtigt und Sie wären jetzt im Krankenhaus. Ich bin sicher, dort sind Sie jetzt immer noch. Ich hoffe … mein Gott, ich hoffe, alles ist in Ordnung. Ich hoffe so sehr, dass es ihr gut geht. Ich rufe nur an, um zu sagen, dass ich hoffe, alles ist in Ordnung. Ich werde später wieder anrufen und nach Ihnen hören. Bitte lassen Sie mich wissen, ob ich irgendetwas tun kann. Ich denke an Sie alle. Gott segne Sie. Bis bald.«

Gott segne Sie?, fragt er sich. Irgendwie schien es richtig zu sein, das zu sagen.

Jetzt weiß er nicht, was er tun soll. Er überlegt, zurück ins Krankenhaus zu fahren, aber vorher muss er nach Hause und sich um seinen Vater kümmern – ihm sein Abendessen geben und seine Schmerztabletten. Außerdem ist es bestimmt keine gute Idee, in diesen mit Lilys Blut getränkten Kleidern zurück ins Krankenhaus zu fahren.

Lily.

Er greift nach der Türklinke. Er wird nach Hause fahren, sich um Herman kümmern, sich umziehen und dann wieder ins Krankenhaus fahren, um sich zu Peggy zu setzen.

• • •

Als Allan durch die Wohnungstür kommt, schaut sein Vater von seinem Fernseher im Schlafzimmer auf. Er beobachtet Allan, der, ohne ein Wort zu sagen, den Flur hinunter zu seinem eigenen Zimmer geht.

»Ist das … Blut?«, fragt sein Vater.

Allan antwortet nicht. Er geht in sein Zimmer und streift die Schuhe ab. Er zieht das Hemd aus. Das T-Shirt darunter ist mit rötlich-braunen Flecken übersät.

»Was ist passiert?«, fragt sein Vater aus der Tür. Er sitzt aufrecht in seinem Rollstuhl, das Gesicht angespannt, die Augen besorgt.

Allan schließt seine eigenen Augen und reibt die geschundenen Knöchel seiner rechten Hand.

»Es ist eine ziemliche Scheiße passiert. Ich wollte dir nichts davon erzählen, weil ich dich nicht beunruhigen wollte.«

»Mich beunruhigen?«

»Ich hab nur …«

»Hat es etwas mit diesem Tackett-Mädchen zu tun?«

»Sie heißt nicht Tackett, sondern Stevens. Lily Stevens.«

»Du weißt, was ich meine. Sie ist die Enkelin von William Tackett.«

Allan dreht sich um und sieht seinen Vater an. Er hat den Namen William Tackett noch nie aus dem Mund seines Vaters gehört. Es gibt so vieles, das zwischen Allan und Herman nicht ausgesprochen wurde. Manches davon hart, ja sogar brutal, aber nicht alles. Manches ist einfach so zart, dass es sich so zerbrechlich anfühlt, als würde es zerspringen, wenn sie beide ihm je Sprache verleihen würden.

»Ja«, sagt Allan und setzt sich auf sein Bett.

Herman rollt in das Zimmer und legt die Unterarme auf die Lehnen seines Rollstuhls. »Erzähl es mir.«

Allan holt tief Luft und erzählt ihm alles. Lily und Drinkwater, das Corinthian und Mr. Baker, Eli und Harper und Peggy Stevens geborene Tackett. Es gibt so viel zu erzählen, aber es ist eine Erleichterung, es loszuwerden. Herman, noch nie ein guter Zuhörer, hört zu, stellt keine Fragen, gibt keine Kommentare ab.

Als sein Sohn fertig ist, sitzt der alte Mann still da, bis er schließlich zu Allan sagt: »Ich bin sicher, sie wird wieder.«

Allans Stimme ist sehr leise, als er antwortet. »Ich hoff's.«

»Du hast sie rechtzeitig dorthin gebracht. Sie wird schon wieder.«

Allan schließt die Augen. »Ich hoffe es«, sagt er wieder. »Ich mache mir nur Sorgen, weil Peggy noch nicht zurückgerufen hat. Ich muss dorthin zurück.«

»Möchtest du vielleicht noch mal versuchen, sie anzurufen, bevor du fährst?«

»Ja«, sagt Allan und nimmt sein Handy vom Nachttisch.

Er ruft sie an, lauscht einen Moment, sagt dann: »Direkt zur Mailbox.«

»Vielleicht telefoniert sie mit jemand anderem. Oder hat es ausgeschaltet. Hat nichts zu bedeuten.«

»Ich weiß.«

Allan steht auf und beginnt, sich anzuziehen. Während er das tut, sieht er zu seinem Vater hinüber, der ruhig in seinem Rollstuhl sitzt.

»Was denkst du?«, fragt Allan.

»Worüber?«

»Worüber? Über alles, was ich dir gerade erzählt habe.«

Herman verschränkt die Hände auf seinem Bauch und spitzt die Lippen. »Klingt, als wäre dieser Eli ein ziemlich übler Kerl gewesen.«

»Okay …«

»Und dieser Drinkwater scheint ein verfluchter Heuchler zu sein.«

»Stimmt …«

Herman zuckt mit den Achseln. »Klingt, als hättest du das Richtige getan.«

»Hab's versucht.«

»Tja, manchmal ist das alles, was man tun kann. Es zu versuchen.«

»Okay. Aber was ist mit dem ganzen Rest?« Allan schweigt einen Moment. »Wir haben nie wirklich geredet über«, er hält wieder inne, um die Worte sorgfältig zu wählen, »wir haben nie wirklich über William Tackett geredet. Oder über Mom oder irgendwas davon. Was ist damit?«

Herman hat müde, rostbraune Augen, die seinen Sohn jetzt kurz anblinzeln und dann Erleichterung suchen, indem sie zu Boden schauen. Er sitzt ruhig da, bis er seine Worte gewählt hat.

»Mein Daddy hat immer gesagt, ›Wenn du mir erst mal in die Stiefel geschissen hast, ist es geschehen‹.«

Nachdem er diese Worte gesprochen hat, nickt Herman in sich gekehrt und lehnt sich in seinem Rollstuhl zurück.

Allan starrt seinen Vater an. »Was?«

»Was meinst du mit ›was‹?«

»Zum ersten Mal in meinem Leben frage ich dich direkt nach Mom und diesem Prediger, und alles, was du zu sagen hast, ist ›Wenn du mir erst mal in die Stiefel geschissen hast, ist es geschehen‹.«

Herman machte eine *Ja-und?*-Geste mit den Händen und sagt: »Ist es.«

»Okay …«

»Weiß nicht, was du sonst von mir hören willst.«

»Ich weiß es auch nicht, Dad«, sagt Allan. »Ich wollte dir nur erzählen, was passiert ist.«

Dazu nickt Herman. »Ich weiß es zu schätzen.«

»Ich hoffe, es ist okay für dich, wenn ich mit Peggy spreche.«

Auch dazu nickt Herman, scheint einen Moment nachzudenken, bevor er sagt: »Ich vermute mal, mehr Schwester als sie wirst du wohl nicht mehr kriegen.«

»Das vermute ich auch.«

Allan betrachtet einen Augenblick das Gesicht seines Vaters, als der alte Mann seinen Kopf senkt, wieder versunken in seinen eigenen Gedanken. Wie er jetzt den gesenkten Kopf seines Vaters sieht, fühlt sich Allan an den Tag erinnert, an dem seine Mutter starb. Als Alice Woodson in einem Bett im Baptist Hospital schließlich aufhörte zu atmen, hielt ihr Ehemann ihre linke Hand, während ihr Sohn die rechte hielt. Beide Männer weinten an diesem Tag. Herman hatte seinen Sohn viele Jahre nicht mehr weinen sehen. Allan hatte seinen Vater noch nie weinen sehen.

Herman weint auch jetzt nicht. Er nickt nur vor sich hin. Dann sagt er zu seinem Sohn: »Vergiss nicht, mir das Abendessen vorzubereiten, bevor du zurück ins Krankenhaus fährst. Man kann hier glatt verhungern, wenn man darauf wartet, dass du einen fütterst.«

Allan will darauf schon etwas antworten, als sein Handy vibriert. Ihm stockt der Atem, als er auf den Bildschirm schaut.

»Es ist Peggy.«

Herman beugt sich vor und versucht mitzuhören, als Allan den Anruf annimmt.

Tief Luft holend, sagt er: »Peggy?«

Er schließt die Augen, hört zu. Tränen rollen ihm übers Gesicht.

»Oh, Gott sei Dank«, sagt er.

Kapitel 44

Lily Stevens hält ihren Sohn, während er an ihre Brust geschmiegt schläft. Heute wiegt er zehn Pfund. Er schläft rechts neben ihr, in sicherer Entfernung zu der Wunde, die auf der linken Seite ihres Brustkorbs verheilt, und von dem Schnitt quer über ihren Unterleib. Sein flaumiges Köpfchen ist rund wie ein Pfirsich, seine rosafarbene Haut ist weich und warm im Tageslicht, das durch das Fenster ihres Zimmers fällt. Als er seinen winzigen, feuchten Mund zu einem Seufzer öffnet, atmet sie mit ihm, ihre Brust hebt seinen kleinen Körper, als würde er auf ihrem Atemzug treiben.

Sie hat ihm den Namen Peter gegeben. Er wird wissen, wer sein Vater ist. Eines Tages wird er erfahren, warum sein Vater gestorben ist, wird von der Tragödie erfahren, die mit seiner Geburt verbunden ist. Sie wird es ihm erklären müssen. Sie weiß noch nicht, wie sie das machen wird, welche Worte sie dazu verwenden wird. Sie weiß nur, dass sie ihm die Wahrheit sagen wird, und dass der wichtigste Teil dieser Wahrheit darin besteht, wiedergeboren worden zu sein, als sie aus ihrem betäubten Schlaf aufwachte und ihm zum ersten Mal begegnete. Nichts, was sie jemals in der Kirche erlebt hatte, war so lebensverändernd wie der Moment, als sie ihn sah, wie er weinte und seine geballten Fäuste ausstreckte und mit seinen Füßen strampelte und sie zu erreichen versuchte, *nach ihr* zu greifen schien, und als sie ihn zum ersten Mal in die Arme nahm, da wusste sie, dass er ihr gehörte und sie ihm. Was immer die Zukunft bereithielt, sie wusste in diesem Augenblick, dass sie alles gemeinsam angehen würden.

Alle weinten mit ihr und dem Baby an diesem Tag. Momma und Daddy, sogar Allan. Lily und das Baby waren fast verloren gewesen, doch dann waren sie gerettet worden, durften bleiben, in diese Welt zurückkehren, um ihre Leben zu leben.

»Es ist ein Wunder«, sagte ihr Bruder zu ihr.

Lily sagte nichts dazu.

• • •

Sobald Lily so weit ist, ruft sie Allan an und bittet ihn, sie besuchen zu kommen und das Baby kennenzulernen. Er kommt am nächsten Tag, immer noch in der Uniform seiner Arbeit, hebt das Baby in seine gewaltigen Arme und wiegt es zärtlich.

»Deine Mutter hat gesagt, du hättest ihn Peter genannt«, sagt Allan. »Finde ich cool.«

Lily betrachtet sie einen Moment lächelnd. »Ich habe sie gebeten, dir nicht seinen zweiten Vornamen zu verraten. Das wollte ich selbst tun.«

»Und der ist?«

»Allan, natürlich.«

Allan hält das Kind, starrt auf sein verschlafenes Gesicht. »Das ist auch sehr cool«, sagt er ruhig.

»Das ist das Mindeste, was wir tun konnten«, sagt Lily und schiebt sich auf ihren Kissen hoch. »Du hast uns gerettet.«

Allan sagt nichts dazu, ist viel zu überwältigt. Dann lächelt er. Er lacht.

»Peter Allan?«, sagt er.

»Ja …«, sagt sie.

»Ich vermute, du weißt nicht, dass Peter Allen – Allen mit einem e, aber genauso ausgesprochen – der Name von Liza Minellis erstem Ehemann war.«

»Wer ist Liza Minelli?«

Allan schließt die Augen und schüttelt den Kopf. »Jesus, übernimm das Steuer. Du hast diesem Kind denselben Namen gegeben wie *The Boy from Oz*, und du weißt nicht, wer Liza Minelli ist?«

»Nö.«

Allan sagt zu dem Baby: »Ich werd's dir später erklären. Das musst du wissen.«

Nach einem Augenblick wird Allans Lächeln traurig.

»Alles okay?«, fragt Lily.

Er geht zu ihr hinüber und legt das Baby behutsam zurück in ihre Arme.

»Ja«, sagt er.

»Was ist los?«

»Nichts.«

»Sicher?«

»Sicher. Ich bin glücklich, euch beide wohlauf zu sehen. Hat mich nur gerade an diesen Tag erinnert.«

»Es muss echt gruselig für dich gewesen sein«, sagt sie.

Er zuckt mit den Achseln. »Für dich war's schlimmer.«

Sie sagen beide nichts mehr dazu, aber sie weiß es. Sie und Allan haben so viel gemeinsam durchgemacht, beide zusammen. Er erzählt ihr nicht, dass er seit diesem Tag Probleme hat zu schlafen.

Lily erzählt ihm nicht, dass sie auch nicht mehr richtig gut geschlafen hat seitdem. Sie möchte sich natürlich ausruhen, um neue Träume für ihr Kind zu träumen, aber jede Nacht, wenn ihr Baby schließlich einschläft, rotiert ihr Verstand, ist erneut schockiert über die erschütternde Kollision von Leben und Tod, die sie irgendwie, unerklärlicherweise, überlebt hat.

Das Krankenhaus hat ihre schwer angeschlagene Lunge zusammengeflickt und ihr anschließend den Bauch aufgeschnitten. Sie haben ihr schreiendes Baby herausgezogen und dann Lily zurück in die Welt gezerrt, um bei ihm zu bleiben. *Ein Wunder,* hatte ihr Bruder gesagt. Und Lily vermutet, es muss schon ein Wunder sein, obwohl sie jetzt auf merkwürdige Weise verwirrter ist als je zuvor.

Sie hat ihr Baby bekommen, aber den Vater des Kindes verloren. Sie hatte bislang noch nicht die Kraft, deswegen wirklich zu weinen. Seine sterblichen Überreste sind in seinem Familiengrab beigesetzt worden, neben den Urnen seines Vaters und Onkels. Sie wird es besuchen, wenn sie so weit ist. Es gibt Verschiedenes, das sie ihm sagen will.

Einstweilen jedoch gibt es nur Lily und Baby Peter. Das bringt seine eigenen Komplikationen mit sich. Sie liebt ihren Sohn mehr, als sie es je für möglich gehalten hätte, einen anderen Menschen zu lieben, aber eine so große Liebe wirft auch einen furchterregenden Schatten. Eine so große Liebe fühlt sich an wie Angst. Und angesichts dieser Art Angst erscheint das Versprechen von Wundern zu durchsichtig, zu falsch.

Sie drückt ihren Sohn an ihre Brust. »Hey«, sagt sie dann zu dem riesigen Mann, der neben ihr sitzt. Er schaut auf. Sie streckt die Hand nach ihm aus.

Er gibt ihr seine wuchtige Hand, die ihre völlig verschluckt, und sein Mund ist bereit für einen Scherz.

»Wird alles gut werden?«, fragt sie.

Allans Gesicht wird sanfter, als er sie nun ansieht. Blinzelnd lächelt er und schluckt eine ironische Antwort herunter. Dann drückt er sanft ihre kleine Hand und sagt: »Natürlich.«

• • •

Als Allan geht, kommt Peggy herein, um sich zu erkundigen, ob sie das Baby in seine Wiege gelegt haben möchte.

»Nein«, sagt sie. »Im Moment geht's uns beiden gut so.«

»Okay«, sagt Peggy. »Ich kümmere mich jetzt um die Wäsche. Ich schaue später wieder bei euch beiden vorbei, aber ruf mich einfach, wenn du mich vorher brauchst.«

Lily bedankt sich und bittet sie, das Licht auszuschalten, wenn sie geht.

• • •

Jetzt sind die zwei allein, Mutter und Sohn, liegen nebeneinander im Dunkeln, atmen im Gleichtakt. Schließlich gleitet Lily für ein paar friedliche Momente in den Schlaf, aber mit dem Schlaf kommen auch bald Träume von Lebenden und Toten. Und dann schreckt sie wieder auf, ihr Herz hämmert in der Dunkelheit, das Baby liegt schwer auf ihrer verletzten Brust. Das Kind spürt die Panik seiner Mutter und wird aus seinem eigenen Schlummer gerissen, zappelt herum und weint. Sie verlagert ihren Sohn ein wenig, um ihn zärtlich an sich zu drücken, gibt ihm Küsse, reibt ihm Rücken und Beine. Sie lässt ihn weinen, bis er sich erschöpft hat, flüstert ihm die einzige Zusicherung ins Ohr, die sie ihm noch geben kann.

»Ich bin hier. Ich bin hier.«

Danksagungen

Zunächst möchte ich meinen Agenten Nat Sobel und Judith Weber für ihre unbezahlbare Arbeit danken, die mir zunächst bei der Überarbeitung des Buches und dann bei der Suche nach einem Verlag geholfen haben. Mein Dank gilt auch dem gesamten Team von Sobel Weber, ganz besonders Victoria Dillman und Sara Paolozzi, die beide frühe Versionen gelesen haben.

Bei meinen Recherchen zum Thema Sexhandel in den Vereinigten Staaten wurde ich durch die Arbeit der Forscher Louise Shelley, Siddharth Kara, Kevin Bales, Stephen Lize und Ron Soodatler, der investigativen Journalisten Aryn Baker und Ginger Allen sowie der Aktivistinnen und Überlebenden Shandra Woworuntu und Windie Lazenko informiert.

Ich bin Freunden zu großem Dank verpflichtet, die ihre urkomischen/erschütternden/berührenden Schwangerschaftserfahrungen mit mir geteilt haben, unter anderem Maureen Brown, Kezee Procita, Adrian Wade-Keeney und meine Schwägerin Amy Bolding Hinkson.

Danke an Jenny Garnett und Chris McSween, die sich die Zeit genommen haben, meine medizinischen/chirurgischen Fragen zu beantworten.

Danke an Stephen Bridges, der seine Erfahrungen aus der Arbeit in einer Einrichtung für Jugendliche in Schwierigkeiten mit mir geteilt hat.

Danke an Jason Pinter von Polis Books, der an *Find Him* geglaubt hat.

Und mein von tiefstem Herzen kommender Dank gilt meiner Frau Anne-Sophie Rouveloux, die die letzten Jahre mit mir verbracht hat, während ich an diesem Buch gearbeitet habe. *Je t'aime.*

»Mit dem Kopf durch die Wand«

Ein Nachwort von Peter Henning

Die Erzählung von der untergetauchten oder aus mysteriösen Gründen verschwundenen Person ist wahrscheinlich so alt wie der Kriminalroman selbst – ein unzählige Male variierter, nicht tot zu kriegender Dauerbrenner aus dem Setzkasten des Genres.

In den Klassikern der Gattung macht sich ein von besorgten Freunden oder Verwandten engagierter Privatdetektiv auf die Suche, um sich alsbald mit Männern herumzuschlagen, denen seine Nachforschungen partout nicht in den Kram passen. So in den amerikanischen Hardboiled-Prunkstücken der späten 1940-er Jahre wie etwa Raymond Chandlers »Die kleine Schwester«, in welchem Philip Marlowe sich auf Bitten der undurchsichtigen Orfamay Quest auf die Suche nach ihrem verschwundenen Bruder Orrin begibt – und darüber in ein Dickicht aus Täuschung, Mord und Niedertracht gerät.

Die Liste all der durch Chandler, Dashiell Hammett, Carroll John Daly oder James M. Cain inspirierten Genrestücke, die diesem Strickmuster seither folgen, ist inzwischen wahrscheinlich so lang wie der Hollywood Boulevard, an dem sich Marlowes Büro befindet.

Wie man diese Geschichte indes erzählen kann, ohne sie bloß einmal mehr mit dem altbekannten Personal des Hardboiled-Private Eye-Krimis zu besetzen, das demonstriert der aus Van Buren County in Arkansas stammende Jake Hinkson, Nachkomme einer kleinen Riege gottesfürchtiger Kirchenleute in »Die Tochter des Predigers«. Er tut es, indem er die Suche nach dem eine Woche vor seiner geplanten Hochzeit spurlos verschwundenen Peter Cutchin seiner schwangeren, gerademal 18-jährigen Verlobten überlässt; einer jungen, wunderbar eigensinnigen Person, die unbeirrbar ihren entfesselten emotionalen Fliehkräften folgt und dabei auf unwiderstehliche Weise solange mit dem Kopf durch die Wand will, bis die Pforten zur Wahrheit sich für sie öffnen – und der Roman in ein ebenso überraschendes wie packendes Finale mündet.

War es bei Chandler noch ein aus den Fugen geratenes L.A., in dessen Straßen und Apartments Philip Marlowe nach dem suchte, was sein Schöpfer pathetisch die »Verborgene Wahrheit« nannte, so lässt Hinkson seinen Stoff in einem Nest namens Conway in Arkansas abrollen, in dem eine Horde bigotter, von ihrem dogmatischem Glauben an den Heiligen Geist geleiteter Pfingstkirchler jedem Abweichler rigoros den Kampf ansagt. Doch weil ihr Drang, herauszufinden, was Peter dazu brachte, sie sitzen zu lassen grösser ist als ihr längst bröckelnder Glaube an eine Instanz, die es ihr untersagt, sich zu schminken oder sich die Haare zu schneiden, beginnt die junge Lily Stevens auf eigene Faust zu ermitteln; dass dabei ausgerechnet ein schwuler, in der Gemeinde von allen gemiedener Hüne zu ihrem verlässlichen Mitstreiter wird, bürstet das Klischee vom smarten, mit allen Abwassern gewaschenen Fährtenleser lässig gegen den Strich.

Mit Jake Hinkson ist im Schatten der Amerikas große Literaturbühne bislang bespielenden Autorinnen und Autoren eine Stimme herangereift, die das Zeug dazu hat, demnächst in deren Phalanx vorzustoßen; denn er ist einer, der es wiederkehrend gekonnt versteht, dem klassischen Gesellschaftsroman das dunkel schimmernde Leibchen des hartgesottenen Noir-Romans überzustreifen; im Zuge dessen senkt er seine Sätze wie akustische Sonden in die aufgeriebenen Seelen der von ihm in den Fokus Genommenen, um hör-und fühlbar zu machen, was in ihnen Krankes tickt und rumort. Das Resultat sind schonungslose Abrechnungen mit einem dogmatisch-religiösen Partikular-Amerika, das sich in verstiegenen Glaubens-Enklaven eingerichtet hat – und seine fragwürdigen sogenannten »Wahrheiten« mit dem bornierten, veränderungs-resistenten Zynismus geifernder Absolutisten propagiert.

Hinkson, der in seinen Romanen den White Trash eines Daniel Woodrell mit dem furchtlosen Aberwitz eines Donald Ray Pollock zu etwas ganz Eigenem amalgamiert, inszeniert den Clash zwischen dem säkularen Amerika, in dem Gewalt und Niedertracht allerorts an der Tagesordnung sind, und dem hinterwäldlerischen Denken und Tun sich selbst zu besseren Menschen erklärenden Sektenmitgliedern mit bisweilen alttestamentlicher Wucht und Härte: Auf der einen Seite Zwangsprostitution, ein von zwei skrupellosen Monstern mit einem Schwert angerichtetes Massaker und eine Polizei, die am Ende betreten die abgetrennten Köpfe zweier Jugendlicher eintütet; auf der anderen von Doppelmoral getriebene Frömmler, die sich durch ihren Glauben, der keinen Widerspruch duldet, vorgeblich gegen all das gefeit und gewappnet fühlen. Und mittendrin: Eine achtzehnjährige Donna Quichotte, die begleitet von ihrem hünenhaften Sancho Pansa solange mutig gegen Windmühlen kämpft, bis ihre Beharrlichkeit Früchte ihres Zorns zu tragen beginnt – und sie am Ende zwar trotzdem wie mit leeren Händen dazustehen scheint, darüber aber der Wahrheit, die sie benötigt, um weiterleben zu können, ans Licht verholfen hat.

Jake Hinkson richtet den Scheinwerfer auf Wesen, die in Zeiten, da Begriffe wie Verantwortungsbewusstsein und Aufrichtigkeit zu Schimpfwörtern verkommen sind, Haltung beweisen, – die Charakter, Mut und Widerstandskraft im Kampf für ihre Überzeugungen an den Tag legen und bereit sind, dafür Kopf und Kragen zu riskieren. Denn ähnlich wie der verheiratete Kleinstadtprediger Richard Weatherford, der in Hinksons Roman »Verdorrtes Land« den waghalsigen Spagat zwischen aufrechter Glaubensarbeit und seinen homosexuellen Neigungen hinzubekommen versucht, vertraut und folgt Lilly Stevens gegen alle Widerstände dem Kompass ihrer ganz und gar wetterfesten Moral. Dass sie dafür manchen Tiefschlag einstecken muss und am Ende sogar beinahe tödlich verletzt wird nimmt die junge Frau billigend in Kauf. Denn sie ist eine, die nicht anders kann. Und weil Gott immer dann gerade anderswo zu tun hat, wenn sie ihn braucht, vertraut sie auf die Eindruck machende Physis ihres Mitstreiters – und die seines Revolvers.

So folgen die beiden konsequent ihrer weiblichen Intuition – und genau das macht Lily Stevens als literarische Figur so interessant. Und natürlich bewahrt Hinkson sie vor dem letzten Schritt in den Abgrund. Auch darin erinnert er an Chandler, in dessen Büchern der Sucher nach der Wahrheit am Ende – wenn auch ramponiert – für seinen Widerstand belohnt wird, indem er über die Lüge, die Gleichgültigkeit und die Niedertracht triumphiert.

Dass Jake Hinkson obendrein eine schnörkellose Hemingwayhafte Prosa schreibt, die ihr Thema frontal und direkt angeht, statt sich billiger Tricks oder Kniffe zu bedienen, zeigt, dass ein guter Kriminalroman herausragende Literatur sein kann, und dass die sogenannte Trivialliteratur uns oft ein besseres Verständnis der Welt liefert, in der wir leben, als das herkömmliche Belletristik in der Regel zu tun vermag. Denn es sind *unsere* Verfehlungen, Entgleisungen und kleinen und großen Kämpfe darum, halbwegs in der Spur zu bleiben, von denen Jake Hinksons Kriminalromane erzählen.

Und zuletzt: Es fließt nicht wenig Blut in »Die Tochter des Predigers«, und in manchen Momenten des Romans scheint sein Verfasser empfänglich zu sein für jene »Poesie der Gewalt«, für deren cineastische Beschwörung die Coen-Brüder berühmt wurden – man denke nur an ihre Adaption des McCarthy-Romans »No Country For Old Men«. Doch Hinkson ist klug genug, der

Verlockung im entscheidenden Moment zu widerstehen, sodass er sich nicht an der Beschreibung exzessiver Brutalität delektiert, wie sie im Buch geschieht, sondern gerade dadurch Wucht und atmosphärische Dichte erzeugt, dass er uns die Ausgestaltung der Tat selbst verweigert – und uns stattdessen die Stille danach in ihrer ganzen beklemmenden Monstrosität hör- und fühlbar macht.

»Das Leben ist kein Tauschgeschäft!« sagt eine Figur in einem Non-Maigret-Roman von Georges Simenon. Wie recht sie damit hat, davon kann Lilly Stevens ihr Lied singen. Und es ist ein trauriges Lied. Denn das neue Leben, dass sie am Ende des Romans zur Welt bringt kann das verlorengegangene seines Vaters Peter nicht ersetzen. Gleichwohl aber – und daran lässt ihr Schöpfer keinen Zweifel – ist das Glück trotz allem immer möglich. Denn genau davon handeln die Romane des ins Gelingen vernarrten Idealisten Hinkson: Von der Gewissheit, dass am Ende des Tunnels – und möge er seinen Geschöpfen auch bisweilen unendlich erscheinen – das Licht der Erlösung auf sie wartet.

Frank Yakabuski Mystery-Reihe

Band 1

Aus dem kanadischen Englischvon Sven Koch

400 Seiten | Klappenbroschur 11,3 x 18 cm
ISBN 978-3-948392-04-8 | EUR (D) 14,00/(A) 14,60
auch als E-Book erhältlich
Coverfoto © Andreiuc88/Adobe Stock

Canada Council for the Arts | Conseil des arts du Canada

Band 2

Aus dem kanadischen Englisch von Harriet Fricke

320 Seiten | Klappenbroschur 13,5 x 19,5 cm
ISBN 978-3-948392-92-5 | EUR(D)17,00/(A)17,50
auch als E-Book erhältlich
Coverfoto © ronstik/Adobe Stock

Band 3

Aus dem kanadischen Englisch von Karen Witthuhn

304 Seiten | Klappenbroschur 13,5 x 19,5 cm
ISBN 978-3-910918-16-0 | EUR (D) 20,00/(A) 20,60
auch als E-Book erhältlich
Coverfoto © Richard/Adobe Stock

Weitere Informationen sowie Leseproben und Interviews finden Sie unter www.polar-verlag.de

Die Cannon-Familie trifft auf Schwester Tulah und die Biker Scorpions

Band 1

Aus dem Amerikanischen
von Kathrin Bielfeldt

448 Seiten | Klappenbroschur
ISBN 978-3-948392-44-4
EUR (D) 16,00 / (A) 16,50
auch als E-Book
Coverfoto © Andrey Armyagov/Adobe Stock

Band 2

Aus dem Amerikanischen von
Kathrin Bielfeldt

384 Seiten | Klappenbroschur
ISBN 978-3-910918-04-7
EUR (D) 17,00 / (A) 17,50
auch als E-Book erhältlich
Coverfoto © PerGrunditz/Adobe Stock

„Knisternd… Post hat ein echtes Gespür dafür, eine komplexe Handlung zu erschaffen, die ihren Schwung durch schweißgebadete Schauplätze behält, die von lauten Strip-Clubs in Daytona Beach bis hin zu einsamen Straßen reichen, auf denen nichts Gutes passiert.“

Tampa Bay Times

Weitere Informationen sowie Leseproben und Interviews finden Sie unter www.polar-verlag.de

Aus dem Amerikanischen von Sven Koch

252 Seiten | Klappenbroschur
ISBN 978-3-945133-41-5
EUR (D) 14,90 / (A) 15,40
auch als E-Book erhältlich
Cover Illustration © Detlef Kellermann

Aus dem Amerikanischen von Sven Koch

256 Seiten | Klappenbroschur
ISBN 978-3-948392-22-2
EUR (D) 14,00 / (A) 14,60
auch als E-Book erhältlich
Coverfoto © gui-yong-nian/Adobe Stock

Aus dem Amerikanischen von Sven Koch

328 Seiten | Klappenbroschur
ISBN 978-3-910918-28-3
EUR (D) 17,00 / (A) 17,50
auch als E-Book erhältlich
Coverfoto©gamicj/shutterstock

Weitere Informationen sowie Leseproben und Interviews finden Sie unter www.polar-verlag.de

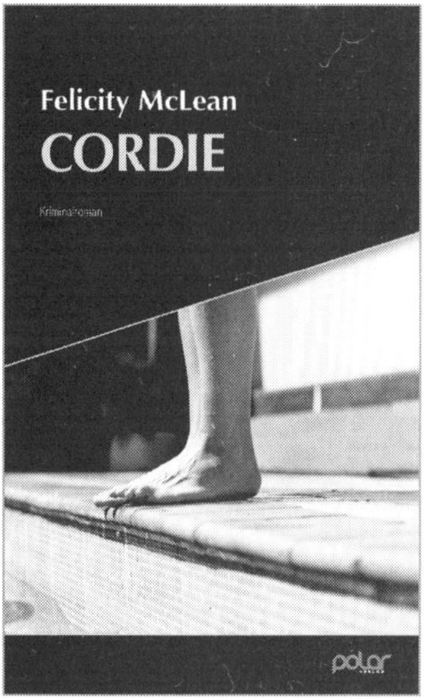

Aus dem australischen Englisch von Kathrin Bielfeldt

384 Seiten | Klappenbroschur
ISBN 978-3-948392-34-5
EUR (D) 15,00 / (A) 15,50
auch als E-Book erhältlich
Coverfoto © Rawpixel.com / Adobe Stock

Aus dem australischen Englisch von Kathrin Bielfeldt

256 Seiten | Klappenbroschur
ISBN 978-3-910918-33-7
EUR (D) 17,00 / (A) 17,50
auch als E-Book erhältlich
Coverfoto © Alex / Adobe Stock

„RED ist voller brodelnder Spannung und zugleich tragisch und düster-komisch … Indem sie sich von [Ned] Kelly inspirieren lässt, beleuchtet McLean die Idee, dass, obwohl über 100 Jahre vergangen sind, zu viele hässliche Wahrheiten gleichgeblieben sind."

Books+Publishing

Weitere Informationen sowie Leseproben und Interviews finden Sie unter www.polar-verlag.de